モーリス・ブランショ
Maurice Blanchot

終わりなき対話
L'ENTRETIEN INFINI

書物の不在（中性的なもの、断片的なもの）
L'absence de livre (le neutre le fragmentaire)
III

Hiroo Yuasa, Takuji Iwano, Kai Gohara, Tatsuya Nishiyama, Shinichiro Yasuhara
湯浅博雄・岩野卓司・郷原佳以・西山達也・安原伸一朗 訳

筑摩書房

L'ENTRETIEN INFINI
by
Maurice Blanchot

終わりなき対話Ⅲ　目次

第Ⅰ巻『複数性の言葉』（エクリチュールの言葉）目次

第Ⅱ巻『限界‐経験』目次

凡例

◎本書は Maurice Blanchot, ***L'Entretien infini***, Gallimard, 1969 の第Ⅲ部の全訳である。
◎原文中、大文字で強調されている語は〈 〉で示した。
◎原文中のイタリックによる強調は、原則として傍点で示した。
◎原文中の « » は、原則として「 」で示した。
◎訳文中の〔 〕は、原語を挿入するため、また、訳者による補足・説明を表わすために用いた。
◎原語に対して複数の翻訳可能性がある場合、訳語の両義性を示すために、＝を用いた。
◎原著者による註記は本文中に＊で示し、奇数頁小口に掲載した。
◎訳者による註記は本文に（1）、（2）と番号ルビを振り、巻末の「訳註」にまとめた。
◎本書を構成する各章は、以前に書かれたテクストをもとにして加筆と修正が施されている。訳註では重要な異同のみ記した。
◎ブランショは引用するさいに、出典を明示しないことが多い。訳註では参考のために出典の書誌情報を示したが、ブランショが参照した版とは限らない。また読者の便宜を図って日本語訳の書誌情報を併記したが、引用文や語句の翻訳は原則的にブランショの本文に沿って行っており、併記した日本語訳のものとは異なる場合がある。

終わりなき対話　Ⅲ　書物の不在（中性的なもの、断片的なもの）

1　最後の作品(1)

『地獄の一季節』を、そしてそれを締め括る「別れ《アデイウ》」を書くことによって、もしランボーが自らの、文学との関係に終止符を打つのだと仮定するとしても、それが意味しているのは、一八七三年八月の、しかじかという日に、またしかじかの時刻に、まさに立ち上がって、立ち去ったということではない。精神的《モラル》な次元の決断というのは、どうしてもという場合には、それが成就するためにほんの一瞬しか必要としないということもありうる。決断の抽象的な力とはまさしくそのようなものである。しかしながら文学の終極は、また改めて、まるごと文学となっている、なぜなら文学の終極はそれ自身のうちに、自らの必然性と自らの尺度を見出さなければならないからである。まさにそういうことがありうるように、そして私もまた、そうかもしれないと考えるように、次のことを認めよう。つまりランボーは、自らの「想像力」と「数々の思い出」を断念して「葬った」あとになって、(2)なお詩的作品を創作することを続けたということである。このように継続された文学活動、こうした生き延びる《シュルヴィ》ことは、いったい何を意味しているのだろうか。まず、この点である。それはつまり、ランボーの〔文学との〕訣別はただ単に――彼自身が、いっときのあいだ、そう考えることもありえたように――「ひとつの義務」であっただけではなく、あるもっと不可解な、もっと深い要請、そして、いずれにせよ、〔そう思われたほどには〕決定的なものではない要請に応えていたということを意味しているだろう。そして次には、自らの記憶と天賦の才《ドン》を葬り去ろうと望む人間にとっても、やはり文学こそがその〔棲むべき〕大地として、またその忘我の境地として提供されるのだということを意味しているだろう。

私の考えでは、ブイヤーヌ＝ド＝ラコストは、〔これまでのランボー研究に対する〕異議提起や、その探究、その詳細な情報によって、私たちに貢献してくれたが、とくに文学の終極を単純なものと思い込むことから私たちを引き離すことによって大きな寄与をなした。そういう単純性は私たちの想像力にはたいそう気に入るけれども、そんな単純性があてはまるのはひとえに精神的な決断に対してだけだろう。姿を消すためにも時間がいるということ、詩人が自分自身を断念するとき、その詩人はやはりなお詩的要請に忠実なのであって、たとえそれを裏切る者としてであったとしても、そうなのだということ、それらを忘れようとする誘惑に私たちはさらされてきた。そんな要請は、文学を経由する要請であり、そして、そこへと連れ戻すはずの要請である。いずれにせよ、そして仮に、ランボーがそのあとなお『イリュミナシオン』〔散文詩集〕を書いただけでなく、ときおりハラール〔のちに貿易商人になったランボーが暮らしたエチオピアの都市〕で、ひとがランボーの作品として見つけ出す数千行の韻文詩も書いたのだとしても、『地獄の一季節』はたしかに最後の作品のままとどまる。たとえ『一季節』が最後に書かれたのではなかったとしても、そしてまた、たとえ『一季節』は、もっと真なるやり方、もっと試練を経たやり方で、ついに沈黙へと至るために、さらに他の散文たちを書くという成熟を必要としたのであったとしても、やはりそうなのである。

私たちは、ランボーがロンドンで、あの〔一八七三年八月の〕訣別の一年後に、あるいはもっとあとに、まだなお詩人として行動したという、決定的な証拠をもっていない。その代わり、二度にわたって、ランボーは文学者としてのふるまいをしている。一度目は、ジェルマン・ヌーヴォーといっしょに自分の詩を書き写すこと――清書すること――によって、そうしている（この点について、もしブイヤーヌ＝ド＝ラコストの〔筆跡鑑定のような〕実質的な確認作業を受け入れるとすれば、そうである）。次に、一八七五年、シュトゥットガルトで、ランボーはヴエルレーヌに頼んで、「印刷に回すために」、「散文詩群を」ヌーヴォーに手渡すよう求めている。それゆえ私たちは、ランボーが一八七五年まで、ある一定の文学への気づかいを保っていることを知っているわけだ。たとえランボーがもう書くことはしないにせよ、彼はまだ自分が書いたものに関心をもっており、自分が跡づけた道をもう一度通っている。それらの道が、自分の友人たちとの疎通＝交流の可能性であるかのように、それらの道を開かれたままに維持している。すでに、彼が〔自費で〕出版するよう配慮した『地獄の一季節』によって、私たちは、彼が自分の作品に対して、ごく単純な、攻撃的、破壊的意志を示したわけではまったくないことを予感していた。つまり、ランボーが、いわば言葉《モ》になるがままにしておいたものは、やはり印刷された言葉にもなるのが当然なのだ。ただ、それが済んだあとになったら、もはやランボーは――見たところ――自分自身のこの部分、もう自らに属すのを止めた部分を気づかうこともないように思える。

『イリュミナシオン』と『地獄の一季節』との関係は難しいということ、それは自明である。難しいわけは逸話的な理由によるのではないし、愚かしいやり方で神話化された理由によるのでもない。そうではなく、これらの著作が（著作と呼ぼう、なぜなら私たちの書架に並べられる、通常の書物のかたちとなっているから）、同じ手によって起草されているのではなく、経験の同じ水準において書かれているのでもないからだ。一方で、『地獄の一季節』はすべてを言っている。この意味あいで、『一季節』はまったく最後＝終極〔fin〕に書かれている――ただし、あるひとつの留保を除いて、の話であるが。そして、このような見方においては、『イリュミナシオン』の詩人は、さらにまたこの詩人がそれらの散文詩群を書くことによって試みた企ては、その場を過去にこそ見出すのであり、必然的に過去において自らを肯定し、際立つのである。『地獄の一季節』において、詩人が自らの企てを定義し、かつまた告発するために用いている諸特徴のうちの大部分――それら特徴を大雑把に思い出しておけば、超自然的な諸能力、すべてに到達する、そしてまず人間のすべてに達するという大望、さまざまな生という複数性を生きる力をもち、諸々の神秘のヴェールを剝がすこと、あらゆる可能な風景に近づき、それらを記述すること、修練《エチュード》、リズムの力を求め、幻覚《アリュシナシオン》や薬物《ポワゾン》を試みることなど――は、詩人の精神における、そういう歴史の全体であり、こうした経験の全体である（詩人はそんな経験を、ついには、空しいものと記述しているのだが）。そして、こういう精神の歴史全体や経験全体はまさに、散文による詩的断章（『イリュミナシオン』）において活用されている諸々の意図を暗示している。それも、もうすでに起こった何か、いまや詩人が過ぎ去ったものとみなす何かとして暗示しているのである。

このことから、これまで評釈者たちを導いて、『イリュミナシオン』が先行していると断言するように促した確信が生じていると思える。それは必ずしも神話を愛好したためというのではなく、『地獄の一季節』を書いたあとに、さらにひとつの文学作品を書くことを位置づけるのは難しいと思われるから、つまり、『一季節』がその内容を検討しているような作品、そして『一季節』がそれをもう過去へと追いやるような作品の制作を――『一季節』のあとに――位置づけるのは困難であると思えるからだ。

こういう真実はよく考慮に入れるべきだと私は思う。『イリュミナシオン』の散文詩群は、たとえ『地獄の一季節』ののちに引き続いて起草されたのだとしても、ひとつの「以前の」時間に属している――それは芸術の特殊な時間であり、「もはや言葉はない」と書く者[3]、預言者的な存在であって、あらゆる手段によってひとつの未来を探求している者、それも、もうすでに到来した終極〔fin〕から発してその未来を探求している者は、まさにそういう「以前の」時間、芸術の特殊な時間に決着をつけたいと望んでいるのである。言いかえれば、「別れ」は、芸術一般の可能性がそうであるような諸可能性を、すなわち、『イリュミナシオン』が活用して稼動させるであろう諸可能性、あるいは稼動させてきた諸可能性を、もう成就したものとして（そして、終了したものと）みなしている。このとき提起される問いはほぼ次のような問いである。詩《ポエジー》が終極に達し、文学が成就する瞬間――詩も文学も、この詩人にとって単なる美学的活動というのではなく、人間の能力を極限まで拡大していくという決断を表わしており、それはまず人間を、〔既成の〕モラルによる分割から解き放つことによって、そしてまた人間に本源的諸力をコントロールする関係を戻してやることによってそうするという決断であるが、そんな決断を表わす詩《ポエジー》が終極に達する瞬間、それゆえ詩人にとって未来としての詩に暇を出さなければならない瞬間——そういう未来とは「解き放つこと〔dégagement〕」という未来であり、詩《ポエジー》によってあらゆる人間的可能性が広汎に展開されるという未来なのだが——そんな未来としての詩《ポエジー》に別れを告げなければならない瞬間。そういう瞬間において、いったい何が彼には残されているのか、その結末はどのようなものなのか。〔こうした問いに対する〕『地獄の一季節』はひとつの答えの探求であり、その答えは、知られているとおり、ある驚くべき、謎めいた堅固さによるものである。

　ところで、この最後の書物〔『地獄の一季節』〕は、その著者がもう書くことはないだろう、とは言っていない。この書物はむしろ逆のことを、冒頭の、一種のまえがき（おそらく、起草の順序で言えば、一番あとに書かれたものであるまえがき）のなかのひとつの文章で言っている。その文章は、いわば先取りする仕方で、将来の文学的制作に言及しており、この著者は、自分が将来、そんな制作に身を委ねることになるだろう、と予見しているのだ（おそらくはまた、そういう制作に、もうすでになかば取りかかっているからかもしれない）。「そして、いまのところまだ遅れてはいるが、やがて来そうな臆病なふるまいにとらわれないうちに、物書きに描写の才とか教えを垂れる才などないのを好む貴兄に向かって、ぼくの地獄堕ちの手帖からこの何枚かのおぞましい紙葉を抜き取ってお見せすることにしよう。[4]」いかにも自らをけなし、貶めるこれらの言葉は、私の考えでは、詩作の時代の終極（それはまた、詩的魔術の有する幻想《イリュージョン》の終極でもある）に位置している人間が、どんな精神状態で、次に来る、最後の制作作業を見つめているのかをよく性格づけている。彼はそこに厳密さが欠けていると見ており、その制作作業を、時間錯誤的《アナクロニック》なものと判断している。しかし、相互的に言って、自分が詩《ポエジー》と訣別してしまうためにはなお成し遂げるべく残されているもの——「臆病なふるまい」——があって、それら臆病なふるまいがまだ到来しておらず「遅れている」とすれば、そのわけは、詩《ポエジー》の終極を肯定＝言明することがひとつの予期的先取りにほかならず、「新しい時」を——「厳しい時」であり、彼にとってはまさに歴史の転換点を刻印するだろう、あの「新しい時」[5]

を——あまりに時期尚早な仕方で告げているからである。『地獄の一季節』は、それ自身、この転換点の言葉であり、そこにおいて時間は、眩暈を惹き起こすほどのやり方で、回転しているのだ。

★

『イリュミナシオン』と「別れ」（『地獄の一季節』）との関係は、以上見てきたことによって、決定的に明らかになったのだろうか。いや、そんなことはない。なぜなら、散文詩群があの〔「別れ」という〕最終的な決算のなかに、先取りされたものというかたちで、含まれている——たとえ、まだ到来していない、「遅れている」作品という資格においてにせよ、含まれている——のはたしかであるにしても、次の点はそうは言ってもやはり真実であるのだから。つまり散文詩群は、断罪された芸術（「嘘」として、また「愚行」として断罪されている芸術）の観念《イデー》に応答しながらも、あるひとつの他なる領域に——そこから私たちへと、ある新しい力《ピュイサンス》、ある至高な言明＝肯定がやって来る（たとえそういう力、言明＝肯定が挫折の必然性を表現しているときでさえも、そしておそらく、まさに挫折の必然性を表現しているときこそ、とりわけやって来る）、ある他なる領域に——属しているということは、やはり真実なのだから。私たちは、そこで、ある神秘的な運動を前にしているのである。だが、こういう運動に近づこうとして、それを、伝記的な事件・出来事（そもそも私たちにはよくわかっていない事件・出来事）と関係づけることによって、そうしようとしても、近づくことはできない。ブイヤーヌ＝ド＝ラコストが言うところによると、ランボーは一八七四年に、ジェルマン・ヌーヴォーとの交友において、精神的均衡と健康を見出した。〔ただ、そうだとしても〕それは、あいかわらず薬物を経由するような健康である——もし、イヴ・ボヌフォワがそう理解しているように、「暗殺者《アササン》の時」がたしかにこの新たなロンドン滞在に属しているのだとするならば、そうである。[6]この新たな滞在では、そういう「暗殺者《アササン》の時」はあるひとつの成功した経験をなしている。だが、他方で、前年や前々年には、その経験はまったくの茫然自失＝麻痺状態にほかならず、さらには狂気じみたもの、地獄めいたものにしかすぎなかったのだ。[*] しかし、このような変化があったとすれば、それはなにゆえなのだろうか。こういう変化は、ひとがどんな言葉を用いてそれを名づけようとしても、まさしく説明しようのないものである。イヴ・ボヌフォワは、「青春」、「生涯」、「戦争」、「精霊《ジェニー》」、「売り出し」などの詩を、「陶酔の朝」(ハシッシュの効力の称讃が読める詩)と関係づけて読み込みながら、そんな変化は、「薬物《ポワゾン》」と「音楽」とのあいだで、新たに発見されたつながりからやって来るのではないかと自問している。「音楽」こそ『イリュミナシオン』の鍵のうちのひとつである。つまり『イリュミナシオン』においては、「人間の本性の、ちょうど交響楽におけるような完遂」が肯定されている程度に応じて、言いかえると、「人間の精髄＝本質をなす、さまざまな潜在性が解き放たれて奔出すること、しかもリズミックで、一貫性があり、ダンスを踊るような調子で奔出すること」が肯定されている程度に応じて、「音楽」は鍵のひとつなのである。[7] ボヌフォワはさらにこう言っている。「これらのパッセージにおいては、一切は二つの本質的な観念《ノシオン》のまわりに組織されている。つまり、ある新しい企ての、あるひとつの「創出《アンヴァンシオン》」の観念であり、そしてまた、ひとつの「諧調《ハーモニー》」の観念」である、[8] そして、そうした観念をよく支配＝統御しようと努めなければならないのは、まさに「計算《カルキュル》」こそそうなのである、とされる。[9] こういう分析はおそらく、(『イリュミナシオン』における)詩的試みを正当に特徴づけているだろう。しかし、こうした試みはいったい何において新しいものなのだろうか。「放浪する者たち」と題された詩は、その制作年代がどんな日付であろうと、ランボーがヴェルレーヌと共同生活をした時期を喚起する散文詩であるが、この詩のなかに私たちは、いま検討した二つの探求に対する明白な言及を見出すことができる。まず一方には、企てへの言及がある(「あわれな兄貴」はランボーに向か

＊　私はここで、イヴ・ボヌフォワの次の評論を参照している。この評論は、こうした主題にきわめて近いものであり、ボヌフォワは、よく考慮された省察を加えつつ、それを扱っている――『ランボー』(「永遠の作家」叢書)、スイユ社、一九六一年。〔Yves Bonnefoy, *Rimbaud par lui-même*, « Écrivains de toujours », Seuil, 1961 : nouvelle édition, 1994 : 『ランボー』阿部良雄訳、人文書院、一九六七年〕

って、「おまえはこの企てを十分熱心には捉えようとしなかった」と言って非難する）[10]。そして他方には、音楽への言及、すなわち音楽によって、未来の、夜の豪奢の幻を創り出すことへの言及がある――それら未来の、夜の豪奢の幻とはまさに、『イリュミナシオン』のいろいろな詩篇が、ほんの一瞬の稲光のあいだであるが、視えるようにしている何かである（「そして私は、稀有な音楽のいくつもの帯状の流れが横切っていく野原の彼方に、未来の、夜の豪奢の幻を創り出していた」[11]）。ランボーは、こうした練習の実行《エグゼルシス》のことを、皮肉を込めた口調で、「漠然と衛生的な気晴らし」と名づけているのだが、そこから推測してイヴ・ボヌフォワは、あの勝利感に昂揚する時間、「陶酔の朝」が祝福するような時間は、まだ来てはいなかったのだ、と結論する。だがしかし、私たちはまた同時に、勝利感に昂揚する時間はもうすでに過ぎたのだ、そういう時間を判断する、この明晰さと控え目な節度という時《モメント》、遅ればせの、のちの時においては、勝利感の時間はもう過ぎていたのだ、と言うこともできる。そして、この後者の結論のほうへ他の評釈者たちは向いているように見える。とくに最近の研究者のうちのひとりの考えによれば、「精霊《ジエニー》」、「ある理性に」、「運動」などの詩篇が証している「進歩主義的な」、一種の楽観主義《オプテイミスム》は、もっと以前の時期へと私たちを送り返す。つまり社会的なイリュミニスム〔天啓主義、照明説〕のおかげで、前進していく人類にとって、ほんの一瞬にせよ、ある理性と愛による未来がかいま見られる時期へと送り返すのである。「そうした楽観主義は、一八七三年の、精神的、モラル的な危機の瞬間には、もはやほとんど季節はずれであろう」*。

けれども私としては、そのような結論めいたものをもう一度取り上げるようなことは控えたい。私にはこう思えるのだが、これらの詩篇が語ることによく耳を傾けていると、誰しも次の点を疑いえないだろう。「精霊《ジエニー》」が告げること、「戦争」、「ある理性に」、「出発」が告げ、さらにまた「売り出し」と題された詩さえも告げていること、それは、ある肯定＝言明の力に満ち溢れ、ある決定的な自信をもち、さらにはまたある大きさやあるひとつの権威ももっている。そうした充溢や自信、大きさ、権威はどんな類推《アナロジー》の領域にも属さないし、ランボーの生涯＝生活の、知られているいかなる時期にも適合することはない。これは疑いえない確信であるが、こんな確信はただ、簡潔に次のように言うことで表現すべきだろう――『イリュミナシオン』はある他なる時間に属している、この時間が『地獄の一季節』に対して以前であろうと以後であろうと、あるいは『一季節』と同時的なものであろうと、そうなのだ、と。もしくは、さらにもっと明確にこう言うことで表現すべきだろう。すなわち、これら二つの著作は、そのつど、詩人の経験全体を、その始まりから終極に至るまで、あるひとつの異なる中心のまわりに取り集めている。そして、こうした再開始は、比類のないひとつのかたち《フォルム》に即して、また比類のないひとつの水準において成し遂げられるのであるから、これら二つの著作の各々を、あるひとつの専一的＝排他的な空間にするのであり、どうしても他方の著作を過去へと追いやるような肯定＝言明にするのである、と。ひとが一八七三年四月から八月にかけて書かれたページ〔『地獄の一季節』〕を読むとき、疑いの余地なく、ランボーが最後に書いたものを読んでいる、そして彼のことを信じなければならない、というのも彼は次のことを私たちに告げているのだから、つまり、『イリュミナシオン』はもはや余剰で、余分な書き物としてしか現われることはないこと、もうすでに拒絶された時間のなかで、月日のすきまにあちらこちらで起草された書き物であり、あまりにも文学的なもの（語たちに対する、ある一定の貴重な気づかいという意味において）なので、ひとつの人生＝生活のうちに、つまり今後はもう文学とは（「臆病なふるまい」として以外には）無縁の人生＝生活のうちに場をもつことはできなかったような書き物であるということ、それらのことを、彼は私たちに用心深く告げているのだから。だがしかし、あの別の言葉〔『イリュミナシオン』〕に向かい合って読む場合には、そしてもしその言葉に招かれて登る高みにまで達することができるとすれば、そのときには、あるきわめて圧倒的な光、そんなにも拡がりのある、個人性を超えた《インパーソナル》光に触れるので、まだ知られていない、ひとつの実存＝人生の総体がその光によって照らし出されるように思われる。それはあたか

＊　シュザンヌ・ベルナール、『ランボー作品集』（ベルナール編、クラシック・ガルニエ版）における注釈。〔Suzanne Bernard, « notices et note ». *Œuvres de Rimbaud*. « Classiques Garnier », 1967〕

も人生＝生活の、そして経験の全体が、改めてまた新たに書かれたかのよう、つまり、可能な、他のヴァージョンをまるごとカヴァーしつつ、消し去りつつ、廃棄しつつ、端から端までもう一度新たに書かれたかのようである。

★

ある一巻の書物が他の一巻の書物に書き加えられ、ひとつの生涯が他のひとつの生涯に書き加えられる。パランプセスト〔羊皮紙の写本――元の文字を消し、その上に新たに文字を書いている〕――そこでは、下の側に書かれているものと上の側に書かれているものが、さまざまな測定の尺度に応じて変化するのであり、そして代わる代わるオリジナルを（それにしても、そのつど唯一のものであるオリジナルを）構成する。こうした読解上の義務、すなわちあるときは『地獄の一季節』が最終的なテクストであるとみなす展望で読み、またあるときは『イリュミナシオン』こそ究極的であるとみなす展望において読むべきであるという、ランボー読解上の義務は、ランボーに固有な真実に必然的に属している。そのことはまた私たちに対し、詩《ポエジー》の最終局面がいかに両義的なものかを鋭敏に感じ取らせてくれる。もし詩《ポエジー》は、そのつど、自分自身の挫折を含んでいなければならないのだとすれば――ひとたびは、挫折は、「別れ」における唐突な終極である（決定的な異議申し立てであって、そういう異議申し立ては、自らが意味している真実から、自分自身、進んで出てゆく）。そして、もうひとたびは、挫折は「精霊《ジェニー》」における荘厳な、かつ穏やかな別離の告知である（この詩では、「精霊《ジェニー》」を送り返す「すべを知らねばならない」と言われている、なぜなら「彼」はその〔消滅の〕運動、明るさ、姿を消してゆく迂回の動きのなかでしか精霊ではないからである）。どうして私たちは、外側から、そして学識を積み重ねた発見という手段によって（むろん、そういう発見は有益なものではあるが）、これら二つの終末のうちの一方を――他方を退けつつ――選ぶことができるだろうか。どのようにして、内側から、こんな矛盾の必然性が意味しているものへと近づけばよいのだろうか。

たしかに、分析することを通じて、私たちはつねに数歩進むことはできるし、そうやってこれら二つの著作の中心へと向かってよりよく方向を定めることもできる。中心――それは鋭い刺し棒であり、密かな苦悩の切っ先であって、性急に、かつ休みなく、詩人の形象につきまとって攻めたてるので、詩人の姿は、初めから規定されている関係に即してその輪郭が描かれるというにはほど遠い。そういう中心はどのようなものだろうか。評釈者が権威によって、あるいは知によって、それを定めるというのはふさわしくないとすれば、私たちは問いのかたちで、それに近づくのを試みることができる。つまり、『地獄の一季節』と散文詩群の各々の場合に、そんな中心と、ランボーの私――〔その時点における〕現今の〔à présent〕私＝自我――との関係はどうなのか、と問うことによってそうするのである。そのとき私たちは、それが同じ私＝自我ではないことを予感するのだ。なぜなら、〈私〉と発語する者は、あるときには〔『一季節』においては〕、個人的《パーソナル》な緊急性――すなわち、現前《プレザンス》という、激しい関係を維持する（たとえ、「悪い血」のなかで素描された、あのさまざまな変身《メタモルフォーズ》を通じてさえも、維持する）個人的な緊急性――を込めて〈私〉と言っている。そしてまた、あるときには〔『イリュミナシオン』においては〕、個人的ではないやり方でそうしている――つまり、「青春」とか「放浪する者たち」のように、ランボーがやはりなおたしかに自分自身へと関わっているときでさえも、ある種の遠方から、あるいは呼び戻しようのない忘却から発して、個人的《パーソナル》ではない仕方で〈私〉と言っている。これらの著作においてはすべてが終極を迎えるのだが、こうした二つの作品のなかで執拗に保留され、取っておかれる未来の肯定＝言明は、いったいどこからやって来るのだろうか。それははたして同じ未来なのか。そして私たちはこう予感する、言葉は、すなわちそこにおいてひとつの未来が告げられる、現今の〔à présent〕言葉は、そのつど先取りによって語るのだとすれば、やって来るものは〔『地獄の一季節』と『イリュミナシオン』とでは〕同じ到来によるのではないという予感である。ある場合には、やって来るものは、ひとつの、ついに目覚めた待機――実際には、まだ「前夜」である待機[12]――のうちに与えられるのであり、この約束された注意深さのうちで、ランボーは、沈黙を手にして、勝利の感情とともに「真実」へと、つまり捕捉可能な「真実」へと向かおうと志している[13]。またある場合には、やって来るものは、人間におけるあらゆる可能なものの完遂のうちに与えられるのであり、それは広大無辺な可能性であって、そこにランボーという人間＝人物が現前していることはもう重要ではない。言いかえれば、『地獄の一季節』における未来は、あたかも詩的言語の有する非個人性や魔術的拡がりをもう断念する者にとって、個人的なやり方で到達可能なものとみなされているかのようなのだ。だが、他方で、『イリュミナシオン』は、あたかもあの限りのない未来を――そこではいかなる特殊な個人も場を見出すことのない未来、そして、こうした詩的言語のなかへとすでに自分を放棄し、委ねている者によってしか語られることのない未来を――指し示しているかのようである。双方の場合に、断念がある、ただ『一季節』においては、詩的言語を断念することであって、それが個人的な未来、つまり真実という未来を約束しているように思える。その一方で、『イリュミナシオン』における断念は、個別的＝特殊的な救済を断念すること、すなわち、すでに非個人的になっている言葉――そのなかでは、やって来るものすべての可能性が保留され、取っておかれる言葉――のことを熟慮し、そのためを考えて、個別的＝特殊的な救済を断念することである。

　最後に、他の二つの問いをもう一度取り上げ、問い直すような問いがある。双方の作品において、迅速さ《ラピディテ》こそ言葉の本質的特徴であり、その到達能力、その真実を言う好運《チャンス》となっているのは明らかである。*それではなぜ、それら二つのエクリチュールの運動は、同じ尺度に服した仕方で測ることのできないような別々の運動になっているのだろうか。なぜなら、まず『地獄の一季節』においては、こう言えるからだ、つまりそこでは、性急さは死活にかかわる必然である、と。書き手は、互いに対立し合うさまざまな内的命令にまったく同時に応える必要性のなかにおり、ひとえにそういう急かされた熱狂状態のおかげで、自分の人生＝生活における敵対的な要求に反抗することができるのだ。こうした必要性や急かされた熱狂のせいで、このテクストは、およそひとつの文学が私たちに与えることのできるなかでも、他に較べようのないほど最高度に危機的なテクストとなっている。他方で、『イリュミナシオン』においては、場を変えて移動していく思考の素早さは〔『一季節』においてよりも〕見えにくいとしても、それは、そういう運動が迅速でないということではないし、この運動によって征服された空間がそれほど広がってはいないというわけでもない。それどころか、〔この運動が占める〕空間は、人間の——その未来における人間の——空間すべてを包含している。ただし、きわめて厳格なリミットのうちに折りたたまれた仕方で含んでいるだけなのだが。詩人の手は、自らが摑んだものを、また握り締める。各々の断章は、そして次に各々の言葉は、ある唯一無二の場のうちに、これまでの道のりを——どんな時にも、あらゆる仕方に応じて、また至るところで、端から端まで踏破された道のりを——緊密に凝縮している。人間における可能なるもののすべて——それはただ単に活動的な知や、反省的思考の可能なるものだけではなく、イヴ・ボヌフォワがあれほど見事に言っているとおり、ひとつの栄光の可能なるものでもある——は、ある統一性《ユニテ》のうちに引きこもる、つまり、かたち《フォルム》の引き締まった凝縮〔散文詩「放浪する者たち」においては、「方式〔formule〕」と呼ばれている〕によって、ある中心的な「場所〔lieu〕」の統一性《ユニテ》のうちへと引きこもるのだ(14)。そんな「場所」とは、たしかに可能なるものすべてが集中する場であるが、中心というよりむしろその不動なままの炸裂である。

『イリュミナシオン』という散文詩集は、いくつかの偶然的状況に応じて、そのおかげで、私たちのもとに手書き原稿が戻されたのであり、それほど脈絡のないかたちで散乱しているままであって、明確に結び合わされて構成された作品の諸構造にはまったく疎遠な詩集としてとどまっている。〔その配列、順序、制作年代などは〕きわめて不確定な作品であるけれども、しかしその運動として、あるひとつの可能な中心へと向かって引き寄せられる傾向、もっともダイレクトで、このうえなく決然とした傾向を有している。つまり稲妻は、稲光を発しつつ、再びその起源の場所へと向かうのだ。それに対し、『地獄の一季節』は、あらゆる矛盾した措定＝位置づけを同時に肯定する

＊「ランボーにおいては、語り口〔*diction*〕がすばやく別れを告げる《アデイウ》ことで、矛盾〔*contradiction*〕に先回りしている。彼が発見したもの、燃えあがらせるような彼の日時、それはまさに迅速さである」（ルネ・シャール）。〔René Char. « Arthur Rimbaud », *Œuvres complètes*, « Bibliothèque de la Pléiade », Gallimard, 1995, p. 733:『ルネ・シャールの言葉』西永良成編訳、平凡社、二〇〇七年、二七九頁〕

ものであり、このうえなく鋭い葛藤という試練に耐えて、自らを保ち、維持するものであるが、この作品は、その中心から追われ、追放されたひとつの思考の経験である。つまり思考は、そういう中心が「不可能なもの」であることを発見するのであり、そして、思考はそんな中心に、そのもっとも近くまで接近するのであるが、そうした接近はまさにあのずれ＝隔たり《エカール》——思考を、ばらばらに散らばったまま、外へと押し返すずれ＝隔たり——のなかで、近づく〔とともに外へと押し返される〕ほかないのだ。だがしかし、これら二つの語——「可能な」、「不可能な」——は、いったい何を担っているのか。それはランボーの秘密というよりもむしろ私たちの秘密であり、ということはつまり私たちの任務であり、私たちが狙う照準である。これらの名＝語は、「未知なるもの」〔イザンバール宛の、いわゆる「見者の手紙」（一八七一年五月十三日）に記されている重要な言葉〕を名づける二つの様式であり、他であるもの〔ce qui est autre〕にアクセスする、あるいは関係する二つの様態であると言うこと。それは、たしかに、難しくはない。そしてさらに、「……のほうへと向きを変える、……のほうへ振り向く」、および「……から身を逸らせる、……から逸れて迂回する」ということは、切り離されることができず、和解させられることもできない二つの運動であるが、それらはもうすでにその意味によって可能性の未来を指し示し、そしてまた不可能な現前《プレザンス》を指し示していると示唆すること。それもまた、困難ではない。〔これまで見てきた〕二つの詩作品の示す方向性こそまさに、私たちがこれらの二つの運動をそれとして確認し始めるのを助けてくれる。

★

しかしながらイヴ・ボヌフォワはもっと多くのことを言っており、私は終わりに、彼の思索を報告しておきたい。というのもこうした思索は大きな値打ちをもっているのだから。ランボーは、在るもの〔ce qui est〕の炎へとじかに参入することを肯定しつつ、あるいは約束しつつ、火を名づけた——「そしてぼくは、自然のままの光の黄金の火花となって生きたのだ」。しかし、また別のところではこう言われる。

生きよ、そして火にくべよ、
暗くてわからぬ不幸など。[15]

それゆえ存在の火がある、あるいは存在の探求の火があるのだ、そうイヴ・ボヌフォワは注釈する。だが、「暗くてわからぬ《オブスキュール》不幸」とは何だろうか。密かに火に結ばれている不幸、生きようと望む者がそれに拘泥することなく、それから気を紛らせ、離れなければならない不幸とはどのような不幸なのか。それはつまり、「詩《ポエジー》は、統一性の探求のなかへ、存在するもの《エートル》の現前そのものとの、可能なかぎり絶対的な関係のうちへ、私たちを全的に関わらせるのだが、そうすることによって、私たちを他の存在たちと切り離すことしかしない」こともありうるかもしれない、という意味あいである。[16] こうして、「詩人は、現実を、その深みにおいて、その実体において見出そうと望んだために、それだけいっそう諧調《ハーモニー》と一致《コミユニオン》としての現実を失う」ことになる。[17] こうした根本的な葛藤を、ランボーは、彼の人生の、また彼の探求の特有な動きに応じて、いろいろな仕方で、そしてさまざまに異なった水準で、深く味わった。それは彼の内部において、ある力と、そして、ある欠如との矛盾である。力というのは、抑えきれないほどの、彼のエネルギーであり、創出＝発明の能力であり、また、あらゆる可能なものの肯定、疲れを知らない希望《エスペランス》（陶酔、あの〈幸福〉における〈ヴィジョン〉）である。[18] 欠如というのは、「盗まれた心」に引き続いて、そのような〔心の〕盗みから生じた無限の喪失＝剝奪であり、[19] 窮乏、倦怠、分離、不幸（眠り）である。しかしながら、この本質的な欠如から発して、改めてまた詩《ポエジー》は、ランボーの内部で、欠如を資源に変える義務、不幸がそうである、語ることとの不可能性を、ある新しい未来、言葉の未来へと変える義務、そして、愛の喪失＝剝奪を、あの「創り直すべき愛」の要請[20]へと変える義務が、新たに自らに委ねられるのを見出す。それはあたかも——再びイヴ・ボヌフォワの、別の言い回しを取り上げるとすれば——、存在するものが無気力な事物《ショーズ》、人工的に生産された事物（諸々の客体《オブジエ》、階級化された社会、単に破廉恥な淫蕩《スチュプラ》、道徳化された宗教）へと失墜している状態そのものが、まさしく詩人によって引き受けられ、担われなければならなかったかのようである。さらにはまた、詩人によって、つねに未来である何か――まさに詩の現前においていつも未来である何か――へと関係づけられなければならなかったかのようなのだ。それでもなお矛盾はとどまる。すなわち一種の救済を求める個人的《パーソナル》な探求（それはつまり、「ひとつの魂と身体のうちに所有すべき」あるひとつの「真実」という意味あいにおける救済の探求であり、[21]疎通《コミユニカシオン》＝交流の固有な探求である）と、非個人的《インパーソナル》な経験――そこでは中性的なものが逃れ去り、隠れてしまう、非個人的＝非人称的な経験――とのあいだの矛盾である。さらに言いかえれば、一方で、不幸から発してはっきりと肯定されるべき、また、苦悩する人間の「燃えるような忍耐」[22]によって肯定されるべき疎通＝交流の欲求と、他方で、火から発して際立ち肯定される、そして、征服しようとする人間の、博識で、忍耐心がなく待ちきれない把握＝理解、つまり恍惚《エクスタテイツク》的で、栄光ある把握＝理解によって肯定される疎通＝交流の欲求とのあいだの矛盾である。

　しかし、ここで、私の考えでは、ヘルダーリンのことを喚起しなければならないと思う。ヘルダーリンにとっては、ランボーにとってと同じように、火という語と光という語は、「〈幸福〉」および「暗くてわからぬ不幸〔obscure infortune〕」[23]を表象した。ヘルダーリンが「直接性＝無媒介性」――それは「不可能なもの」である――について言うことは、私たちがあの日の光の暗いわからなさ《オブスキユリテ》――それでもそういう日の光は万人に共同であり、いついかなる瞬間にも共通であって、共同の日の光なのだが――のうちに入るのを助けてくれるにちがいない。それはつまり、あらゆる疎通＝交流は火からやって来るのだが、しかし火は疎通＝交流不可能なものであるから。このような知――私たちにとっては、必然的に、やはりなおきわめて抽象的である――を思い出しながら、次のような簡潔な言葉に耳を傾けよう。

いまこそ来たれ、火よ！
われらは願っている、
日の光を見ようと……(24)

（湯浅博雄訳）

2　残酷な詩的理性——飛翔への貪欲な欲求(1)

私たちはアントナン・アルトーの運命に、理想的な仕方でいまだなお注意を払えていない。たとえ彼についての知識が増えたにしても、彼がどうであったかについて、またエクリチュール、思考、実存の領域で何が彼に生じたかについて、私たちに満足がいくぐらいはっきりとした徴《しるし》を受け取ることはできないだろう。それでも、断片的に垣間見られる真実はいくつか存在している。私たちは、わずかのあいだでも、それらを見据えなければなるまい。たとえば、彼は極度の明断さという才能に恵まれていたが、しかしその才能に苦しんでもいた。また、彼がたえず気にかけていたのは、詩《ポエジー》や思考であり、ロマン主義者が関心をもつような人格(2)ではなかった。さらに、彼がさらされていたのは、あらゆる文化の既成事実、とくに現代世界の既成事実(3)を問い直す転覆の要請だった。

彼の運命を理解するために、天啓に打たれた天才というお決まりのイメージを払拭しよう。彼が閉じ込められ苦しみ叫び声をあげた空間を、忘れないようにしよう。しかしまた、彼が自己満足の眼差しを自身に向け、自分だけしか見つめなかっただろうなどとは、けっして考えないようにしよう。彼が自分の表現する謎に向かって、訝しげに問いかけたのは、この謎の存在のせいで彼がたえず新しい条件や関係と格闘していたからである。この条件や関係は、詩《ポエジー》の精神によって要請されるもので、彼はそこで伝統的な社会形式や宗教形式に支えを求めることなく、その空間にとどまらなければならなかった。彼は屈しなかったし、その言語が裏切ることのない権威を伴いつつ、彼は私たちのあいだで異邦人であったし、その異邦性は純粋に保たれ続けた。このことだけでも、私たちには驚きであり、私たちは彼のなかに詩的理性の力を認めるはずである。

この理性はけっして混乱したものではなく、必然的に犀利であり、厳格な堅固さをもっていたから、彼はそれのために残酷という言葉を創らなければならなかった。[4]この残酷な詩的理性のせいで、彼自身の思考は極度の困難に陥ってしまい、その後、彼は芸術と聖なるものとの交流のなかに、芸術の新しい形式と聖なるものの新しい意識を危険なまでに求めるようになってしまった。[5]

彼の経験や生を解釈するさいに、それらが異なる課題や時期に分かれているかのように考えるのは、恣意的なことである。それでも、このように分けることは有益だ。というのも、恣意的であるとはいえ、それらのおかげで私たちは、アルトーが余儀なくされた危機的な出来事の異なる複雑な意味を、理解することができるからである。最初の時期を表わしているのは、ジャック・リヴィエールとの『往復書簡』『冥府の臍』『神経の秤』『芸術と死』、それから『全集』の第一巻に集められたテクストのほぼ全体である。これらのテクストは、思考の本質についてのもっとも豊かでもっとも精妙な思索を形づくっている。そこでは、思考というあの特異な欠如[6]について、もっとも生き生きとした仕方で彼は取り組んでおり、そういう思考は文学創造の中心になるのだ。そのときアルトーは、もっとも勤勉な思想家や普通でいう創作者よりも正確に、思考とポエジーの関係について、イメージの力を借り抽象の極致を尽くして語るのである。二〇年後に振り返って、彼自身『冥府の臍』と『神経の秤』についてこう判断を下している。「出版した直後は、これらの作品には亀裂や欠落やありきたりな表現がいっぱいあり、まるであらゆる種類の堕胎、放棄、断念の詰め物のように思えました。それらは、私が言いたかった途方もない本質的なものの傍らで、いつも蠢いていたのです。この途方もない本質的なものは、私がけっして語らないであろうと言っていたものなのです。しかし、二〇年たって読み返してみて、私は驚いてしまった。それは、私が個人的に成功したからではなく、表現しえないものをうまく表現しているからなのです。[7]」

欠如と苦痛としての詩的経験は、私たちの心を打つ[8]。それは、経験する者を闘いの暴力のなかに巻き込んでいく。アルトーは、不思議なやり方で、この闘いの場であった。この闘いは、欠如としての思考とこの欠如に耐えることの不可能性との闘い、つまり、無としての思考とそのなかに隠れている豊かな湧出との闘いであり、また分離としての思考とその思考と切り離せない生との闘いである。一九四六年にアルトーはさらにこの闘いについて語っている[9]。「……そして、私は何もしなかったし、何もできなかった。何かをしながら、結局、何もしませんでした。書きながら、私はこういった事実を伝えることしかできませんでした。私の作品全体はこの無のうえに立っていました。無以外の場所で立つことなどできないでしょう。この殺戮のうえで、消えた火と水晶と虐殺が雑然と混ざり合ったうえで、人は何もしないし、何も言いません。苦しみ、絶望し、自分と闘うのです。そう、ほんとうに自分と闘う、と私は思います。人はこの闘いを評価するのでしょうか。判定するのでしょうか。正当化するのでしょうか。否。それとも、闘いに名を与えるのでしょうか。いいえ、闘いを名づけてしまうと、無を殺してしまうことになるでしょう。とくに生を止めてしまうことになってしまいます。生を止めることなどけっしてできないでしょう[10]*」

★

シュルレアリスムを称えながらにせよ、自分が見つけだした文学という芸術も、カトリック教会に味方しながらにせよ、自分が生きている世界に現われた生も、この闘いのなかで賭けられているものには匹敵しえない、とアルトーには思えた。次の時期への過渡期のあいだ、彼は当時流行していた運動に気軽に参加するのだが、最終的には真の芸術や新しい言語の条件、さらに根本的に新たなる文化の条件を探求するようになる。アルトーがこのように心を向けたものがどんなに重要であるかは、強調してもしすぎることはないであろう。たしかに彼は大学教授でもなければ、美学者でもなく、静謐な思想家でもない。彼は一度も確固とした場所に安住したためしはなかった。彼が述べたことは、生そのものによって語られるわけではない。（そうであるなら、あまりに素朴であろう。）そうではなく、彼を普通の生の外に呼び出すものがもたらす衝撃によるものなのである。かくして、法外な経験に身を委ねつつも、彼は堅固な精神でそれに立ち向かう。この精神は困難に燃え上がりつつ、焔のなかになおも光を求めるのだ。

アルトーは私たちに重要な文献を残してくれた。それはひとつの〈詩法〉にほかならない。たしかに彼はそこで演劇について語っている。しかし問題になっているのは、限定されたジャンルを拒みつつ、もっと根源的な言語を肯定することでしか達成しえない詩の要請なのである。「その言語の源泉は思考の深く埋もれた地点で見出されるであろう。[11]」彼が考え抜いたテーマやそれによって発見されたものは、私の意見では、あらゆる創作に当てはまる。詩は「空間のなかの詩」である。というのも、それは、「延長すなわち空間を囲い込み使用しようとし、そうしながら空間に語らせようとする……[12]」言語だからである。ここで問題になっているのは、その光景が私たちの目に映る現実の空間だけではない。もうひとつの空間、記号に近く表現力に富み、抽象的かつ具体的な空間が問題なのである。これはあらゆる言語に先立つ空間であり、詩が引きつけ、現前させ、それを隠蔽する言葉から解放する空間なのだ。「知的な雰囲気のこの空間、肉体のこの動き、書かれたひとつの文の四肢のあいだにある思想で満ちたこの沈黙が、ここ〔劇場〕で表現されているのは、舞台の雰囲気のなかであり、四肢、雰囲気、いくつかの叫び、色、運動の遠近法のあいだにおいてなのである。[13]」――詩は「既成の言葉よりもはるかによく言葉の必然性から出発する[14]」。――「演劇の最高の理念があるならば、それは〈生成〉と哲学的に和解するものである。[15]」――芸術は現実を語らず、その影を語る。芸術とはその影に陰影をつけて厚くするものであり、それにより何か別のものが現われることなく私たちに己を告げるものである。「文化にとってと同様に、〈演劇〉に残された問題は影を命名し導くことである。[16]」――最後に、真の演劇、あるいは「本物の[17]」芸術は、「一種の潜在的な反乱に向かい、この反乱は潜在的

＊『来るべき書物』に収録された文章「アルトー[18]」を参照のこと。

である限りでしか価値を持ちえない。[19]」これは完成できないものの完成としての芸術の経験であり、つねに現実とは別のものの実現としての芸術の経験なのだ。

こういった表現をとおして、アルトーはまず詩を空間として理解するという考えを示した。この空間は語の空間ではなく、語の関係の空間である。それはつねに語に先立ち、語のなかで与えられるとはいえ、揺れ動きながら語を宙吊りにするものであり、語の消滅の出現である。次に、この空間を純粋な生成とみなす考えを示している。さらに、イメージと影という考え、分身と「現前よりも現実的な[20]」不在という考えを提示している。つまり、対象である以前にイメージである存在の経験と、あらゆる表象とあらゆる認識に先立つ暴力的な差異のもとで捉えられた芸術の経験の考えである。そして最後に、反抗としての芸術の考えを示している。この反抗は一見すると現実的には見えないかもしれないが、もっとも深刻な反抗なのである。以上がアルトーのおかげで私たちが手に入れたテーマのいくつかである。彼はそれらを詩的な意識がもつ明晰な厳密さでもって展開していったのだ。

★

この厳密さは、アルトーに特有なものである。厳密さはひとつの暴力であり、この暴力のため、彼は危険に陥らずに思考することなど、一度もできなかった。芸術作品の創作の面では、この厳密さは「過酷な純粋さであり、どういう犠牲を払っても到達すべきもの[21]」を意味することを、彼は即座に認めた。別の面でなら、この厳密さが激しい運動を維持するよう求め、情熱的で痙攣する生、あるいはまた道徳上の厳密さや決然とした意識を持続するよう求めることを、彼は認めた。彼が宇宙的ないしは形而上学的と呼ぶ面では、厳密さの示すものが「純粋な諸力の爆発[22]」であり、限界も形もないものの震動であり、自らは犯されることなく無傷のままなのに、私たちを傷つけずにはおかないものがもつ「原初の悪意[23]」であることを、彼は認めた。これは細分化する暴力である。開かれている深みを、閉じてはいるが割れ目の生じた汚れた肉体に変えてしまい、粉々な破片、切り裂き、乱痴気騒ぎとは異なる有機的な爆発によって、断片的なものを絶対的な細分化へと変えてしまうのだ。こういった分解は、あらかじめ彼のなかに存在するものだが、執拗に書くことで――また、書かれたものという死体の山のなかで――解き放たれる。だから、アルトーは道徳なき宣告を発する。「書くことはいかなるものでも豚のように汚らわしい。[24][25]」

『演劇とその分身』に収められているテクストが書かれたのとほぼ同時期に、アルトーは『ヘリオガバルス』を執筆している。この作品で、彼は生涯にわたって主張し続けることになる探求を表現しはじめている。この探求は、「聖なる精神」の探求である。聖なるものとは、大地から引き離された天のことではない。力と神を引き離さないで、「天を天に釘づけしないし、大地を大地に釘づけしない[26]」、天と地の暴力的な交流なのだ。この交流が触れ続けるのは、すべてのものである。つまり、諸々の事物が「粉々になった多様なもの」、それらの打ち砕くような矛盾、「燃え上がる外観をもつ[27]」それらの無秩序、そしてそれらの統一である。その後のどのテクストにも、彼のどの思考の歩みにも、私たちは同じ試みと同じ動きを認める。それはキリスト教文明以外の文明のなかに、聖なるものの本質的な形態を取り戻そうという決意であり、「大気の鳴り響く四隅で、天の磁力をおびた四つの結び目で、戯れる」、「大地を結びつける神々[28]」によって神的なるものを再び到来させ、存在の「痙攣するような[29]」顕示を再びもたらそうという決意なのである。

アルトーがキリスト教やその観念論とどうにもならないほど相容れないことは、彼がキリスト教という宗教に対して放つ冒瀆的言辞や異議の申し立てよりも、聖なるものについてのこういった理解や、すべてのものとの嵐のような同一化のほうがはるかによく示している。一九三七年に彼は回心するが、それが彼の数々の自己喪失のうちでもっとも劇的なものであった理由を理解するためには、この特徴を思い起こさなければならない、と私は思う。彼の回心の意味が、彼がキリスト教徒であるという事実にあるならば、彼はキリスト教徒である。しかし、彼はキリスト教徒のように思考することはできない。彼のなかの言葉や彼のなかの詩が、彼の信仰を嘲り、彼の生を不可能にするものをたえず肯定しているのだ。たしかにここでニーチェを思い起こしても、アルトーのケースは完全には明らかにならないだろう。しかしながら、神的なるもの《ディヴァン》が異教の神として現われたディオニュソスが、十字架にかけられたイエスの顕現とニーチェのなかで衝突するという状況で、彼の精神が崩壊するのを、私たちは目の当たりにしている。(30) 同様にヘルダーリンは、キリスト教徒たちの神〔dieu〕である〈唯一者〉について語り、その〈唯一者〉が深淵に沈み込む衝撃としての聖なるものについて語っている。(31) この三人の運命のあいだには、多くの違いがある。もちろん、彼らに共通の面に幻惑されるべきではない。しかし、そうは言っても、彼らを襲った出来事のなかに私たちが予感するのは、聖なるものの和解しえない二つの形態による暴力的な衝突——聖なるもののまさに本質である矛盾——であり、回帰する神々と没落する神のあいだの分かち合いが不可能だということである。歴史的に一神教の文明に属する者にとって、このように神々に呼びかけることは、何を意味するのだろうか。いかなるものも、神と神々が歴史的に逗留を共にするようには妥協できない。そして、なぜ神々なのだろうか。なぜ複数の神々なのだろうか。答えはたぶんヘルダーリンが示唆している。神々は、ただ単に独自であるためだけではなく、複数性において単独であるためにも、神々なのである。(32)

★

アルトーが生きた最後の一〇年の真実の姿を明るみに出す用意は、まだ私たちにはできていない。私たちを混乱させるのは、アルトーが炎の精神に自分を委ねても、精神の光への忠誠から解放されたことは一度もないという事実である。彼は片方のためにもう片方を裏切ることはなかった。ヘルダーリン、ランボー、ヘラクレイトスを通じて、あるいは彼らについての謎めいた回想をこえて、アルトーはたぶんベーメ以来、炎の精神のもっとも近しい証人なのである。(33)

立ち昇る悪意ある火

いらだち逆らう意志の
完全な投影であり象徴
反逆の唯一つのイメージ
火は分ける　自らを分けるのだ
火は分離し、それ自身が燃える
火が燃やすものは、火自身である。
火は自らを罰するのだ(34)

アルトーが生について語るとき、彼が語っているのは火についてである。彼が虚空を名指すとき、それは火傷した虚空であり、むき出しの熱い空間であり、灼熱の砂漠なのだ。〈悪〉とは燃やし、力ずくに訴え、擦り傷を与えるものである。アルトーは、自分の思想の奥底や自分の言葉の暴力のなかで、何か悪意あるものが攻撃してくるのをいつも感じていたが、彼がこの〈悪〉に認めたのは、罪ではなく、「苦しむ詩人の真の心」が守らざるをえない精神の残酷さと精神の本質そのものなのである。アルトーが精神によって精神を苦しんだのはほんとうである。彼の思想が苦悩であり、彼の苦悩が思考の終わりなさにあったこともほんとうである。しかし、この暴力を彼は奇妙にも無邪気に苦悩しながら耐えるのだ。それは、彼の言葉が断言する反逆と同じように、特別な個人の動きを示すのではなく、存在の深みに由来する蜂起を示している。それはまるで、存在が存在であるばかりでなく、すでにその奥底においては「存在の痙攣」(35)であり、「飛翔へのあの貪欲な欲求」(36)であるかのようである。この欲求によって、アントナン・アルトーの生と詩はたえずかきたてられていたのだ。＊

＊　彼が危惧していたのは、狂気、叫び、たちどころに四散する言葉がもはやあるひとつの戦略の要素でしかないことであ

る。最終的に、彼の名を使い尽くすような名声によって、そのことはまさに彼に生じている（またこのテクストでも、そのことはすでに生じている）[37]。

（岩野卓司訳）

3　ルネ・シャールと中性的なものの思考[1]

私は、細かいこととも思われかねないが、ある指摘から出発してみたい。ルネ・シャールの言葉遣い《ランガージュ》のなかで重要ないくつかの語《モ》は、文法的には中性だったり、中性的なもの〔le neutre〕に近かったりするのだ。「予想しうるがまだ表明されていないもの[2]」、「消しえぬ絶対[3]」、「生き生きとした不可能なもの[4]」、「快楽の呻き[5]」、「凍えること[6]」、「そばに[7]」、「表明されない大いなる遠さ（望外の生けるもの）[8]」、「叡智の本質的なもの[9]」、「半ば開いたもの[10]」、「非人称の無限[11]」、「暗さ[12]」、「離れる[13]」。こうした表現を挙げたからといって、私は何も証明するつもりはなく、ただ単に注意を向けたいだけである。そもそも、技法の分析をすれば、これら種々の表現の異なるはたらき、ほとんどそのつど異なるはたらきが見られもしよう。重要なのはその点にはない。中性的なものとは、単に語彙の問題にとどまらないのだ。ルネ・シャールが「通行人[14]」と書き――彼がそう書いていないときでも、私たちはこの語が彼に棲みついているようにしばしば感じる――、「穿たれた通行人[15]」、自動詞的に通り行く者と書いているのに、もし私たちがそれを「通りすぎる男」ないし「通りすぎる人」と言いかえて安心してしまうならば、私たちは、この語が言語《ランガージュ》にもたらそうとしているであろう中性的な指示を変質させてしまうことになるように思われる。ルネ・シャールが「運命の星[16]」と呼んだり「敵対するもののざわめき[17]」と呼んだりするときについても同様だ。だがそれでは、中性的なものとはいったい何だろうか。

私はさらに、『粉砕される詩』の「梗概」から、誰もが覚えている次のような問いかけを引用したい。「おのれの前に未知なるものなしに、どう生きるというのか。[18]」この「未知なるもの」という語もまた、それがはっきりと言い表わされているか否かを問わず、数々の詩の言葉遣いにつねに現前している。たしかに、「平衡的な未知なるもの[19]」、「穿つ未知なるもの[20]」といった表現に見られるように、単独でこの言葉が用いられることは稀だが、それでも、未知なるものという語が読まれることに変わりはない。ここでこう問うてみよう。なにゆえに未知なるものとの関係というこの要請なのだろうか、と。まずもって、ひとつの答えが二つの問いを結び合わせる。未知なるものとは、言葉のうえではひとつの中性名詞的なもの〔un neutre〕なのだ。文法的に中性をもたぬ奥ゆかしきフランス語は不便ではあるが、最終的には利点がないわけではない。なぜなら、中性的なものに属するものとは、他の二つ〔男性・女性〕に対立し、実存者や理性的諸存在の画定された一個のクラスを構成するような、第三の性《ジャンル》ではないからだ。中性的なものとは、いかなる類＝性《ジャンル》にも割り当てられないものである。すなわち、一般的ならざるものであり、類に含まれざるものであって、また同様に個別的ならざるもののようなのだ。それは、客観のカテゴリーにも主観のカテゴリーにも属することを拒む。ということは、中性的なものが、いまだ画定されておらず二項間でたゆたうもののようだということを意味するだけではなく、中性的なものが、客観にかかわる状況にも主観の性向にも依存しない、ある他なる関係を想定しているということでもある。

もう少し続けよう。未知なるものは、つねに中性態で〔au neutre〕考えられる。中性的なものの思考とは、思考にとって脅威でありスキャンダルなのだ。だが、クレマンス・ラムヌー[21]の書物を参照しつつ思い出しておきたいのだが、西欧的思考の最初の言葉遣い、すなわちヘラクレイトスの言葉遣いに見られるひとつの主要な特徴とは、特異な中性でもって語る点にあるのだった。「知を備えた唯一の存在[22]」、「期待しがたいもの」、「見出しえないもの[23]」、「語るすべも知らぬ[24]」、「遍《あまね》きもの[25]」。ところで、すぐに思い起こしておかねばならないが、「叡慮[26]」、「共通的なもの」（あるいは「叡慮そのもの」、「一なるそのもの」、「共通なもの」）といったヘラクレイトスの語は、アリストテレス的論理学やヘーゲル的論理学の意味での概念でも、プラトン的意味でのイデアでもなく、要するに、いかなる意味においても観念や概念ではないのだ。フランス語に翻訳してしまうとそのまま受け入れられなくなってしまう中性的なものというこの名称を通して、私たちは何かを述べるべく仕向けられるのだが、抽象化し一般化する私たちのやり方では、どの記号をもってしてもその何かに匹敵させることができない。

したがって私たちは、未知なるものがこうして中性的な言い回しを取るとき、つまり、中性的なものの経験が未知なるものとのあらゆる関係に内包されていると予感されるとき、いったい何が自分に示されているのかという問いの前に、ここであらためて立たされることになる。しかし私は、さらにもう一点、付言しておきたい。明らかに行きすぎた単純化を冒すことになるが、「中性的なもの」を非人称の法則や普遍性の支配に置き換えて順応させ手なずけるか、あるいは〈主体としての私〉の倫理的優位性や〈特異な唯一者〉への神秘主義的渇望を肯定することで、中性的なものを退けようとする努力が、哲学全史にわたって認められるかもしれないのだ。中性的なものはこうしてたえまなく、私たちの言語活動《ランガージュ》や真理から退けられている。抑圧は、フロイトによって模範的なやり方で明らかにされたが、その彼は、中性的なものを欲動や本能という用語で解釈したあげく、最終的には、おそらくはまだなお人類学的な展望の下に解釈することになった。*彼の後にはユングが、傾聴すべき精神性に利して元型という名の下に中性的なものを回収してしまう。ハイデガーの哲学は、こうした中性的なものの問い質しに対する一個の応答として、そして概念的ならざる方法で中性的なものに接近しようとするひとつの試みとして理解されるかもしれないが、それについてはまた、思考が昇華せずには受け入れられないように思われるものを前にした、新たな退きとしても理解しなければならない。**同じくサルトルは、彼が「実践的惰性態」[27]と呼ぶもの——彼は、悪について

* 言うまでもなく、ここに記している事柄はあまりに性急なものであって、厳密なものではない[28]。
** 存在と存在者との差異、〈超越者〉と有限者との神学的差異ではない差異、〈超越者〉と有限者との神学的な差異ほど絶対的ではないが、いっそう原初的ではある差異）、実存者とその実存様式の差異とはまったく他なるものでもある差異。

そうした差異をめぐる考察は、思考と言語活動をして、中性的なものに対するひとつの基本的な語を存在〔Sein〕のなかに認め、つまりは中性的なものを思考せしめているように思われる。だがただちに修正して、次のように述べねばならない。存在から私たちに届く要請のなかで存在に付与されている尊厳、存在を神的なるものへと曖昧に近づけてしまうすべてのもの、存在〔Sein〕と現存在〔Dasein〕の照応、存在と存在了解とが手を携えているという摂理にも似た事象、自身を明るみの幕開けとなす存在者へと向けられ、おのれを開き、おのれを明らかにするものである存在、すなわち存在〔Sein〕と真理とのこの関係、光の現前のうちに自らを開示する開示。これらの事柄によっては、私たちが、未知なるものが含意するような中性的なものの探求へと向かうことはないのだ、と。

語る神学者たちのようにそれについて論じるのだが――に、いみじくも、弁証法の契機ではなくあらゆる弁証法を頓挫させうる経験の契機を見て取りながらそれを断罪するとき、その思考が接近しているのもまた中性的なものなのだが、そこでは中性的なものが貶められていて、つまるところ、まさしく中性的なものを中性的なものとして考えることが退けられているのである。

「おのれの前に未知なるものなしに、どう生きるというのか。」この問いの姿をした断言の明証性のもつ何かが、私たちを引き留める。ある困難が、まさに私たちを狙い定めて引き留めるわけだが、それはしかし、安堵をもたらしかねない形態の下に隠れてしまう。その困難を探し求めねばならない。未知なるものとは、ひとつの中性的なものである。未知なるものは、客体でも主体でもない。このことが言わんとしているのは、未知なるものを考えるということが、なお来るべき全知の対象としての「いまだ知られざるもの」をおのれに提起するということではいささかもなく、かと言って、あらゆる認識方法や自己表現の手段を退け、純然たる超越性の主体という「絶対的に認識不可能なもの」として、未知なるものを乗り越えてしまうことでもない、ということだ。反対に、この探求が未知なるものとしての未知なるものにかかわっていると明確にしておいたうえで、その探求――そこでは詩《ポエジー》と思考が、その固有の空間において肯定し合い、切り離されていて、不可分である*――に賭けられているものは未知なるものなのだと（おそらくは恣意的になってしまうが）考えてみよう。それにしても、面食らわせる文である。というのも、この文は、未知なるものであるかぎりでの未知なるものについて「詳細に述べ」ようとしているのだから。言いかえれば、私たちは、未知なるものが肯定され、顕現し、さらには露呈し、つまりは発見されるような関係を思い描いているのだ。だが、いったいどのような相のもとに発見されるというのか。文字どおり、未知なるものが未知のまま保たれる点においてである。だとすれば、この関係において、未知なるものは、未知なるものを覆っておくもののうちに発見されるのかもしれない。矛盾しているだろうか。確かに。この矛盾の重みをしっかり担うべく、別様に言い表わすことを試みよう。探求――詩、思考――は、未知なるものとしての未知なるものに関係している。この関係は未知なるものを発見するのだが、それは、未知なるものを覆っておく発見によってである。この関係を通じて、未知なるものの「現前」が存在する。未知なるものは、この「現前」のうちに現前化されはするが、それはつねに未知なるものとしてである。この関係は、自分の発見するものを暴露されないようにし、おのれの担っているものを――それに触れることなく――無傷にとどめておかねばならないわけだ。それは、暴露にかかわる関係ではあるまい。未知なるものとは、開示されるのではなく、指し示されることになるのだ。

（誤解を避けるために正確を期す必要があるが、未知なるものとのこの関係は、客観的認識を遠ざけるものであるのと同じく、直観的認識や神秘主義的融合による認識をも遠ざける。中性的なものとしての未知なるものは、同一性や統一性、ひいては現前へのいかなる要請にも無縁な、ひとつの関係を想定しているのだ。）

私たちの考察を取り上げ直し、さらに加速させよう。ひとつの発見とはならないような非‐現前の関係を通して、[29]未知なるものを暴露することなく未知なるものと関係を結ぶこと。このことがきわめて厳密に意味しているのは、

＊ 実のところ、ルネ・シャールの例を見ればよくわかるのだが、詩《ポエジー》、言葉《パロール》、そして思考は、[30]見たところは二重の語彙だが、ひとつの同じ名なのである。とはいえ、この探求においてひとつのものとして達成されるものを名指すのに二つの名、複数の名が必要なのは、この探求の中心点が、統一性なき統一性だからである。

中性態の未知なるものが、光には属していないということ、光に包まれ光によって遂行される発見には無縁の「領域」に属しているということである。未知なるものは、眼差しに対して隠されることなしには目の前に現われることがない。すなわちそれは、可視的でも不可視でもなく、より正確には、あらゆる可視的なものや不可視のものから逸れているのだ。

これらの命題は、いかなる意味ももたないかもしれない、もし、西欧的思考の全体を暗黙裡に維持している公準を問いに付すという目的に達する場合を除くならば。その公準とは、再び注意を促しておきたいのだが、可視－不可視の認識が認識そのものであるということだ。つまり、思考が、自分の思考しようとする事柄の先へと進むさいに準拠するようなあらゆるメタファーは、必ず光と光の不在から与えられてしまう、ということである。それは、私たちが「照準を合わせる」ことのできるのが（またしても視覚的経験から借りられたイメージだが）もっぱら明るみの現前のなかで私たちに到来するものに限られるということであり、また、あらゆる視覚が総体的視覚であり、視覚の経験が全貌を見晴らす連続性の経験である以上、私たちはいつも、理解や認識のみならず、あらゆる形態の関係を、総体の展望に従属させざるをえないのだ、ということだ。

★

「けれども、もし未知なるものとしての未知なるものが、可視的なものでも不可視のものでもないとしたら、いったい未知なるものとのどのような関係（神秘主義的でも直観的でもない関係）が、なおも指し示されうるというのだろう。私たちが詩そのもののなかに賭けられていると考えてきた関係のことだが。

――そう、どんな関係なのだろう？　もっとも例外的でない関係、それを担うのが詩の務めである関係。詩、つまりはまた、もっとも簡素な言葉《パロール》。なるほど、もし言葉を語ること《パルレ》が、明るみのなかで実現してしまう関係とは異なる関係のうちに未知なるものが指し示されるような、(31)あの関係なのだとすれば。

——だとするならば、言葉において——言葉にほかならないこの間隙において——こそ、未知なるものは、未知なるものであり続けながら、あるがままの姿で、すなわち切り離され、無縁《エトランジェ》のものとして私たちに指し示される、ということだろうか。

——そうだ。言葉においてこそだ、とはいえそれが、言葉の固有の空間に対応しているかぎりでだが。「おのれの前に未知なるものなしに、どう生きるというのか。」未知なるものは、あらゆる展望を排除し、視覚の範囲にとどまることなく、何らかの総体の一部を成すこともありえない。この意味で、未知なるものは、「前のめり〔l'en-avant〕」の次元をも排除する。将来にあるという点で未知であるものは、私たちが前方を展望する関係を築きうるものではあるけれども、私たちに未知なるものとして語りかけてくる未知なるものなのではない。未知なるものとは、それどころか、未来をめぐるあらゆる希望を頓挫させ、打ち砕くよりほかないのだ。

——すると、未知なるものの経験を思い描くことは、否定的なものの試練ないし根源的な不在の試練に根源的に身を投じることだ、と言わねばならないだろうか。

——いや、そう述べることはできないだろう。未知なるものは、中性的なものの思考のなかでは、肯定を免れると同時に否定をも免れる。否定的でも肯定的でもなく、未知なるものを肯定するようなものに対しては何も付け加えず、何も差し引かない。[32]存在するしないを問わず、未知なるものが自身の画定を見出すのは、そうした点にではなく、もっぱら、未知なるものとの関係が、光によって開かれるわけでも光の不在によって閉じられるわけでもない関係だという点においてなのである。中性的関係。それは、中性態で考え、中性態で語ることが、あらゆる可視的なもの、および不可視のものから隔たって考え語ること、すなわち、可能性には依拠しない用語で考え語ることなのだ、ということを意味している。「おのれの前に未知なるものなしに、どう生きるというのか。」この問い質しが重くのしかかるような姿をしているのは、それゆえ、(一) 生きることが、必然的に自己から前のめりになって生きることだという点に由来しており、(二)「真性に」「詩的に」生きることは、未知なるものとしての未知なるものと関係を有していて、それゆえ、自己から前のめりになって生きられないように仕向けるばかりか生からあらゆる中心を引き抜いてしまう未知なるそのものを、おのれの生の中心に据えることだという点に由来しているのだ。

――間違いなく、ルネ・シャールの語る「未知なるもの」とは、単に未来の未知なるものなのではない。その場合、未知なるものはつねにすでに私たちに与えられていて、それはひとつの「いまだ知られざるもの」にほかならないからだ。個人の一生には、どこまで平板な世界においてであれ、このような未来があるけれど。

――未知なるもの。詩によって私たちが注意を向ける未知なるものは、未来、それも「予言されざる未来[33]」が予期しえないという以上に予期しえない。なぜなら、死と同じく、未知なるものはあらゆる把捉を免れるのだから。

――その把捉が言葉である場合は別として。

――言葉を別として。だからといって、言葉は把捉でも把握でもない。ここにこそ本質的な点がある。未知なるものを語ること、未知のままにとどめおきながら言葉のうちに未知なるものを受け入れること。それこそまさしく、未知なるものを摑まないこと、共に‐摑む〔理解する：com-prendre〕ことがないということであって、視覚がそうであるような「客観的な」把握――それは隔たりにかかわらず把握してしまう――によるものにしろ、未知なるものを同定してしまうのを自らに拒むことなのだ。おのれの前に未知なるものをもって生きること（それはまた、未知なるものを前にして、そして未知なるものとしてのおのれを前にして生きる、ということを意味している）とは、いかなる形態の権能《プヴォワール》も行使せず、私たちが眺めるときに成就されるあの力――というのも、私たちは、眺めることで、自分の前に立っているものやひとを、自分の視覚の地平や領域、可視‐不可視の次元に保持してしまうのだから――さえ行使することなく語る、言葉のこの責任のなかに入り込むということなのだ。ここで思い起こしておきたいのは、すでに言い古されたルネ・シャールの断言、私たちがこれまで述べようと試みてきた事柄をすべて解き放ってくれる次のような断言である。曰く、「ひとの知らない一個の存在とは、介入してくることで、私たちの不安や重荷を動脈の曙光へと変貌させうる、ひとつの無限の存在なのだ[34]。」未知なるものとしての未知なるものとは、この無限なのであって、未知なるものを語る言葉とは、無限にかかわる言葉の謂である。

――だから、その意味で、私たちはこう述べることができるようになるのだろう。すなわち、語るということは、関係をもたぬまま未知なるものとの関係を結ぶことなのだ、と。

――〈語ること〉、〈書くこと〉。」

★

私は、端緒についた省察をここでやめることにする。以上の省察は、ルネ・シャールに対するひとつの解釈を示すなどと主張するものではなく、せいぜいのところ、彼の作品の一部に接近すべく、これまで顧みられてこなかった道を示すものだ。作品のその一部は、おそらく重要性を増している。余白に書かれていたとしても、それは副次的な事柄にすぎないというわけではもはやない。そこからは――少なくとも私にはそう思われるが――無理解と一種の暴力が生じてしまっている。そうした無理解や暴力によって、「日暮れ時のこの時間」[35]、何人かの批評家たちは、この作品に対して用心すべく、作品の生気を失わせ、作品に諸々の枠組みをはめて、自分たちの心を乱さぬ尺度に還元してしまうのだ。「私は語ろう。それに、私は言うすべを知っている。だが、私を中断する敵意のこもったこだまは、いかなるものだろうか[36]」。

（安原伸一朗訳）

±±「中性的なもの。この言葉から何を理解すべきなのだろう。」――「おそらく理解すべきものは何もないのだろう。」――「ということは、まずもって、私たちがどうしても、伝統に従って、それを通して中性的なものに接近しようとするような諸形態、すなわち、認識の客観性、環境の均質性、諸要素の互換性、あるいはまた、根底的な無関心＝無差異――根底の不在と差異の不在が一致するところ――を排除しなければならない、ということだ。」――「だとすれば、このような言葉の作用点はどこにあるのだろう。」

±±「排除と抹消を続けよう。中性的なものは言語活動《ランガージュ》によって言語活動にやって来る。とはいえ、中性的なものは単に文法上の性というわけではない――あるいは類や範疇として見るならば、それは私たちを何か他なるもの、自らのしるしを負ったaliquid〔ラテン語で「何か」を表わす不定代名詞の中性〕へと導く。第一の例として、自分が言うことに介入しない者は中性的だと言っておこう。同様にして、言葉《パロール》がそれを発する者や自分自身のことを考慮せずに発せられるとき、その言葉は中性的だとみなされうるだろう。その言葉はまるで、語りながら語っていないかのようで、言われるべきことのうちでは言われえないことを語るがままにしているかのようである。」――「だとすると、中性的なものは私たちを、曖昧で無垢ではない位置が帯びているような透明性へと見事に送り返すことになるだろう。そこには透明性の不透明性、あるいは、不透明性よりも不透明な何ものかがあるのだろう。というのも、不透明性を抑えつけるものも、あの透明性の根底、不在という名目のもとで透明性を担い、透明性を存在させるあの根底を抑えつけることはできないからだ。」――「まさしくその存在だ。透明性の存在だ。」――「まさしく、それは私が言おうとしていないことだ。私が言っているのはこういうことだ。私たちが存在と名づけているものにおける中性的なものは、すでに存在を括弧に入れ、いわば存在に先行しており、つねにすでに存在を中性化してきているのだが、それは虚無主義へと向かう作用によってというよりも、効果＝作用をもたない作用によってなのである、と。」――「ということはまた、透明性の特徴が中性的なものだとしても、中性的なものは透明性を帯びてはいないということでもある。」――「中性的なものは、ほぼ不在という位置、無効の効果という位置に与えられるということを押さえておこう。この位置は（おそらく）次のような位置に類似している。すなわち、一単語ないし一続きの語のそれぞれの語基が同じ語族のなかで、あるいは様々な語尾変化を通して維持していると想定された位置であり、「虚構の」語基である。それはいわば、けっして現前することも消えることもなく透けて見える意味であり、ゆえに動じることがなく、絶対に取り消しえないもののようであり、にもかかわらず、いかなる固有の意味をも奪われ、あるいはいかなる固有の意味からも解放されている。というのも、それが意味をもつのは、ひとえに、それに価値や現実、「意味」を与える諸々の様相によってのみだからである。」――「ということは、意味の意味は中性的だということだろうか。」――「とりあえず、そういうことにしてみよう。すでに肯定や否定によってその意味の位置で無傷に置いておかれたならば、中性的だと（さらに言えば、意味は、肯定的であれ否定的であれ措定されることはないのだが、いわば、あらゆる肯定と否定を超えたところに顕現するのだ。ここには、存在論的な論法の力ともなしさがあるだろう。すなわち、神は、存在するにせよ、しないにせよ、神であり続ける。神は、中性的なものの至高性であり、〈存在〉に対してつねに過剰であり、意味が空ろで、この空虚によってあらゆる意味と非意味から絶対的に切り離されている）。」――「意味がいわば終わりのない退きの運動によって、宙吊りの要請において、エポケーの皮肉な競り上げによって作用し、働きかける場合も、やはり中性的だろう。それは単に自然な位置なのではなく、無効にされた純粋な光のなかに意味が現われるためには確かに宙吊りにされるべき実存の位置でさえない。それは、無限の還元によって、自らを括弧に入れ、引用符に入れることで初めて意味をもつような意味それ自体であり、それはついには、日の光によって消え失せながらも欠けてなくなることはけっしてない——なぜなら、欠如こそがそのしるしだから——亡霊のように、意味の外にとどまるだろう。」——「意味は、したがって、中性的なものによってしかありえないということになるだろう。」——「とはいえ、そうは言っても、中性的なものは意味とは異質なままだ。私が言いたいのは、まずもって、意味に関しては、中性的なものは、無関心というわけではないが、差異という不可視の隔たりによって意味と非意味の可能性に取り憑いている、ということだ。」——「そこから、次のような結論を引き出せることになる。現象学はすでに中性的なものの方に道を踏み外していたのだと。」——「文学と呼ばれるものもすべて同様だ。その特徴のひとつが、エポケーを無際限に追い求めることであるならば。エポケーとは、自己をも含めたすべてを宙吊りにしながら、にもかかわらず、その運動が否定性に帰されることはないという、厳格な任務である。」——「中性的なのは、肯定にも否定にも属さない文学的行為だろう。それは（第一に）、あたかも文学の固有性とは亡霊的であることであるかのように、意味の亡霊、強迫観念、模擬《シミュラークル》としての意味を解放する。亡霊的であるというのは、文学が文学自体に取り憑かれているということではなく、文学が、自らの強迫観念であるような、あらゆる意味の前提条件を担っていると思われるからである。あるいは、もっと平易に言えば、文学は還元——それが現象学的還元であるにせよ、ないにせよ——の還元を模擬することと以外に何も取り組むことはないというところまで還元されていると思われるからだ。かくして、文学は還元を取り消すどころか（そのように見えることがあるとしても）、還元を穿ち崩すすべてのものによって、終わりなきものに従って、還元を高めているのである。」

±±それゆえ、中性的なものは、書き言葉の言葉遣いにおいて、ある言葉を強調することによってではなく、ある言葉を引用符に入れたり括弧に入れたりといった特異な消去によって「価値」を与える〔強調する〕ことに関係しているだろう。その消去は目立たないがゆえにいっそう効果的である——差し引かれ、隠蔽された引き算だが、だからといって二重化が生じるわけではない。シュルレアリストたちにおいて慣用となっているイタリック体は権威と決断のしるしだが、中性的なものの見地からは、とりわけ場違いである。とはいえ、ひとえにそれにまさる偽善をもって、括弧に入れたりダッシュに入れたり、あまりにも目立つ聖アンデレ十字を付したりするのも、おそらく同様の効果しかない。言ってみれば、括弧入れの操作は、そこで中性的なものが成し遂げられるというようなものではないが、中性的なもののまやかし、その「皮肉」に応じるようなものなのだ。

±±中性的な〔中性的なもの〕、この言葉は、見たところ閉じてはいるがひびが入っており、特性なき形容詞であり、生存も実質もなしに実詞の範疇に上げられている（現代の慣用に従って）。この用語には、終わりなきものが、位置づけられることなく寄せ集められているようだ。中性的なものは、応答なき問題を担いながら、いかなる問いも対応しないようなaliquid〔何か〕の閉域を所有している。というのも、中性的なものに問いかけることはできるだろうか。中性的なもの、と書くことはできるだろうか。中性的なものとは何か、と書くことはできるだろうか。中性的なものはどうなっているのか、と書くことはできるだろうか。もちろん、できるだろう。けれども、問いかけは中性的なものに打撃を与えることはなく、無傷のままにというわけではないが、中性的なものを残しつつ、ただそれを貫いて横切り、あるいはこちらのほうがありそうだが、それによって自らが中性化され、鎮められ、受動的にされるのだ（中性的なものの受動性は、あらゆる受動的なものの彼方の、つねに彼方の受動的なものであり、その固有の受苦は固有の活動、非活動の活動、無効の効果を包み込んでいる）。

±±受動性の活動に、その活動を実行するとされる主体との直接的な関係が欠けているように思われるときには、すでに中性的なもののことを語ることができるように思える。すなわち、それが語る、それが欲望する、ひとが死ぬ、といった具合に。確かに、フロイトが〈無意識〉と名づけ（彼はまた、フランス語のそれ〔ça〕のような、粗雑であると同時に洗練された、いわば無言の語を、無意識を画定するための点ないし目印のひとつとして利用することで――あたかも、まだ統御しえない断言のつぶやきが、最下層の叫びのように「卑俗な」道から上がってくるかのように――、その異質性をよりよく示していた）、たえず指し示していた――固定はできないにせよ――謎の欲動は、まずは中性的なものによって理解されるのであり、いずれにせよそれは、中性的なものをこの謎による圧力として理解するにとどめるよう仕向けている。けれども、中性的なものの特徴のひとつは（そもそも、中性的なものはおそらく、この〔中性的なものという〕言い回しによって、それを、主体にも客体にもなりにくい不確かな位置に維持している）、肯定からも否定からも逃れ、ひとつの問いないし問いかけの切っ先をなおも隠しもっておく――提示することなく――ことである。しかもそれは、応答の形においてではなく、そうした応答で応えにやって来るようなあらゆるものからの退きの形においてである。中性的なものは問いかける。けれども通常の問いかけの仕方でそうするのではない。中性的なものは、自らに向かってくる注意をまるで引きつけないように見えるにもかかわらず、また、問いかけのあらゆる力を中性化しながら、それ自体がその力に貫かれているにもかかわらず、その力がなおも発揮される限界をつねにさらに遠くに押し広げる。そのとき、問いかけのしるしそのものが消えてゆくのだが、断言にはもはや、応答する権利も能力も残らない。

±±中性的なもの、無差異に至るまで差異を担うもの、より的確に言えば、無差異をその決定的な均質性に委ねないもの。中性的なものは、つねに中性的なものによって中性的なものから切り離され、同一なものによって説明されるどころか、同一化できない余剰にとどまる。中性的なもの、表面にして深さ。表面が支配しているように思われるときには深さと関係をもち、深さが支配しようとする（支配する意志となる）ときには表面と関係をもち、深さをさらに深く押し込みながらそれを表面的なものにする。中性的なものはつねに、位置づけられるところとは別のところにある。中性的なものはつねに中性的なものの彼方や手前にあるというだけでなく、固有の意味を奪われ、さらには肯定性や否定性のいかなる形態も奪われているというだけでもない。中性的なものは、いかなる経験に対しても、思考の経験に対してであれ、現前性によってても不在によってても、自らを確実に提示させることはないのである。しかしながら、〈他なるもの〉が不意に出現し、思考をそれ自体から抜け出させたり、〈自己〉を構成しながらも〈自己〉のほうはそれから身を守っている欠陥に〈自己〉を衝突させたりするような出会いは、すべて、すでに中性的なもののしるしを帯び、中性的なものに縁取られている。

（郷原佳以訳）

4　断片の言葉[1]

ルネ・シャールが、他の誰よりも、中性的なものの「ゆっくりと箍《たが》をはめ直される夜[2]」の目覚めに関係していて、言述から言述を解き放って呼び出し、しかしつねに尺度に沿いながら、ついには断片の言葉《パロール》で「人間たちの、あたかも宙吊りのように、悲劇的で中間的で破壊的な本性[3]」に応じる人物だということ。このことこそ、断片的なもの、中性的なものを、二重化されたひとつの語彙のように——たとえこの二重化が謎の二重化でもあるにせよ——まとめて捉えるすべを、すでにして神秘的なやり方ではあれ、私たちに教えてくれるものだ。

断片の言葉[4]。この語《モ》に近づくのは難しい。「断片」。ひとつの名詞。とはいえ動詞としての力も備えているのだが、その動詞が存在するわけではない。裂け目、欠片をもたぬ折り枝。間歇性における停止が、生成を停止させるどころか、自分のものである断絶のうちに生成を喚起するときの、言葉としての中断。断片と口にする者は、既存の現実の断片化だとか、これから来るべき総体への契機などと述べてはならないだけではない。このことを考察するのは、視覚がつねに全体を見渡す視覚であるのと同様に、認識は全体に関してしか存在しまいという、理解というもののあの必然性ゆえに難しい。つまり、そうした理解に従うならば、断片のあるところには、以前に全体であったかこれから全体となるか、何かしら全体のようなものへの暗黙裡の指示がある、ということになってしまうのだ——最初の原子が宇宙を当初から象って保持しているのと同じく、切り離された指は手を参照させるというわけだ。

私たちの思考はこのように、一つの限界、すなわち、無傷の実体という想像と弁証法的生成という想像とのあいだに捉われている。だが、断片の暴力、とりわけルネ・シャールを通じて私たちが近づけるようになったこの暴力のなかでは、あるまったく他なる関係が、少なくともひとつの約束や務めとして、私たちに与えられているのだ。

「詩の分解エネルギーをもたぬ現実など、いったい何だろうか。(5)」

「炸裂*」や「分解**」に対して、否定の価値ではない価値を認めるようにしなければならない。欠如的でもなければ、単に実定的なのでもない。あたかも、それを否定しようとするにはその存在を肯定することから始めねばならないという強制や選択肢が、ここでは、つまるところ、神秘的に断ち切られるかのようなのだ。(6)『粉砕される詩』というのは、意気阻喪させるようなタイトルではない。『粉砕される詩』。この詩を書くこと、読むことは、言語活動《ランガージュ》による了解をある種の破片的経験、すなわち分離および非連続性の経験へと折りたたむのを肯うことなのだ。異郷《デペイズマン》への移行を考えてみよう。異郷への移行は、単に国の喪失を意味しているだけでなく、住み慣れることなしにとどまり住まう、より真正な方法を意味している。追放とは、〈外〉とのある新たな関係の肯定なのだ。したがって、断片化された詩とは、未完成なのではなく、他の様態での完成への道を拓くものなのであって、待機のなか、問い質しのなか、あるいは統一性には還元できない何らかの肯定のなかで作用する詩なのだ。

断片の言葉は、独自《ユニーク》のものであるにしても、けっして統一的《ユニーク》なものではない。それは、統一性を理由にしても統一性を目的にしても書かれることがない。なるほど、その言葉は、それ自体として捉えるならば、何ひとつくっつけることができるようには思われない一個の塊のように、欠片の姿で、切り立った稜線をもって立ち現われる。認識可能な何ものにも結びつけることのできない未知の空に浮かび上がった、流れ星の破片。そういうわけで、ル

＊　「私たちの遭遇する宇宙の炸裂のなかでは、まさに驚異だ！　崩れ落ちる破片は生きている。(7)」

＊＊　「ヘラクレイトスよ、ジョルジュ・ド・ラ・トゥールよ。私はあなた方に感謝する……私の分解を身軽で受け入れられるものにしてくれて……(8)」

ネ・シャールをめぐっては、彼が「アフォリズム形式」を用いている、と言われる。奇妙な誤解だ。アフォリズムは閉じていて、境界がはっきりしている。あらゆる視界の水平線のように。ところが、彼の詩の多く——口実《プレテクスト》も文脈《コンテクスト》もないテクスト——が私たちに示しているように、ほとんど切り離されていると言ってもよい一連の「文章」において重要な点、重要というだけでなく高揚させもする点とは、それらの文章が、ひとつの文章から次の文章へと移ることができないか、移るにしても、飛び越えるのが難しいと意識しながらもっぱら一足飛びで移らざるをえないほどに、空白でもって中断され、孤立させられ、繋がりを断ち切られているにもかかわらず、それらが複数であるという点で、ある配列の意味を担っているということなのであって、それらの文章はその配列を言葉の未来へと委ねているのだ。調和や合致や和解に属する配列にはならないが、それでも、言葉を経由すればそこから新たな関係が築かれるはずの無限の中心として、分離や散逸を受け入れるであろう、ある新種の配列。構成するのではなく、並置する配列。つまり、関係を築くことになる諸辞項を互いに外へと放置し、その外在性と距離をあらゆる意味作用の原則——つねにすでに失効している原則——として遵守し保護する配列なのだ。並置と中断は、この場合、尋常ならざる正義の力を担っている。そこには完全な自由が広がっているが、それは、自由が私たちに授ける（困難な）安穏を基盤としてのことだ。困惑の水準にある配列。不動性の生成。

詩人が混乱をもてあそんでいるわけではまったくない、という点は理解しておこう。なぜなら、支離滅裂なものならば、たとえ逆向きのものにせよ、あまりにも巧みな構成に行き着くよりほかないのだから。ここにあるのは、厳密さと中性的なものとの堅固な結びつきなのである。意味の島々であるルネ・シャールの「文章」は、連関しているというよりはむしろ、ひとつまたひとつと置かれている。それも、筋交いもなく直立しているエジプト寺院の巨石のごとき強固な安定性によって、また、無限の逸脱を許しもする極端な密度によって。たまゆらの可能性を解放し、もっとも重々しいものをもっとも軽やかなものへと、もっとも峻厳なものをもっとも柔和なものへと向かわせ、そして同様に、もっとも抽象的なものをもっとも生気に溢れたもの（朝まだきの顔の若々しさ）へと向かわせながら。このことは、次のように分析できるかもしれない。つまり、数々の実詞の言葉としての特権。かくも素早いイメージ群の凝縮（恍惚と別離）。それはあまりに素早いがゆえに、極小の空間にもっとも対照的な——対照的というにとどまらず、関連をもたない——数々のしるしを隣接させている。そして最後に、統辞という点では、並列的秩序への傾向。そのとき、規定力をもつ冠詞を奪われた語や、画定された主語を奪われた動詞（「孤立してとどまる〔Seuls demeurent〕」）、ないしは動詞を奪われた文が、それらの語や文を繋げたり組織したりする既存の関係をまったくもたぬまま、私たちに語りかけてくるのだ。

ルネ・シャールの詩集はどれも、(9) 他のあらゆる詩集に先んじて、未知なるものを引き留めることなく受け入れる、そのつど異なった方法なのである。毎回、私たちは、思考と詩篇《ポエム》の新たな関係や、その言語活動が今なお言述——それが弁証法的であるか否かにかかわらず——に属しているかのように解釈してしまうという自分たちの過誤に気づかされる。その言語活動が私たちに示している厳格なる不一致は——ときとしてあまりに峻厳なるがゆえに、私たちがそれを感じ取るのは言葉の高ぶりや苦しみのようにしてなのだが——、古来の形態のカテゴリー（対立、緊張、解決）には収まるはずもない。私たちが乗り越えるよう促されているのは、輝ける両義性のもたらす紛い物の幸福である。それから私たちは、諸辞項をそれぞれ対立させる矛盾の苦悩を乗り越えるよう促されるが、それとて、賛成と反対が和解したり溶解したりする全体性へと至るためではなく、還元不可能な差異に私たちが責任を負うようにするためなのである。

ルネ・シャールにとっては、ヘラクレイトス——ルネ・シャールはつねに、孤独から孤独へと、彼と博愛の関係を結んでいると認めてきた——の場合と同じく、事物のなかで、そして語のなかで本質的に語っているものとは、〈差異〉なのだ。密やかな差異だが、というのも、それが、語ることをつねに延期し〔différant〕、差異を意味するものとはつねに異なる〔différente〕からであり、またすべてが、間接的にしか述べられないけれども沈黙しているわけではない——すなわちエクリチュールという迂回路のなかで作用する——その差異を根拠にして合図し、自ら

合図になる、といった類《たぐい》の差異だからだ。(10)

★

『群島をなす言葉』。それは、その島々の多様性に沿って切り取られ、そうして大いなる満潮を出現させる。無限に分有されている深い大地の出現によってのみ私たちに示される、きわめて古いこの広大さと、つねに来るべきこの未知なるもの。それによって、次のような永遠の願いが力を取り戻す。「それにしても、現実に私たちのためにつくられ、神の意志に依らずして、四方八方から私たちを浸していたこの広大さ、この密度を、いったい誰が取り戻してくれるのだろう。(11)」「神の意志に依らずして」。私たちはこのとき、こだまのように、こう耳にする。「神々は帰還しているのだ、仲間たちよ。神々は、まさにこの生に入り込もうとする刹那に、やって来る。だが、撤回する言葉もまた、誇示する言葉の下に、再び立ち現われ、私たちを一斉に苦しませた。(12)」これは応答だろうか。

そして次のような言葉。「距離を消滅させることは殺すということだ。神々は、私たちの間でのみ死ぬ。(13)」これが応答なのだろうか。

ともあれ、もう少し耳を傾けて、忘却に寄与する語を読みながら、読むすべを身につけることにしよう。そこでは、エクリチュールが、すなわち言述なきエクリチュール、痕跡なき筆致が、その固有の謎のもつ中性性〔neutralité〕のなかで、つねに運任せの真理を取り戻すのだ。「失われ、呑み込まれたものと想定され、何ものからも触れられず、記憶を超えた、背後の西方は、その卵形の褥から身を引き離し、息も切らさずに登り、ついには攀じ登って合流する。点は溶ける。数々の泉は流れる。上流は炸裂する。そして、下流では三角州が緑に覆われる。国境の歌が、川下の見晴らし台にまで広がる。榛《はん》の木の花粉は、わずかなもので満足する。(14)」

こうして、断片のエクリチュールを通じて、ヘスペリス〔夕べの娘〕的了解の回帰が告げられる。それは衰退の時間なのだが、衰退といっても、先祖の衰退であり、その異邦性《エトランジユテ》をまとった純然たる迂回である。つまり（ルネ・シャールは他のところで口にしているが[15]）失望に失望を重ねて進むことを可能にしながら、勇気から勇気へと至るもの。神々だろうか。一度も到来することなく再来するような。

（安原伸一朗訳）

±±中性的なものは誘惑せず、惹きつけることもない。そこに、何ものも免れることのできないその眩惑のような魅力がある。そして書くことは、この魅力なき魅力を賭けに投じ、その魅力に言語活動をさらし、暴力によって言語活動をそこから引き出すことなのだが、その暴力は再び言語活動をあの断片の言葉になるまでその魅力に委ねるのである。断片の言葉、すなわち、空しい分割の苦痛。

±±「さて、中性的なものとは、〈他なるもの〉にもっとも近いもののことではないのか?」――「もっとも遠いもののことでもある。」――「〈他なるもの〉〔Autre〕は〈他なる人〉〔Autrui〕のように私たちに語りかけるとしても、つまり、自分を位置づけがたくし、自分を同定しそうなものの外部につねに自分を置くような異質性によって語るとしても、中性態だ。」――「〔h〕eteron〔ギリシア語で「他なる、異なる」〕とneuter〔ラテン語で「どちらでもない」〕は、ポジとネガや表と裏の関係のようにではないけれども、関係があると認めるべきではないだろうか。〔h〕eteronはneuterのうちに隠れており、neuterのうちに、自ら自身の隔たりの目立たなさや、自らがそこで作用する関係の無限性を隠すおとりを見出しているのではないだろうか。」――「しかし、だとすれば、〈他なるもの〉はつねに中性的なものの脅威のもとにあり、さらには中性的なもののしるしを帯びている、というだけでなく、いまだ統御できない浮き沈みの関係のなかで、中性的なものから絶対に一線を画すものでもあるということにならないだろうか。」――「まず言っておかねばならないのは、〈他なるもの〉と中性的なものは、両者をともに思考することをいっさい禁ずるはずのものに、そして禁ずるはずのものによって結びついているということだ。〈他なるもの〉と中性的なものが、もちろん異なった仕方によってだが、〈一者〉の権限に入ることがなく、さらには、〈存在〉への避けがたい帰属に巻き込まれることがないと主張することが可能――全面的にそう主張することはできないが――だとすれば。」――「異なった仕方によって、というのは、一方は過剰によって、他方は欠如によって、ということか？」――「おそらくそうだろう。ただし、過剰と欠如というこの差異は、対立をなそうとするけれども、欠如は、ある場合には過剰であり、同様に、過剰は欠落の莫大さに基づいているのだと定められないならばほとんど意味をなさない、という点を思い出しながらだが。」――「他方でまた、〈一者〉のそのような忌避に、かくも安易に甘んじているわけにもいかない。このような忌避は、ただ否定的にのみ行われたならば失敗に終わるだけであり、ただ「限界への」移行に訴えるだけでは――おそらく――効力をもたないだろうから、なおのことだ。」――「いずれにせよ、そのような忌避は失敗に終わるだろう、そう確信していい。」――「けれども、死はその役割を演じるのではないだろうか。というのも、死は〈他なるもの〉としてやって来て、中性的なものと見せかけ、統一的に捉えられることはなく、接近不可能でありながら襲ってきて（それゆえ、死が襲うものは接近不可能になる）、にもかかわらず、つねにすでに触れたものにしか触れず、いかなる現働性《アクチュアリテ》ももたず、また、〈自己〉につきまとっているけれども、〈自己〉に出会われるのは、自己が〈他なるもの〉の名義人となり、もはや〈他なるもの〉が自らに与え、贈り物として受け取る、すでに打ち砕かれた虚構のパートナーにすぎなくなるときのみだからである。」

±±だから、おまえの死を、それが欠落として際立たないような領域に書き込みなさい。その領域は、言述の他の領域からあまりにかけ離れているために、他の領域にはその分離を捉え直すことができない――そのものとして指し示したり、指し示しながら放棄したりするためでさえ。死によって際立つ欠落は、言述一般にとっては、つまり、死が意味の零度（差し引かれた引き算）のように書き込まれる領域では、必ずや、「真理」や「主体」や「統一性」の概念に——それらを無傷なままに保ちつつ——触れ、それを当初の位置から降ろすことだろう。それによって、しかしながら、言述は、まさに今このとき、真実の幻想と主体の幻想を自らに保持している。言述は、そうした幻想をもてあそぶことで、捉えがたい真実やつねに疎外されていると想定される主体が言述の永遠の欠陥をさらに保証してくれるようにするのである。

±±私は、真理なき死がそこに書き込まれるように、概念なき隔たりを探し求める——それはつまるところ、死ぬことが、挫折を意味するというよりもむしろ、真理の効果が欠落としてさえ際立たなくなるような領域を画定するかもしれないということだ。そこで、学問〔science〕は厳密な記述《エクリチュール》であり、そこには何ものも欠けていないと仮定し、学問にだけは、書くことと死ぬことがどこで繋がり、あるいは重なり合うかを確定できるのだと想定してみよう。しかし、「学問」なるもの、それは、いったいどうしたら、学問をイデア的に全体化し、「イデオロギー」に回収してしまう、この単純な統一性を自ら認めうるのだろうか。

±±言述のなかで、言述によって、そして言述から離れて、不可視のまま境界線が引かれる。その境界線は、言述から全体性のあらゆる能力を引き出し、それを多様な領域に割り振る。それは統一性をめざす（むなしくではあっても）複数性ではなく、統一性に対して——その手前にであれその彼方にであれ——構築される複数性でもなく、統一性をつねにすでに脇に置いてきた複数性である。学問の学問性は、本質の統一性についてのその省察にあるのではなく、それどころか、そのたびごとに明確に、学問という語を本質や意味の既存の統一性から解放する、書くことの可能性にあるのである。

それでも、言葉《パロール》をつねに書くこと《エクリチュール》に差し向けている「文学」が、その固有のイデオロギー（文学がイデオロギーを放棄するという幻想を抱くのは、それを強めることによってでしかない）によって、また、何よりも――ここに文学のつねに決定的な重要性があるのだが――、学問が抗いがたい誓約によって、また自らの救済のために諸記号の同一性と永続性に捧げている信仰をイデオロギー的だと告発することにおいて、学問から隔たっていることに変わりはない。おとり、完璧なおとりだと。

±±かくして、中性的なものの挑発がよりよく――おそらく――指し示される。中性的なもの。この余剰の語は、それがそこで際立ちながらもつねに欠けている場所を自らに取っておいたり、場所なき場所移動を引き起こしたり、自らを多様な仕方で補充の場所に与えたりすることで、自らを差し引く。

　余剰の語。その語は〈他なるもの〉からやって来るのだが、けっして〈自己〉に耳を傾けられることはない。とはいえ、〈自己〉は唯一その語を聞くことができる者である。というのも、その語は〈自己〉に向けられているからである。〈自己〉を追い散らしたり打ち砕いたりするためではなく、「私」が遠ざける裂け目や散乱に応えるために。空虚な心臓の鼓動のような、その遠ざける動きのなかで、「私」は自己になる。余剰の語があるところ、ありそうなところには、死の攻撃と啓示がある。

±±おまえは、自己として、自らを不確かなものと、虚構のものと、とはいえそのぶん、自らの中心を確信している円のように自己に閉じている場合よりも、必要なものと、みなすことを受け入れるか？　そうすれば、おそらく、おまえは、書くことで、まるで書くことの秘密であるかのように、忘却と一体となったこの時期尚早の結論――すでに遅ればせだとしても――を受け入れることになるだろう。すなわち、他の者たちが私の場所で＝代わりに書いていてくれること、私の唯一の同一性である、占有者なきこの場所で書いていてくれること、それこそが、一瞬の間、死を喜ばしく、予測不可能なものにする、ということを。

（郷原佳以訳）

5　忘れがちの記憶(1)

詩《ポエジー》とは記憶だ。これは古来の主張である。記憶とは、詩神《ムーサ》である。歌う者は、記憶を頼りに歌い、思い出す能力を授ける。歌はそれ自体、記憶《メモワール》〔mémoire〕であり、回想の正義が行使される場所、すなわちかのモイラ〔人間に運命の糸を割り当てる三女神〕、あの謎の部分であって、それにしたがって法や配慮が案配される。

最古の古代人はすでに、歌い手たちのもつ度外れの権能に非難を向けていた。記憶可能なものの主人を自任する歌い手たちは、死者に対する死の権利を手にしていたが、また、思い出されることなく消え去らざるをえない者たちに偽の名声でもって報いることもあったからだ。そういうわけで、ホメロスはしばしば、冒険家ではなく狡知に長けた人物であるオデュッセウスに栄誉を授けたとして非難されたのである。

しかしながら、数々の競合する聖域に仕え、つまりは神々に仕える歌い手たちという階層へ向けられるこうした非難は、沈黙せる大事件を自分の意のままに高めたり貶めたりするという点で罪深い詩人たちによる、恣意的な空想に対する非難なのではない。そもそも、作品や歌が一から十まで創造されうるなどとは誰も思っていない。作品や歌は、記憶のもつ揺るぎない現在のうちに、つねに前もって与えられているのだ。いったい誰が、伝承されたわけでもない新たな言葉に関心を抱くというのだろう。重要なのは、述べることではなく、述べ直すことであり、そうして述べ直しながら、毎回、なおも初めて述べるということだ。耳を傾けるとは、厳粛な意味においては、つねにすでに耳にしたということである。すなわち、先在する聴取者たちの集団に加わるということであり、たゆまぬ聴取のなかにあらためて彼らが現前できるようにするということである。

歌とは記憶だ。詩によって思い出されるのは、人間や民衆、神々が、まだそれに関する固有の記憶をもってはいないが、その庇護のもとに自分たちがとどまっているものであり、人間や民衆や神々の庇護に委ねられているものでもある。この大いなる非人称的記憶とは、起源の思い出をもたぬ思い出であって、最初の神々が語りの力に依拠して物語そのものへと生まれてくるような恐ろしい伝説のなかで、数々の系譜詩が接近する記憶なのだが、詩人であれ聴衆であれ、特定の人物は誰一人、個別的存在のままでは近づくことのできない貯蔵庫なのだ。それは遠きものだ。それは深淵としての記憶だ。古典ギリシアのいくつかの詩編では、神々が、生み出されると同時にまだなお神々しいものとして、すでに力を蓄えたいわば形而上学的な名として生み出されているわけだが、そこでは、〈忘却〉とは、原初の神性、尊ぶべき祖先であって、後の世代を通じてムーサたちの母たるムネーモシュネー〈記憶の擬人化された女神〉の身に起こることになる事柄の最初の現前である。記憶の本質とはこのように、忘却なのであり、死ぬには飲まねばならないあの忘却〔レーテー（忘却）の川〕なのだ。(2) このことが意味しているのは、ありきたりの貧弱な意味あいで、すべては忘却のなかで始まり終わる、ということにはとどまらない。というのも、ここでは、忘却とは何でもないもの《リヤン》ではないからだ。忘却とは、記憶の注視そのもの、守護的な力なのであり、その力のおかげで、事物の秘められた面が保持されるのであって、その力のおかげで、死すべき人間たちが、不死の神々と同じように、自分のあるがままの姿から保護され、自分自身の秘められた姿で安らうのである。

シュペルヴィエルが、彼独特の慎み深さ――取るに足らぬものではいささかもない慎み深さ――でもって、私たちに、少なくとも私に語ってくれているのは、おおよそ以上のような事柄である。ムーサとは、〈記憶〉なのではなく、〈忘れがちの記憶〉なのだ。忘却は太陽である。記憶は、忘却を反射させ、その反射のなかで忘却から光――驚嘆と明晰――を引き出しながら、反射によって輝くのである。

それにしてもあれほどの忘却でもって、どうすれば一輪の薔薇ができるというのか、[3]

私は――シュペルヴィエルの作品に対して、自分が、記憶と忘却によるつながり以外のものをほとんどもっていないこの今――、この核心の詩行のもつ甘美なまでに苦しみに満ちた輝きを想起する。記憶とは、まずもって混乱であり、「混乱した記憶」、「かすかな記憶」であって、私たちのうちに、予想もしないほど近くに、不分明な変化の謎を設える、あの変容の力である。

私はこちらか、私は向こうか？　私の見慣れた両岸は
どちらも変化して私を彷徨するままにしておく。

こうした内的移住は、活力の源として感じ取られる前にまずは危難として生きられるはずのものであり、「不動性」であって、詩人は、その背後で「何が起こっているのか知っている」。忘れ去られるものは、ゆっくりとした歩みにとってひとつの道標、すなわち方向を示す矢印である。忘れ去られるものは、忘れ去られるものに狙いを定めると同時に、数々の変容の場が位置しているもっとも深奥なる消去としての忘却にも狙いを定めている。外部から内部への、そして内部からあのさらなる内部への移りゆき。かつてノヴァーリス[4]が述べたように、そしてリルケが述べたように、そのさらなる内部では、連続し非連続でもあるひとつの空間に、いっさいの現前の外と内奥性とが集中している。

だが、二重の誘惑があり、隠しがたい危険[5]がある。忘却とは、忘れ去られた事柄にほかならないが、それでも忘却はまた、私たちの手には負えず、忘れ去られた事柄をはるかに超出した忘却力によって、私たちが忘れ去るもの

と私たちとを関係づけたままにしておく。哲学者ならば、こう述べるかもしれない。忘れ去ることとは、媒介力をおのれの秘密として保持することだ、なぜなら、こうして私たちのもとから消え去るものが、その喪失によって豊饒になり、その欠如の分だけ増大し、よく言われるように理想化されたうえで、必ず私たちの元に戻ってくるのだから、と。

樫の木が再び木立となり、影が再び平野になる、
だとすれば、見開いた私たちの目にあるのはあの湖だろうか?

忘却とは媒介であり、幸福な力である。しかし、このはたらきが詩的尊厳を保ちつつ完遂され、はたらきであることを止めて出来事となるには、手段であり、仲介者であり、単なる道具としての忘却であり、つねに使用可能な可能性であるものが、前後に道のない深みとして肯定され、私たちの統御を逃れ、それを自由に使用するという私たちの力を挫かねばならないのであって、深みとしての忘却や、これら記憶の都合のよい実践をも、すべて挫かねばならないのである。媒介だったものはそのとき、分離として感じ取られる。絆だったものは、結び合わせることも解くこともない。想起された現前へと現在から向かっていたもの、つまり、あらゆる事物をイメージとして私たちに取り戻させてくれていた産出的生成は、不毛な動きとなり、止むことのない往復運動となる。忘却まで降った私たちは、それによって、忘れ去ることとさえなく、忘れ去る可能性なしに忘れ去り、あらゆる思い出とあらゆる思い出の不在との間に宙吊りにされるのだ。

詩的試練としての試練。そこに私たちは、またしても、彷徨する不動性にこの反転が凝固していく瞬間を再び見出す。それこそ、シュペルヴィエルが、自身のもっとも純粋な物語とみなしている『海に住む少女』を書き、その瞠目すべき簡素な作品によって応じた運命である。ここで私たちは、ほとんど想定外の方法で、あの忘却の生へと

近づく。そこでは、何かが忘れ去られるのだが、忘れ去られているがゆえに現前してもいる。忘却における忘却の現前。忘れ去られる出来事のなかで際限なく忘れ去る力。しかし、忘れ去る可能性のない忘却。忘却なき、忘れ去りかつ忘れ去られること。きわめて控え目ながらもこうした経験を私たちになじみ深いものとし、わずかひとつのイメージによってその経験を私たちに示すことに成功した人物に対しては、いったいどれほどの謝意を表するべきだろうか。

さて、私たちは今や、〈忘れがちの記憶〉というムーサが私たちをどのような危難のもとに引き留めているのか、以前よりよくわかるようになった。それは、あるいは、忘却能力をもつ記憶にすぎないのであって、その場合には諸存在が変容して私たちのもとに到来するような岸辺まで私たちが降ることは叶わないのだろうか。そこには、それ自体未知なる空間に変貌したあの異質な身体をまとった、私たち自身も到来するのだろうが。あるいは、忘却は、私たちをしてすべてを忘れ去らしめるのだが、その場合いったいどうすれば事物に再び追いつけるのか。どうしたら現前へと立ち戻れるというのだろうか。

それにしてもあれほどの忘却でもって、どうすれば一輪の薔薇ができるというのか、
あれほど繰り返した出発でもって、どうすれば一度の帰還ができるというのか、
逃れ行く千羽の鳥はとまる一羽にもならず
あれほどの暗がりは白日を模倣するがうまくいかない。

記憶には、もはや弁証法的とは呼べない関係があるわけだが、というのも、その関係は、媒介の場でありながら媒介なき空間でもある忘却というこの両義性に属しているからだ。あたかも忘れ去ることがつねに深く忘れ去ることであるかのように、とはいえ、忘却のこの深さが深いのはあらゆる深さの忘却のうちに限られるかのように、深さ

と表面との無関係な無差異の差異〔différence indifférente〕。ここから、シュペルヴィエルが私たちに耳を傾けるよういざなう、次のような問いが生まれる。

私の時を時計に見ながら?……
ことの成り行きに注意を払い、
あなたは表面で何をなさるのでしょうか、
おお　深さの婦人、

私の協力を求めるのですか?
いかなる謎めいた解放に向けて

深淵のまさにこの縁に。(6)
あなたを不思議な頂点とする
私を引き留めようとなさる
おお　あなたは終わりを迎えるのをつねに覚悟しながら、

記憶、この深淵の頂。
遠きものと近きものとの間の、同じように見定めがたい密やかな関係は、優美さの点で恐るべきものとも言える、次のような鳥の会話を通じて、私たちに示されている。

「鳥よ、何を探しているのか、私の書物の上を飛びまわって、
私の狭い部屋のなかは君にはまったく疎遠だろうに」

「私はあなたの部屋など知りませんし私はあなたから遠くにいます、
私は一度も自分の森を出たことはなく、自分が巣を隠した
木にとまっています。あなたに起こるすべての事柄に
別の解釈をしてください、鳥など忘れ去ってください」

そして、以下の結末部では、遠ざかりのうちの死の接近が、もっとも簡潔な言葉で私たちにこう表現されている。

「でも　あなたの謎めいた優しさにどんな恐ろしさが隠されていたか
ああ！　あなたは私を殺した　私は私の木から落ちてゆく」

「私は一人でいたいのだ、たとえ鳥にでさえも見られたくはない……」

「けれども私は遠い森の奥にいたのですから！」(7)

鳥は木に言う、「あなたに力あれ、私に抑揚あれ」と。(8) この声の抑揚とは、記憶の抑揚である。それは、いつも慎ましく、ときに押し殺されはするが、穏やかで清澄な抑揚であって、異邦性《エトランジュテ》の圧力の下に経験された事柄に対する簡素な応答だ。あらゆる瞬間に、この話の真理が鳥に示されているのは、記憶の彼方にある深い記憶との関係

ゆえなのだ。その記憶とは、人間が一度も自分の知ることのなかったものを想起するように思われるあの時代、歴史の此岸にある「伝説上の」時代に、起源を有する記憶である。これと同じく、シュペルヴィエルにおいて、詩人はあたかも思い出すかのようにして語るのだが、思い出すとしても、それは忘却を通じてなのである。(9)

(安原伸一朗訳)

6　夜のように広々とした[1]

カフカがブロートに宛てた手紙の次のような一節を思い出す。[2]「作家というのは人類にとっての身代わりの山羊だ。作家のおかげで人々は、罪のない気持ちで、ほとんど罪のない気持ちで罪を享受することができる。[3]」ほとんど無実のままで味わえるこの愉しみとは、読書のことである。作家は罪ある者であり、悪に徹底的に身を委ねているのだが（私の思うに、往々にして実に幸福そうに書き、ときには自分の書くものに大いに誇りを抱いているキリスト教作家は、たやすくそこを見逃している。グレアム・グリーンは、真のキリスト教徒ならばまず書くことはないだろうと指摘している）[4][5]、しかし、作家が誤って創り出してしまうものが、読者の側では幸福と恩寵になる。これらの特徴を誇張してみるならば、次のようになるだろう。本質的に不幸なものである創造が、本質的に幸福なものである読書のきっかけとなる。書物とは、ともすれば昼へと転じるかもしれぬ夜である。照らし出されることのない黒い星でありながら、他のものを静かに照らし出す。読書とは、この静かな光のことである。照明の秩序にはないものを、読書は光に変える[6]。

しかしながら、読者はそのようなすばらしい無実さを失ってしまう危険につねにさらされている。第一に、作者はおのれの使命を最後まで果たすことができずに、いまだ充分に書き尽くされていない書物を何冊も刊行してしまい、そこに入り込んだ読者は読むというよりも、想像のうちで不安に駆られながら、書くことの情熱を引き延ばすことを余儀なくされる（そしてその代わりに、作者と読者のあいだに特異な内密の関係が生まれる。これはロマン主義以来見られるものである）。しかし、さらに、批評家というあの風変わりな人物、不当で、厄介で、余計者で、つねに悪意を抱いた（たとえそれが彼の善意や「理解」の過剰によるものだとしても）人物がいる。批評家は、つねに書物と読者のあいだに割って入ろうとしている。彼は文化による諸々の決定や道筋を体現している。彼は神の無媒介的な接近を禁ずる。彼は何を読むべきか、いかに読むべきかを述べて、結局のところ読書を無益なものにする。しかし、少なくとも批評家自身は幸福に読書をする幸福な人間なのだろうか。まったくそんなことはない。彼は自分が読んだことを書くことしか考えていないのだから。それゆえ、おそらくいまだかつて今日ほどたくさんの書物が書かれたことはないにもかかわらず、深刻で痛ましいほど私たちには読書が欠如しているのである。

こうした状況は昔ながらのものだ。ソクラテスは、ホメロスの詩を暗唱するだけでは飽きたらずにその「思想」を解釈してみせると主張した吟遊詩人をからかっていた。「君たち吟遊詩人にとっては、単にホメロスの詩句のみか、その考えをもすっかり学びつくすことが、その技術にとって必要とされているが、これは羨望に値することだからね……。なぜなら吟遊詩人は、詩人の考えを聴衆に取り次ぐ人とならねばならないからだ。」それに対して、イオンはその皮肉に気づくことなく答えた。「あなたの言われることは、ほんとうです、ソクラテス。とにかく私が、自分の技術のなかで一番多く苦労させられたのは、その点ですからね。そしてホメロスについて語るのは、私のものが、この世で一番見事な出来だと信じています……。」――「それはうれしいことを言ってくれるね、イオン。」[7]こうして、アレゴリー、象徴、神話解釈などと呼ばれる読解法が認められてきた。[8]プラトンは自分が描く都市国家からホメロスを手荒く追い出したが〔『国家』598e–608b〕、彼が拒絶していたのはホメロスその人というよりも、詩人の言葉を遠ざけていくつもの真実やメッセージで置き換えようとするアレゴリー的注釈のほうなのである。プラトンは、反射と表面の世界に閉じこめられた詩人から引き出すものなど何もないと断言して、あの掘り崩し作業にけりをつけた。私は思うのだが、このようにすることで、プラトンは、ホメロスのうちにあらゆる物理的、道徳的、形而上学的確実性の表われを見出して高揚していた文法家たちよりもよほど的確に、ホメロスに固有の真実を守ったのではないだろうか。こうしたアレゴリーの濫用は古典古代後期、そして初期キリスト教時代にも続いてゆくが、しかし、激しく反発する人々もつねにいた。たとえばプルタルコスは、「かつては『隠された深い意味』と言われ、現在では寓意的解釈《アレゴリー》と呼ばれているものによって、ホメロスの物語はねじ曲げられてしまった(9)」と述べ、タティアノスは、「神話にも神々にもアレゴリーを当てはめてはなりません(10)」と述べたのだった。

いかにして象徴がアレゴリーの後を引き継いだのか(プラトンにおいては謎めいた仕方で、プロティノスやロマン主義においては断固たる仕方で)、そしていかにして精神分析的読解が象徴主義的読解に続き、より学問的で熟慮されたかたちに発展したのか、*その歴史はまだ西洋だけでも概要しかわかっていない。これらの違いがいかに揺るぎないものであるとしても、その方法の同一性は無視できるものではない。要するに、これらの読解はテクスト解釈なのである。その解釈は、うわべの意味の下に隠された別の意味を追い求め、さらにその下にまた別の意味を追い求め、そうして不可解な中心に到達しようとするのだが、その中心は言い表わされるためにつねに翻訳か隠喩を必要とするのだから、直接に啓示されうるとは限らない。「精神分析」は、つまるところ無意識を指し示すのだが(11)、無意識の表現方法は象徴であり、それは言語に関連があるだけでなく言語そのもの(12)であるような象徴である。(言葉についてのそのような問題設定が私たちをいかなる水準の雄弁な関係に導くのかという問いは丸ごと残っているが(13)。)これは、若きシェリングがアレゴリーを「二重化した言語」と呼んだときにすでに言おうとしていたことである。彼がそのように呼んだのは、もっとも単純な言葉でさえ偽装し、それが述べているのとは別のことを述

* 少なくとも、精神分析の異論の余地ある解釈学的観念においてはそういうことになるだろう。誤解を避けるために想起しておけば、ジャック・ラカンが用いている意味での〈象徴界〉は、象徴化されたものに依拠する象徴として理解されるものではなく、この審級を創設し秩序づける——無秩序としてであれ——法の解明として理解されるものである。〔この註は単行本版での追加〕

べるのであって、そうでなければ言葉は何も語らないからである。アレゴリーとは、したがって、表現をその主要な性質、すなわち、顕在的な意味と潜在的な意味との二重性という性質に集中させることである。

シェリングの進展は特徴的である。彼はすぐに、アレゴリーが字義的なうわべの意味を破壊することによって詩を破壊してしまうことに気がついた。というのも、アレゴリーは、表現されてはいないが唯一重要である、あるいは真実であるとされる別の表現のために、イメージ、すなわち詩人の独創的な表現を抹消してしまうからである。(14)アレゴリーほど身近ではなく、アレゴリーより豊かで、おそらく必然的に秘匿された意味に関心を抱く象徴にさえ同じ欠陥がある。象徴というものがつねに、ある瞬間に原典を乗り越えさせ、別の何ものかを聞いたり熟視したりさせるものであるとすれば、それである。そこに気づいたシェリングは、形態と意味、自然と超自然とのいかなる分裂をも拒否して、神々はおのれの存在しか意味しない、というあの有名な神話学の構想へと至ったのである。*

隠喩による不当な扱いを本人に施してしまうのを恐れずに言えば、私の思うに、バシュラールは精神分析におけるシェリングとみなせるのではないだろうか。バシュラールはつねに、数多くのイメージに、そして、そのうちでイメージが真実と生を有しているような書物に、誰よりも深い情熱を捧げてきた。それゆえ彼はしだいに、完成されてはいるがうぬぼれの強い専門技術的な知を軽蔑するようになったのだ。そうした知は、まったく異なるさまざまな経験の最中で成立し、芸術作品によっておのれの方法を確認しようとする。そのさい、個々の芸術作品はひとつの事例としてしか捉えられず、そしてそれらが実に深い層における解釈――いわゆる深層の力に見合った解釈――を施されるがゆえに、作品は重要ではなくなり、重要なのは作品の背後にあるもののみとなる。あるいはまた、重要なのは作家が書くものではなく精神分析家が見出すもの、さらに言えば、精神分析家がそもそも前もってすでに見出していたものとなる。** こうした読解法はきわめて概略的とはいえ見事なものであり、おそらく正当でもあるのだろうが、しかし、読書というものの単純な真実に応えるものではない。読書とは、無知なものである。読書は自らが読むものによって開始され、そこから、開始の力を発見するのである。読書とは、迎え入れ、耳を傾けて理解することであって、解読し、分析し、彼方へ展開させていったり手前に引き戻して露出させたりする権能ではない。読書は包括的に了解する〔comprendre〕（この語の本来の意味で）(15) のではなく、耳を傾けて理解するのである。見事なまでの天真爛漫さだ。しかし、いかなる注釈をも拒み、過去も確信もなしに、与えられるままにイメージを捉えるこのような単純さは、文学の豊かな創意に対して障害となるのではないだろうか。知の専門家たち、注解の専門技術者たち、そして「あらゆる詩の哲学」は、このような単純さを歯牙にもかけずに拒絶するのではないだろうか。

こうしたやましさを取り払うかのように、バシュラールはここに彼自身の方法を担保に携えてやって来る。「能動的理性主義」の権威であり、学識豊かな彼は、自分にとって本質的な詩的行為と思われるものを裏切らないため

＊　私はここで、学問的でありながら読みやすいジャン・ペパンの『神話とアレゴリー』（オービエ社）〔Jean Pépin. *Mythe et allégorie*. Aubier. 1958: Études augustiniennes. 1976〕を参照しておきたい。この書物は、古典古代の神話とそのアレゴリー的解釈に対する初期キリスト教神学者たちの反応をめぐる研究である。しかし、第一部では、表現とアレゴリー的解釈をめぐるギリシアの理論が、また、アレクサンドリアのユダヤ人が練り上げたユダヤ的なアレゴリー解釈が解明されている。比較的簡潔な序論では、シェリング、および、神話学のいくつかの現代的な観念が想起されている。〔プラトン『イオン』から始まり、本章で引用ないし参照されている古代ギリシア・ローマ、およびシェリングの思想は、いずれもこのペパンの『神話とアレゴリー』の記述をなぞったものである。〕

＊＊　このような批評方法の暴力性を告発したのは、（驚かれるかもしれないが）ユングである。〔芸術作品の精神分析によって〕「芸術作品から興味がそれ、過去の心理状態の錯綜した混沌に迷い込み、詩人はひとつの症例となるか、色情倒錯の何番目かの例ということになってしまう。このようにして、芸術作品の精神分析はその対象から遠ざかり、そして、何ら芸術家に固有の領域でもなく、特にその芸術にとってはいかなる重要性ももたないような、人間一般についての領域に議論を移し換えてしまった。」〔Gaston Bachelard. *La Poétique de l'espace*. PUF. 1957. « Quadrige ». 2004. p. 14:『空間の詩学』岩村行雄訳、ちくま学芸文庫、二〇〇二年、三一頁に引用されているユングの論文の一節（C. G. Jung. « La psychologie analytique dans ses rapports avec l'oeuvre poétique ». *Essais de psychologie analytique*. trad. Yves Le Lay. Stock. 1931. p. 120.）〕〔「（驚かれるかもしれないが）」は単行本版での追加。〕

に、いかにおのれの学識を忘れ、思考の習慣を断ち切らなければならなかったかをしばしば語ってきた。「ここでは過去の教養は通用しない[16]」と彼は述べている。この哲学者は、イメージの現前性のなかに入るのに、もっとも単純な読者がすること以外には何もしようとはしない。つまり、イメージの孤独と新しさに全面的に身を委ね、イメージに対して現前するだけである。こうした断言はなんと解放的なことだろう。バシュラールがさらに述べるところによれば、詩的イメージは過去をもたない。それは何らかの圧力に従うものではない。詩的イメージはまた、精神分析が引き出してくるような、詩人が前半生で蒙った重圧の尺度などでもない。特異なイメージと、それを生み出した人間の歴史とのあいだに本質的な関係があると主張することは、イメージを隠喩に引き戻すことに等しい（隠喩とは、すでに作用している、あるいは完全に形成されている過去の意味作用を伝達しようとするものである）。イメージに固有の特徴とは、唐突さ、簡潔さである。言語が唐突に出現するように、イメージは言語のうちに唐突に出現する。「詩的イメージは語る存在の根源にわれわれを導く[17]」、「それは若い言語である」、「それは素朴な意識の賜物である[18]」。

詩的イメージの由来を求めることは、それゆえ典型的な罪であり、イメージの精神に対する罪（そして、かつて心理学主義と呼ばれていた恥ずべきもののしるし）である。詩人は、自分が受け取る形象から、そのつど、初めて誕生する。持続する時間のなかに間隙を導き入れて別の時間を開くという束の間の新しさにおいて自らを刷新するのだ。そして、読者もまた同様である。読者は創造者というあの問題のある名を持ち出してくることはできないのだから、これはさらに驚くべきことである。何が読者に起こるのだろうか。もし私が、読者は詩を了解するのだと言うならば、私は読者を解釈者[19]と混同していることになる。解釈者というのは本質的に還元する者であり、彼は、還元しえないものを深層の力や眠っている原型、私たちの根底に根づいた価値といったものへと送り返すことで還元するのだ。しかし、もしかしたら読者もまた別の仕方で了解しているのかもしれない。つまり、通俗的な知へとさかのぼるのではなく、詩が呼び覚ます共鳴へと向かってゆったりと降りてゆく（すなわち、イメージと合わさって、イメージを越えて、自分の世界のすでに生きられたさまざまな現実へと向かってゆく）ことによって。ここでバシュラールは、ミンコフスキーの表現を用いながら、きわめて繊細で貴重な次のような区別に注意を促している。共鳴は、私たちを私たち自身の経験に感傷的に連れ戻すだけである。ただ反響だけが、私たちを詩的な力の水準に置くのであって、それは、イメージのなかにある何か初源的なものへと導こうとするイメージからの呼びかけであり、私たちがおのれから離れ去り、イメージの不動性の揺らぎのなかで動くようにという差し迫った呼びかけである。「反響」というのは、したがって、（読者である私のなかで、私から発して）反響するイメージのことではなく、イメージの空間そのもの、イメージに固有の活性化のことであり、そこではイメージが内部で語りながらもすでに完全に外部で語っている、そうした湧出点のことである。

以上から、私たちがイメージへの性向をもちながら、実に多くの仕方で、イメージにとって不向きな存在であるということの理由が感じられることだろう。ある思想をしかるべき場に置き、翻訳するというのは、最小の過失にすぎない。そしてそもそも、この類《たぐい》の粗暴さは、古代から現代に至る多くの読者たちに見られるアレゴリーや神話への傾斜に必ずしも含まれるものではない。神話に対するアリストテレスの称賛でさえ、ほとんど宗教的な性格を帯びている。「神話の愛好者《フィロミトス》もまた或る意味では知恵の愛好者《フィロソフォス》〔哲学者〕である。というのは、神話が驚異さるべき不思議なことどもからなりたっているからである」とアリストテレスは述べている[20]。そしてプラトン――書簡の書き手としてのプラトン――がディオニシオスに、「貴君に対しては、私は謎めいた表現でもって、説明しなければなりません[21]」と書くとき、私たちは、ここで問題になっているのが世俗的な慎重さではなく、真理の要請と真理への接近の尊重に基づいた留保であることを充分に理解する。さらに引用するならば、後にテュロスのマクシモスは、次のような繊細な仕方で、イメージを控えめさ、つまり、引き下がるという、あらゆる正当な言語に見られる性質によって正当化した。「詩人においても哲学者においてもすべては謎に満ちている。彼らが真理を取り囲む恥じらいは、私には、最近の作家たちの直接的な言葉遣いよりも好ましく思われる[22]。」また、次のように述べている。「言述よりも不可思議だが謎*よりも明快な神話は、学知と無知の中間を支え、その魅力によって賛同を集めながらその奇妙さによって困惑を与え、手を取るように魂を取って存在するものを探しに行かせ、その探索を彼方にまで推し進めさせる。[23]」彼方にまで、という言葉はここでは罪深い言葉であろう。というのも、そのときイメージはもはや後の跳躍――あらゆる形象、そしておそらくあらゆる書かれたもの《エクリチュール》[24]の外への跳躍――のための機会ないし足場でしかないからである。しかし、バシュラールが耳を傾けるようにと誘う「反響」は、イメージの緊張そのものであり、イメージの拡がりとその出現の開きであり、それは私たちを出現するものの力へと開く。そこで障害となるのは、したがってむしろ、私たちの硬直、つまり、私たちの世界の確実性であり、私たちの文化の強靭さである。「生きられることのないイメージの数々、生によって準備されるのではなく詩人が創造するイメージへおもむくことが問題なのである。生きられることのないものを生き、言語の開きへと自らを開いておくことが問題なのである。[25]」この最後の言葉に注目しておこう。というのもこの言葉は、このイメージ讃歌が神秘神学とは異なるものであることを暗示しているからである。イメージは言語の根源なのであって言語の深淵ではなく、恍惚の終わりというよりもむしろ雄弁な開始であり、語っているものを語りえないものへと引き上げるのではなく、言葉を高まりの状態に置く。それはパステルナークも示唆していることである。「人間は無言で、語るのはイメージである。[26]」

★

思うに、どんな読者も、こうした主張に合致するような幸福な感覚を抱いた経験をもっていることだろう。バシュラールはこうした主張に同意するよう求めているというよりも、読者の自由によってこうした主張に生命を吹き込むよう求めているのである。とりわけ『空間の詩学』を読むとき、私たちは、ただ受け入れるしかないほど正当な判断の数々に閉じ込められたように感じることはけっしてなく、むしろ、今日ではほとんど稀有の特徴であるが、いかなる出会いも多様な道筋を前提としていることを充分に理解して、別の言葉[27]を探すよう鼓舞される。告白するが、私は、自分がもっともよく親しんでいる詩のうちに、バシュラールが詩的イメージについて語りながら実に完壁に解明したことをすべて見出すのだが、ただし、私はそこにいかなるイメージも見出さないのである。そうした詩を発見する驚きのなかに、そのものとしてのイメージの感覚、あの簡潔で判明なイメージの感覚というものが生

＊　ロジェ・カイヨワは『詩法』（ガリマール社）の一章を割いて、イメージと謎との関係について考察している〔Roger Caillois, « L'Énigme et l'Image » (1956), *Art poétique*, Gallimard, 1958〕。謎には儀式的な意味作用があり、それは見抜かれることがない。謎に答えるためには秘密の知を会得していなければならない。謎への答えは秘儀伝授の一部を成しており、それ自体が秘儀伝授なのである。「謎は典礼的であり、不動であるのに対し、詩的イメージは最初から少なくともその一部は斬新さ、つまりは、衝撃を与えるという価値に基づいている。前者においては知ることが、後者においては創造することが重要となる。」〔*ibid.*, p. 154〕ギリシア人――むろん、後期のギリシア人――は、この二つの文彩の中間にいるようである。彼らにとって、謎はよりわかりにくいアレゴリーにすぎないが、アレゴリー的表現は空想による自由な言葉遊びではない。デルフォイの神託はイメージで表現されたが、それはあるときは謎と、あるときは隠喩と呼ばれた。後期のプルタルコス（デルフォイのアポロン神殿の神官）の指摘を思い出しておこう。彼は、ピュティアが文彩や韻文を放棄してより直接的な言葉遣いを身につけたことを称賛して次のように述べた。「このような明快な神託によって、神託をめぐる世論に他の変化と同じような進展が生じた。それによれば、かつては、奇妙で特異で間接的で遠回しな神託の文体は、群衆がその神的性格を信じるための一要素であり、群衆はそれによって崇拝と宗教的尊敬の念に満たされたのであったが、後には人々は物事を明快かつ容易に、誇張も凝った文体もなしに学ぶことを好むようになり、神託を取り囲んでいた詩を、神の啓示に不可解さと影を引き込んで真理の認識に対立するものであると非難するようになった。さらに、人びとはすでに、占いの隠喩や謎、両義性に対しても、占者が誤った場合にそこに引き下がり隠れるための逃げ道や避難所のお膳立てではないかという嫌疑をかけていた。」〔Plutarchi, « De Pythiae oraculis » in *Moralia*, vol. II, ed. W. Nachstädt, Lipsiae, Teubner, 1935, p. 53. Cité in *Mythe et allégorie, op. cit.*, p. 178-179〕しかしながら、プルタルコスは詩的な薄暗がりの有効性を認めてもいた。「真理を詩的形式のもとに置くことによって――輝く光を反射させたり、数回に分けたりするように――、神は真理から、傷つけやすく強烈なところを取り去るのだ。」〔*ibid.*, p. 54. Cité in *Mythe et allégorie, op. cit.*, p. 180〕しかし、ソフォクレスは次のように述べていた。「賢者はつねに神の謎を理解する。狂人にとっては、神の教えはたとえ明快であっても無駄である。」〔*ibid.*, p. 53. Cité in *Mythe et allégorie, op. cit.*, p. 180〕そしてヘラクレイトスは次のように述べていた。「デルフォイの神託所の主は、語りも隠しもせずに、徴《しるし》を示す。」〔『ソクラテス以前哲学者断片集』Fr93、第Ｉ分冊、内山勝利訳、岩波書店、一九九六年、三三六頁〕

じてくることはけっしてない。それどころか逆に、生じてくるのは、深く、動揺をもたらすほどのイメージの不在であり、そしてこのイメージの不在において——それぞれのイメージが姿を現わして自らを指し示すのを拒否するなかで——、書くこと《エクリチュール》の空間（ときに想像的と形容される空間[28]）の現前性そのもの、詩の非現実的な（実定的でない）肯定におけるその明白な現実性が生じてくるのである。当然ながら、次に、詩から諸々の「イメージ」を際立たせるような他の読解というものも生じうるし、その場合には、それらのイメージは真理のイメージ化ということになるのだが、しかしそうした読解は、先述の読解とはまったく性質の異なるものであって、それはもはや、詩を詩に固有の内省において受け入れようとはせず、詩に寄り添いつつも詩から任意の瞬間を奪い去り、それらを個別に生きさせようとするものである。やはり当然ながら、詩はしばしば私たちから逃れ去る。それは詩がいまだ存在していないからかもしれないし（その欠如は、この「いまだない」によってはいかなる未来の達成も約束されることがないという欠如である）、あるいはまた、私たちが詩それ自体に出会う（その空間の外に身を置き、その迂回に従順に従う[29]）ことができず、詩のうちの美しいイメージだけに出会い、私たち自身が発する光ではなくそうしたイメージの光に自分たちが照らされるだけで充足しているからかもしれない。

それゆえ私は思うのだが、イメージというものは、現われるやいなや、おのれを変質させる権能を、さらに深刻なことには、作品に固有の生成を変質させる権能を奪い取るのではないだろうか。もし、リズムや韻律が、つまり、詩的リズムや詩的韻律の未解明の秘密こそが一篇の詩のもっとも本質的なものを成しているならば、イメージがその韻律から受け取る次元の外で、いかにしてイメージを理解することができようか。というのも、その次元はそれぞれのイメージを不平等な平等[30]でもって互いのなかに移行させ、あるいは逆に手荒く分離するのであるが、それというのも、その分離こそが詩の「統一性」の尺度だからである。

私はG・バシュラールが研究対象をあえて限定したということは承知しているが、しかし、彼がまさに以上の点について述べていることは私たちを立ち止まらせる。「われわれの研究は純粋な想像力から発する根源における詩的イメージに限定し、多様なイメージの集合としての詩の構成（組み立て：*composition*）の問題は扱わない。[31]」この構成《コンポジシオン》という言葉を目にすると、ゲーテがエッカーマンに語った抗議の言葉が思い出される。「コンポジシオン（作曲）とは、まったく嫌な言葉だ。われわれはあれをフランス人からもらったのだが、できるだけ早く棄てるようにすべきだろう。いったい、モーツァルトが『ドン・ジュアン』を組み立てたなどといえるだろうか。コンポジシオン……！[32]」確かにバシュラールは、彼が個別のイメージの水準にとどまるのは読者としての謙虚さのためであると付け加えている。「詩の全体に関わる有機的で完全な創造の力を見出し再体験する読解力を個人的に引き受けるのは不遜なことであろう……。したがって、われわれが現象学的に「反響」できるのは、全体から孤立したイメージの水準においてなのだ。[33]」感動的な（そして心温まる）謙虚さではあるが、しかしこの謙虚さには、イメージをひとつのイメージにすぎないものに、つまり、詩のささやかな一要素に引き下げることによって、イメージそれ自体を少々低めてしまうという不都合がありはしないだろうか。ここで私は、自ら先ほどの指摘を翻しつつ補足したいのだが、私が詩のうちにイメージを見出さないのは、詩においてはすべてがイメージであり、すべてがおのれをイメージと成すからであるが、それと同様に、いかなるイメージも詩のすべてであるとも言わねばならないだろう。いかなるイメージも詩の唯一の中心であり、詩の絶対的で瞬間的な出現であり、詩の慎ましい好みであり、詩の遠慮（こうして私たちは、バシュラールが正当に想起させた謙虚さの意味を再び見出す）であるのだから。かくして、詩においてイメージほど輝かしいものはない。というのも、イメージは詩の秘密であり、詩の奥深い、無限の貯えだからである。*

＊　バシュラールは、イメージを孤立させ、彼にとってまさに詩の純粋な本質であるあの「簡潔な、孤独な、能動的な行為」〔*La Poétique de l'espace, op. cit.*, p. 2:『空間の詩学』前掲書、一〇頁〕に注意を促すことによって、彼の考えているような精神分析的裁断や無思慮な文化的研究では取り逃されてしまう文学作品のありように執着しようとしているようにも思われる。イメージの水準でならば、言述もいまだ疎外されることはなく、伝達能力が力の利用を免れる瞬間である

だろう。「ある特異なイメージが伝達できるということは、存在論的にたいへん重要な事実である。」〔*ibid.* 同書〕これはもしかすると、存在論に固有な問いかけの蓄積を超えた問いであるかもしれない[34]。にもかかわらず、やはりイメージは、その純粋な元基において、書かれたもの《エクリチュール》に対して異質なままにとどまろうとすると同時にそれに応じているようにも思われる。それゆえ、再び、イメージに対して警戒せずにはいられなくなるのである。ただし、次のことを想起するならば話は別である。すなわち、イメージがつねに自らの出現を打ち消すものであるということ、換言すれば、イメージは過剰に現われることなしにはけっして出現することができないということ。イメージに対するイメージのこの先行性は、書かれたもの《エクリチュール》の先行性と、一致はしないながらもやはり軌を一にするものである。

『空間の詩学』を熟読して（そして、もちろん彼のような模範的な読者のおかげで）私は思うのだが、その主張と一見相反するような主張の論拠をこの書物に求めるとしても、それはこの書物に異議を申し立てることにはならず、むしろその意に沿うことになるだろう。この著作は見たところ、水、空気、大地、火をめぐるあの著名なシリーズ[35]の続編であるようだ。空間性は、空気性や火性と同じく物質的想像力の一領域であり、想像的なもののひとつの価値であり、あるいはまた、読者が特殊な空間的イメージに出会ったときにその夢を導くひとつのテーマであるとされる。しかしながら、「内密の広大さ」、「外部と内部の弁証法」、「円の現象学」と題された最後の三章からわかるように、本書で問題になっているのはまったく別のことである。あるイメージが私たちを棲まわせ、あるいは追い払い、幸福な滞在、あるいは不幸な滞在という感覚を与え、私たちを締めつけたり保護したりし、脇に運び出したり運んで行ったりするというのは、ただ想像力が空間の現実ないし非現実の経験にまさっているということを意味するだけでなく、私たちがイメージによってイメージの空間そのものに、イメージの内奥であり外部であるものに近づいているということを意味するのである。それは、いったん読んだら忘れがたいミショーの言葉を借りるならば、「あの恐ろしい外部にして内部である真の空間[36]」である。したがって、広大さのイメージというものがあるのではなく、広大さこそがイメージの可能性なのであり、あるいはより正確に言えば、広大さは、イメージがおのれ自身と出会い、おのれのうちに消えゆくその仕方であり、イメージが不動のまま外部の広大さのうちに自らを展開し、同時にまたもっとも内部の内奥のうちに引き下がるという、密かな統一性なのである。韻律において、そして韻律によって産み出される場であるこのイメージの空間は、同時にまたイメージなき空間でもある。それは、想像的なものについての言葉というよりも想像的な言葉であり、そこでは、想像的なものは、イメージについて語るのでもイメージによって語るのでもない仕方で語る。この次元においては、実のところ、イメージ、想像的なもの《イマジネール》、想像力《イマジナシオン》という三つの語はもはや別々の意味をもちはしない。* そういうわけで、ボードレールにおいて、「広々とした」という語はそれだけで重要な役を果たしており、あらゆる「言葉の力」を担うに充分なのである。夜のように、光のように広々とした。[37] ここにイメージがあるとしたら、それはどこにあるのだろうか？ 広々とした、という語のうちにあるのだ。そこでは、夜はその夜の次元に達しようとして拡がり、光は相変わらず不明瞭な拡がりによって光たることを志すのだが、とはいえ夜と光が混ざり合ったり一緒になったりすることはなく、どちらも、「広々とした」というこの語のうちに、イメージ——イメージは、それが現われるときにはいつも、おそらくは想像的なものであるあの反‐世界のすべての現前性である——の誕生を見定めることができるほどに「広々と」することはけっしてないのである。[38]

* バシュラールは、イメージがもはやその場でしかないようなあのイメージの場に、実にまっすぐ辿り着いている。「もしわれわれが、広大さの印象や、広大さのイメージや、あるいは、広大さがあるイメージにもたらすものを分析することができるとすれば、われわれはたちまちもっとも純粋な現象学の領域に入ることになろう——それは現象なき現象学であり、あるいは少し逆説を避けて言えば、イメージを産み出す潮を知るのに、想像力の諸現象が構成され、完成されたイメージとして定着されるのを待つには及ばないような現象学である。」そして少し先では、次のように述べられている。「広大さのイメージを分析することによって、われわれは自分のうちに、純粋な想像力の純粋な存在を実現することになろう。」〔*ibid.*, p. 168-169: 前掲書、三一五頁〕

★

私たちが無思慮な読解によってイメージをその韻律の秘密から引き剝がし、解明しようとして出現させるやいなや、イメージはひとつの謎となる。その瞬間、イメージという謎は諸々の謎をしかけてくる。イメージはその豊かさ、神秘、真理を失うことなく、それどころか、問いかけてくるその様子によって、自分たちの文化による確証と自分たちの感性の意義を活用しつつ答えようとする私たちの資質にことごとく働きかけてくる。イメージという問いはもはや単一ではなく、応答でもあり、そしてそれは、私たちから応答を取り出して私たち自身がその応答になることを促すかのように、私たちのうちで反響する。そのとき、この二重化こそがイメージの道でありその性質であるように思われる。つまり、イメージは本質的に二重なのであるが、それはイメージが記号でありかつ記号内容であるということだけを意味するのではない。イメージは形象化しえないものの形象、無形態なものの形態なのであり、その両義的な単一性は、私たちのうちの二重なものに呼びかけ、また、私たちを無際限に分割し類似させるあの二面性を蘇生させるのである。おのれの単一性の外に出ようとするこのイメージの運動は、偶発的な裏切りであり、ぎこちなく奇妙な特例だ、と言えるだろうか？　もしこれが裏切りだとするならば、裏切りはイメージの一部なのである。イメージは震える、イメージはイメージの震えであり、揺れ動き、ぐらつくものの戦慄である。イメージはたえず自分自身の外へ出るのだが、それは、イメージが自分自身であるようなところはどこにもないからである。イメージはつねにすでに自らの外部におり、つねにこの外部の内部であり、同時にまた、ある単一性を備えているために、いかなる他の言語よりも単一であり、言語のうちにあって言語がそこから外に「出て行く」その源泉のようなものなのであるが、しかしそれは、その源泉が「出て行く」ことの力そのものであり、書くこと《エクリチュール》のうちへの（書くこと《エクリチュール》による）外部の流出[39]であるからなのだ。

イメージ、想像力《イマジナシオン》——私たちは長いあいだ、イメージを知覚に、想像力《イマジナシオン》を記憶に従属させ、意識は大世界を拙く反映する小世界であるとみなし、こうした言葉によって私たちの模倣的空想の戯れを表現してきた。イメージと「物質」、夢と実体の関係を復元するすべを心得ていたG・バシュラールは、こうした全体[40]を問い質すにあたって他の誰よりも助けとなってくれた。いまや私たちは強く実感しているのだが、イメージ、想像的なもの《イマジネール》、想像力《イマジナシオン》は、内的幻想《ファンタスム》への資質を指し示すだけではなく、非現実的なものの現実性そのものへの（非現実的なもののうちにある際限なき非‐肯定[41]、その否定的要請に即した無限の定立への）接近を指し示しているのであり、また同時に、現実的なもののもつ再創造と変革の尺度、すなわち非現実性の開きをも指し示しているのである。しかしながら、こうしたことを知ることによって——この知自体は豊かで期待を抱かせるものではあるが——、私たちは本当にイメージというものに接近したのだろうか？　イメージが謎になる前に、それがいまだ出現していないという簡素さにおいて、その不在のうちの営みという単純さにおいて。私たちはこの考察をせいぜい疑問文で終わらせるしかないが、このことが充分に示しているように、イメージが問題になるたびに、私たちが理解しようとしているのは問いそのものなのであって、いまだイメージ——そこから中性的なものが姿を現わすのだが[42]——ではないのである。

（郷原佳以訳）

7　言葉は長々と歩まねばならない[1]

「書物のことを話題にし、書物について語り続けるというのは、妥当なことなのだろうか。すべての批評が――伝統的な批評さえ[2]――長いお詫びから始まるわけではないというのは不思議なことだ。

――それは、もしそんなふうにして始まったとすれば、けっして始まりに辿り着けないからだ。批評というものをあるがままに捉えなければならない。つまり、控え目な活動、役に立つ助手のようなもの、ときには裏切りを避けられないものとして。

――批評は控え目〔modeste〕ではない。「文学的」活動というものは、どんなに控え目に見えたとしても、尺度〔mesure〕をもたないものだ。[3]絶対を巻き込むのだから。「文学的」活動は、つねに、いかなるときにも、究極のことを述べており、そしてまた、あらゆる批評的錯覚を破壊しなければならないと述べている。[4]

――単なる読書ノートでも？

――どんなに短いノートでもそうだ。[5]そうでなければなぜ、いかなる検閲官も判断の権利を我がものとし、この書物は称賛に値するとかまったく価値がないなどと決めつけるのだろうか。けれども実際には、彼はあらゆる文学的実践を貫く究極の断言を用いているにすぎない。つまり、一瞬のあいだ、彼は文学の本質を握るのだ。彼はそのとき、あらゆる作者とあらゆる書物に比肩する存在となる。はるかにそれ以上だ。彼は最後に来る者であり、最後に語る者なのだ。

——最後の言葉を言い、議論に勝つ、か。議論好きな人が喜びそうな利点だ(6)。他の人々は、そのような不幸な特権を前にしたら尻込みしてしまうだろう。そもそも、私たちのあいだでこんなふうに言葉が行き来しているのは——私たちは二人ともこの行き来のために必要とされているにすぎないのだが——、もしかしたら最後の言葉による停止を避けるためなのかもしれない。

——あなたが言いたいのは、一人が話しているあいだに、相手はすでにその言葉を越えている、もしくは送り返しているということだろうか。

——そのような運動ならば私はあまり好きになれないだろう。お喋りにしか繋がらないから。お喋りがとても幸福なものだということは認めるけれども、ただし、お喋りが幸福なのは、人生がいかに困難なものであるかを誰しもがつねに見出しつつあるという、人生のそうした真理においてだけだ。言葉が出てこなくなりそうなところでお喋りするということ、そのことにいらついてしまうとしたら、それは無感覚な衒学者か、知性のないインテリだろう。けれども、ここでは、私たちは腹蔵がない。私たちは出発点として、生きることの諸々の困難、語ることの諸もろの不可能性を引き受けている。そうしたことは、日々の流れのなかでは、より強い才能でもって忘れておかねばならないことだが。

——しかし、私たち自身も、やはりそうしたことを忘れている。そうでなければ、私たちは自分たちの二重になった不動の声の不条理性を前にして、そこに立ち止まっていようとするだけだろう(7)。

——二重になったこの匿名の声の背後には、その責任を負うべき遠くの誰かがいて、沈黙を装っている(8)。

——では、なぜその誰かは直接話しかけてこないのだろう。

——思うに、直接話すことができないからだろう(9)。文学には直接の言葉《パロール》はないのだから。

——ということは、それがこの運動の第一の正当化ということになるだろう。つまり、おそらく真理を欠いたものである文学が、にもかかわらず作者の唯一の真理であるということを、単に想起させるということが。作者と語られることとのあいだにある懸隔を、明瞭なものにしなければならない。言葉は長々と歩まねばならないのだ。

——自分の痕跡を消し、そしてとりわけ、語られるべきことを統率している人間の権威的な現前を消すのに充分なほど、長々と歩まねばならない。だとすると、批評がときに短い言葉に終わってしまうのは、間違いを犯していることになるだろう。

——しかしそれは、批評がわずかの言葉しか費やさずに判断を下すから、というわけではない。

——それは単に、批評が、文学において賭けられているあの種の絶対を我がものにして、すぐさま自分の権力にするからだ。批評家は権力者なのだ。だから、批評家になるのは実に容易で実に楽しいことのように見えるかもしれないし、若い未熟な作家に与えられる第一の武器がこの弓と矢となることもあるかもしれない。

——それは遊びとさして変わらないような若者の武器で、傷つきたがっている人しか傷つけないような武器だ。[10]批評というものは、芸術が神聖なものの道を外れ、自らの固有名において、そしてひとつの特殊技能として現われるようになった時代に属している、そのことはとりあえず認めよう。だがそうすると、次のことを認めることになる。批評家の登場は、芸術の変化、つまり、世界のなかへの芸術の参入、力への芸術の接近、力の手段への芸術の渇望といったものを批准し、確認するにすぎないということだ。詩人は、一方では、僧服で身を包み、絶対の密雲の下に身を隠しているが、他方では、あるいは聖職録受領者として、あるいは検閲官として、時代の情勢に介入する。彼が、批評家という姿で、自分の韻文を評価し自分に韻文の規則を思い出させるあのもうひとりの社交人士に逢着するとしても、ごく当然のことだ。

——確かに、ごく当然のことだ。批評家に逢着する詩人は、自分の影に、少しばかり邪悪で、少しばかり空虚でゆがんだ自分自身のイメージに逢着するわけだ。そのうえ、それは忠実な仲間だ。とはいえ、次のことも考慮に入れよう。[11]つまり、批評はその時代と社会に固有の知、習慣、価値を手段として判断するが、その判断する言葉の力はすべて、絶対とみなされた文学、すなわち、いかなる判断も免れた（結局のところ、それ自身をも免れた）[12]文学から拠って来たるものだ、ということである。ここに、批評の曖昧さや厄介な様相がある。つまるところ、批評家の判断は判断の形式をとっているにすぎない。それはつねにすでに別のものなのだ。批評家の判断は確かに理性を用い、用心に用心を重ねるかもしれない。しかし、長い交渉の後でさえ、批評家の判断は大急ぎで突然に決定する。なぜなら、批評家の判断もまた、文学だからだ。批評家の判断は、何も語らない文学というものを語る。[13]それは判断であるのかもしれないが、最後の判断〔最後の審判〕なのだ。ただ文学だけが、このように、遠慮なく文学を非難することができる。そう考えれば、数多の批評の軽々しさも不愉快ではない。それは王侯の気まぐれ、王の特権なのだから。

――それでもやはり、読者は決然とした審判、深刻さのない言葉から生まれる深刻な結論しか記憶にとどめない。

――読者はその結論を長く覚えてはいない。そうした個々の判断の奇妙さよりももっと重大なのは、判断への期待、良い書物だけを読みたいという欲望、その書物の価値を知りたいという気がかりだ。[14]すなわち、規範を求める幻想だ――それは解釈の探求においては消え去るとしても。

――あなたは批評が用いる形容詞を重視しすぎているのではないだろうか。それに、ある書物について、いまだに良いとか悪いとか言う人がいるだろうか、あるいは、いるとしても、自分が権利なしに語っていることを知らない人がいるだろうか。実のところ、ひとつの作品について、何を言ったらよいのだろう。ベケットの『事の次第』[15]を称えるために、それは後世に残る作品だと言ったりするだろうか。それを称えようとさえ思うだろうか。この作品はいかなる称賛をも超えている、ということではなく、この作品はいかなる称賛をも無効にする、ということだ。そして、賛嘆の念をもってこの作品を読むというのは逆説だろう。つまり、悪口よりも讃辞のほうにより誤解されやすい作品群というものがあるのだ。そうした作品をけなすのは、その作品を可能にした拒否の力と接触すること、その作品を測る隔たりと接触することである。無関心というものは、もしそれによってこそもっとも強い魅力、もっとも深い気がかりが表明されうるのだとしたら、そうした作品がいかなる水準へ導くものであるのかを充分に指し示すものだろう。

――いちばんよいのは、そうした作品について語らず、読みさえしないことだろう。実際、そういうことはあるけれども。

――読書[16]というのは往々にしてあまりに従順な達成になってしまい、いまだ達成されていない、応答してしかるべき運動を裏切ってしまう怖れがある。思うに、読書の純粋な幸福、つまり読書にあって必然的に純潔で高潔なものは、サドの書物と不和を来さずにはいられないだろう。というのも、それはあるときはサドの書物を実際よりも無垢なものとし、あるときは逆にサドの書物に単なる悪徳、曖昧さのない悪徳という意味作用を担わせる――それはサドの書物を担う真にスキャンダラスな力とはかけ離れた意味作用だが、その真にスキャンダルな力こそまさに、軽蔑を込めて、読むに堪えないと言われるところのものだ。そう、読むに堪えないからこそ、読書という誠実な行為を問いに付すことができるのだ。

――しかし、サドは読まれることを望んでいた[17]。

――サドはそう望んでいたが、彼の書物は望んでいなかった。

――だが、それでも読まれている、読書を超えて読まれている。おそらく次のように言うことができるだろう。ベケットの作品を始めとした、こうした作品は、通常の場合よりも、書く運動と読む運動を接近させ、それらを、共通の経験ではないにせよ、少なくともかろうじて差異化されるくらいの経験において一致させようとすると。そしてそこに見出されるのは、無関心＝無差異〔indifférence〕という観念、すなわち、中性的な肯定＝断言〔affirmation〕、平等で不平等な[18]肯定＝断言という観念であり、この観念は、それを価値づけうる、あるいは肯定しうるいかなるものからも逃れ去る。

――この接近の行為には、読むという言葉よりも聞くという言葉のほうが相応しいだろう。読まれる言葉の背後に、また書かれる言葉より以前に、すでに声――聞かれることも語ることもない声――が書き込まれている。[19] そして作者は、読者と同じくらいの距離で、その声のそばにいる。二人とも、ほとんど一体になって、その声を認識しようとするのだ。

――そう、そしてだからこそ、ベケットの場合、眼にとってしか記号でないような記号はすべて消えてなくなるのがもっともなのだ。ここでは、必要なのはもはや見る力ではない。見えるものと見えないものの領域、つまり否定的にであれ表象されるものは、放棄しなければならない。聞くこと、ただひたすら聞くことだ。

――それは書くことの純粋な運動にもあてはまる。[20]

――聞こうとしてそのような書物の空間に立っている者には、実に簡単に、実にはっきりと、声が与えられる。まるで漠とした空間のなかでざわめきがはっきりと聞こえるように。[21] ときに二重化することもあるその単一性のなかで、本質にまで還元されて――だが、排除されるのは、聴く必要のない言葉だけだ――、声は永遠に話し続ける。

――とはいえ、それは話し言葉、書かれていない言葉《パロール》の話し口調[22]とはまったく違う。私たちは確かに、あらゆる騒々しいものから遠く離れて消えゆく寸前で、このささやきも単調さすれすれのところでなされているのだが、あらゆる言葉の不平等な平等[23]を述べてもいて、そこには本質的なリズム、抑揚、軽くアクセントのついた運動、そして折り返しや、ときにはリフレインの付いた拍子がある。それは無言の歌だ。

――何かしら魅きつけるもの、たえず魅きつけるけれども感じとれないもの。私たちのどちらかが語っていた無関心=無差異の魅力のことだ。ある意味では、私たちは小説の源泉に戻ってきているのだ。『事の次第』は私たちの叙事詩だ。詩節や歌節による三楽章から成る原初の引用の物語《レシ》であり、ほぼ規則的な中断により、中断されぬ声の必然性を感じさせる往き来である。

――確かに、すべては、いってみれば『イーリアス』と同じように、詩神《ムーサ》への祈り、声への呼びかけ、そして四方八方から語るあの外の言葉《パロール》に身を委ねたいという欲望から始まる。存在――かろうじて生きていて、かつ生きていないもの、もはやぬかるみに浸かった自分自身の息切れでしかないもの——と匿名の声とのあいだに、その笑うべき無意味さにおいて歴史年代記の波瀾よりも重要な関係が築かれる。まず、息切れのせいで声が聞こえない。だから、「生命《いのち》の証《あかし》が静まる」[24]のでなければならない、人生が聞きとられるためには、存在が「聞こえるわたしの人生」[25]と言えるためには。そして彼がそう言うときは、いつもどこか幸福そうだ。まるで、そのせいで人生が中断されるとしても、あるいは中断されるからこそ、それを聞くことが彼の究極の情熱＝受苦であるかのように。

——聞くこと、ただひたすら聞くこと。「わたしの人生ひとつの声外からぺちゃくちゃ四方八方《あちこち》から言葉いくつか断片いくつかそれから無それから他の他の言葉他の断片同じもの言いそこない聞きそこないそれから無途方もなく長い時間それからわたしの内部白骨のように真白な丸天井の納骨堂断片いくつか十秒十五秒聞きそこないささやきそこない聞きそこない記しそこないわたしの人生その全編譫言戯言《うわごとたわごと》六回改竄《かいざん》」[26]

——ところでこの声は何だろう？

——そういう問いは立てるべきではない。というのも、その声について立てられる問いを聴くことのうちに、すでにその声はあるのだから。それは古い声、あらゆる過去よりも古い声なのだが、その声は誰にとっても、自分に固有の遠い形象のことを内密に語っているように思われる。たとえば、始めはまだ幼年時代〔enfance〕や思春期の二、三のイメージが現われてくるのだが、ほとんど何も見るべきもののないこの物語《レシ》のなかで、これらのイメージは魅惑的な力を帯びている。同様に、表象しうる対応物をもっていて、それらをまだ喚起することができる稀な言葉である「袋缶詰《かんづめ》泥暗闇〔le sac les boîtes la boue le noir〕」[27]にも魅惑的な力がある。見たいとか見せたいとかいう私たちの欲求がほとんどあらゆるものに生き延びるというのは奇妙なことだ。

——ところでこの声は何だろう？

——結局のところ、一種の仮説が考えられる。つまり、これはおそらく万人の声なのだ。非人称的で、彷徨いつつ続いてゆく、同時的で継続的な言葉《パロール》、そのなかで私たちはみな、自分に与えている偽りの自己同一性のもとで、自分に回帰してくる部分――「噂は伝わる無限に二つの方向に[28]」、ある種のコミュニケーションの可能性を保持したまま、止まることなく続いてゆく行列――を切り離したり放り投げたりする。「そこでついに彼がわたしたちの仲間でないあの人がここにそこでついにわたしたちがここに彼は聴いている自分の声わたしたちのささやきに耳を傾けてはいても話は所詮《しょせん》彼のでっち上げ吹き込みそこないそして一回一回の間があまりに離れすぎあまりに忘却はなはだしく泥に彼にわたしたちがささやく話はひょっとしたら彼にはもとの話にそっくりそのまま同じものに見えるのかも」

――「そして暗闇泥のなかこの人生その喜びと苦しみと旅水入らずの二人暮らしそれから放棄とぎれとぎれのひとつの声であるときはわたしたちの半数がまたあるときはあとの半数あえぎが止まるそのときに吐き出すように語る人生彼が考案したものにほとんどそのまま大差なし」

――「そして飽きもせず彼の数字のいくつかの言うところに従えば二十年または四十年に一度ずつ彼はわたしたちの捨てられた仲間に思い出させるこの人生の粗筋《あらすじ》を[29]」

――これは聖書の言葉だ。世代から世代へとめぐりながら広まってゆく聖書の言葉。ただ、ここで要請されているのは、それを延長することではなく、むしろ終わらせること、運動を休止へと導いてゆくことだ。そしてそのために、独唱する者は、こんなものがありはしないかと考える。「一つの方式彼を完全に抹殺し少なくともあの永遠の安息への道を開いてやると同時にわたしをわたしだけをこのとんでもないささやきの責任者にしてしまう一つの方式そんなわけでそのささやきの最後のこれこそ最後の断片がついにやってきた[30]」

――「この形容しがたいささやきの責任者」、無責任性＝応答不可能性の責任者だ。ぬかるみの次元でもこの要請は残っていて、聞いている者は誰もそこから完全に遠ざかることはできない。奇妙だ、奇妙だ。

――それにまた、精神的と呼ぶべき世界が特異な仕方で想起される。眠りのない果てなき時間、そこにすでにマルドロール（ベケットの物語《レシ》は彼をたびたび思い出させる）は劫罰と同じようなものを見出していた。天の名を背負っていようとも地獄であるような永遠性。「むなしい祈禱眠ろうとして祈っても所詮《しょせん》甲斐なきこの祈りわたしにはまだ眠る権利がないわたしはまだ眠りに値していないのだそれでは祈りのための祈りすべてが欠如しているとき悩める霊魂をまことの苦悩に悩む霊魂眠る権利を永久に持たぬまことの霊魂を思うとき今は眠りの話をしてるわたしはそんな霊魂のため一度祈ったことがある古い写真にそんなのがしかしその写真は黄ばんでる」[31]

――第一部の旅のなかの、幼年時代のさまざまなものの思い出。第一部はもしかしたら誕生の旅なのかもしれないし、いかなる誕生にも先立つ旅なのかもしれない。この叙事詩のオデュッセイアであるどこまでもゆっくりとした移住のなかで、ピムと出会うまでの旅。相棒のピムは、かつての登場人物たちのうちで最後に残った者で、犠牲者と執行人という二人組《カップル》の最後の化身だが、語られているように、ここではこうした言葉はあまりに強すぎる。「ほとんどすべてが少しばかり強すぎる聞いたとおりにわたしは語る」[32]。そして、確かに、ユーモアの耳障りな言葉は弱まり、パロディも薄らぐ。絵のような美しさが不条理に対して虚しくも騒ぎ立てている。まるで言葉が言葉の優しい――ときにはほとんど落ち着いている――幽霊に変わったかのようだ。

――それは静穏なのだろうか?

――もしかしたら静穏なのかもしれないが、けっして充分に静穏になることはないだろう。だがもちろん、小凪のときはある。他のどのテクストよりも悲しい「反古草子」[33]が想起させているように。「そう、わたしはわたしの父だった、そしてわたしはわたしの息子だった。わたしはいろんな質問を自分に問いかけ、わたしは一生懸命に答えた、わたしは毎晩毎晩同じ話を自分に語らせた、信じてはいないがそらで覚えていたその物語を。でなければわたしたちは歩いていた、手に手をとって、黙りこくって、自分たちの世界に、それぞれ自分の世界に沈み込んで、相手の手にあずけた自分の手のことなど忘れて。こんなふうにしてわたしは今日この時刻まで持ちこたえてきたのだ。そして今晩もまたどうやら持ちこたえていけそうだ、わたしはわたしの腕に抱かれている、わたしはわたしを腕に抱いている、さして愛情はこもっていないが、ただ忠実に、忠実に。眠ろう、ランプの下で眠った者と同じように、抱き合って。たくさん話して、たくさん聞いて、たくさん苦労して、たくさん遊んで、くたびれた。(34)」

──ということは、その声はときどき黙るのだろうか？

──「あの声、年老いた消えゆく声、よしんばその声がほんとうにこれきりで消えるとしてもそれは真実ではない、声が話しているということが真実ではないのと同じように、声は話すことができず、沈黙することができない。そして歳月のないある日、場所でないここに、ありえぬ声から作りえぬ存在が生まれ出て、黎明《れいめい》の微光がさしそめようとも、すべては沈黙と空虚と暗黒であるだろう、今もそうであるように、これからもそうであるように、すべてが終わりすべてが言い尽くされたときには、と声が言う、声が囁《ささや》く。(35)」

──ということは、まだ待たなければならないのだ。待っているあいだ、何をしたらよいのだろう？　私たちは何をしているのだろう？

──そうだね、待ちながら、お喋りをしているんだ(36)。

──そうだ、私たちはお喋りをしているんだ、声を聴きながら。ところでこの声は何だろう？

──聞くべき何かではなく、もしかしたら書かれた最後の叫びであるのかもしれない。書物を超えた、言語を超えた未来に書き込まれているもの。

──ところでこの声は何だろう？(37)」

（郷原佳以訳）

8　ヴィトゲンシュタインの問題(1)

フローベール

書くことの探求は、邪《よこしま》で沈黙した不在の悪魔であって、近代においては、すべての作家を魔力をもたないファウストに仕立ててしまうわけだが、それがひとつの歴史を構築しうると考えるならば、フローベールが、エクリチュールの歴史において一時代を画していることに、何ら疑念の余地はない。

しかしながら、〈芸術〉を称え、〈形式〉を肯定し、あるいは〈労働〉に身をやつす彼が、自分の理論的関心を表現するたびに述べている事柄は、ほぼいつも私たちを魅了するし、失望させもする。あたかも、彼が述べようとしていることの内部に、より本質的な何か別の事柄が、表現されぬままに作用を及ぼし、彼自身、それに苛まれつつも惹きつけられているかのようなのだ。それゆえに彼は、いつも文通相手たちにほとんど理解されていないと感じていて、同じことを繰り返しては自己矛盾に陥らざるをえなかったのであり、しまいには、不条理な情熱の法外さ、あるいは無為=脱作品化の労苦の錯乱のみが顕わになるほどだったのである。そういうわけで、彼は散文を称賛したのであり、それは彼の大きな発見のひとつなのだ。彼が言うには、散文は詩よりも困難であり、芸術の頂点であって、フランスの散文は誰にも予想できない美に到達するかもしれない。だが、彼は散文という言葉で何を指しているのだろうか。単に小説の空間（バルザックのあとにようやく、初めて絶対的な存在めいたものへと高められたわけだが）にとどまらず、書かれるがままの言語《ランガージュ》のもつ謎であり、本質的迂回によって撓められた真直ぐなことば〔*prorsa oratio*〕という逆説、書くことの倒錯である。そして同様に、形式のことでもある。すなわち彼は、美しい形式を望み、よく書こうとし、自分の文章から繰り返しと不調和を追い払い、正当な散文は声高に話されるべきだと信じている。私たちからはるかに遠ざかってしまった理念だ。そして突然、彼は修正する。形式とは思想《イデー》にほかならないのだ、と――そしてそのさい彼は、ボワローに学んだ人間として、思想というものを古典的な意味あいで理解している。よく考えるためによく書くこと。＊形式と内容は分かちがたく、見分けられもしない。そして、さらに彼は再び、次のようにその要請を覆す。「私はよく書くためによく考えるよう努めています。しかし、私の目的はよく書くことです。隠しはしません」〔一八七五年十二月三十一日頃のジョルジュ・サンド宛書簡〕。すると、よく書くとはいったいどういうことなのか。ジョルジュ・サンドが、響きがよく均整が取れた美文への使命感を抱いているといってフローベールを批判したとき――一見するとそれはやはり彼の使命感なのだが――、彼はただちにこう答えている。「文の均整など何ものでもありません。そうではなく、よく書くことがすべてなのです」〔七六年三月十日のジョルジュ・サンド宛書簡〕――ここであらためて、ビュフォンを受けて説明がなされるために、再び両義性が生じている。「よく書くこと、それは同時に、よく感じ、よく考え、よく述べることである」(2)（留意しておきたいのは、書くことがひとつの全体性として捉えられており、述べることは、その全体性の一契機ないし一構成要素でしかなく、おそらくは二義的な規定にすぎないだろうという点である）。最後に、ほとんどいつも起こることなのだが、彼は、大文字への誘惑に駆られて、〈形式〉による救いが新たな天空を開いてくれる、真正なプラトニ

＊「思想をもっていれば、言葉に欠くことはけっしてありません。」〔一八七六年三月十日のジョルジュ・サンド宛書簡〕

ズムへと導かれる。「〈事実〉は〈形式〉のなかで蒸溜され、〈精神〉の純粋な香のようなものになって、上へと、〈永遠なるもの〉へ、〈万古不易のもの〉へ、〈絶対〉へ、〈理想〉へと昇っていくのです」〔一八五三年十二月二十三日のルイーズ・コレ宛書簡〕。

〈芸術〉とは、文章を可視的で聴取可能な美しい物体、すなわち美文へと変える造形上の純然たる意志表明か、あるいは、おのれをつねに脅かす不定形なものを統御する確実な手段なのだが、形式をめぐる価値へと還元され、ただ良き言葉＝婉曲語〔euphémie〕だけへと向けられると、それは、後にマラルメが発見しようと努め、一般的な言語活動《ランガージュ》に比べてより純粋であると同時にいっそう影の薄いまた別の言語活動、あらゆる言語《ラング》にとっての〈他なるもの〉そのものを賭けに投じてそこに消えていくまた別の言語活動のように指し示されるあの力とは、まるで無縁なもののように私たちには見えるのだ。その〈他なるもの〉とはしかし、まだなおひとつの言語活動でしかなく、それもまたひとつの〈他なるもの〉をもっていて、そこにそれ自身は消え去らねばならない――こうして無限に続いていく。したがって、このような見方をするならば、私たちは、フローベールはいまだマラルメではないと言いたくもなるし、フローベールの書簡の選集*を読むと、自己意識が強く、自分の務めにおいていったい何が問題となっているかをしっかり意識している一人の作家が、それでも、自分の格闘している経験を捉えるのにどれほど難儀するのかということを見て取りたくもなる。彼は、その経験を理解すべく諸概念を自由に用いるが、そのかぎりで彼は格闘し続けるのであり、それらの概念はさらに、伝統によって歪められ、社会的状況によって曇らされているのだ。

私たちから見れば、こうした不確かな言葉で描き出される歩みについては、すべてが明確で、一目瞭然といってもいいくらいである。この混乱した過去について、私たちは、それより後の視点の知性でもって早急に解釈し直してしまう。そして、作家にとっての自身の経験と私たちに示されるその姿とのあいだにヘーゲル流に差異を立ててみれば、そのように進展し、浮き彫りにされ、展開され、あるいはまた、つねにより内的で秘匿された不在でもあるその中心に閉じこもるのは、大文字の真理における〈文学〉それ自体であるように、私たちには思われる。だが本当にそうなのだろうか。私たちはある幻想の庇護の下にいるのではなかろうか。まだ書かれてさえいないものを、まるで読解可能であるかのように読んではいないだろうか。もしフローベールが間違いなくひとつの転回点に位置したのだとすれば、私たちは、自分たちもまた「転回」、すなわち迂回しながら方向を変えるという運動の要請に委ねられているのだということを忘れてはいないだろうか。私たちは、この運動を、あるときは歴史的生成の運動として捉え、あるときは構造という用語で意識し、あらゆる関係の謎、つまるところいっさいの言語活動の謎をそこに認めながらも、それを充分に解明しうる理論的手段をまだ手にしていないのだ。

★

フローベールにおいて重きをなしているのは形式に対する苦悩であって、彼がそこかしこで形式に与えている意義《シニフィカシオン》ではない。もっと正確に言えば、彼が巻き込まれていると感じ、その行き着く先を確定するための道標とてほとんど不確かなものしかない、そうした経験からして、この不安には際限がないわけである。作家フローベールのアンガージュマン――責任――とは、未知の言語活動に関わるものなのであり、彼は、その言語活動を統御したり何らかの理由（価値や美や真理といった理由）に従わせたりしようとするが、それは、この言語活動のもつ未知なるものによって必ずや衝突する危険な力をよりよく体験するためなのだ。彼はこの点をしかと承知している。というのも、彼ははっきりと、形式の探求は自分にとってひとつの方法であると述べているからだ（「外在的な美を気にしているといってあなたは私を非難なさいますが、それは私にとってひとつの方法なのです」〔七六年三月十

＊ジュヌヴィエーヴ・ボレームによって見事に選ばれ、よいタイトルをつけられた抄録『作家の生涯への序文』（スイユ社）(3)。序文といっても、生涯そのものを凝縮したものであることは付言せねばならない。

四日のジョルジュ・サンド宛書簡〕)。これはつまり、形式が、恣意的に措定される〈法〉の価値をもっているということだが、恣意的に措定されるとはいえ、あらゆる言葉の恣意性——運——に、すなわち、言葉が本質的に疑わしいという特徴に対応しているような法である。

芸術は、豪華で壮麗で輝かしいものであればそれだけ、もっぱら外面的な威光によって姿を現わすようになり、また、このあまりに栄光に満ちた外見の陰に隠れている空虚をその外見を通じて暴き立てながら、ますますおのれ自身の消去と一体化しようとする——確かに、フローベールが進んで成就したわけではない運動である。だが、彼の最後の書物はその運動の破滅的な意味を示している。問題はもはや、B〔ブヴァール〕とP〔ペキュシェ〕が「徹頭徹尾愚劣」なのか、あるいは逆に、すっかり人間的で凡庸ながら崇高でもあり、努力と挫折に身をやつし、ブルーム〔ジョイス『ユリシーズ』の主人公〕の先駆者でありオデュッセウスの後継者である人間なのかどうかを知ることなのではない。そうではなく、いかにして無価値なものが作品を成すのか、そして文学の次元において、百科事典的な知の全体性(それゆえ最大量の実質)と、フローベールがそれなくしては文学における肯定などないと推測した無とが、いったいどのようにして合致しうるのかを知ることが問題なのだ(『ブヴァールとペキュシェ』はこうして、逆説的にも、若き日のフローベールの希望を実現するものになるだろう。「私にとって美しく思えるもの、私の成したいもの、それは、何についても書かれたものでもない書物、外につながるものが何もない書物です……」〔五二年一月十六日のルイーズ・コレ宛書簡〕)。彼は、文体が諧調の法則に支配され、(まったく外面的な意味で理解された)いわゆる音楽的性質によって耳に心地よいものでなければならないと要求しておきながら、また同時に、意に反してであるかのようにではあるが、「〈芸術〉はお人好しなものでなくてはならない」のであり〔七六年四月三日のジョルジュ・サンド宛書簡〕、ただ眺められるままであってはならず、喜びをもたらすような事柄をすべて断念しなければならないのであって、「意識されざる詩学」〔六九年二月二日のジョルジュ・サンド宛書簡〕という啓示的定式が君臨する場で、姿を現わさぬもののもつ厳しさのうちに閉じこもっていなければならないのだということを、熟知してもいる。仕事についても同断である。彼以上に働き、書く人間の状況を「おぞましい働き者」の状況へと還元するのに適した作家はいない。彼が苦労しているのを見聞きすると、一冊の書物は、かつて美しいオブジェが形作られたのと同じように、つまり、注意深く、丹念に、そしてひたすら時間をかけて作られるように思われる。しかし同時に、フローベールの仕事がボワローの仕事とは似ても似つかぬことは一目瞭然だ。それは、職人技を使いこなし、技術的な知識を手にして、伝統と調和しモデルに沿って作品を仕上げるような、職人の誠実で静謐な労働なのではない。労働《トラヴァーユ》があらゆる価値のしるしとなった時代においても、フローベールの場合、仕事《トラヴァーユ》は価値のないものであり、文字どおり悲劇的なのだ。* 仕事とは、何か度外れなものである。それはひとつの狂気だ。それは、恐るべきものとの出会いであり、人間ならざるものとの対峙であり、不可能性の実践であり、刑苦の開始である。だとすれば、仕事とは、いったい何のためになされるのか。存在しない著作、現実のものではない美しい書物？　そうですらない。ひとつの文、それも、書かれえないようなひとつの文のためなのだ。「『彼は扉をしめた』とか、『彼は出ていった』などというもっとも簡単な文が、思いもよらぬような技巧を必要とするのです」〔五四年三月十九日のルイーズ・コレ宛書簡〕。これはおそらく、もっともありふれた行動は書き表わすのがきわめて難しいということなのだが、さらに深層においては、文学の次元における「彼は扉をしめた」という文が、このままの姿では、すでにして存在しえないのだということを意味している。

　このことから、真面目に受け取られるようになる前に、まずもって笑止のものと判断されたり単に痛々しいものと判断されたりしてきた数多くの言明が生まれてきた。「私は、書くことが不可能だという確信にとうとうたどり着きました」（強調はフローベール）〔五三年四月十日のルイーズ・コレ宛書簡〕。「書くことがしだいに不可能になっ

＊　フローベールは、ひとは話せば話すほど話さなくなってしまうという一種の奇妙な減少価値を、労働で処分しうる剰余価値によって（作家、編集者、批評家、読者、そして完成した作品がその価値の保有者となるやすぐに）埋め合わせ、手なずけようとしているようだ。[4]

ていき」〔五七年七月二十二日のシャルル・ドスモワ宛書簡〕、それゆえに「失望は（自分の）普段の状態なのであり」〔五七年八月六日のエルネスト・フェドー宛書簡〕、そこから彼が抜け出せるのは、激しい気晴らしによってでしかない。彼は、書くことを実践することで疲弊し、「絶えず喘いでいる。」その実践は生を超過しているが、というのも、書くということが超過そのものだからだ（「〈芸術〉は超過する」〔六〇年九月八日のアメデ・ポミエ宛書簡〕）。では、なぜこうした不幸に固執するのだろうか。どうして止めて休もうとしないのだろうか。「それにどうやって休めばいいのか、休んで何をしたらいいのか」〔六一年九月末 - 十月初めのエルネスト・フェドー宛書簡〕。「書くということには、私にはよくわからない神秘があります」〔五四年一月二十九日のルイーズ・コレ宛書簡〕。とはいえ、彼は、私たちがその神秘に接近するのを手助けしてくれる。それは、彼が文通相手の一人に次のように書き記しているときである。この言葉は留保なしに理解せねばならない。「散文の悪魔的な点とは、散文がけっして終わらないものだということです」〔五三年六月二十八日 - 二十九日のルイーズ・コレ宛書簡〕。だからこそ、彼が企てる著作はすべて、常軌を逸しているのだ。彼は、どの著作においても「ぞっとするような」困難に打ち砕かれる。彼はそのつど、次回作は容易で上出来の、おのれの才能により見合ったものになるだろうと見込む。そしてそのつど、自分には書くことのできない唯一のものを選び取ってしまうのだ。「このような書物を企てるなど、絶対に狂っているにちがいありません……〔七四年九月二十六日のジョルジュ・サンド宛書簡〕。こんな馬鹿げた本に取りかかるには、我を忘れ、けたはずれに熱中しなければなりません！……〔七二年八月十八日のロジェ・デ・ジュネット夫人宛書簡〕。その本は、構想そのものからして、根本的に不可能ではないかと私は怖れています……〔七四年九月二十六日のジョルジュ・サンド宛書簡〕。何という恐怖でしょう。私には、見知らぬ地方に向けて、かなりの大旅行をするために船出しようとしながらも、自分がそこから戻らないような気がしています〔七四年七月二十五日のツルゲーネフ宛書簡〕」。ここから、次のような不毛で光明のない結論が導かれるが、彼はそれによって、死の五年前に、死にゆくことを皮肉な気持ちで忍耐強く待つ状態に陥るのだ。「私は、人生に、インクで汚す一連の紙のほかには何も期待していません。

私は、どことも知れぬ場所に行くために無限の孤独のなかを横切っているような気がします。私自身が砂漠であり、旅人であり、ラクダなのです。」（七五年三月二十七日のジョルジュ・サンド宛書簡。このすぐ前には次のように記されている。「たぶん仕事が病気の原因なのでしょう、私は常軌を逸した書物を企てているのですから。」）

★

フローベールが「書く」という語に与えるべき新たな意味の探求に心惹かれていたという点については、次の覚書を読むとよくわかる。「私が書きたいのは、……ただ文章を書くだけでいい、そんな作品です……」（五三年六月二十五日―二十六日のルイーズ・コレ宛書簡）。フローベールは、書くという語を強調しつつも、その語を嵩上げしようとするのではない。そうではなく、その語を前面に出そうとしているのであって、そうすることで、書くというこの動詞が他動詞的な力にすっかり回収されてしまうものではないこと、そして、この語に固有のはたらき《ウーヴル》が自動詞性のはたらきであることを示そうとしているのだ。書物や文章は、ひとが書くときに作用しているものの種々の様態でしかない。ひとは書く〔on écrit〕、そしてひとは書く（文章を）。だが、その結果は括弧に括られたままだ。その結果――数々の文章や一冊の書物――は、「書く」ことの価値を認めさせること、ないし「書く」ことから固有の価値を引き出すこと、もしくは「書く」ことを価値へと変換すること（たとえば、神は天地創造によって創造力としての価値をもつだろう、というように）に寄与することさえない。ひとは文章を書くわけだが、それは、「書く」という語を中性的な語としてのみ留め置くような、目に見えないという特権や、忌避され消去される力を、視認できる文でもって再び覆い隠して保護できるようにするためなのだ。

ルーセル

レーモン・ルーセルについて考察するミシェル・フーコーが、アルトーが叫びを通じて証言した核心的な空虚を、常套句にまとめて狂気と作品に帰しているとき、*ちょうど百年前に、フローベールが自分の抱える困難をルイーズ・コレに知らせたさいの、難詰めいた表現を思い出さずにはいられようか。曰く、「文体の彫琢には、思想全体に匹敵するだけの幅の広さがありません。それは私にもよくわかっています。でも、それは誰のせいなのでしょうか。言語のせいです。私たちの持っている物は多すぎるほどなのに、形式のほうが充分にはないのです。それゆえ、良心的なひとへの責め苦が生じるのです……」〔五三年四月六日の書簡〕。驚くべき合致である。だが実際のところ、驚くべきは、この合致ではなく、文学活動が踏破しなければならなかった、合致するこれらの省察の一方から他方への長い行程のほうなのだ。この「多すぎる物」と「充分にはない形式」をめぐって、フローベールは、そこに言語の真理をしっかり見て取っているが、その真理を性急に享受することはない。そして彼は、この欠陥のうちに、技巧や策略や労働を通じてそれを糊塗すべく運命づけられた、作家の存在理由を見て取るのである。「物が多すぎる」、「形式が充分にはない」。フローベールが嘆く貧しさ。というのも、この貧しさゆえに、フローベールは、かくも多くの豊かさについて、わずかひとつの縮減された表現を与えざるをえないのだから。これこそ、芸術とは本質的に縮減であり、縮減されたモデルの精製だとする、レヴィ゠ストロースの仮説に対応するものだ。レヴィ゠ストロースは、そのことに悲しむどころか、造形芸術であろうと、言語活動であろうと――この点は暗示されるにとどまっているが――、縮約の効能に結びついているあらゆる利点を、私たちにあっさりと開陳するのを忘れてはいない。(「小さくなれば、対象の全体性は、それほど恐るべきものとは見えなくなる。量的に小さくなることで、私たちには質的に単純化されたと思われるわけだ。この量的な転換によって、その物の相同体に対する私たちの力は増大し、多様化する。[5]」)

だが、考えてみよう。フローベールの定式を反転させて、「いつも形式のほうが多すぎる」のだとしてみれば、すなわち、充分に存在したためしのないものがつねに多すぎるのだとしてみるならば、確かに、フローベールの不安は正当化されないだろうか。つまり、言語《ランガージュ》の不充分さは――語るということの本質がその不充分さのうちに認められるや否や――、けっして充分には不充分でないという危険をもっていることが、はっきりと予感されるのだ。言語の欠如が意味しているのは、(まず初めに)次の二つの事柄である。意味されるはずのものに対する欠如であり、だが同時に、意味の中心であり命であり言葉の現実としての欠如だ(そしてこの二つの欠如の関係はそれ自体、共約不可能である)。言葉を語るということとは――今日では周知のことだが――、このような欠如を活動させ、その欠如を維持し、深化させて、使いこなすことである。しかし、欠如を深化させるとはまた、その欠如をつねによりいっそう存在せしめることである。とどのつまりそれは、諸記号の純然たる不在をではなく、無限かつひとしなみに意味作用を行う不在の近さをこそ、私たちに教え、使えるようにすることなのだ。つまり、たとえ無価値に達するものだとしても、あくまで取り消すことはできない、指示作用のことである。もし事態がこのようなものでないとしたら、はるか以前に、私たちはみな、沈黙して事足れりとしてしまったことだろう。だが、まさしく沈黙――記号の欠如――は、つねになお、それ自体で意味作用を行うのであり、言葉のうちで作用する曖昧な欠如に比

*「その太陽という空虚は……ルーセルの言語活動の空間であり、この言語活動が語る基点の空虚であり、作品と狂気がそれによって通じ合うと同時に排除し合う、不在である。そしてこの空虚を、私は隠喩として理解しているわけではない――それはつまり、ことば《モ》が指す事物ほどことばが多くはなく、その経済のおかげでことばが何物かを意味できるという、ことばの欠如のことなのだ。」ミシェル・フーコーはさらに先で、「最近姿をのぞかせてきたひとつの経験」について示唆している。「この経験が私たちに教えるところは、欠如しているのは『意味《サンス》』ではなく記号《シーニュ》なのに、それら記号が意味するのはこの欠如によってのみである、ということである。」(『レーモン・ルーセル』「ル・シュマン」叢書、ガリマール社[6])

べると、つねに過剰なのである。

さらにもう少し考えてみよう。「多すぎる物」とは、「形式」とみなされた言語そのものにとっての〈他なるもの〉である。形式は（フローベールとレヴィ＝ストロースが前提として仮定したように）有限個のものとしてのみ存在すると想定されているのに対して、物は何らかの無限（ないし無画定）に対応しているということになる。しかしながら、言語という形式の固有性とは、何ものをも内包しないという条件においてのみ、何ものかを内包するという点にある。つまり結論として、「形式が充分にはない」のだとしても、それは、形式をすでにひとつの事物としてしか捉えないような言語活動に対してだけなのだ、ということになる。言いかえれば、たとえ有限個の構造、すなわち有限数の種類の関係しか存在しないとしても、そうした構造や関係のうちのひとつでも、無限なるものを表現する（保持する）ようなものがあれば、フローベールの主張を反転させうるのであり、嘆き節で言うべきは、「物が多すぎる」ではなく、「けっして物が充分にはない」なのであって、そうなると、宇宙全体をもってしても、ダナオスの娘たちの甕〔果てしない仕事、満たすことのできない欲求の意〕を満たすことはできまい。

最後に手短に進めよう。フローベールによって引き出された問題は、言葉にとっての〈他なるもの〉の問いである。ところで、マラルメ以来、私たちが予感しているのは、ある言語活動にとっての他なるものは、その言語活動が、そこに出口を探して姿を消したり、あるひとつの〈外〉を探してそこに自らを映し出したりするようなものとして、つねにその言語活動そのものによって措定されるということだ。このことが意味しているのは、その〈他なるもの〉がすでにこの言語活動の一部を成しているだろうということにとどまらず、その言語活動がおのれの〈他なるもの〉に応答すべく振り向くや否や、その言語活動が直面するのはある別の言語活動だということであり、その別の言語活動にもまたそれにとっての〈他なるもの〉があることを、私たちは知らずには済まされない、ということでもある。こうして私たちは、バートランド・ラッセルによって修正を加えられた、ヴィトゲンシュタインの問題のすぐ傍に立つことになる。つまり、それぞれの言語活動はひとつの構造を有しているが、その構造について、当の言語活動のなかでは何も言うことができず、その構造について語るには、それを取り扱う別の言語活動が必要なのだが、その別の言語活動はまた新たな構造を有していて、その構造についてはさらに第三の言語活動においてしか語ることができない――云々。(7) ここからはいろいろな帰結が生じるが、そのなかでも次の点を取り上げておきたい。(一) 表現しえないものとは、ある種の表現システムに相関するかぎりで表現しえないものである。(二) 物や諸価値の総体を（たとえば科学的で、おそらくは政治的でもある概念において）あるひとつの全体として考えるべきだとしても、言葉のもちうるさまざまな可能性の潜在的総体は、ひとつの全体性を形成することがないだろう。(三) すべてを述べるということに対する〈他なるもの〉とは、ある種の述べるということに対する〈他なるもの〉、あるいは、無限運動にほかならない。ひとつの表現様態は、多様な同時的系列への要請に沿っていつでも展開されうるものであって、その無限運動を通じて、他の何らかの表現様態で、自らに異議を唱え、高揚し、自らを拒絶し、あるいは消え去るのである。*(8)

★

以上の指摘を踏まえて、私は、ルーセルの作品に立ち戻りたい。その作品は、ミシェル・フーコーの書物によって、私たちにあらためて語りかけてくるようになったものだ。そう、これまでの指摘を鑑みれば、ルーセルの作品

---

* フローベールは、皮肉を込めつつも素朴に「物が多すぎる」だとか「形式のほうが充分にはない」などと述べているが、言葉にできない現実のもつ豊かさを、現実的な物を述べるにはあまりに数が少なく不器用なことば《モ》の貧しさに対立させているのではない。彼は、自分も知らぬ間に、ひとつの言語活動と別の言語活動とを対置しているにすぎないのだ。一方の言語活動は、意味論的に充溢したその内容の次元に固定されており、もう一方の言語活動は、その形式としての価値に還元され、意味作用の純粋な決定という姿に固定されている――これは、この二つの言語のいずれにおいてもフローベールが確言しえない対立だが、第三の言語に依拠するならば確言できるものであり、彼はそうして高みから語りつつ、「物が多すぎる」、「形式のほうが充分にはない」という自分の判断を宣しているのだ。

が（その数々の創意そのものとは無関係に）及ぼす驚嘆すべき効果について、私たちはよりいっそう気づくようになるだろうと思われるのだ。それは、彼の作品が、ひとつの描写からひとつの説明への移行を通じて、そして、その説明のなかのひとつの物語《レシ》への移行を通じて——その物語は、幕を開けるやたちまちひび割れを起こして新たな謎を招くが、今度はその謎を描写し、さらには説明せねばならないのに、そのことは、また新たなひとつの物語の謎を伴わずにはなしえない——、こうして一方から他方へと際限なく開かれていく一連の間隙を通じて、淡々と凝縮されると同時にそれだけいっそう眩暈的なやり方で、一種の言語活動から別種の言語活動への終わりなき航行を表現しているからなのだ。そのような言語活動においては、あの〈他なるもの〉の肯定が一瞬姿を見せてはたえず霧消してしまう。その〈他なるもの〉は、もはや表現できぬ深みなのではなく、手練手管やメカニズムのはたらきなのであって、その表現できない深みはそうして払い除けられる運命に置かれるのである。したがって、描写や説明、物語や注釈といったものは、空虚ないし欠如を、ある開閉システム——あの欠如そのものだけが作動させ続ける——を用いてより巧みに行き来させるべく、まるで自律しているかのようにして、平板に機械的に機能するのである。[9] この点で、『ロクス・ソルス』や『額の星』と、括弧で括るようにしてほぼ同一の文で括られる構成をもつ若書きの作品とのあいだに、親近性があることが確認されるよりほかないのだが[10]、それとて身の毛のよだつような驚きがないわけではない。そこで、このようなプロセスを何らかの狂気といった倒錯性と結びつけたくなるのも致し方ないし、そもそも、そこに憤慨すべき謂れはない。しかしながら、狂気もまたそれ自体として——その狂気がどのようなものであれ——、学者ならばまた別の言語活動に移し替えようとするであろう一種独特なひとつの言語活動にすぎない以上、私たちとしては、そのように移し替えつつ、あたうかぎり注意を払いながら、今度は自分たちが盲目的に、どのような寄港やどのような沈没をもってしても終わらないこの航海に乗り出すよりほか仕方あるまい。つまり、熱意や素朴さの如何を問わず、すべての人々は、場をもたぬ転位、倍加なき二重化、反復なき繰り返しの戯れに委ねられるのだ。これらの手法は、あたかも多すぎることば《モ》がそうすれば汲み尽くされうるかのようにして、一方が他方のなかで、無限に、身じろぎもせぬまま、絡み合い、そして解けるのである。*

（安原伸一朗訳）

* ヴィトゲンシュタインやフローベール、ルーセルが述べていることは、次のような事柄である。すなわち、欠如が自らを書き込み自分の効果を波及させるような場をそこに見出すことはできないが、それでも、その欠如がすでに書き込まれているような――欠如のない言述という理論上の可能性や意義を画定してくれる、また別の言語活動の必要性や要請を通じてでしかないにしても――、そのような言述、たとえば学問的な言述は、はたして存在するだろうか、ということだ。言語活動が欠如によって恒常的な機能低下に陥るのに対して、欠如のほうはと言えば、たとえ何らかの言述のなかに記しづけられることがないにしても、ひとつの語りの様態から別の様態への終わりなき移行を通じて、言語活動のおかげで、最終的に場の過剰――「多すぎることば」――に到達できるのだ（そのとき欠如は、つねに空いているひとつの場の流動的な複数性のなかで散逸する）。おそらくは、この「多すぎることば」が、見えざる同伴者――舞台には登場しない人物――を構成[11]（と同時に解体）するのだろうし、ロジェ・ラポルトの数々の書物はつねに、そうした同伴者に関わりながら著されている。

9　バラはバラであり……[1]

「真の思考は展開されない、とアランは言っていた[2]。そうだとすれば、展開しないすべを身につけることこそ「思考の技法」の少なからぬ部分だ、ということになるだろう。

——そうすると、諸々の分離した主張でもって思考することになるだろう。誰かが何かを言い、そこで止めておく。証拠も推論も、連関もない。そのような語り方は有無を言わさぬ断言のようなものになってしまわないだろうか。私はかく言い、かく命ず〔*sic dico, sic jubeo*〕[3]、と。

——一般的には、誰かが何かを言うときには、彼は（暗黙のうちであるにせよ、そうでないにせよ）その言ったことを、言葉や経験や原理によって織りなされた秩序ある全体に関係づける。このような一貫性の絆、共通の秩序の探求、思考が同一でありながらも変容してゆく体系的進展、そういったものが理性の要請なのだ。展開される思考、それが理性的な思考だ。付け加えて言えば、それは政治的な思考でもある。というのも、こういった思考が目指す一般性というものは、もはや私的な真理がなくなり、存在するあらゆるものが公分母のもとで存在するような、世界国家[4]の一般性でもあるのだから。

——偉大で立派な要請ではないか。私たちの思考を展開させてみよう。

——もちろん、私たちは理性に反論するようなことはけっしてないだろう。理性を挑発する場合を除いてだが、というのも理性はすぐに眠り込んでしまうのだから。やはり最後まで展開しなければならないのだが、しかし私たちは自分たちがこの完全な展開からはかけ離れていることも知っている。したがって、今日、私たちの子どもたちが三段論法で、そして私たちの教師たちが立派な修辞に満ちた演説で議論を展開するとき、彼らはただ政治的な事柄のある種の恣意的な状態を公認しているにすぎないということを知るべきだ。したがってまた、展開しないすべを身につけることは、「展開」という規則によって間接的にではあれ権威的に表明されている文化的、社会的な制約の仮面を剝ぐすべを身につけることでもある。

――それは非理性の力を自由にほとばしらせる危険を冒すことになる。叫びは展開されないのだから。

――狂気も充分に展開する。それにまた、ベルクソンのような反主意主義の哲学は、展開の激化にほかならないような流動的な連続性、あるいはいわば生き生きした進展へとわれわれを送り返している。それに対して、アランは真の思考としての思考について語っているのであって、陰鬱な〈自我〉の顕現や非論理的な存在の運動としての思考について語っているのではない。この点ははっきりさせておかねばならない。真の思考は拒否の思考であり、法的、経済的秩序に基づいた自然な思考の拒否なのだ。そういった秩序は第二の自然のようにして現われてくるのだが、そこで自発性のように見えるものは実のところ探求も警戒も行わない習慣の運動でしかなく、にもかかわらずそれは自らを自由の運動と称している。真の思考は問いかける。そして問いかけるとは、中断しながら思考することだ。

――時間に反して、また時間を超えたものに反して思考すること。

――しかし、アランの一文には何か別のものも含まれているように私には思える。つまり、覚醒の思考である「真の」思考は驚きを通して私たちのもとにやって来るのだが、しかしまたそのようにして表出されることで、私たちに、その思考に対して自由に抵抗し、さらにはそこから生じた驚愕を問いに付す力を残してもいるのだ。ところで、展開される思考は、それが進展する順序において現われてくるものだが、その順序は第一に、けっして純粋に知性的なものではなく、必然的に広義で政治的なものであり、そして第二に、驚きを消し去ると同時に私たちを驚きの前に無防備に残しておくという二重の効果を有するものだ。展開される思考は、自らのうちにある運動や理性に従って展開されるのではなく、私たちの慣習や文化的な理想に適っていることを第一の長所とするような提示の様態のうちに、必ず味方を探し求めるものだ。ラジオやテレビで放送される説教や演説を聞いてみれば明白にわかることだが、それらの「真理」はそこで表明される観念のなかにあるのではまったくなく、すべては演説の展開や身振りのなかにあるのだ。

――確かにそうだ、だが誰もキリスト教会や国家の説教に真の思考を探し求めようとは思わないだろう。

――同じことを別の仕方で考察してみよう。真の思考が展開されないのは、それが定式化されたその唯一の姿で永遠に動くことなく完全なものだからではなく、それが必然的なものとして現われることを望んでいないからだ。真の思考は、証拠を軽蔑し盲目的な従属を要請するような権威的な断定であるどころか、論証し議論を展開するという技法に含まれるそのような暴力を嫌悪するのだ。自分が理性的で正しくあることを望み、理性的で正しいと人に認めてもらおうとする人間の暴力は、非理性的で何らかの情熱に身を捧げた人間の暴力に負けず劣らず恐ろしい。アランが警戒するよう促している展開(5)は、力への意志の展開だ。知性的な意志は判断においてのみ正当だが、判断するとは、停止し宙吊りにすること、中断し空虚を作り出すこと、つまり、巧みに連結された連続的な長い演説《パロール》の独裁に終止符を打つことだ。議論を交わしている人々の部屋に入ってみるといい。みな最後まで議論しようとしていて、自分の展開のうちにすべてを含み込もうとする理性のせいで、まるで一人きりでいるかのようだ。おぞましい光景だ。

――ではあなたは、人々が議論するのをやめて喧嘩を始めればいいと思っているのか。

――私が望んでいるのは、あくまで人々が話すことだが、そのさいに、自分の言葉遣いを争いの形式にしないこと、少なくともつねにはそうしないことだ――つねには、というのも、言葉は闘いでもあるべきだからだ。いってみれば、展開とは、力強い声の豊かさによってではなく、論理的に組み立てられた連続性の豊かさによって(6)（それのみが唯一正当だとみなされた論理に従って）、最後の切札を握って言い負かすべく発言権を保持しようとする野心のことだ。反対に、展開しない言葉は、初めから最後の切札を放棄している。最後の切札がすでに口にされたと想定されているからかもしれないし、あるいは、話すとは、言葉というものが必然的に複数的、断片的で、統一作用を超えたところでつねに差異を維持することのできるものだということを認めることであるからかもしれない。誰かが何かを言って、それで止めておく。それが意味するのは、誰か他の者が話す権利をもっていて、その者に演説《ディスクール》の場を譲るべきだということだ。

――ある二人の男――ずいぶん違ったタイプの男だったが――の会話に立ち合ったときのことを思い出す。一人は簡潔で深遠な言い回しで、自分にとってかけがえのないある真理のことを話していて、もう一人は静かに聞いていた。その後、考察が実を結んだのだろう、今度はその男が、時にはほとんど同じ用語で、とはいえそれでもいくらかの差異を孕んで（もう少し厳密だったかもしれないし、あるいはもう少し大ざっぱだったかもしれないし、あるいはもう少し奇妙な仕方だったかもしれない）、同じ命題を表現したのだ。同じ主張のこのような重複が、何よりも力強い対話を作り上げていた。そこでは対立するものも修正されるものもなく、何ひとつ展開されてはいなかった。ところが明らかに、最初に話した者は反復された自分の言葉から多くのことを学んでいたし、さらには無限に学んでさえいた。それは一致と同意のためではなく、むしろ逆に、無限の差異のためである。というのも、自分が一人称で「〈私〉」として言っていたことが、あたかもあらためて「他人」として言っていたことであるかのようになっていて、そのようにして、自分が自分の思考の見知らぬ部分そのもののなかに引きずり込まれていたかのようになっていたからだ。そこでは彼の思考は、変質することなしに、絶対的に他なる思考になっていた。

――思考が交換されたということか。

――いやむしろ、思考が交換から免れたのだろう。和解とか妥協という意味での交換から。ある意味では、反復された二つの言葉のあいだにはいかなる関係もなく、それと同じように、この二人の男のあいだにはいかなる共通項もなかったのだ。ただ、一緒にひとつの言葉《パロール》の無限のほうを振り返るという動き（それが彼らを強く結びつけていた）以外には――それが会話〔conversation〕という語の意味だ。彼らの会話を聴いて私が思ったのは、ひとが反復を恐れるのはひどく間違っているということだ。そこに、しつこく説得するための手段を見出すのではなく、次のことの証拠を見出そうとするのであれば、反復は恐れるに足らない。つまり、繰り返し言われたとしても、思考そのものは反復しない、あるいは、反復は言われたことをその本質的な差異のなかに入れるだけだ、ということである。

――同一のものへの配慮からではなく、同一性の拒否ゆえに、同じことを二度言うこと。そして、あたかも同じひとつの文が、ずらされつつ再現されることで、修辞的な展開による外在的な組み立てに従ってというよりも、その文自体のうちで、そのずれによって生み出された空間に特有の線に従って、展開するかのように。

――ということは、結局のところ、「真の思考」は展開されず、反復する、という考えに行き着くことになるのだろうか。これも誤解されやすい結論だが。

――わかりやすくするために、三つの定式化を提案してみよう。一　真の思考は展開されない。なぜなら、真の思考はそれ自体が抹消しつつ要約する長い展開の最後にしかありえないのだから。それは限界‐思考、ひとつの世界の終焉の思考だ。二　真の思考は展開されない。なぜなら、それは自らのうちにある無限の展開を保持しているのだから。三　思考は語の二重の意味において慎ましい〔discrètes〕言葉で語られる。すなわち、必然的なものとして現われようとせず、かつまた、一度言われるやいなや中断される言葉によって[7]。それは断片の言葉、非連続的な言葉[8]、存在と無のあいだに慎ましく中断的な〔discrète〕理性の可能性をとっておくような言葉だ。

――ばらばらになってしまいそうな、絆のない言葉か。

――絆がないわけではない。隔たりそのものもひとつの関係になりうるのだから。

――文学の天分のあったアランは、展開されずに語られるにちがいないようなこうした思考のモデルを、大胆にも詩的な表現法のうちに探し求めていたのではないかと思う。詩や文学は、ひとつの意味作用、あるいは、ただ論理的であるだけの言述《ディスクール》のように一貫性で組み立てられ、すでに構築されてしまった意味作用のまとまりを押しつけることには耐えられないものだ。もっとも伝統的な意味では、物語《レシ》〔récit〕[9]とは、展開された言葉の連続性を拒否しつつたえまなく語るひとつの方法だ。分離した出来事をただひとつひとつ付け加えてゆきさえすればいい。ただし、それらの出来事をひとつの物語〔histoire〕に仕立てたり、あるいは誰か一人の人物や何かひとつの「観念」をめぐって物語を組み立てようとすると、それは結局、連続した展開、時間的継起に従った直線的な展開の主要な特徴をこっそり引き継ぐことになってしまう。現代行われている試みはすべて、たとえ作者があらゆる方向へと向かう壮大な連続性に過剰なまでに頼っているとしても、展開の諸手段に対する拒否とみなすことができるだろう。展開することなく書くこと。それはまず、詩によって認識された運動だ。

――とはいえそれは、遅ればせに出てきた要請だろう。

――それはなぜかといえば、長いあいだ、文学は、世界がひとつの応答をもたらしてくれそうである限りでしか世界に関わってこなかったからだ。文学はその応答をこそ表現していたのだ――当時の他の具象芸術と同じように。しかし、文学が問いとして、世界の問い、そして自分自身の問いとして、つまりはあらゆる応答を宙吊りにするような問いとして確立し始めるやいなや、文学は展開に関わる修辞のあらゆる習慣とも手を切ってしまわなければならなかった。というのも、問いは固執するけれど、展開はされないのだから。

――ということは、こう考えるべきだろう。反復は、さまざまな水準で問いかけながらも問いの用語としては現われてこないような問いかけの固執そのものであると。反復が反復するのは、魔法にかけるためではなく、言葉を言葉そのものの呪縛から解放してやるためであり、言葉を押しつけるためというよりもむしろ、ぼかすためなのだ。

――反復は「死の本能」[10]に応える――通りがかりに思い出しておこう[11]――、つまり、言葉《パロール》に固有の隔たりを存在と無のあいだに置くあの慎ましい中断〔discrétion〕の必要性、あるいはその教えに応えるのだ。反復は言われたことを消滅させ、それを脱神秘化する。笑劇になって繰り返される悲劇的事件についての[12]マルクスの考察[13]の意味はそこにある。しかし、笑劇のほうが今度は反復されるとしたら？　起こったことはたえず再び新たに回帰してくるのだとしたら？　一度言われたことはたえまなく言われ続けるというだけでなく、つねに再開し、そしてただ再開するというだけでなく、こんな考えをわれわれに押しつけるのだとしたら？　つまり、最初から再開することによって始まり、かくして原初的なものや根源的なものの神話（ついわれわれが従ってしまう神話）を破壊し、始まりも終わりもないもの、たえまなきもの、終わりなきものの中性的な運動に言葉を結びつけたのだから、それはけっして本当には始まっていなかったのだ、という考えを？　私はガートルード・スタインのある詩句を思い出す。「バラはバラは〔であり〕バラは〔であり〕バラである。〔A rose is a rose is a rose.〕[14]」なぜこの詩句は私たちを動揺させるのだろう？　それはこの詩句が倒錯的な矛盾の場だからだ。一方では、この詩句は、そのバラについてはそれ自体という以外には言いようがないと述べ、かくしてそのバラは、美しいと名指されるよりも美しいものとして姿を現わす。しかしながら他方では、誇張的な反復によって、この詩句はバラから、それに本質的なバラという美しさを保持させるのだと自負していた唯一の名〔「バラ」〕の威厳まで取り去ってしまう。ここでは、思考、バラの思考が、あらゆる展開に対して実によく抵抗しており、それは、純粋な抵抗でさえある。「バラはバラである」、これが意味するのは、バラを思考することはできるけれども、それに関して何も想像することはできないし、定義することもできない（結局は、先に示唆したように、同語反復は定義することへのかたくなな拒否にほかならないのかもしれない）ということだ。しかし、「バラはバラは〔であり〕バラは〔であり〕……」のほうは、存在の命名と喚起の誇張的な性質を脱神秘化しようとする。バラの「である〔存在〕」と、バラをバラとして永遠に称える名は、互いに根を奪われ、多数のおしゃべりのなかへと陥ってゆく。そのおしゃべりはまた、あらゆる深遠な言葉、つまり、始まりも終わりもなく語る言葉の顕現として生じているのだ。

――サミュエル・ベケットの作品はあらゆる形式のもとで私たちにそのことを思い出させてくれる。そして、ナタリー・サロートのある著作[15]の秘密の力もそこに、つまり、反復の謎めいた空間にあると私は思う。『黄金の果実』[16]という虚構の書物をめぐる意見の往復は、あるときは褒め称えられ、あるときは投げ捨てられる、ということ以外にはその書物について何も教えてくれない、単なる社会的コメディにすぎないという印象を与えるものでもあるけれども、しかし潮の満ち引きのような、誘引と退隠、肯定と後退、露出と内省のこの奇妙な動きによって、何かが――しかしいったい何が？――臆病に前進し、そしてすぐに引き退き、現われては消え、再び現われるとまた消え、しかし消滅のなかにとどまっている、そう、そこにあるのは何なのか、おそらくそこにあるのは、作品の言葉《パロール》そのものであるのだろう。それは、記憶と忘却、忘却と想起、固執と抹消を要求し、つまるところ何も要求せず、かくして何よりも傷つきやすく、何よりも容易に放棄される主張として姿を現わしてくる言葉だ。その主張は、しかし、つねに無傷で無垢のままだ。つねに使い尽くされていて、その消耗ゆえに使いえない。しかしそれも、その主張が、気づかれないうちに、その脆い真理を打ち明ける瞬間までのことだ。それは確実に驚異的で、確実に期待はずれの真理だ。

――『トロピスム』[17]もすでにそうした非連続的な、簡潔で終わりのない言葉《パロール》のモデルのひとつとなっていた。それは展開されない思考の言葉だけれども、あらゆる文学の下で聞かれるあのたえまなきものの運動のなかに中断と反復とによって私たちを入り込ませるのに、あれほど適した言葉はほかにない。

――そう、たえまなきもの、非連続的なもの、反復。文学の言葉はこれら三つの要請にひそかに応えているように思う。三つの要請は対立し合っているけれども。しかし三つとも一緒になって、統一性は無敵だという思い上がりに対立しているのだ。

――真の思考は展開されない、とアランは言っていた。つまり、真の思考は抵抗し、固執し、慎ましく中断する〔discrètes〕文章で語られるが、それらの文章は最初から中断され、次いで暗黙のうちに際限なく反復され、最後には文の純粋な形象でしかなくなってしまう。ところで、[18]私たち自身はどうだろう、私たちは、あらゆる展開に対するこのような拒否を展開することで、結局この拒否に反論し、まさにこの証拠によって、自らに矛盾したことを言っただけではないだろうか。

――むしろそこから、私たちは少なくとも次のことを知ることになるだろう。つまり、厳密な連結によって展開されていたとしても、結局、最初の公準と相容れない（あるいは、相容れることが論証できない）新たな公準を想定せずに終わるような思考は存在せず、思考は展開されるためにこそ、その新たな公準を必要とするのだ、ということを。だから、私たちはこれで止めておいたほうがいいだろう。とはいえ、思考というものが自ら志願する権利をもっているのは、展開の終わりにおいてのみであり、しかも展開を抹消するためにほかならないのだから、私はここで、この思考のようなものをアフォリズムの形式で提案しておくことにしよう。

分離しながら同一化する、悟性の言葉

否定しながら乗り越える、理性の言葉

残るのは、重複しながら乗り越える、反復しながら創造する、終わりなき言い直しによって最初に、そしてただ一度だけ、言語が卒倒するあの多すぎることばに至るまで言う、文学の言葉。[19]」

（郷原佳以訳）

10　アルス・ノーヴァ[1]

『ファウストゥス博士』[2]において、トーマス・マンは作曲家アードリアン・レーヴェルキューンを地獄へ追いやる。永遠の劫罰というだけでなく——それだけなら大したことはないだろう——、彼を狂気の第三帝国へ堕ちてゆくドイツの運命の象徴的イメージに仕立て上げるという、より重大な呪いをかけるのである。レーヴェルキューンの辿る道筋はニーチェのそれにかなりのところまで接近している。レーヴェルキューンの技法はシェーンベルクの特徴に多くを負っている。そもそもトーマス・マンはそのような明白な対応関係については自ら語っている。彼と作曲家〔シェーンベルク〕との関係や、その後のいざこざについてはよく知られているところだ。また、彼がアドルノから十二音技法の音楽についての手ほどきを受けたこともよく知られている。さらにまた、すでに古典となったアドルノの著作の翻訳を通して、アドルノはシェーンベルクを地獄に落とそうなどとはしておらず、ひいては、新音楽の運命を国民社会主義の錯乱と結びつけるなどということもまったく考えてはいないこともわかっている。[3]このトーマス・マンの作品は、語りの曖昧さによって単純すぎる結末を免れているのだが、この作品そのものについては措いておくことにしよう。ただ、ここで考えなければならないのは、音楽家〔レーヴェルキューン〕の呪われた発明とされている音楽システムが、音列《セリー》システムであるということ、つまり、それほど詮索したり警戒したりしなくともわかることだが、音楽のあらゆる発展にとっての決定的な形式が、このようにナチスの倒錯の象徴的な徴候として差し出されているということである。トーマス・マンが『〔『ファウストゥス博士』の〕日記』のなかで書いているところによれば、アードリアン・レーヴェルキューンという彼のお気に入りの名前の背後には、アドルフ・ヒトラーという彼の嫌悪する名前が言外に読み込まれるべきなのだという。(4)

だとすると、その後のあらゆる音楽の淵源となっているアルス・ノーヴァ(5)という音楽は、徐々に政治的・社会的な傷を負った音楽と形容されるようになるかもしれない。また、誤って社会主義的と呼ばれているある美学の原理に則って語ろうとする人々は、反動的音楽という形容を使っている。具象的でない芸術についても同様である。トーマス・マンに戻ろう。彼の判断の理由は複雑である。一方では、彼自身認めているように、彼の音楽理解はヴァーグナーで止まっており、新たな冒険に対しては、自分の好む伝統的形態の芸術になおも身を捧げている者に特有の不信感と不寛容を抱いている――理解を示し、関心を示したうえでの不寛容だが、そのぶん揺るぎがない。そこには、彼にとっては秩序そのものとの断絶と思われるような断絶があるのだ。しかし他方では、彼の狡猾な精神は、無調音楽のなかに、アードリアン・レーヴェルキューンの天才に権威を与えるために必要な変化と革新の特徴を感じ取る。さらに彼は、一人の人間の個人的な狂気と時代に流れる全体的な狂気とによって授けられたこの発明が、偶発的な錯誤ではなく、終焉に達した芸術固有の狂気を表わしていることを示唆している。彼は『〔『ファウストゥス博士』の〕日記』のなかで、シェーンベルクの音楽は、文明と音楽の全体的な危機を描き出し、著作の主題を浮き立たせるのに必要なすべてを提供してくれると書いている。(6)その主題とは、不毛性への接近であり、悪魔との契約へと導くような、生来の絶望である。(7)

トーマス・マンによる非難、劫罰という語が鳴り響くようなその非難のうちには、ひとりの文化〔教養〕人としての判断がある。トーマス・マンがアルス・ノーヴァを恐れるのは、文化人としてなのであり、同様に、あの社会主義の指導者が非具象芸術に辛辣な判断を下すのは――これは端的に言っておくべきだと思うのだが――、政治理論家としてではなく文化人としてなのである。ルカーチや、その他一般に、長い歴史から受け継いだ文化のために自分たちが違和感なしでは受け入れられなくなっている形式の芸術や文学を、いわゆるマルクス主義の名のもとにすべて反動的と形容する趣味人たちについても同様である。より厳密にいえば、彼らが芸術経験において拒絶し、そして（正当にも）疑念を抱いているのは、芸術経験がいかなる文化とも無縁になることなのである。文学や芸術には非 - 文化的な部分があるのだが、それはなかなか容易には受け入れられないものである。

★

「新音楽」――実のところ、あまり満足できるものではないが、この名称を使っておくことにしよう――について、アドルノは次のように説明している。「無調性の起源は、音楽が慣習から完全に身を清めたことにあるが、同時にまさにその点においていくぶん、野蛮なものを含んでおり、技巧的に構成された表面をたえず震撼させている。不協和音は、あたかも文明の秩序原則がそれを制御しきれなかったかのように響いてくる。ヴェーベルンの作品は、どのような分裂の只中においても、ほとんどつねに原初的《プリミティフ》である」*。このような断定は慎重に読まなければならない。「野蛮」や「原初的《プリミティフ》」といった語はほとんど適切ではない。音的要素の全体的編成を可能にしようとし、何よりも自然美学という観念（それによれば、音響あるいは何らかの音響体系にはそれ自体で意味作用と価値がある）を否認しようとする作曲家の努力は、音楽のもっとも野蛮な理解――たとえその野蛮さが、例によって、理想的なものであるかのように見せているにせよ――に決定的な仕方で反しており、正反対である。また、その過剰な使用が非難されている（そして、やはり野蛮であると、原理的合理主義の野蛮であると非難されている）ところの技巧に関していえば、それはけっして音楽全体として現われているわけではない。むしろ、「音響素材による無分別な拘束を絶つ」ためには、あるいは、音楽的事象のすでに出来上がった意味を宙吊りにするためには、要するに――

＊　Th・W・アドルノ『新音楽の哲学』（ガリマール社）(8)。

この点には後に戻るが――、音楽は諸々の歴史的決定からも音楽的経験それ自体からも独立した美の価値を自然の名において保持しているのだという幻想を破壊するためには、技巧が一時的に優勢になることが必要なのである。

　この観点からすれば、それゆえ、アルス・ノーヴァにおいて「野蛮」と見えるものは、アルス・ノーヴァをありのままに受け取ることを妨げるに違いないすべてのものである。すなわち、その批判的な潜勢力、文化の使い古された諸形態を永遠に有効なものとして受け入れることの拒否、そして何より、自然な音響素材からあらゆる既成の意味を取り除き、空のままにさえし、これから来るべき意味に開かれたままにしておくというあの強烈な意志である。それは、自然に対して暴力を振るうことにおいて、どこか横暴で、危険なほど文明化されていない暴力である。

　また同様に、先に引いた判断においてアドルノが、音響空間の分裂によってヴェーベルンの音楽はほぼ全面的に原初的《プリミティフ》な出来事になっていると主張するとき、彼は何を言わんとしているのか。いささかも学問的な分析に入らずとも、以下のことは明らかである。すなわち、音楽家が、統一的な作品の連続性や、W・ベンヤミンが「アウラ的」芸術作品と名づけたもの、つまり心地よい作品の流麗な展開をいかめしい厳格さで拒絶するとすれば、それは、あらゆる一貫性を否定するためでも、形式の価値を否定するためでも、（ストラヴィンスキーにおいてときにそう見えるように）編成された全体とみなされる音楽作品に対立するためでさえなく、反対に、美的全体性の彼方に身を置いているからなのである。より厳密にいえば、伝統的慣習の拒絶によってまず不画定なものとなり、次いで、そこから出発して、後に練り上げられる主題の核心部分を潜在的に摑み取るように再編成された言語《ランガージュ》にとっては、すべての音楽の作曲はすでに与えられている（前もって形成されている）のであり、それが進歩しうるのは、しだいに細かくなってゆく諸構造への分析、分割によってのみ、すなわち、弁別と分離という作曲形態によってのみなのである。それゆえ、音楽的言語《ランガージュ》が分裂し、ますます細分化した諸形態につねに分散してさえいるとすれば、それは実際には、分析が創造的になっているということであり、同様に、変奏とはもはや価値を高めるべき主題の展開の技法ではなく、脱包囲〔désenveloppement〕の原理だということである。この原理によって、音列《セリー》の選択および予備作業のうちに潜在的にはすでに存在していた全体性が自己から解き放たれ、真に苦悶に満ちた問いに身を委ねるのである。その問いは、アドルノがやはり明瞭に述べているように、同一なものの執拗な回帰を通して、たえまない更新を生み出そうとするものである。要するに、ヴェーベルンの晩年の作品は対位法の編成さえ「清算した」と言うのであれば、むしろ、次のように言うべきだと思う。すなわち、ヴェーベルンは、彼自身としては、厳密な対位法をいささかも脱したのではなく、ただ、私たちにその標識ないし痕跡だけを、つまり、もはや思い出ないし不在としてのみ私たちに強い印象を残すある厳密さの記念碑のみを聞かせることに決め、かくして私たちをその聴取においてつねに自由に（危険なほど自由に）しておくのだ、と。

★

断片的作品──作品の断片的要請──は、それゆえ、作曲行為の放棄として、つまり、（表現主義が洗練された仕方で試みたように）前 - 音楽的言語の強烈な模倣として現われるか、あるいは反対に、ある新たな形式のエクリチュールの探求として現われるかによって、まったく異なった意味を持ってくる。その新たな形式のエクリチュールは、完成した作品を疑わしいものとするのだが、それは、そのエクリチュールが自らに完成を拒否するからではない。そうではなく、そのエクリチュールが──統一的で自らに閉じ、伝統の蓄積から受け継がれた諸価値を組織し支配する作品という概念を超えて──、容赦ない厳密さで、しかし新たな公準のもとで、作品の終わりなき空間を探索するからである。新たな公準というのは、その空間の諸関係が統一性、全体性、連続性といった概念を必ずしも満たさないだろうということである。断片の作品が提起する問題とは、まずは芸術家たちにおいて、そして諸もろの社会においても、きわめて古くからある問題である。W・ベンヤミンは、芸術史において、最近の諸作品は破局《カタストロフ》だと指摘している。「偉人たちにとっては、日々の生活をつらぬいて作業が続く、あの断章群に比べれば、完成した作品など大した重みをもたない。彼らは自分たちの呪縛圏を示す線を、断片的作品において引くのだ」(9)。

なぜだろうか。なぜなら、彼らが挑んでいる作品は包括的な応答を受け取ることはできないからであり、あるいはむしろ、彼らにとっては「作曲〔composition〕」そのものがいわばすでに終わったところで始めることが肝要だからである。そのとき彼らに残っているのは、一見したところ否定的な作業の苦痛、脱‐位〔dis-location〕の苦悩でしかないが、しかしその苦悩が意味を欠いているのは、それが意味の約束であり、意味の秩序に従っていないからにほかならない。

こうした指摘は、次のようなことを想起させることで、ある曖昧さ(10)を終わらせようとするものである。すなわち、芸術と文化のあいだに本質的差異があるとすれば、それは、芸術が退行的だからではなく、つまり、文化なきある原初性のほうへ向かっているわけでも、原初的な自然の調和への郷愁に駆られているわけでもなく、芸術が、ほとんどポスト文化的と形容すべきほどに、つねにあらゆる既存の文化形態を乗り越えてきたからだ、ということである。トーマス・マンをしてアルス・ノーヴァを恐れさせた(また同様に、第三帝国の支配者たちもアルス・ノーヴァを恐れ、無調作品を躍起になって禁止し、荘重で壮大でもったいぶった完璧さをもった美しさを好んだ)ものが恐ろしいのは、実際のところ、芸術の経験が私たちに応答すべく強いる終わりなき要請のゆえである。そうした経験は断片の諸作品においてしか完成しえず、そしてそれら断片の諸作品の存在だけで、文化のあらゆる未来と、幸福な和解のあらゆるユートピアを揺るがすには充分なのである。

★

新音楽は、芸術的肯定と文化的肯定のあいだの隔たりをほとんど無媒介的に「聞か」せてくれるという利点をもっている。文化が、完璧なものと称賛されるような完成した諸作品を望み、永遠のもののもつ不動性において、また、美術館、コンサート、アカデミー、レコードライブラリー、図書館といった文明の貯蔵庫において観想しようとするのに対し、新音楽は作品の概念を危うくする。新音楽は言語《ランガージュ》を「鈍感に」しようとし、言語を自然な知にしているあらゆる意図や意味作用を言語から取り去ろうとする。新音楽は厳格で、堅固で、いかめしく、遊びの感覚やニュアンスはいっさいなく、また、社会がつねに自分自身の非人間性に対するアリバイとして持ち出すあの「人間性」に譲歩しようとはいささかもしない。ところで、人間主義《ヒューマニズム》とは文化を支える特徴であり、それは、人間はその人の諸作品のうちに自然に認められるべきであり、人間はけっして真に自分自身から分離されることはなく、たえず進歩の動きがあり、中断しえない連続性によって古いものと新しいものの接続が保証されており、文化と蓄積は手を携えている、といった考えである。そこから、次のような帰結が生ずる。すなわち、文化は芸術および言葉《パロール》に対して応答を求める。なぜなら、文化の広大な倉庫には、ただ応答だけが蓄積されうるからであり、それゆえ、自らを純粋な問いとして差し出し、芸術の可能性そのものをも問いに付すような疑わしい芸術は、危険で、敵意に満ち、冷酷にも暴力的なものとしてしか現われないのである。アルス・ノーヴァに投げかけられる、冷酷、無感覚、非人間的、不毛、形式主義的、抽象的、といった非難はつねに、そのように述べ立てる文化人のあり方を露わにする。文化人がそうした非難を力強く真剣に述べ立てるのは、彼が実際に「よい」、「価値がある」、幸福だとみなしているものに関して自分に嫌疑がかかっており、認めたくない自分の真の絶望の眼前に立たされているように感じるからにほかならない。というのも、文化は「よい」ものだ、いかにしてそれを否定できようか。それに、文化の権威を高めようとすることは正当なことである。文化人でない作家などいるだろうか。私たちはみな、執筆していないときには文化人であり、つまり、執筆していなくても、執筆しているのである。アルバン・ベルクが、音列が(厳密な意味での)偶然から調的関連性を生み出すに至ったときに彼が感じる喜びを語るとき、その喜びのうちには確実に、文化的蓄積への回帰が与えてくれる安堵の働きがある(11)。つまり、追放が突如として終わりを迎え、放蕩息子が、全体と統一性をもった家庭の懐に帰った、というわけである。

文化人によって非難されているこの新音楽という音楽は——そしてここにこそ、他の諸芸術および言葉《パロール》そのものに対するそのもっとも決定的な探求があるのだが——、厳密に構築されていながら同時に、ひとつの中心の周りに構築されるというあり方ではなく、中心や統一性という概念さえ作品の圏域から押し出されているようなあり方をしており、かくして、とどのつまり、その作品は終わりなきものとなっている。あらゆる文化とあらゆる理解にとって苦悩を与え、眉をひそめさせる要請である。「個々の音が全体構造によって見通すように決定される音楽においては、本質的なものと偶然的なものとの相違が失われる」。そしてアドルノは付け加えている。「こうした音楽は、あらゆるモメントにおいて、中心に対して同じ距離に立っている。それにより、かつては中心からの近さと遠さを制御していた形式の慣習が、その意味を失うこととなる」[12]。すべてが本質的なものとして与えられるのだから、強力な要素同士のあいだに、もはや本質的でない移行は存在せず、同様に、もはや展開も、展開すべき主題も存在せず、その代わりに、何を変奏するのでもないたえまない変奏、非‐反復の潜勢力があるのみである。その非‐反復が完成するのは、差異そのものにおいて無際限に繰り返される肯定によってにほかならない。

そう、苦悩を与える要請であり、実際のところ、そのような完成の様態のうちに現われてくるものは、苦悩のようなもの、聞くべき苦悩、聞かれるものとなった苦悩、にもかかわらず、感じ取れない苦悩であり、それは、統一性の権能から逃れようとする思考の試練そのものである。シェーンベルクが姿を現わし始めたのとほぼ同じ頃、ヴォリンガーと何人かのドイツの画家は、いかなる方向づけの可能性も排除することなく、すべての点が同じ価値を持つような動きによって実現される、特権なき場の追求を造形芸術に割り当てた。後に、クレーは、あらゆる中心の排除によって、曖昧さや未決定性のあらゆる痕跡が抹消されるはずの空間を夢見た。さらに後に……。だが、多様な諸芸術を比較して、共通する探求の特徴を見出そうとするのはやめておこう。それらが共通するのはまさしく、いずれも統一性なき諸関係、したがって、いかなる共通の尺度からも逃れる諸関係を肯定しているだろうという点においてなのだから。とはいえ、言葉と思考のあらゆる冒険が中心の権能に関係づけられている――それらはまたつねに円環と円周の関係に含み込まれ*、その関係によりよく合致するためにつねにその関係を破ろうとしている――ジョルジュ・プーレの書物を読み終えて、再び閉じながら、私は、次のように自問していた。なぜ、この書物

――そこでは、もっとも完成しているがゆえにもっとも単純な形象によって、きわめて多様なあらゆる価値とあらゆる豊かさを、変質させることなく、単調さに陥ることもなく捉え直すことが可能となっている――とともに、批評と文化の歴史そのものが再び閉じたのだろうか、と。また、なぜ、この書物は、物寂しい静謐さで、私たちにいとまを出し、と同時に、私たちがある新たな空間に入ることを許しているように思われたのだろうか、と。いかなる空間だろうか。たしかに、それに答えるためではないが、このような問いに接近することの困難を示すために、ひとつの隠喩に訴えてみよう。〈宇宙〉が曲線を描いているということはほとんど了解事項となっているように思われる。そして、この曲線は実定的《ポジティヴ》なものでなければならないと、しばしば想定されてきた。そこから、有限かつ無際限の球体というイメージが生じた。けれども、いかなる視覚的要請をも逃れ、全体の顧慮からも逃れた、本質的に終わりのない、統一性のない、不連続の、形象化しえない〈宇　宙〉《ユニヴェール》（それゆえ、人を欺く用語となるが[13]）、という仮説を排除してくれるものは何もない。そのような〈宇宙〉はどうなっているのだろうか。けれども、この問いは措いておこう。そして、次のような別の問いを立ててみよう。世界の曲線も、自分の世界の曲線さえも、否定的な印を付けられるべきものだ、という考えに直面することを受け入れることになる日には、人間はどうなるのだろうか。しかし、人間ははたして、そのような思考を受け入れる覚悟ができるようになるのだろうか。そのような思考は、人間を統一性の魅力から解き放ち、神的でない外部性、すべてが問いに満ち、応答の可能性さえ排された――というのも、いかなる応答も必然的に、再び、諸々の形象という形象の裁きのもとに陥ることになるだろうから――空間へと初めて呼び出す怖れがあるのだから。このように問うことは、おそらく、次のように問うことに行き着くだろう。すなわち、人間には根本的《ラディカル》な問いかけが可能なのか、つまり、要するに、文学が書物の不在のほうへと逸れてゆくときに、人間には文学が可能なのか。これはまさしく、アルス・ノーヴァが、その中性的な暴力に

＊　ジョルジュ・プーレ『円環の変貌』、「シュミヌマン」叢書（プロン社[14]）。

おいて、すでに文学に問いかけていた問いである（このことにおいて、アルス・ノーヴァは悪魔のようだったのであり、それゆえ、トーマス・マンは、結局のところ、正しかったのだ）。

（郷原佳以訳）

11　アテネーウム[1]

ロマン主義はドイツにおいては政治的な争点だったし、フランスにおいても副次的な形でそうだった。多種多様な成果をもたらしながら、あるときは、もっとも復古的な体制（一八四〇年に即位したフリードリヒ・ヴィルヘルム四世[2]や、ナチスの文学理論家たち）から必要とされ、あるときは、革新への要請として捉えられ脚光を浴びた――これはなかんずく、リカルダ・フーフ[3]やディルタイ[4]の仕事だった。戦後になると、ルカーチが、反啓蒙主義運動だとしてロマン主義を容赦なく断罪したが、マルクスに愛読されたホフマンだけはこの手厳しい判断を免れている[5]。注目すべきは、フランスでは、これに似た嫌悪が見出されるのが、極右の流派に関係する批評家に限られるという点である。その流派は、ドイツ・ロマン主義を二重に――それがロマン主義であるという理由と、ドイツのものであるという理由から――退けるものである。つまり、非合理主義は秩序を脅かすが、理性は地中海的なものであって、野蛮は北方からやって来る、というわけだ。これに対してシュルレアリスムは、これらの重要な詩人たちのなかに、おのれの姿を認め、絶対自由の力としてのポエジーという、自らが新たに発見したものを認めている。これと同じ頃から少しあとの時期にかけてのフランスの多くのドイツ研究者たちの著作、すなわちアルベール・ベガン[6]の著作や『カイエ・デュ・シュッド』誌[7]の諸論文、若きヘーゲルや若きマルクスに関する数々の研究、アンリ・ルフェーブル――ロマン主義の源泉をつねにマルクス主義のなかで明らかにしようとしていた――による考察は、ロマン主義の運動を認識することに役立つだけでなく、その認識を通じて、芸術と文学をめぐる新たな感性を生み出してもいるが、それによって、おしなべて伝統的な形の政治組織を排斥する方向に向かう他の数々の変化が準備された。その結果、ドイツではロマン主義が両義的なのに対して、フランスでは、ドイツ発祥のロマン主義が批評的役割を果たし、あたかも夜――幻想や鎮静がない一方で邪悪さがないわけではない夜――が啓蒙〔Aufklärung〕の代わりを果たすかのごとく、しばしば根源的な否定を含んでいるのであって、レッシングと同じように感受性が強く、ヴォルテールよりはシェイクスピアに近い人々が、いまだ来るべきある文学の上に漂う危機の薄明のなかに、これらの光芒を放ってきたのだ。

　このような見方は、ある決然たる選択を示している。あれこれの特徴をたいしたものとはみなさないで、別のしかじかの特徴のみを真正なものとみなすという決断である。すなわち、宗教への嗜好を偶発的なものとみなし、反抗の欲望を本質的なものとみなし、過去への注意を付随的なものとみなし、伝統の拒絶や新しさの訴求、現代的《モデルヌ》であるという意識を決定的なものとみなし、ナショナリズムの傾向を一過性の特徴とみなし、祖国をもたぬ純然たる主観性を決定的な特徴とみなすことである。そしてもし、最終的に、これらすべての特徴が、それぞれが互いに対立しているという条件でひとしく必然的なものと認識されるならば、そのとき基調となるのは、別個に捉えられたそれらの特徴各々のイデオロギー的な意味ではなく、それらの対立であり、相矛盾するという必然性であり、分離であり、分かたれているという事実――ブレンターノが分割〔die Geteiltheit〕と呼んだもの[8]――であって、このように矛盾の要請ないし矛盾の経験として特徴づけられたロマン主義によってなされるのは、その使命が無秩序にあるという確証にほかならないが、それは、ある者にとっては脅威であり、またある者にとっては約束であり、さらに別の者にとっては無力な脅威と不毛な約束なのである。

　こうした観点の違いは、ロマン主義をその前提から定義するか、あるいはその帰結から定義するか、ロマン主義の始まりから定義するか、終わりから定義するかによって際立ってくる。フリードリヒ・シュレーゲルは、そうした有為転変の象徴である。彼は若かりし頃、無神論者であり、急進的で、個人主義的だった。彼が体現している精神の自由や、無思慮によってではなくおのれが何を発見するかを理解しようと努める意識の強い緊張を通じて、日び新たな概念を創出せしめていた彼の知的豊饒や知的空想は、ゲーテにとっては一つの驚きだった。ゲーテ自身、ヴィーラントが「高慢な熾天使」と呼んだ人々(9)〔シュレーゲル兄弟〕に比べると、自分が知的にも学問上も自由の点でも劣っていると感じていて、彼らから敬われているのを知って感謝の念を抱いていた。数年後、そのシュレーゲルは、カトリックに改宗し、メッテルニヒに仕える外交官かつジャーナリストとなって、司祭や信心深い世俗の人々に囲まれ、もはや猫なで声の大食漢、怠惰で空ろな太った俗物にすぎなくなり、かつて「唯一の絶対的な掟とは、自由精神はつねに自然を凌駕するということだ」と書きつけた若者の姿を思い出すこともできなくなったのだ。どちらが本物なのだろうか。後年のシュレーゲルが、若年のシュレーゲルの真の姿なのか。凡庸なブルジョワに対する闘いは、興奮したあげくに疲弊する一人のブルジョワを生み出したにすぎず、つまるところ、ブルジョワジーの称揚に寄与しただけなのだろうか。ロマン主義はいったいどこにあるのだろうか。イエナか、それともウィーンか。ロマン主義が数々の企図を抱いて姿を現わす場だろうか。ロマン主義が作品もろとも乏しく消え去る場だろうか。（シェリングの定義を借りれば）無制約な産出性の主がいる場なのか。それとも、まさに諸々の制約を拒絶することで、崇高な産出能力がはとんど何も生み出さず、純然たる創造力が純粋なものではなくなってしまったにもかかわらず何ひとつ創造しなかったことが明らかになったときなのか。そしてあらためて、すべてが反転する。ロマン主義が首尾よく終わりを迎えていないのは確かだが、それは、ロマン主義が本質から言って始まるものであり、首尾よく終わらないことが必定のものであって、自殺や狂気、没落や忘却と呼ばれる結末にしか至らないものだからだ。確かに、ロマン主義はしばしば作品を生み出すには至らないが、それは、ロマン主義が作品の不在という営みだからであり、つまり、詩的行為の純粋さのなかで肯定されたポエジー、持続なき肯定、実現なき自由、痕跡を残さなくともいささかも失墜しない、消滅しつつ高揚する潜勢力《ピュイサンス》だからだ。というのも、そのことこそが、すなわちポエジーを、自然としてではなく、作品としてでさえなく、瞬間における純粋意識としてきらめかせることこそが、その目的だったからである。

この点に関して、次のように応じることは簡単だ。つまり、こうした状況では、ロマン派の著者は、実際に消え去ってしまうわけではなく（たとえルカーチの主張するように、ホフマンを除けば、ゲーテとハイネのあいだのドイツ文学は空白なのだとしても）、その一方で、作者が自己を成就していると主張してしまう著作が、意図的であるかのように未完成にとどまる以上、その作者は二度、失敗するのだ、と。そういうわけで、ノヴァーリスは、「実現」と題されるはずだった『青い花』の第二部を執筆することなく、ほぼ象徴的な形で死ぬことになるが、それとて、ゲーテが陰鬱な調子で、未完成の書物、成就せざる著作、とつぶやく事態である。おそらくはそうなのだろう、ロマン主義のひとつの務めがまさに、まったく新たな様態の成就、ひいてはエクリチュールの正真正銘の転換を導入することになかったのだとするならば。その転換とはつまり、作品からすれば、もはや表象するのではなく存在する能力《プヴォワール》であり、内容がないか、あるいはほとんど取るに足らぬ内容しかもたぬ全体として存在する能力、またそうして、絶対的なものと断片的なものとをあわせて肯定し、全体性を肯定しはするが、あらゆる形態でありながら究極的にはいかなる形態でもない形態において、全体を実現するのではなく、全体を宙吊りにするばかりか打ち砕くことで全体を意味するようになる形態において肯定する能力なのだが。

これから着手されるべき試みではあるが、もしこのようなロマン主義の最初の襲来を、あたかも初めてであるかのように受け取ろうとしてみるならば、驚かされることになるのはおそらく、本能の称賛や錯乱の興奮に対してではなく、思考することへの情熱と、自己を反省し、自己反省によって成就する、抽象的とも言えよう要請——ポエジーによって提起される——のほうである。当然のことながら、それは、副次的な知としての詩法のことではない。ポエジーの核心が知なのであり、探求たること、おのれ自身の探求たることがその本質なのである。意識はもはや単に道徳的にすぎないのではなく詩的でもあるのだから、ポエジーは、もはや自然な自発性にはとどまろうとはせず、もっぱら絶対的に意識たらんとする（あらためて言えば、創造の秘密や真実を自然の水準に維持しようとしているゲーテの激しい不満は、ここから生じている。彼によれば、創造とは何かを知りたければ、自然科学を研究せよ、というわけだ）。ロマン主義とは度を越すものなのだが、その第一の過剰は思考の過剰である。濫用と言ってもいいが、シュレーゲル一人にその責を負わせることはできないだろう。というのも、同じ知的熱狂や、理論的深化への同じ眩暈がノヴァーリスを突き動かしているからであり、ヘルダーリンが、ポエジーによるポエジーの思考においてのみならず、ポエジーと芸術の意味に関する思考においても燃え尽きているからであり、*ロマン主義がたえず、フィヒテやシェリングという名の哲学者たちの周りに凝集したり、ときにはいささか風変わりな自分たちだけの哲学者を示したり生み出したりするからだ。とはいえ、括目すべき特徴とは次のようなものである。ロマン派の作家たち自身、自分たちが執筆するがゆえに自分のことを本物の哲学者だと感じているが、だからといって、執筆するすべを知っていることが自分の運命というわけではないとも感じており、自分が執筆活動に結びついているのは、まるで意識すれば取り戻せるある新たな知に結びついているかのようにしてなのだ、という点である。誰もが、それぞれの流儀で、ともかくも、混濁した頑固さをもってこのことを述べている。ノヴァーリス曰く、「詩人と哲学者を分けることは、双方にとって不利益である。[10]」「今日、精神は本能からして精神であり、自然の精神なのだが、理性の精神、反省と芸術による精神にならねばならない。[11]」「ポエジーは哲学の主人公である。哲学はポエジーを原則へと高める。哲学とはポエジーの理論である。[12]」「詩的哲学者は絶対的な創造ができる。[13]」シュレーゲル曰く、「現代《モデルヌ》のポエジーの歴史とは、次のような哲学的公理をめぐる間断なき注釈である。すなわち、あらゆる芸術は学問にならねばならず、あらゆる学問は芸術にならねばならない、ポエジーと哲学は合一せねばならない。[14]」「詩

＊　だが、ヘルダーリンはロマン主義に属しておらず、この顔ぶれに入っていない点は、ただちに付記しておかねばならない。

人は、結局のところ、哲学者から学ぶべきものをほとんどもたないとしても、哲学者のほうは、詩人から学ぶべきものが多い。(15)」そしてシェリング曰く、「どの瞬間にも必然的に反省される活動こそ、芸術の恒常的な行為である。」それゆえにまた、ロマン主義をめぐる私たちの通念とは異なり、ロマン主義は、少なくともその当初には、天才の喧しさに対する反抗でもありえたわけである。ノヴァーリスは、肝要なのは天賦の才ではなく、天才が学習されうるという事実なのだと述べ、しかも、「作家になるには、しばらく教師や職人を経験せねばなるまい」と述べている。(16)ヴァレリーは、見たところ、ロマン派の人々の見解からかなり隔たっており、レオナルド・ダ・ヴィンチへの称賛をロマン派の人々と分かちもっていることを知っているようには見えないが、それぞれ、ダ・ヴィンチに本物の芸術家のモデルを認めている。なぜなら、「彼は、限界を超えて考える」からであり、「実行力に対する知性の優越」は真正性の印そのものだからだ。「学問へのこだわりと義務の力をもって芸術のあらゆる要請に応える」偉大で純粋な芸術家。(17)これと同様に、小説〔roman〕が自己反省し、機敏で空想的で皮肉《イロニック》交じりのきらめくような可変性を保ってたえず自分に向き直っているかぎりで、『ドン・キホーテ』こそ、とりわけロマン主義的な書物なのだ。それは、充溢がおのれを空虚として把握し、空虚をカオスの無限の過剰として把握するような意識の可変性である。

このような注釈は、『アテネーウム』全六号のいくつかに読まれる。この雑誌は短命——一七九八年から一八〇〇年の二年間——だったが、ロマン主義が姿を現わし、さらにその未来を自己開示力として決定しうるには充分な期間だった。ここには、また別の瞠目すべき特徴がある。文学（私はこれを表現形式の総体、つまり解消の力としても理解している(18)）は、突如として自分自身を意識するようになり、出現するさいにはおのれを名乗る以外の務めも特徴ももたないのだ。要するに、文学は、自分が権能《プヴォワール》を手に入れたことを告げているのである。もはや何者でもなく、自分を詩人と知る人間以外の何者でもなくなり、自分が深く責任をもつこの知のうちで、詩人は、ポエジーが完結した美しい作品を生み出すことにもはや飽き足らず、終わりも限定もない運動のなかで自分自身を生み出すような場を指し示すとき、人間の未来となる。言いかえれば、文学は、文学のもっとも危険な意味に出会うのだ——それは、あるときはすべてが自分のものであると発見して誇らかに、またあるときは、欠如によってしか自分が肯定されないがゆえに自分にはすべてが欠けていると発見して打ちひしがれつつ、いかなる様態で言明すべきか思案する、というものだ。周知の事柄を強調する必要はないだろう。すなわち、フランス革命こそ、ドイツ・ロマン派の人々に、揚言の要請や閃光を放つ声明から構成されるこの新たな形式を与えたのである。「政治的なもの」と「文学的なもの」という二つの運動のあいだに、きわめて奇妙なやり取りが存在している。フランスの革命家たちは、自分が執筆するときには、古典作家たちのように書き、そのように書いていると信じていたし、いにしえのモデルにきちんと敬意を払いつつ、伝統的な形式を傷つけようなどとは露ほども望んでいなかった。これに対して、ロマン派の人々が文体を学ぼうとしたのは、革命の演説家たちからではなく、人物となった〈革命〉からであり、数々の言明としての出来事を通じて示され、〈歴史〉となったこの言語活動《ランガージュ》からなのだった。恐怖政治は、よく知られているように、処刑ゆえに恐怖を催すのみならず[19]、恐怖を歴史の尺度とし近代の《モデルヌ》ロゴスとすることで、大文字で記されることを要求するがゆえに恐怖を催したのである。処刑台や、民衆に示された人民の敵たち、掲げられるためにのみ切り落とされた頭部、明らかな犬死——犬死の誇示——といったものは、歴史的事象を構成しているのではなく、ある新たな言語活動を構成しているのだ。それは語り、語るものであり続けた。『アテネーウム』が「政治的事象に信仰や愛を浪費してはならない。学問と芸術の神聖な領域に備えておくべし」だとか、「ドイツ人の国民的神々は、ヘルマンやヴォータンではなく、芸術と学問なのだ[20]」などという通知を公にしたさいに、この雑誌が念頭に置いていたのは、自由の獲得を退けることではまったくなく（まさにこのとき、シュレーゲルは、フランス革命とフィヒテの『知識学』、そして〔ゲーテの〕『ヴィルヘルム・マイスター』がどのような関係をもっているかを示すことで、批評に一時代を築くわけだが[21]）、反対に、革命的行為をその起源にもっとも近いところに、つまり、革命的行為が、知となり創造する言葉となり、その知や言葉のなかで絶対自由の原則になる場に位置づけることで、革命的行為にあらゆる決定力を与えることなのである。

確かに、ロマン派以前にも文学的宣言には事欠かないが、今回のものはかなり異質の出来事である。一方では、芸術と文学は、固有の謎めいた様態にしたがって姿を現わす以外には、つまりおのれを指し示す以外には、何ひとつなすべきことがないかのように見える。姿を現わすこと、おのれを告げること、一言で言えば、自身を伝達すること。これこそ、文学の存在を構成し設定する無尽蔵の活動なのだ。だが他方では——そしてここにこの出来事の複雑さがあるわけだが——、文学は、こうして自分自身を意識することで、明白になると同時にその出現以上の何ものでもない状態に還元されるのだが、天空や大地、過去や未来、物理学や哲学だけでなく[22]、すべてを、すなわち「どの瞬間にも、どの現象にもはたらいている全体」(ノヴァーリス)を要求するに至るのだ[23]。そう、すべてである。しかし仔細に眺めてみよう。到来するがままの各瞬間でもなく、生じるがままの各現象でもなく、単に、全体のあらゆる点で神秘的かつ不可視に作用する全体にすぎない。ここには曖昧さがある。詩的意識の到来としてのロマン主義は、単なるひとつの文学流派でもなければ、芸術史におけるひとつの重要な契機でさえない。ロマン主義は、ひとつの時代を切り拓いているのだ。さらにそれは、あらゆる時代が開示される時代なのである。というのも、ロマン主義によって、あらゆる開示の絶対的主体、十全に自由な「私」が介入するからだが、その「私」は、いかなる条件にも与することなく、個別的なものにはいっさいおのれの姿を認めないものであって、自分が自由である場としての全体においてのみ、自分の活動領域——自分のエーテル——のうちに存在する。世界はロマン化されねばならない、とノヴァーリスは言う[24]。過去は、シェイクスピアやダンテ、セルバンテス、アリストテレス、レオナルド・ダ・ヴィンチといったもっとも偉大な創造者たちにおいて、すでにロマン的である。さらに、古典が永遠に存在し、芸術の〈天空〉〔Olympe〕となるのは、ロマン主義を再認する行為を通じてでしかない。なぜなら、シュレーゲルの述べるように、「古代に関して超越論的な視点をもつには、本質的に現代的《モデルヌ》でなければならない」からである[25]。最後に、未来もすべて、ロマン主義のものである。というのも、ロマン主義のみが未来を基礎づけるからだ。

「ロマン主義芸術はまだ生成の途上にある。けっして完成することがなく、つねに永遠に新しいというのが、ロマン主義芸術に固有の本質でさえある。ロマン主義芸術は、いかなる理論によっても分析し尽くすことはできない。ロマン主義芸術のみが無限であり、自由である」（シュレーゲル）[26]。これこそ、ロマン主義に輝かしくも一時的な永遠性を保証するように思われるものであり、実際にロマン主義にそうした永遠性を保証してもいるのだが、ヘーゲルとともに見られることになるように、ただちに消え去るかもしれぬという脅威の下においてである。ヘーゲルは、歴史的におのれを普遍化するというこの傾向から、数々の破滅的な帰結を引き出しているが、そのとき彼は、キリスト教時代を通じたあらゆる芸術をロマン的と名づけようと決断する一方で、厳密な意味でのロマン主義には、この運動の解消や必死の勝利しか認めておらず、芸術がおのれの核心たる破壊原則を自らに向け、おのれの終わりなき不憫な終末点に一致する衰退の契機のみを認めるわけだ。

　認識しておきたいのは、ヘーゲルの『美学講義』を待つまでもなく、そもそも当初から、ロマン主義は――これがそのもっとも偉大な功績なのだが――おのれの真理がこのようなものだと知らないわけではない、という点である。全体のなかに溶解したロマン主義は、たとえ曖昧に事物の全体性に対して支配を確立しようとするときがあるにしろ、おのれを肯定しうる狭隘な余白について、もっとも鋭敏な知識をもっているのだ。世界のなかでもなく、世界の外でもないところで、全体の主であるということなのだが、それには、全体が何ひとつ包含しないという条件、すなわち、内実なき純粋意識、何ひとつ述べることのできぬ純粋な言葉であるという条件が付される。失敗と成功が緊密な相互関係にあり、幸福と不幸が区別できない状況である。だからこそ、そもそもの初めから、ポエジーは、全体になることで全体を失ってもいたのであり、独特な同語反復を行う奇妙な時代に到達しているのである。そこでは、ポエジーは、言葉《パロール》の本質が話すことに存するのと同じくおのれの本質はポエジー化することにあるのだと繰り返しながら、おのれの差異を飽くことなく汲み尽くしにかかる。こうして、一七九八年以降、ノヴァーリスは、天使のごとき慧眼のテクストのなかでこのことを見出している。「書いたり話したりするという事象のなかには、何かしら奇妙なものがある。人々の呆れるばかりの誤りは、自分たちが事物に沿う形で話していると信じている点にある。誰も、言語活動の固有の性質、つまり言語活動が気にかけるのは言語活動のみであるということを知らない。だから、言語活動は豊かですばらしい神秘を構成しているのだ。もっぱら話すためだけに話すとき、まさにそのとき、人は可能なかぎりもっとも独創的で真実な事柄を述べることになる。……言語をめぐる奥深い感覚を備え、言語の運用や軽妙さや韻律や音楽的精神を感じる人――言語の内的本性を耳にし、おのれのうちに言語の内的で繊細な動きを把握する人だけが、……そう、そのような人のみが預言者なのだ。」さらに、ノヴァーリスはこう付け加えている。「たとえ私が、上に述べたことでポエジーの本質と使命をきわめて明確にしたと思っているにせよ、……そのことを述べようと思いながらも、ひどく愚かな事柄を口にしたことになるのはよくわかっている。そこからは、ポエジーが排除されているのだから。けれども、もし私が話さねばならなかったとしたらどうだろうか。もし私が、言葉それ自体から話すよう促されて、自分のなかに言語活動の干渉とはたらきのあのしるしをもっているとしたら、どうだろうか。だとすれば、私の知らぬ間に、そこにいくばくかのポエジーがあるということが起こりうるのだろうし、言語の神秘が理解可能なものになったということもありえるだろう。……それゆえ、私は天性の作家ということもありえるだろう。というのも、作家と言えば、言語に棲みつかれ、言葉に霊感を受けたものしか存在しないのだから。[*27]」さらに、「話すために話すことは、解放の定式である。[28]」私たちはこれらのテクストに、言語活動の夜によって日の目を見ることになるあらゆる主要な問いかけと、ロマン主義のロマン主義的ならざる本質とが表現されているのを見る、と言ってもいいだろう。書くということ、それは言葉として振る舞う〔言葉の営みをなす：faire œuvre de parole〕ことだが、しかしこの営みとは無為＝脱作品化なのだ。詩的に話すとは、他動詞的ではない言葉を可能にすることだ。その言葉の務めは、事物を言い表わす（言葉が意味するもののうちに消滅する）ことにはなく、（おのれが）述べられるようにしつつ（おのれを）述べることにあるが、だからといって、自らが、対象をもたぬこの言語活動の新たな対象になることはない（もしポエジーが、言葉やポエジーの本質を表現すると称する言葉にすぎないのだとすれば、私たちは、より巧妙ともいえる形で、他動詞的な言語活動の使用へと戻ってしまう――大きな難点だが、この難点を通じてこそ、私たちは、文学的言語活動の内部に、その固有の差異であり、夜――ヘーゲルが人間の目を覗きながら見たと信じた夜[29]にも似ている、いささか恐怖に満ちた夜――のように存在している、奇妙な欠落を把握するに至るのだろう)。

こうして問いは立てられた。周知のように、ロマン主義は、この問いを手つかずに保っておこうとして、言葉こそ主体なのだという答えを示すことになる。結果として、数々の奇妙な発見が行われ、瞠目すべき作品群と、破滅的な困難が生じることになった。第一のものは、先に強調した点である。すなわち、詩的全知(「真の詩人は全知である」とノヴァーリスは述べている[30])は、詩的な力が一つの魔力でないのと同様に、全体にかかわる個別的な知ではないことを忘れてしまうという傾向である。それから、次のような点もある。つまり、もし真なる言葉が主体で、あらゆる客観的個別性の欠片ももたないとすれば、それが意味しているのは、そうした言葉が主体となるのは詩人の実存においてのみだということであり、そこでは、純然たる主体が「私」と述べながらおのれを肯定しているわけである。それゆえ、詩人の「私」こそが、最後に重要になる唯一のものなのだ。それはもはや詩的作品=詩的な営みではなく、つねに現実の著作に優越する活動であり、作品をイロニーの至高なる戯れへと呼び出したり退けたりできると自覚するときに初めて創造的なものとなる活動のことである。このことから帰結するのは、単に生を通じてのみならず、伝記をも通じて、それゆえロマン的に生き、性格に至るまで詩的にしたいという欲望を通じ

＊ 私は、このテクストを訳したアルメル・ゲルヌ[31]を参照しているが(『ドイツ・ロマン派』デクレ・ド・ブルウェール社)、彼は、このテクストが「独白」と題されている点に注意を促し、「書かれたものはすべて、本質的に、言語活動の内部での独白なのだ」と解釈している。一七八四年以後、ハーマンがヘルダーにこう書き送っていたことを思い出そう。「私は、デモステネスほど雄弁だとしても、ただひとつの言葉として三回こう繰り返すことしかできないだろう。理性とは言語活動であり、ロゴスである、と。これこそ、死ぬまで私が噛みしめ続ける髄骨だ。私にとってつねに謎にとどまる深奥であり、私としては、黙示録の天使がこうした深淵の鍵を持って来てはくれないかと、ずっと待っているのだ。」

て、ポエジーを再び掌中にすることだろう。そのうえ、このいわゆるロマン的な性格とは、どのようなものであれはっきりと規定された不動のものであることの不可能性にほかならないとすれば、まさにいっさいの性格を欠いているかぎりで、きわめて魅力的なのだ――こうして、軽薄さ、陽気さ、勢い、狂気が生じてくる。つまるところ、奇抜さであり、ノヴァーリスが断罪することになるすべての事柄である。彼は、ロマン的魂が拡散することであまりに弱まってしまい、軟弱になっていることを明確に断罪することになるのだが、その一方、ヴァッケンローダーをはじめとする他の人々は、文学がおのれを崇高なものと信じると同時に、「この世界にとって何ら有用でなく、職工に比べるとまるで活動的でない(32)」として、文学を不誠実だと論じるようになる。

ロマン主義をとりまくこれらの矛盾やその他の多くの矛盾、つまり、文学をもはやひとつの回答にではなくひとつの問いにする矛盾の数々から、最後に、次の点を引き出しておきたい。主体の自由というものに創造の真理を凝縮させるロマン主義芸術はまた、一冊の全体的書物への野心を形成しているのだ。現実を表象することはなく、現実的なるものに取って代わることになる、絶えざる成長状態にある一種の聖書。というのも、全体がおのれを肯定しうるのは、作品の非客観的領域においてでしかないだろうからだ。偉大なロマン派の人々はみな、小説がそうした〈書物〉となるだろう、と述べている。シュレーゲルは、「小説はロマン的な書物である。(33)」ノヴァーリスは、「世界を絶対的なものとすること。小説のみがそれを果たしうる。なぜなら、全体の観念が美的作品を完全に支配し造形するからだ。(34)」そしてゾルガーは、「今日のすべての芸術は、小説に立脚しているのであって、劇に基づいているのではない。(35)」しかし、こうした全体小説については、ロマン派の人々の大部分が寓話の形で夢想して満足するか、抽象化された無垢とおぼろな知が奇妙に合わさったメルヘンという並外れた形で具現化して満足することになるのだが、ただ一人、ノヴァーリスだけはこれを企て、そして――これこそ注目すべき特徴だが――未完成のままに残しておくのみならず、その小説を完成させる唯一の方法はある新たな芸術、断片の芸術を創出することなのだろうと予感するに至るのだ。冒頭に記したように、これこそ、ロマン主義のもっとも大胆な予感のひとつである。

すなわち、全体を中断させ、種々の様態の中断によって、全体を動員する――可動させる――新たな完成形態の探求のことである。コミュニケーションを阻害するためではなく、コミュニケーションを絶対的なものとするための、断片の言葉へのこのような要請は、シュレーゲルをして、ただ未来の世紀のみが「断片」を読むすべを知っているだろうと言わしめ、ノヴァーリスをして、「書物を書くすべはまだ発見されていない。だがそのすべは、今まさに発見されようとしている。ここに書いているような断片は、文学の種子である[36]」と言わしめている。これと同じ展望のもとに、両者はそろって、独白の形で、断片が会話によるコミュニケーションの代替物であると主張することになる。というのも、「対話とは、断片の鎖あるいは断片の花環」だからであり（シュレーゲル[37]）、より深層においては、複数形のエクリチュールと呼べるようなもの、つまり共同で書く可能性の先駆けだからだ。ノヴァーリスは、出版の発展のなかにその創意の兆しを見ている。「定期刊行物はすでにして、共同でなされた書物である。共同で書くすべは、文学の大いなる進歩を予感させる興味深い徴候である。おそらくいつの日か、ひとは共同で書き、思考し、行動することになるだろう……[38]。」天才が、多様な人格をもつ一人の人物にほかならないか（ノヴァーリス[39]）、あるいは「さまざまの才能のひとつの体系」にほかならない（シュレーゲル[40]）のと同じく、重要な点は、エクリチュールのなかに、断片を通じて、この複数性を導入することである。それは、私たちのうちでは潜在的で、万人のうちでは現実的であり、「相異なり相争う思想間の、絶え間のない自己創造的な交替現象」に対応している[41]。不連続な形態。それのみが、ロマン主義のイロニーに相応しい。なぜなら、不連続な形態のみが、言述と沈黙を、戯れのものと真摯なものを、言明的であるのに加えて神託のようでもある要請と、固定されずに分かたれたひとつの思考の非決定を、そして最後に、精神に対する体系的であれという強制と体系のもたらす恐怖とを、それぞれ合一させることができるからなのだ。「ひとつの体系をもつことも、いかなる体系ももたないことも、精神にとってはひとしく致命的である。したがって、おそらくはこの二つの傾向のどちらをも捨て去る決心をしなければならないだろう[42]。」

実際のところ、フリードリヒ・シュレーゲルの場合にはとりわけ、断片はしばしば、いっそう厳格な書き方を練り上げる試みというよりも、自惚れて自分自身に惑溺してしまう方策に思われる。だとすれば、断片で書くことは、単に自分自身の混乱を受け入れ、居心地よく孤立して自分の自我に閉じこもり、そうして断片的な要請が示している開口を拒絶することにすぎなくなってしまう。その開口は、全体性を排除するのではなく超え出るのだが。シュレーゲルが臆面もなく、「私の人格から与えられる見本としては、断片の体系以外にはない。なぜなら、私自身、その類《たぐい》の何ものかなのだから。私にとっては、断片のスタイル以上に自然で容易なものはない」と書くとき、[43]彼が告げているのは、自分の言述〔discours〕が、断絶しつつ流れる言葉〔dis-cours〕ではなく、自分自身の不調和の反映になるだろうということだ。同様に、「断片は、ひとつの小さな芸術作品のように、周囲の世界から完全に切り離され、ハリネズミのようにそれ自身において完成されていなければならない」[44]と記すとき、彼は、断片をアフォリズムへと、つまり完璧な文という閉域へとあらためて導いてしまうのだ。おそらくは避けることのできない変質なのだろうが、これは以下のことに帰着する。（一）断片を、他の諸断片といっしょに構成される領域にではなく、それ自体のうちに中心をもつ、ひとつの凝縮されたテクストとして捉えてしまうこと。（二）諸断片を分離し、その分離を作品の構造内で律動の原則とする間隙（待機と休止）を看過してしまうこと。（三）断片による書き方が、総体的視点をいっそう困難にしたり、統一関係を緩めたりするのではなく、総体を超過するがゆえに、統一から除外される新たな諸関係を可能にする傾向を有するものだという点を忘れてしまうこと。当然のことながら、こうした「遺漏」は、主観的にすぎるか、あるいはあまりに性急に絶対的なものを求めてしまうような人格の、単なる欠点によって説明がつくものではない。少なくとも説明という語の本源的な意味において、そしてより決定的な形で、それはまた、歴史の動向から説明されるのだ。その歴史とは、革命の姿となって、全体を視野に収めた労働と、統一の弁証法的探求とを行動の前面に位置づけるものだからだ。とはいえ、ロマン主義の言明のおかげで文学自身に対して姿を現わし始めた文学が、これ以降、おのれのうちにこの問い——形態としての非連続性ないし差異——を抱えていくことになることに変わりはない。その問いや務めは、単にドイツ・ロマン主義、なかんずく『アテネーウム』の示したロマン主義が予感したものにとどまるのではなく、後にあらためてニーチェに委ねられるようになるのだが、その前に、そしてニーチェを超えて、すでにしてはっきりと未来に対して提起されていたのである。(45)

（安原伸一朗訳）

12 異化効果[1]

±±詩――そのものとして、自らの形式を見出す分散。ここでは、分割の本質に対して、しかしながら、分割の本質から発して、ある至高の闘いが開始されている。言語活動《ランガージュ》は、その受け継がれた一貫性を再び問いに付す呼びかけに応えている。言語活動は、まるで自分自身から引き剝がされたかのようである。すべては断ち切られ、砕け、関係は失われている。ひとつの文から次の文へ、ひとつの語から次の語へと進むのではもはやない。しかし、内的および外的な絆がいったん壊れると、まるで改めてというように、各々の語のうちにすべての語が立ち上がる。しかしそれらは語というよりも、語を消し去る語の現前であり、語を呼び出す語の不在である――それらは語というよりも、語が現われたり消え失せたりしながら、自らの出現と消滅の空間、揺れ動く空間として指し示す空間である。私はこうしたことを、つまり、非連続性から生まれる連続性の潜勢力を、アンドレ・デュ・ブーシェ[2]の詩篇や、ときにジャック・デュパン[3]の詩篇のうちに読む。深く、優しく夜に満ちた詩篇であり、それらが夜について述べていることを言われるよう自身について求めている詩篇である。「私たちを待ち、私たちを満たす夜、夜が夜であるためには、その待機をなおも失望させなければならない[4]。」ここでは、各々の語それ自体によって待機が担われており、各々の語のうちに、言い表わされないものへの応答があり、言い表わされないものからの拒否と魅力がある。「そして風景は、軽はずみに放たれ影を帯びて戻ってくるだろう言葉のまわりに整う[5]。」

±±演劇は、対話=台詞《ダイアローグ》によって空間のなかに分割を導き入れながら、分割と戯れる芸術である。対話は遅れて来た概念である。もっとも古い舞台形態においては、各々の言葉《パロール》は孤独に語っており、それを聞くためにうやうやしく集まった人々にのみ語りかけられていた。横向きの伝達《コミュニケーション》は存在していなかった。語る者は、いかなる応答をも排除する充溢のなかで、相互性なき関係において、高みからの言葉を、観衆に語りかけていた。しかしながら、言葉《パロール》が分割されて舞台上で行き来するようになると、観衆との関係は変化する。距離が深まる。聞こうとして下にいる者たちは、もはや無媒介的に聞くのではなく、保証人として聞くようになる。つまり、すべてを担い、すべてを支える彼らの注意力によって、聞くようになる。以来、沈黙は第三者として存在するようになる。しかしそれも、沈黙がついに忘れられ、付き合い上の会話のように自然に対話することが理想とされるようになるまでである。そうなると、非連続性は失われ、表面の連続性が重視されるようになる。(ジュネの演劇は、反対に、深い非連続性の芸術である。)

では、ブレヒトは？　魅惑を意識し、魅惑を魅惑に向け返すことで魅惑と手を切ろうとする者、ブレヒト。

±±ブレヒトにおいてはすべてが魅力的であり、すべてがあの共感を呼び寄せるのだが、それに対して彼はたえず私たちに警戒を呼びかけてきた。偉大なる単純さ、歌の単純さとのもっとも自然な結びつき、単純な言葉をして語らせ、また、不幸や苦痛、そして人々をただ語らせることで正しく評価するという権能。そこには何か、力強く、生き生きとして、そしておそらく、つまるところ、幸福なものがある。こうした長所はすべて自明のものだ。しかしながら、この素朴な男は悪賢い作者でもある。自然に見えるあの単純さは、研究、探求、拘束の賜物でもあり、また同時に、訓練に関心を抱き、教育が気になってもいるのだ。ここにいるのは、イメージの才能があり、光、身振り、動きの権能を知っており、私たちのために空間の魔法に生命を吹き込もうとしている、そのような作家だ

――いや、そうではない、彼が語りかけているのは判断に対してであり、彼が呼び起こそうとしている自由とは、精神の自由――彼はたいていの場合、それを非常に抽象的な仕方で理解しているのだが――である。にぎやかであると同時にいかめしく、感動させることへの恐怖と善い感情への不信によって感動的で、とはいうものの、諸々の単純な信念、心からの確信、希望には開かれており、マルクス主義者ではあるが、おそらく十九世紀的な仕方でマルクス主義者なのである。では、ブレヒトはそれほど幸福な者だったのか。彼の青少年期は、彼の嫌悪していた戦争の時代、次いで、彼が不信の念を抱いていた無秩序な自由の時代、次いで、彼が憎悪していた圧政の脅威の時代だった。彼の壮年期は、彼がどうしても耐えることのできなかった亡命の時代だった。彼の晩年についてははっきりしない。苦痛を伴う妥協にもかかわらず、晩年は彼の人生のなかで、もっとも豊饒だったとは言えないまでも、もっとも輝かしく、もっとも幸運だったということを、すべてが告げている。けれども、この根っからの自由人は、夭折によって、彼が心から苦しんだに違いない出来事の接近を免れるという形で死ぬことで、ある意味で、幸福な終わりを迎えた、と付け加えるべきなのだろうか。私たちの時代に相応の、悲しい幸福である。

演劇に情熱をもった劇作家でありながら、彼は早いうちから演劇の成功およびその成功の手段に嫌悪感を抱いていたようである。(6) これこそ魅力的な人物だ。(7) ポーは、著名な文章において、一篇の詩をいかに書くかを探求するにあたり、その詩が確実に作用するに違いない感受性の諸点を前もって定義した。(8) ブレヒトの探求は正反対である。彼は劇場に入ると、あの魅惑された人々――聞いてはいるが理解してはおらず、見つめてはいるが何も見てはおらず、一緒になって動き回っている夢のなかに浸っている夢遊病者のようで、判断を奪われ、魔法にかかったようで、つまるところ、感覚が麻痺している人々――に恐怖と苦痛を覚えるのだ。(しかし、ほんとうにそうだろうか。(9) 観客はたいていの場合、ごくあっさりした者であり、つまり、ごくあっさりと関心をもっているにすぎず、それゆえ、魅惑されることも注意を向けることもできないのではないだろうか。)

そんなことはどうでもよい、ということになるだろう。まさにその類《たぐい》の影響力をこそ、作家や俳優、演出家は行使できるようになりたいと思っているのだから。この影響力がうまく作用するよう、俳優は、演じる人物に同一化して、人々の魂を大いに惹きつける。現実の人のようにではなく、夢想の力、あるいは非現実的な存在のように惹きつけるのである。そうした存在のもとで、私たちは、劇場の下のほうで、一瞬のあいだ、自分たちの希望を体現し、自分たちの夢を急がせて叶えようとするのだが、しかし、いかにそれが熱狂的だとしても、そこにはいかなる危難もいかなる真理もない。融即、共感、当惑した感受性同士のほとんど嫌悪感を催させるこのような接触、無媒介的でありながら何も関係で結ばれていないこのような関係、愛することなく愛するこのようなやり方、こうしたことが、そもそもの最初からブレヒトを傷つけてきたように思われる。そのことは、表現主義的な無秩序や荒々しさといった呪術的な手段に訴えていた彼の初期作品が、たしかに賛同よりも抵抗を引き起こすものであったことから、よりいっそう強く感じられるのである。

ではなぜ彼は、演劇においては共感を集めるような成功よりは失敗のほうが自分にとって名誉あることと思えるにもかかわらず、その演劇のためにのみ執筆し、仕事をし続けるのだろうか。それはおそらく、彼にはあの悪意ある演劇の才能があるからである。つまり、そのままでは自分には耐えられないような芸術においてこそおのずと実力が発揮できると感じるような芸術家や作家というものが、おそらく存在するのだ。それは、彼のうちに、世間の人々の世界と関係をもち、彼らに自分の知っていることを告げるのみならず、それ以上に、彼らの話していることを聞き、彼らを言葉《パロール》の閾まで連れていこうという大いなる心遣いがあるからであり、演劇は彼にとって、豪華な幽霊たちが動き回る場というよりは、現実の、ほとんど現実の人々、つまり観客たちが、夢のなかに消えてゆくのではなく、思考に至り着くまで立ち上がり、やがては自分たちの言葉《モ》を語るようになる、そうした場なのだろう。

★

ブレヒトの懸念はさまざまである。演劇においてはすべてが危惧の対象であり、何よりもまず危惧しなければならないのは、舞台の上にいるのは俳優ではなく登場人物であり、演じられているのは演技にすぎないどころか、ただひとたび起こってしまえばずっと、まったく変化せずに悲劇的ないし感動的であり続けるような一種の出来事である、と私たちに信じ込ませるあの錯覚の動きである。観客は、話しているあの人物《フィギュール》に、また、無口で容赦ないあの行為に自己同一化し、魔術的な共感でそこに参加し、自己自身の外に身を投げ出して、盲目的従順さですべてに同意させられて、そしてそこから出てくるときには、こうなのだ、そして永遠にこうなのだろう、と考えているのである。それゆえ、演劇とは、戯曲の内容にかかわらず、不変の人や永遠の秩序を、また、それを前にすると私たちが自分自身ではなくなり、影か英雄になってしまう、そのような並外れた潜勢力を直観的に連想させるものである――つまり、演劇が私たちに演劇を信じ込ませようとするのは大いに間違っているということである。

このような危難をいかにして避けたらよいのだろうか。ブレヒトが短い『思考原理』*で明示した定式――これはそもそも、第一次世界大戦後の波瀾に満ちた時期にベルリンですでに練り上げられていたものである――は、彼自身の経験および演劇研究者たちの集合的経験の産物だが、今日ではよく知られており、知られすぎているくらいである。しかし、それらの定式は、自らの告発する危険そのものに属しているという点において、いまなお驚くべきものである。そしてそこに、それらの定式の重要性がある。というのも、それらの定式は、ブレヒトがそれらを理論的、政治的ないし哲学的な諸観念から引っ張ってきたわけではないということを示しているからである。つまり、彼は観客に、自由、運動、判断を委ね、あるいは与えることさえできるような諸々のイメージや、ひとつの演じ方を提案しようとしているのである。彼を深く傷つけるのは、伝統的な演劇において俳優と観客のあいだに打ち立てられる、あの一種の無媒介的な関係である。催眠にかかった者が催眠術師にくっついているように、一方〔観客〕は他方〔俳優〕にくっついており、このおぞましい隣接関係には、情熱的な関係において見られるような「現実の」関係性の真理さえない(10)。そこでは受動性が頂点に達している。そこでは私たちは自分自身の影であり、その影は暗闇によって育まれ、いかなる傷からも流れることのない青白い血に飢えている。ブレヒトは、かくして、演劇を構成しているさまざまな要素のあいだに間隔を設けるためなら何でもするだろう。すなわち、作家と「寓話」のあいだの間隔、演技と出来事のあいだの間隔、俳優と登場人物のあいだの間隔、そしてとりわけ、俳優と観客という演劇を二分するもののあいだのもっとも大きな間隔。この間隔に付けられた名はあまりにも有名になりすぎたくらいだが、ブレヒトは、いささか教育的ではあるにしてもいかなる衒学趣味もなく、隠語的な言い回しで、V効果〔異化効果〕、Verfremdungseffekt〔異化効果〕、すなわち、異質《エトランジュテ》さと遠ざかり《エロワーニュマン》、さらに異郷性《デペイズマン》の効果、という名を与えたのである。

　ここで私たちの関心は高まってくる。このV効果という名がかくも大きな名望を得た以上は、ブレヒトが事実を踏まえたうえでこの名を選んだということを充分に納得する必要がある。つまり、V効果とは非常に強い語であり、さまざまな権能を備えた豊饒な語だということである。いかにしてこの語はブレヒトの懸念に繋がるのだろうか。まずもって、この語は、新しい演劇における一種の中断を充分に強調している。その中断によって、すべての幸福な観客が自分の見ているものと一対になり、それにほんとうに触れられる＝心を打たれる、といった共感の興趣はより困難なものとなるに違いないと思われる。ブレヒトによれば、異化効果を実現させるようなイメージとは、私たちに対象を認識できるようにしながらも、その対象を奇妙で異質に見せるようなものである。この効果は、それゆえ、表象された事物を直観的な同化――そこでは理解と意味が消え失せてしまう――から逃れさせようとする。舞台上で起こっていることは自然ではなく、私たちはそれを軽々しく信用してはならないのである。一方では、私たちはつねに、以下のことを想起できる状態になければならない。すなわち、自分たちは人工的な手段で作り出されたひとつの虚構に立ち会っているのであり、俳優は俳優であってガリレオ・ガリレイではなく[11]、この役柄を研究した者、つまり、まずはこの役柄の台詞を読み、次いで注釈を付け、次いでたどたどしく読み上げ、そしていまや

＊『演劇のための小思考原理』（ズーアカンプ社）。ブレヒトによれば、一九四八年に書かれたという[12]。

暗唱し、おそらくは生きてもいる者だが、とはいえつねに距離をもって生きている者である、と。というのも、舞台が始まるときに、私たちは知らないが、俳優のほうは、その舞台がどのように終わるか熟知しており、そして彼は、自分がそのことを知っているということを私たちに知らせるような仕方で演じなければならないからである。また同様に、輝いているあの太陽は日の光ではなくプロジェクターなのだから、そのことを示し、演劇がもはや自らが何であるかを隠さないようにしよう、というわけである。すなわち、演劇とは、諸々のまやかしを組み合わせた不安定な全体であり、そこで起こる諸々の事象を奇妙で遠いものにすることができる奇妙な空間であり、その結果、それらの事象がいかになじみ深く、いかに慣用的なものに見えようと、私たちはそれらに対して距離を取り、それらを自然のものとみなすことをやめ、それどころか、それらを異様な、さらには正当化されていないものとみなすことができるようになる。そして私たちはもはや、こうなのだ、そして永遠にこうなのだろう、とは言わず、ここではこうだったが、さらに別のようでもありうるだろう、と言うだろう。

ブレヒトが大きな懸念を抱いているのは、諸々の事象の重み、人間関係の硬直して安定したかのような見かけ、そうしたものの見せかけの自然さ、それらを維持している確信、慣習への信、変化を想像したり切望したり心構えをしたりすることができないという無力さ、である。ブレヒトの作品はすべて、『例外と原則』[13]の冒頭で俳優たちが私たちに忘れがたい警告として差し向けるあの呼びかけから始まっていると言えるだろう。「よくあることだが不可解なことと、原則になっていても理解に苦しむことと思ってくれ。一見単純な、ほんの些細な行動でさえ、不信感を抱いて観察し、――とくに慣行になっていることが必要なのか調べてほしい。君たちに強くお願いしたいのは、たえず起こっていることを当然だと思ってしまわないことだ。なぜならいまのような血塗れの混乱の時代、秩序化された無秩序の、計画された放埒の時代に、人間性が非人間化されたこの時代に、当然と考えられるものなどあってはならない。それが不変なものなど認めないことに繫がるのだ。*」

このような懸念は、驚きを呼び起こすことで、問いかけの精神、次いで観察の精神、次いで判断の自由、そして、必要とあらば反抗の精神を生まれさせることを目指しているのであれば、芸術的というよりも哲学的なものと見えるかもしれない。けれども、芸術の権能は、ガリレイのそれ以上に、あらゆる事象において別の事象を、なじみ深いものの下に異様なものを、存在するもののうちに存在しえないようなものを指し示すことができる。(14) それは、諸もろの事象を遠ざけることによって私たちに感じられるようにする権能なのだが、その隔たりがそれらの事象の空間そのものとなるがゆえに、そしてそのおかげで、それらの事象はつねに見知らぬものであり続けるのである。

さて、ブレヒトが異化効果によって生み出し保持すべく求めているのは、まさしくこの隔たり、この距離である。彼とともに繰り返せば、芸術が創り出す新しいイメージは、事象を表象するだけでなく、遠い光のもとで、遠さの力によって変形された事象を私たちに示すのである。その事象は、かつて私たちのもとに現われていたのとは異なっており、それゆえ、そこに本来の姿にして永遠の実体が見えていると私たちが思い込んでいたいつものなじみ深い姿から逃れ去っている。それは、とりわけ人間関係において顕著である。異化効果を発揮するイメージは、したがって、諸々の事象はもしかするとそのままではなく、それらを別の仕方で眺め、こうした手立てによって、それらを想像的に他なるものとし、次いで現実にまったく他なるものとするかどうかは私たちにかかっているのだということを私たちに示すことで、ひとつの実験を行っているのである。

★

ここで、私たちは、ブレヒトが言っていることは正しいが、しかし、彼の考え方には、ある重大な問題、難しく、おそらく本質的な問題が含まれている（そして隠されている）ように——まるで、私たちの権能が転換する変わり

＊『例外と原則』ジュヌヴィエーヴ・セロー／ベンノ・ベッソン訳（ラルシュ社(15)）。

目にいるかのように——感じる。一方では、彼は、伝統的な演劇が影響力を確立しているあの無媒介的な関係を断ち切ろうとする。その関係においては、観客はせいぜいのところ、自己自身の不可思議な喪失を歓喜して受け入れ、脅えたり喜んだりして動揺している無力な存在になるだけである。重要なのは、演劇を観客から遠ざけることで、観客が、麻痺させられるような接触から逃れ、現実世界においてさえ欠けている判断の自由と自発的な権能を可能にしてくれる距離と空気と可能性を取り戻すことである。というのも、他方では、ブレヒトは、もはや演劇において魅惑が支配することを望んでいないのはもちろんだが、それ以上に、魅惑が人間関係を変質させなくなるのを願っているのである。世間では、私たちは、自分たちに現実として現われているものは恣意的で、修正の余地があるかもしれないということが見て取れず、日常的なもの、なじみ深いもの、自明のものの魅惑に従属している。それに対し、演劇は、諸々の事象の異質な表象を通して、この「自然なもの」の魅惑から逃れる手段を私たちに与えてくれるだろう。そして、そうした演劇が授けてくれる異質さと距離によって、私たちは、表象された事象についても、その表象それ自体についても、より自由な見方を獲得するだろう。かくして、いわば一石二鳥というわけだ。

あまりにも申し分のない解決だ。実際、ブレヒトは、この解決が自分に用意している困難がいかほどのものかを予感しそびれてはいない。まずもって、彼によれば観客を演劇に繋ぎ留めておくのは茫然自失状態だというが、その茫然自失状態の原因を、共感の技術や近さの錯覚にのみ帰するのは間違いではないだろうか。そこに見るべきなのはむしろ、演劇の両面を驚異的な仕方で分離する距離——縮減されてはいるが還元不可能な距離——の効果なのではないだろうか。表象されたもの、錯覚によって私たちに近いように思われるものが私たちに作用を及ぼすのは、それが同時に私たちから絶対的に遠く、私たちと関係がないからであって、この関係の不在、この揺れ動く生き生きとした空虚こそ、私たちという一方の者たちがそこで飛躍によって他方の者たちを出迎えに行き、危険な変貌が実現する、そうした場なのである。したがって、ブレヒトが異化効果によって演劇を観客から遠ざけようとするとき、彼は演劇の魅惑的な権能を高めてしまう怖れがあるのではないだろうか。その権能はまさしく遠さや分離に基づいているのだから。かくしてブレヒトは観客を、さらに油断のならない仕方で、異質なものとなったなじみ深い事象があらゆる人間に及ぼす魅惑作用へと委ねる怖れがあるのではないだろうか。そうした事象はつねに前もってその事象を二重化している到達不可能なイメージとなり、なじみ深くかつ異質なあの分身となり、私たち各々を、自己自身を奪われた自己固有の分身とするのである。

　以上のことは確実であり、ブレヒトはそれを知らないどころではない。というのも、彼は、古代、中世、アジア演劇のうちにあらゆる種類のV効果〔異化効果〕――人間や動物の仮面の使用、音楽や黙劇の使用――を見出して（そして非難して）いるからである（彼自身が用いているにもかかわらず）。そうしたものには確かに、共感を妨げるという利点はあるが、平静さそのものによって働きかけ、影響されにくさの影響を行使することによって、催眠暗示を強化してしまうという欠点があるというのである。しかし、だとすれば、いかにしてブレヒトは、異化効果が精神を覚醒させる代わりに麻痺させてしまい、自由で活動的にするよりもむしろ受動的で感じやすい状態にしてしまうのを避けることができるのだろうか。直接述べているわけではないけれども、彼の考えは明瞭である。すなわち、「良い」異質性《エトランジュテ》と「悪い」異質性があるのだ。第一の異質性は、イメージが対象と私たちのあいだに置く距離であり、それによって私たちは、対象が現前している場合には対象から解放され、対象が不在の場合にも、対象を自由に使うことができるようになり、対象を名づけたり示したり修正したりすることができるようになる、そうした大いなる理性的な権能であり、人間の進歩の大いなる原動力である。けれども、すべての芸術が恩恵を蒙っているのは第二の異質性であり、こちらは第一の異質性の正反対である――そもそも、その起源でもあるのだが。第二の異質性においては、イメージはもはや、私たちが不在の対象を捉えられるようにしてくれるものではなく、私たちを不在そのものによって捉えるものであり、そこではイメージはつねに隔たっていて、つねに絶対的に近く、絶対的に到達不可能で、私たちから逃れ去り、もはや私たちが行動することができないような中性的な空間へと開かれており、そして私たちをも一種の中性性へと開くのである。そこでは私たちは自己自身であることをやめ、

〈私〉、〈彼〉、そして誰でもないもののあいだで奇妙《エトランジュマン》に揺れ動いているのである。

明らかに、ブレヒトは想像的なもの《イマジネール》のこの二重性のうえで戯れているのである。戯れている、というのも、偉大な芸術家にして偉大な詩人である彼は、演劇を魅惑から解放しようとするのみならず、それ以上に、慣習が（経済的原因と階級編成により）私たちに行使するあの魅惑から社会的世界を解放しようとしているのであり、その目的に達するために、芸術が提供してくれるあの異郷性《デペイズマン》の権能を必要としているからである。つまり、彼は悲壮に、執拗に、堂々と、魅惑に対して闘っているのではあるが、しかし、魅惑を用いて闘っているのである。あるときは、演劇の錯覚と魔術に抗するのに適切な手段をV効果〔異化効果〕と呼び、またあるときは、演劇において、演劇の異質さという魔術そのものによって、諸々の事象を表象しつつ変化させ、そしてその変化について私たちに考えさせることができるすべてのものを異化効果のうちに求めながら。

それでは、ブレヒトは、ある種の混乱に陥っており、その混乱を利用するというある種の狡智を用いており、彼の定式――それもまた魔術的である――はその大いに曖昧な名のもとに二重の意味を隠していると非難すべきなのだろうか。むしろ、その狡智のゆえにこそ、また、彼が示している警戒心[16]のためにこそ、彼を称賛すべきなのである。ブレヒトは、イメージが、自らの内のあの不在の権能を引き出し、その不在が、観客の自由を目覚めさせる（観客に空間と幅を与えることによって）と同時に、想像的なもの《イマジネール》の魅力的で心を惹きつける力によってその自由を侵害する――意味を与える権能、その意味に変貌する権能、そして、そこで道に迷う危険、というわけだ――、その捉えがたい地点をたえず追い求めており、そこに彼の警戒心が示されている。たえず、彼は上演と観客のあいだの距離を活性化して、扱いやすく自由にできるものにしようとし、その距離が固定されるのを妨げようとしていて、私たちに向けられた言葉や私たちを反映するイメージがそこで存在に（存在の不在に）変わってしまい、私たちに語りかけ私たちを表象する代わりに私たちを吸収し、私たちを自己の外に引き出すような空間[17]になってしまうことを妨げようとしている。そしてそれゆえに、周知のように、ブレヒトにおいては戯曲がひとつの物語《レシ》になる

——かくして自己から遠ざかってゆく——とすれば、俳優たちは逆に必ず私たちのほうを向き、私たちに呼びかけ、私たちに直接語りかける——かくして自己に近づく——のである。しかし、ブレヒトは自分の物の見方を私たちに押しつけようとしているのではなく、逆に、私たちの自由と自発性を高めようとしているので、歌の謎めいた単純さと詩の曖昧な力によって、呼びかけは私たちに向けられる——そして、再び、私たちは遠さに捉えられるのである。すなわち、習慣的な言葉《パロール》においては語らないでいるもののすべてがついに沈黙を破り、新たな、そして最初の合意へと向けて私たちを準備させるのに必要なあの異質さ《エトランジュテ》、そしてあの異郷性《デペイズマン》に捉えられるのである。

ブレヒトの諸戯曲を研究すれば、おそらく、もともとは彼の内の葛藤であったこの論議が彼に対して取ったさまざまな形態が現われることだろう。そして、彼は自分の定式の応用をむしろ俳優や演出家に委ねており、作家としての彼や作品は、生の自発的な要素や刺激的な権能を賛美するどころか、諸々の出来事を受動的な成り行きのまま表現し、人間たちを、その底でかろうじて目覚めているような一種の不在において表現しているのである。

つまり、ブレヒトにとって、演劇においては、言葉《パロール》はなおも空間であることを止めてはならず、そしてこの言葉の空間は、舞台に属する部分においても、行為による暴力や対話＝台詞による無効な暴力を生み出すことよりも、物語ることに向けられている、ということである。あたかも、ある意味で、受動性は舞台に取っておかれ、行為は観衆に取っておかれなければならないかのようである。そのうえ、あたかも、観客と俳優のあいだに生まれつつある対話が形成されるためには、つねになおも生まれるべきあのコミュニケーションの権能を、舞台が——閉じた社会で互いに話すことしか考えていないおしゃべりな人々のあいだにまき散らすことによって——枯渇させ、自らの内に抑え込んではならないというかのようである。ブレヒトの偉大な解釈者であるジャン・ヴィラール[18]——とはいえ、その考え方は見たところ異なっているようだ*——が、彼もまた、対話＝台詞が引きおこす一種の横暴を、その

* ヴィラールは、演劇がその呪術的な機能を濫用していると非難するのではなく、その機能を失ったことを非難している

ためである。彼にとっては、その機能ないし潜勢力は、思考の集中および意識の強化と両立するのでなければならない。
ジャン・ヴィラール『演劇の伝統について』（ラルシュ社）[19]。

横暴がもたらすあらゆる諸帰結——筋立て、創るべき舞台、華麗な見せどころ、名人芸の実践、英雄的なおしゃべり——とともに、雄弁な簡潔さで問題にしていることを銘記しておこう[20]。正劇《ドラマ》の普遍的なブルジョワ的形態によって、私たちが先ほど〔本章の第二断章で〕指摘したことは忘れられた。すなわち、演劇は元来けっして会話の場ではなく、無際限に台詞をやりとりさせるために人々を演出する必要があって生まれたわけではないということである[21]。舞台上[22]の最初の偉大な人物は、いまだ原初の沈黙と混ざり合っており、話すのはかろうじて、例外的に、ほとんど偶然のようにであり、思いがけない出会い、暴力的で瞬間的な出会いによってでしかない。あたかも、語る《パロール》ことは稀な、驚異的な、危険な出来事にとどまるかのように、そしてあたかも、演劇の言葉《パロール》はいまだ、神々の沈黙の平静さと人間たちの苦痛に満ちた語る活動とのあいだに、その途中にあるかのように[23]。英雄なき悲劇、ほとんど主体＝主語なき言語活動《ランガージュ》[24]。

（郷原佳以訳）

13　英雄の終焉[1]

英雄神話は、たしかに、容易に消えてなくなるものではない。宇宙飛行をした英雄、スタジアムの英雄、漫画に登場する英雄。また、特定の国家元首を歴史上もっとも輝かしい英雄だと讃えることもある[2]。

英雄とは、文学が自己自身を文学であると意識する以前に、私たちに与えられる矛盾に満ちた贈り物である。このことから、英雄は、その単純性にもかかわらず、言うことと為すことのあいだで分裂しているという事態が生じる。そもそも、英雄が属するのは原初の時代であるが、それはもっとも古い時代というわけではない[3]。英雄なき世界の時代、人物の形姿というものがほとんど見られない世界の時代が存在したのであり、それはドイツ人たちがメルヒェンと呼び、私たちがおとぎ話〔conte〕という（悪い）訳語をあてているものと関係する時代である。その時代には、名というものに注意が払われず、神話以前の登場人物は、たとえ名指されるとしても、感覚的な諸力——水、土、植物——と不可分の状態にあり、それらの諸力を指し示すためには一般的な語があれば充分なのである。もちろん、おとぎ話の時代にも倒錯的な存在や粗暴な所業が皆無であるわけではなく、ユンガーが指摘しているように、私たちはそこで、小びとや人食い鬼、魔法使いたちに出会う。しかしこのような時代には、ジークフリートやヘラクレスが出現することはない[4]。自然環境に立ち向かう狩人でさえ、自然環境の一部をなしていて、一個人には属していない権利を使用しているにすぎない。狩人はその権利を、集団によって取り決められた摩訶不思議な安全地帯において、そして、初めから限定され、神聖な埋め合わせの行為によって保護されている安全地帯において行使するのである。こうした時代は黄金時代ではない。しかしながら、その理由を教えてくれるのはルソーであるのだが、私たちは、洞窟に入るときに魔法にかけられることはあるが、あらゆる英雄的な昂揚からは自由である。というのも、英雄たちはけっしてそうした洞窟で生活してはいなかったからである。

英雄の出現は、自然との関係の変化をしるしづけている。ヘラクレス、アキレウス、ロラン、エル・シッド、あるいはホラティウス兄弟がこれに当てはまる。このように列挙しただけでほとんどすべてが言い尽くされている。すなわち、おとぎ話の時代には、(5) 大地や天空と人間とのあいだにいたずらっ気のある示し合わせが存在しており、その示し合わせはそれ自体として統一性ではないが、共通の地平を前提とするものであった。そこでは私たちは垂直的なもののうちに身をおくことがほとんどなく、水平的なもののうちに身をおいている。人間が自然の多様な領域の諸存在と戦うとしても、はっきりとした戦闘的な行動によって戦いが行われるのではなく、詐術や悪しき取引によって、あるいは、敵である自然のもつ諸力の真理と知に関して人間が責任を負えるようにしてくれる魔術的な変換を通じて、戦いが行われる。ヘラクレスの場合、彼は怪物じみた仕方で、しかし力業で自然から生み出されたのだが、そうしたものとして自然と対立している。ところが、その武勲は冒険的な企てであり、労苦と呼ばれることさえある——このことが彼の状況を曖昧にしている。そもそもヘラクレスは太陽のように光り輝く英雄ではない。彼は強すぎるのであり、この力は雄々しくも神々しくもなく、自然的であり、力強く自分自身から身を引き離す自然なのである。このため、ヘラクレスにはどこか悲しみのようなものがあり、あたかも彼がある種の裏切りを表わしているかのようである。こうした裏切りが生じる部分においては、偉大な自然が偉大さを自ら放棄し、支配されるとともに、自然の怪物的な外観に同意することで与えられていた呪術的な知を、私たちから奪い去ってしまう。力が力を飼い馴らし、自らを隷属させるのである。奇妙なことに、ケンタウロスであるケイローンが知恵の担い手であるのに対し、人間であるヘラクレスは粗暴さの担い手である。当然のことながら、ケイローンは英雄ではない。

英雄は戦い、征服する。こうした勝ち誇った雄々しさはどこからやって来るのだろうか。それは彼自身に由来する。しかし英雄自身は、どこからやって来るのだろうか。ここにおいて英雄にとっての厄介な問題が始まる。英雄は自己自身の名を所持しており、しばしば名を横取りすることさえある――それは超自我〔surmoi〕と同じような仕方で異名〔surnom〕と呼ばれる。彼は名を有するとともに、名声そのものでもある。しかし名を有している以上、彼は系譜に属していることになる。彼は自分の為した功績ゆえに支配力をもち、それを行使するのだが、この支配力は同時に、彼が高貴な家系に属することを示すしるしでもある。つまり、支配力は彼の出自に由来するものであり、この家系ゆえに、彼は生まれながらにして高い所からやって来た存在とされるのである。こうした矛盾から彼が解放されることはない。英雄は自分以外のものには何も負っておらず、そのことによって神的であるが、しかしそれゆえ、永久に、遠い昔から神〔dieu〕であったことになる。そして、もはや彼の行動が栄光に満ちているのではなく、むしろ栄光に満ちた本質が彼の行為において際立ち、確証されるとともに、彼の名のうちで神聖化され、自ら名乗り出るのである。この点において、英雄は私たちに重要なことを教えてくれる。まず、本質主義へと向かう抜きがたい傾向がある。たしかに英雄というものは行動にほかならず、行動が英雄を英雄たらしめているのだが、こうした英雄的な行いがあるためには、英雄的な存在がなければならない。存在――本質――のみが私たちを満足させ、私たちに安心感を与え、未来を約束するのである。そもそも、卑劣で暗くてわからないものは恐怖を引き起こす。栄光が夜に由来するとしたら、それは怪しげなものになってしまう。だからこそ、英雄自身に先行して、つねにすでに英雄的な行為がなければならないのと同様に、英雄、すなわち典型的な第一級の人間は、遠くからやって来た者でなければならず、驚嘆すべきものを先祖から受け取っていなければならない。アキレウスは、少女の姿に変装して身を隠しているときでも、すでにアキレウスである(6)。彼は神的であるその起源からしてアキレウスであり、自分自身を待ちかまえているのだが、この待機はもっぱら自己が現出することへの待機である。見知らぬ者ではなく、正体を隠した者。この隠匿は一挙に終了し、彼は白日のもとにさらされるのであり、その白日のもたらす明るさは、単に夜に勝利するのではなく、夜を前もって否定し、すでに夜を来るべき光明となす、そのような明るさである。

しかしながら、起源と始まりとのあいだには薄暗い関係が存在する。そして、まさしく英雄こそが、そうした関係を思い描くことを助けてくれる。起源は、暗くてわからないものから私たちを保護するのだが、起源それ自体は暗くてわからないものである。起源は隠蔽されていることもあれば、隠蔽されることによって、自らのうちに非人間的な部分を保持し続けることもあるのであって、数々の系譜は、この非人間的な部分を歴史的に記述しようという試みなのである。神々しい出自をもつこと、それはなおも、人間として生まれざるをえないということを意味している。人々は英雄を待ち望み、英雄も自己自身になることを待ち望む。そして彼が姿をはっきりと現わすとき、彼が失敗することはありえなかっただろうと言うことは容易である。しかしいずれにせよ、証拠が示されるまでは、彼が天なる神の子であるということを立証するものなど何もありはしなかった。それどころか彼は出自のよくわからない非嫡出子だったのであり、まさしくその非嫡出性ゆえに、英雄は自分を承認させようと望むのである。このように、自らに始まりを付与するときに初めて、英雄は起源を保持する。彼は家系なしに、帰属なしに、まったく取るに足らない外見から——しかしながらその外見は存在の充実を隠していただけだということがわかるのだが——第一歩を踏み出す*。

アキレウスが英雄であるのに対し、アガメムノンは王のなかの王である。この差異、この隔たりがあるために英雄は孤絶した存在となり、唯一無二であって二番手に甘んじないということを余儀なくされる。彼は〔ロランのように〕皇帝の甥であり、高位の騎士《パラディン》であり、必然的に高貴であり、権力に近く、しばしば権力よりも力強いが、その強さとは中心から離れて《エキセントリック》いて、他なる中心をなす力による強さである。たとえ英雄が中心であることを要求するとしても、この他なる中心は、消失するのでなければ、体系に組み込まれたかたちで展開するすべを知らない。英雄は、したがって、輝かしさを伴いながら、つまりもっとも直接的に現出しながら、それでいて間接的な何か、斜めからの表明、ある種の両義性を具現化してもいることになる。英雄の武勲がいかに正真正銘の〔franche〕ものであっても、彼が自らをこの両義性から解放し〔franchir〕おおせることはない。たとえ嘘をついていないとしても、英雄は嘘と境を接するところに存在するのであり、その本質は他人を欺くことにある。英雄はまさしくこのうえなく単純でありながら――虚勢を張る大言壮語《マタモール》の単純性――、その単純さは彼を蝕む二重性によって汚染されている。このように、英雄は起源と始まりのあいだ、存在することと為すことのあいだ、魔術と力のあいだ、力と主権性のあいだ、栄光と王権のあいだ、地位と血統のあいだで分割されているのである。それだけではなく、次のように付け加えなければならない。言うことと為すことのあいだで分割されている、と。

　英雄は栄光をまとっていなければ何ものでもない。功業〔exploit〕という語は、外部とのこのような関係をしるしづけており、英雄らしさ《ヒロイズム》は潜在的なものや潜伏したものを知らないのと同様に、内心の裁きというものを知らない。栄光は無媒介的な行動の輝かしい威光であり、光であり、輝きである。英雄が自らを呈示するさいの、ひとを幻惑させるこうした表出は、存在そのものをある個別の存在として表出し、起源を始まりへと変容させ、絶対的なものを何らかの決定や行動――個別的で一時的な決定や行動――において透けて見えるようにする。だが、このような栄光に満たされた開示、何ものもあらわにせず（英雄の魂はこのうえなく空虚である）、それと同時に、自らが尽きせぬものであると主張するこの開示は、英雄〔héros〕という語のほぼ同音異義語である伝令者〔héraut〕、

＊　オイディプスは、まさしく、起源と始まりとのあいだのこうした紛糾の犠牲者である。彼は何者なのだろうか。純粋な英雄、自分の功績のみによって権力を獲得したことによって、自分自身を、何ものから生まれたのでもなく、そのことを自らの栄光とする、自分自身の製作者とみなす人間である。「恵みぶかき〈運命〉《テュケー》の子をもって自らを任じるこの私は、けっして何ものによっても、辱められることはないだろう。たしかに、〈運命〉《テュケー》こそ私を生んだ母（……）」[7]。この奇妙な母は、破廉恥な仕方でオイディプスを嫡出性のなかに再統合し、彼を起源へと結び付けすぎてしまうため、彼は自身を起源から分離すべく、あらゆる物事から身を退き、あらゆる場所を立ち去らなければならない。正統な継承者としてはまさしく法外の者であるが、彼は、王になるために良い暴力を用いたと思い込んだ相続権なき継承者である。だが逆に、暴力が彼を利用しただけなのであり、それにより継承権が断ち切られ、以後、犯された起源があらゆる息子のうちに指し示されることになったのである。

すなわち告示するとともに響きわたらせる者の特権である。英雄らしさ《ヒロイズム》とは顕現であり、本質と外観を統合する行為の驚嘆すべき輝きである。それは行為の輝かしき至高性である。行為のみが英雄的なのであり、行為しないときには英雄は何ものでもない。行為の明るさ、すなわち物事を照らし出すとともに、英雄自身を照らし出す行為の明るさの外においては、英雄は何ものでもない。これは、のちにプラクシスという名称のもとで明確化されることになるであろうもの（しかし完全に意味が逆転されるのだが）の最初の形式である。それゆえ、英雄的な本来性——そのような本来性があるならば——は、実詞〔名詞〕として規定されるのではけっしてなく、動詞として規定されなければならないということが帰結する。ところが、逆に、唯一重要なのは、英雄の名〔名声〕が充実した状態にあるということである。このことはまた、次のような意味をもつ。すなわち、英雄らしさ《ヒロイズム》が行動のうちにのみ存在するならば、英雄というものが存在するのは言葉のうちにおいてのみ、言葉によってのみなのである。歌は英雄の特権的な滞在地である。英雄は歌い手が大広間で進み出るときに生まれる。彼は物語られる。彼は存在するのではなく、ただ歌われるのみなのである。

　活動的な人間の典型である英雄は、その存在をもっぱら言語活動のみに負うている。しかしながら、遍歴する叙事詩人と権力も拠点も欠いた強者とのあいだには運命の結託と機能の類似性が見出されるということを、ただちに指摘しなければならない（人々はシャルルマーニュよりもむしろロランを称賛する）。というのも、両者はともに周縁に身をおき、あるいは少なくとも、正面的であるとともに側面的な現前を表わしているからである。歌い手は——遠くから——英雄のうちに自らを見出すとともに、英雄が承認されるように提示することで、自らを承認させようと考える。詩は、驚嘆すべき行動を物語ることによって、この行動を称賛することにとどまるわけではない。称賛することを通じて、詩は行動そのものを生み出し、語のもっとも強い意味において、それを反復する。英雄の名から発せられるとともに、その名声、すなわち名と共に栄光を語り伝えることのうちで展開する冗長性《ルドンダンス》の力を、詩は英雄に与える。暗くてわからない英雄などは存在しないのである。ピンダロスは次のように言うだろう。「しかし死者たちを救いにやって来るうるわしいロゴスを神によって育ててもらえる人々には、名誉が生じるのだ。[8]」節度のとれた言葉と英雄の法外さとのあいだには、死と対峙しているという共通点がある。しかし言葉は、死にゆくという運動により深く巻き込まれている。なぜなら、言葉のみが、持続なしに長引くことで、死にゆくという運動を第二の生となしうるからである。この意味において、そして、英雄が主人であると仮定するならば、ひとつの権力のように言葉を所持していると思われる人間は、主人の主人であることになるだろう。

★

しかし英雄は主人なのだろうか。これこそ、セルジュ・ドゥブロフスキーの書物*が提起し、この書物のおかげで私たちが提起することができるようになった問いである。そこで主張されているテーゼとは、コルネイユの全演劇が行き着く先にあるのは、ヘーゲルの図式が哲学的言述の真理のなかに入り込ませた支配の企てを探索することであり、より正確には、その企てを深化することである、というものである。ただし、コルネイユが関心を寄せるのは下僕についてではなく、あくまで主人についてである。主人は自らと対等な立場にある者たちといかなる関係にあるのか。ドン・ディエーグは次のように回答する。「死ぬか、殺すか。[9]」死が与えられるにせよ、受け取られるに

＊ セルジュ・ドゥブロフスキー『コルネイユと英雄の弁証法』（ガリマール社[10]）。このきわめて豊かな試論においては、全体のテーゼに劣らず、数々の個別的な主張も考察にあたいする。ドゥブロフスキーはマルローを通じてコルネイユを解明し、冒険者を通じて英雄を解明しているが、これはきわめて正当である。彼はまたサルトルを通じて英雄を解明しようとしているが、これは私の考えでは、あまり適切とは思われない。ニーチェに関しては、彼は古くさい解釈を引き継いでいる（「ニーチェ的な歴史は、まるごと、壮大な生物学主義に没している[11]」。あるいはまた、「ニーチェ的な救済は、えてして、生物学の側において探求される[12]」）。こうした点について彼は誤っているように思う。たとえ、正当にも、コルネイユ的な英雄を超人に結びつけようとしていないとしてもである。コルネイユをめぐっては、英雄神話について多くのことを私たちに教えてくれるジャン・スタロバンスキーの素晴らしい研究『活きた眼』（ガリマール社[13]）を思い出されたい。また、ベルナール・ドルトの『劇作家ピエール・コルネイユ』（ラルシュ社[14]）も思い起こしていただきたい。

せよ、そうした死のリスクは不安において、つまり自然的な人間が脱自然化する運動において体験されるのであり、これこそまさしく主人の真理である。だが、主人は単独で主人であることはできない。死を打ち負かすとともに、死によって勝利をおさめた〈自我〉は、同様に勝利者である他の数々の〈自我〉と出会うことになる。そのとき、〈自我〉は他の〈自我〉たちを隷属させるか（とはいえ、究極の暴力行為によって自然に背を向けることでただちに優位性を獲得した人間は、けっして優れた下僕になることはなく、劣化した亡霊となるにすぎないであろう）、さもなくば消滅させなければならないのだろうか。相互に殲滅しあうことが公正な解決なのかもしれないが、そのときには、国家の崩壊、支配権の頓挫、不条理な破綻が帰結するだろう。これを回避するために、コルネイユの悲劇は別の——政治的かつ歴史的な——解決策を模索する。それは、英雄的な《ヒロイズム》行為が制度となり、主人が他の主人たちと仲間になって、至高なる〈自我〉が数々の〈自我〉からなる至高の秩序を創設することができるかどうかを考えてみるというものである。

　英雄としての主人と君主としての主人のあいだに均衡と調和が確立し、安全で輝かしい未来が長期にわたって約束される。このような一見したところ幸福な悲劇が存在するならば、それは英雄らしい《ヒロイズム》行為による救済が存在しないという挫折のみを言い表わしており、作品全体としては失敗である。コルネイユの作品が堂々と隠蔽された知（ひそかな欠陥）として内包するこうした挫折は、支配というものがいかなる意味をもつのかを、支配の不可能性との関係において表現している。ところで、進歩主義者の役割を演じないような英雄は存在しない。すなわち英雄は、ある時点において、性急にも自然＝生来のものに挑みかかるという決断を下す。英雄は自然のままの状態であることを欲せず、たとえ自らが勝利するためであっても、自らのうちで自然が勝利をおさめることを欲しない。「私の心から出でよ、自然よ。(15)」クレオパトールはこのように尊大に叫ぶのだが、いかなる英雄も同じことをそれぞれの仕方で言い、あるいはそれぞれの仕方で黙秘する。断固として英雄的な行為があるとすれば、それは物質＝肉体に反する行為でしかありえないだろう。すなわち、犯罪、歪んだ〔脱自然化した〕犯行、〔感情や行為の〕激発

――人間はこの激発を通じて自らに対立するものを否定するだけでなく、自らのうちにある自然的な部分、すなわち幸運にも自然発生的に与えられたもの、軽々しい勇気、徳を欠いた幸福を否定する。したがって、単に何かに打ち勝つことではなく、自然を征服するという仕方で優位に立つことが肝心なのである。不可能なことを為すだけでなく、自らの為すことを欲するとき、彼の行為は崇高なものとなる。

彼は自由で、主人であり、自らの為すことをすべて欲している。[16]

この定義を受け入れよう。それによって英雄は創始的な〈自我〉となり、そして英雄的な〈自我〉は、存在に何ものをも負うことのない行為のうちに集約された意欲となる。だが、いまなお自由な意欲〔自由意志〕と呼ばれているこうした意欲は、どこから生まれるのだろうか。自由な意欲が限定された自然〔生来のもの〕と向かい合うとき、私たちには無限のものが与えられるのだが、この無限性はいったいどこに由来するのだろうか。もしそれがある種の天賦のものだとしたら、つまり私たち自身の本質のしるしであり署名であるとしたら、自然を超えたところへと上昇させるこの運動を、私たちはなおも自然から――たとえこの自然が超越的なものであるとしても――受け取るということになる。自然＝本性的に自由で、自然＝本性的に反自然的な存在。いかにして英雄はこうしたパロディーに満足するというのだろうか。「私の心から出でよ、自然よ。」[17]この願望は悲壮なものであるとともに、何よりもまず滑稽である。なぜなら、ドゥブロフスキーが指摘するように、この願望を表明している女性、すなわちクレオパートルにおいては、自然はずっと以前から外に出ていたのであり、彼女は他の人々が蠅を殺すときのように、何の努力もせずに自らの息子たちを殺すからである。彼女の怪物性は、行為の困難さやそれを遂行することに対する躊躇《ためら》いといったいかなるものをも表わしてはいない。優柔不断な英雄は滑稽である。自然に抗し、自然を超える驚嘆すべき行為が計画され、ただちに遂行されるさいのエネルギーの爆発的な高まりは、なおも自然に由来するのでなければ、どこに由来しうるというのだろうか。コルネイユよりもはるかに明快な仕方で、しかし彼を範としながら、サドは、自然と戦うあらゆる自由な意欲を脅かす矛盾を、自らの叫びと証拠によって言い表わした。そして彼は、いかなる方向に回答を探し求めることができるのかを確認した。すなわち、自由な意欲は、否定の超越的な力と一致することに成功しないかぎり、存在には属さず、したがって、存在しないのである。ひとは自由なものとして存在することはなく、自らを自由なものにする。そして、自らを自由なものにすることは拒否を通じてのみ為されるのであるが、ここでの拒否は断固として否定的な行動――肯定――を通じてのみ為されるのである。*

すべての人がそうであるように、英雄もまた無から生まれる。しかし彼はこの空無を例外的な出自のしるしとすることを欲する。彼がそこから生まれてきた無は、出自の卑しさを示すものではなく、すでにして華々しい虚無、こう言ってよければ、古くからの虚無である。もっぱら現在的でありながら、英雄の現在性＝現前性はきわめて輝かしいものであるため、その現前する光は回顧的に、彼のあらゆる過去に光明を投じるとともに、未来をも照らし出すのである。英雄は試練のうちで自らの態度をはっきり示すのだが、その試練においては、彼はただ一度だけ、しかも絶対的に、自分自身を選ばなければならない。この選択はすべてと無――死と勝利――とのあいだで、一か八かの賽の一擲である強権発動（しかしまた最高の理性であるように見せかける強権発動）によって為される。したがって、英雄は、決定的な行動の輝きのうちで無を引き受け、無を生み出すが、こうした無においてすべてを支配する主人たる英雄は、しかしながら無へと立ち戻ることは望まない。それどころか、自身の名が神話において生き延びることによって与えられる独特な栄光を身にまといながら、彼は自分自身を超えたところで自らを肯定し、そのうえ、個人的でしかない行動――そこにおいて無が一瞬のあいだ存在となったのである――に基づいて、時間と空間のうちで無限に展開することのできる非個人的な秩序、すなわち主人たちによる無敵の階級秩序《カースト》を創設しようと欲する。だが、ここにはあまりに多くの矛盾が、そしてまた自己欺瞞がある。とはいえ、まさしくこれらの矛盾が英雄の意図するところを明らかにすることも事実である。一方で、彼が並外れた行動を体現することにはもはや満足せず、行動の並外れた主体として、つまり自己自身において崇高であり、自己自身によって崇高なものとなる〈私〉として現われることを欲するとき、英雄の意図するところが明らかになる（「自分自身の主人であることのない世界全体の主人、／私は最高権力への唯一の叛逆者だ」[18]）。他方で、このように英雄らしさ《ヒロイズム》を内面化し、――彼が何を為すかによってではなく、彼がどのような仕方でそれを為すかによって――自らを非凡なものとしているように思われる英雄が、英雄らしい《ヒロイズム》行為から支配へと移行しようとし、行動の主人となることによって歴史において自己を実現しようとするとき、また、政治的なものとなった行動によって自らの企てを外化し、非個人化しようとするときにも、英雄の意図するところが明らかになる。英雄が自らの企てを外化し、非個人化するのがなぜかというと、結局のところ、もはや単独の自我が純然たる英雄となるのではなく、〈歴史〉こそが純然たる英雄となるからなのである。

コルネイユ、言いかえれば、コルネイユの作品は、こうした不確実性のなかで作品として完成する。だからこそ私たちは、ある意味において有益な居心地の悪さをそこに感じとるのである。というのも、コルネイユの作品が私たちに対してあらゆる帰結を開示するとき、作品〔＝営み〕自体はあらゆる帰結からこっそりと逃れてその奥底に侵入し、場合によっては、模範的とも呼びうる仕方で数々の帰結に紛れ込むからである。たとえば、英雄らしさ《ヒロイズム》は、ある場合には武勇の実践と偉業の表明というかたちで現われ、また別の場合には、長期にわたって秩序を樹立する意志というかたちで現われる。また、武勲や栄光、壮挙、挑発やうぬぼれを含む派手な発言等々、あらゆる古い構成要素からなる単なる時代錯誤というかたちで現われることもある。さらに、純粋な道徳的要請、強い意志を伴った禁欲、寡黙な研鑽、無限の主観性として現われる場合もあれば、逆に、権力の追求、抜け目のない経験主義、客

＊　まさにサドの作品において、初めて、主人たちが相互に対立する様子が、そのあらゆる帰結とともに描かれ、〈力〉〔Puissance〕と力〔puissance〕との諸関係の問題が残酷なまでに明晰に説明される。

観的で政治的な統治として現われる場合もある。後者の場合において重要になるのは、もはや自己を破滅させることではなく、むしろ君臨することであり、そして君臨するために、必要とあらば――情けないことではあるが――、よい結婚を成し遂げることである。そしてついには、国家犯罪の価値づけと称揚が求められる。

玉座のために犯された国家による犯罪のすべてについて、
天は私たちを赦すのです。天が私たちに玉座を授けるときには。
天の恵みによって神聖な帝位についたからには、
過去は正しいものとされ、そして未来も認められるのです。[19]

こうした不確実性と両義性がおそらくとりわけ明確に見てとられるのは、死がコルネイユの悲劇から受け取る、あるいは受け取り損ねる意味[20]のうちにおいてである。ドン・ディエーグの「死ぬか、殺すか」は、この不確実性と両義性が至高のものであることを明らかにしている。それは逃げ道を許さないジレンマである。すなわち、二者択一でさえなく、残酷な、あるいは人を欺く冗長さであり、詰まるところは、「死ぬか、死ぬか」である。自我《エゴ》として死ぬか、他我《アルテル・エゴ》として死ぬか。主人－権力、すなわち、支配としての死、死の唯一の支配が、死を介して明確に現われるよう、汝において主人を殺すか、さもなくば他なる者において主人を殺すか。ある意味で、以上によってすべてが言い尽くされている。死は、全場面を始まりから終わりまでつなぎとめる影のような形で、ありありと現前している。このように現前するものは英雄が話すときに話し、彼が黙るときに応答する。同一性の悲劇、そして死に至る同語反復の悲劇。つねに自殺である死。それは無媒介＝直接の自殺であるかもしれず、また、（こちらのほうが望ましいのだが）誰かを介しての自殺であるかもしれない。ただし、この同一性は空虚であり、死そのものを欠く同一性である。というのも、コルネイユの作品においては、ひとは死にゆくことなく死ぬのであり、変質も苦痛も伴わずに、死に至る経験の無限の受動性をまるごと回避し、消し去り、取り除く行為のうちで、死ぬからである。たしかに英雄たちはさまざまな問題を抱えているが、彼らにとって死が問題となることはない。当然のことながら、彼らにはヘーゲル的な図式における不安（不安こそが教育的な意味をもつ）というものが存在しない。そもそも、英雄たちが心を揺さぶられるということがありうるのだろうか。したがって、彼らが支配権を獲得するのは、危険なものとして直面させられる死を通じてではないのである。彼らはこの死を賭けたゲームにおいて、つねにすでに死を支配する主人として、そして、自分自身の主人として死ぬ。彼らは死ぬことを知っており、そこからいかなる知を引き出すことができるとも期待していない。

死ぬすべを心得ているのだから、あらゆるものを避けるすべを心得ているのです。[21]

英雄的といわれる死の意味は死を巧みに避けることにあり、その真理は、死から美しい嘘を作り出すことにある。「あなたは彼をどこへと連れていくのですか?　――死へ。　――栄光へ。[22]」まさにこれこそが秘密であり、素朴な告白である。死にゆくことによって、英雄は死ぬのではなく生まれるのであり、栄光をまとうのである。彼は現前へと到達し、記憶のうちに、何世紀も生き延びることのうちに自己を確立する。さもなくば、こうした空虚な殉教よりもはるかに卓越した洗練を通じて、英雄は、たとえ打ち負かされるとしても、最後の自己誇示をさらなる復讐とし、勝ち誇った挑発とするための手はずを整える。

彼女は私の眼前で死につつありましたが、動揺してはいませんでした。
死につつある彼女は憤怒の荘重さをたたえていて、
それは死ぬというより、私たちに対して勝ち誇っているように思われたのです。[23]

英雄には死は与えられず、たんに荘重さが、尊大さが、至上の宣告が、あるいは可視的なもののうちでの安らいが与えられるだけである。しかしながら、――これがコルネイユの作品のもっとも重要な特徴のひとつであり、セルジュ・ドゥブロフスキーが申し分なく強調している点であるが――死は、もはや純粋に輝かしいものではなくなり、不純な恐怖と化す。(24) あるいは、もはや栄光に満たされながら瞬時に生じるものではなくなり、怪物のように接近してくるものになる。このことが生じるのは、主人にとって一瞬で与えられる死というものが、極限を求める彼の欲望を満たせなくなり、持続し、終わりを持たない死が必要となったときである。これこそが「『テオドール』に登場する」マルセルの企てたことである。この女傑は、処女テオドールを売春窟に送っただけでは満足せず、彼女に際限のない死が与えられることを切望する。

私の憎悪が、たっぷりと時間をかけて、
彼女が選ぶことのできない獄吏たちを突き動かすことができないだろうか。
この憎悪が、冷酷で緩慢な死によって私の苦痛を育み、
おまえたちに残酷でじわじわ長引く死を返し、
そして拷問のただなかでおまえたちの運命を長続きさせ
毎日おまえたちに死を感じさせてくれないだろうか。(25)

ここで老コルネイユはサドの水準にまで達している――たとえこの作品で問題になっているのがいまだに復讐の幸福のみであり、至高性の経験として受け取られた否定性ではないとしても、ここでは次のような本質的なことが指し示されている。すなわち、死は一瞬の出来事であるが、死にゆくことには終わりがない。そして同様に、死は、

〔人間〕存在のうちに、存在することそのものへの格上げを生じさせることはなく、あるいは存在を恒常的な同一性へと高揚させるのでもなく、むしろ、苦痛や享受という形における存在の解消、あるいは無限の異質化を生じさせるのである。したがって、前述のマルセルは、「愛される女」であるテオドールが「愛する男」の眼前で死にゆくように仕向けながら、彼女自身の与える死の快楽のうちで、そして彼女が科す苦痛のうちで、文字どおり、自己を解体する。

彼女はある時は二人の最期の溜息を愉しみ、
またある時は彼に与えられた死ぬほどの悲嘆を目で味わい、
そうすることで自分自身の歓びを測り、愛する男の
苦悩は愛される女の死よりも魅惑的だと見抜くのです。(26)

こうして、ついに真理の光線が射し込む。死は清浄なものでも、明瞭なものでも、勇敢なものでもなく、鋭利な刃でも、〈主人たる行為〉の純粋な能動性でもない。死は受動性であり、暗くてわからないものであり、与えられ、受け取られた苦痛の無限であり、おぞましい不幸、華々しさを欠いた消滅である。いかにして、英雄は、このような真理の露顕と折り合いをつけるのだろうか。彼はどのようにして生き延びることができるのだろうか。英雄はそうした露顕の後にまで生き延びることはなく、そこにおいて崩れ落ち、消え去る。まさしくこうした終わりを、私たちは、感嘆すべき『シュレナ』から受け取るのである。〔コルネイユの最後の作品である〕『シュレナ』において、

＊「そして私は、一度も死ぬことなく、どれだけの数の死を耐えるのでしょう」(27)と、すでにクレユーズが述べている。これはメデによって与えられた服に塗られた毒薬に蝕まれて彼女が発した言葉である。誇張的《イペルボリック》な死という壮大な運動が、コルネイユの全作品を貫いている。

コルネイユは自分自身に対して暇を出すとともに、神話に対しても暇を出している。『シュレナ』が感嘆＝驚きにあたいするのは、おそらくまさに次の理由による。すなわち、コルネイユが数々の行為――それは身ぶりでしかないのだが――のためにつねに用いようと試み、要請する感嘆＝驚きが、『シュレナ』においてはもはや用済みになっているのである。たしかにその主題は死にゆくこと〔mourir〕である。だがそれは、みすぼらしく、狼狽と困窮のうちで死にゆくことであり、死にゆくという語を用いることがそもそも適切ではない。というのも、ここで問題になっているのは死を欠いた死にゆくことであり、苦痛という無力な死であるからである。ウリディスは次のように述べている。

陰鬱な悲しみがゆっくりと私を苦しめて欲しいのです。
苦い感情を私はじっくりと味わわなければなりません。
私は欲します、死が厚かましくも私を救助してしまわないうちに、
いつまでも愛し、いつまでも苦しみ、いつまでも死につつあることを。[28]

限りなく持続を増大させていくことを定められた最終行の三拍子のリズムは、奇妙にも軽い嘔吐感を催させる。締まりがなく胸をむかつかせる揺れの運動が入り込んでくるかのようにして、この嘔吐感は引き起こされる。だがそれはきわめて調和のとれた嘔吐感である。次のようにも考えてみたい。問題になっているのが無限の苦しみであるとすれば、この苦しみは、二度にわたって表明される「私は欲する」によってつねに導かれているのだが、「私は欲する」という表明は、あたかも弱さが力の仮面のもとでのみ姿を現わすことができるかのように、死の僭越――「死が厚かましくも（……）しないうちに」――に対して優位に立つことを主張するのである。ご存知のように、戦いに勝利をおさめて多くの戦利品を獲得し、栄誉につつまれた将軍であるシュレナは、街頭で矢を射られ、

陰惨な仕方で死ぬことになる。

宮殿から彼が街に出た直後
誰とも知らぬ者が一本の矢を放ち、
さらに二本の矢がそれに続いたのです。三本とも
彼の心臓に命中したかのように血が溢れ出し、
勝利者が広場に倒れ落命したのを、私は見ました。(29)

これはもはや死ではなく処分である。のちにカフカの「英雄＝主人公」は「犬のようだ」と言うことになるだろう。(30)荘重さもなく、闘争もなく、爆発的なものも生じない。公衆によって彼の最期が――たとえ卑劣なものとしてであっても――記憶すべきものとされることさえない。それは中性的で、孤独な、無名の死、どうでもよい死であり、名を取り除き、勇敢さを解体する死である。真理なき真なる死、沈黙の空虚のうちへの墜落。セルジュ・ドゥブロフスキーが見事に言い表わしているように、(31)シュレナを暗殺する矢は、一人の人間を殺すのではなく、ひとつの神話を、すなわち〈英雄〉の死という神話を消し去るのである。たとえ、なおもコルネイユが、こうした斜交いな終わりに正面衝突の価値を与えようとしているとしてもである。シュレナは慎重に行動すべきだという忠告を受けるが、彼はこれに対し、偶発的に死ぬよりも決意のうえでの死を選ぶと答える。

王が私の死を喜ぶなら、そして遅かれ早かれそれを望むなら、
私は偶発の事態によって死ぬより犯罪者の手にかかって死にたい。
自然によって課され、運命によって定められる一般法則が、

私の死因とみなされることのけっしてないように。[32]

この最後の防御はきわめて特徴的である。すなわち、自然から逃れるとともに、凡庸な運命からも逃れること。そのために意図的な死が探求される。死は、たとえ他なる者によってであれ、欲せられた死であり、最後の意味を受け取り、さらなる価値を受け取ることのできる、したがって、人間的であり続けることのできる死である。つねにひとつの行為であるような死。それゆえ、いくらか範例的で、少なくとも有意義な死。このような死を遂げることこそが、最後の英雄の最後の願望である。同様に、ウリディスは死ぬというよりむしろ消え去るのだが（しかしそれでも、悲嘆を伴わないこの死の慎み深さは崇高な意志として解釈することもできる。苦痛はこうした崇高な意志へと変貌する。「何ですって？　あなたが原因で彼を失うことになったのだから嘆き悲しむ理由は何もありません。」「いいえ、私は嘆き悲しんではいません。私は死ぬのです[33]」）、悲劇に終止符を打つ最終行、コルネイユが戯曲として執筆した最後の詩行において、彼は死を神聖化するのではなく、復讐を約束する。

大いなる神々よ、死へと突き進むこの苦しみを引きとどめてください！
私はあなた方によって災禍に陥れられたのだから、
この侮辱が晴らされるまでは私に死を与えないでください！[34]

ここから次のように結論づけなければならない。死にゆくことは行動を終わらせない、意志が死ぬことはない、と。

★

英雄もまた死ぬことはなく、もっぱら死に損なう〔se survivre〕(35)のみである。このことは英雄が体現したいと望むものにとって最悪の破綻である。私たちが確認したように、すでにコルネイユの作品において、英雄はある種の変化をこうむっている。というのも、英雄は自己を内面化しながら（美しき〈自我〉の英雄的な探求は、美しき魂の病んだ充足となるだろう）、英雄らしさ《ヒロイズム》を〈歴史〉の運動とすることを欲しているからである。一方で、思い上がった錯乱である空虚な〈私〉の肯定を通じて、また他方で、政治的な統治の新たな形態の到来によって、法外なものへと到達しようとすること。これら二つの方向性において、英雄はすでに失墜している。英雄らしさ《ヒロイズム》という語が意味をもつならば、その意味はまさしく、それ自体において評価される行為の水増しにある。そうした水増しが生じるのは、行為が、すなわち、まばゆいばかりの功績が、一瞬のうちにはっきりと姿を現わし、光明の輝きであるように人々の目に映るときである。栄光とは目もくらまんばかりの光明であり、それは持続することはなく、受肉化することもありえない。したがって、すでに確認したように、英雄はつねに、多かれ少なかれ、英雄的な行為を搾取する者として現われるのである。彼は英雄的な行為を実体化し、それによって名声を高める。じつのところ、英雄らしさ《ヒロイズム》とは、ある場合においては、行動する能力を前にしての驚嘆を表わしており、まさしくそうした驚嘆以外の何ものをも表わさない。ここでの驚嘆とは、もはや自然によって与えられた魔術的な力ではなく、むしろ征服という活動において非人称的に与えられる人間的な驚異であるものを眼前にした驚嘆である。どうしたらそれを成し遂げることができたのか！　そして明記しておきたいのだが、真の英雄であるのは、必ずしも行動する人間自身だけではなく、行動のための道具でもある。すなわち、アキレウスだけではなく彼の武器もまた英雄であり、ロランだけでなく、デュランダルの剣もまた英雄なのである。

ここから、もしかすると、次のように結論づけなければならないだろう。悲劇的な英雄というものは存在しえず、吟遊詩人の歌う叙事詩のみが英雄的な事業にふさわしいのだ、と。叙事詩は比類なき行動を物語り、それを倦むことなく繰り返す。唯一無二のもののこうした反復によって、讃嘆が疲弊させられることはない。偉業は更新されなければならず、あるいはより正確には、たとえ更新されないとしても（新しさというものは無駄である）、再開始しなければならない。偉業は一瞬のうちに尽き果てるものだが、枯渇ということ、そしてこの枯渇という語が内包する不幸なものは、叙事詩のジャンルにとっては禁じられている。したがって、途絶させられることのない安定した幸福のうちで、すべてがたえず再開され続けなければならないのである。叙事詩には始まりも終わりもない。そして、英雄に関しても事態は同じでなければならないだろう。出現しては消失する英雄は、伝説のなかには書き込まれているが歴史のなかには書き込まれていない、そうした驚嘆すべき行動の単純で優美な担い手である。というのも、それは何のための行動でもなく、実効性という性質をもたない行動であり、さながら、天空に引かれた一筋の美しい線であって、大地に刻まれた粗雑な畝溝なのではない。英雄の行為は、このような意味で、美学的なカテゴリーにきわめて近いところにあることがよくわかる。英雄はこのカテゴリーを長いあいだ受け入れ続け、ついには独自の両義性を形づくるにまで至った。何ものためでもない行動、それでいながら行動であり続けるもの。それは目覚ましい大殊勲でありながら、しばしば、人々が思い出すことのできる何らかの現実の出来事に対応する勝利でもある。英雄は自らの輝かしい行為の真理のうちで、生誕することなく出現し、死ぬことなく消失するのであり、このため、終わりとは呼べないような英雄の終わりに関して、観衆は悲しむべき理由をもたない。実りのないまばゆい輝きによって——このうえなく美しい言葉が発せられるや否や消え去るのとまさしく同じように——時間を超えて生き続けるという運命に、英雄は満足しない。痕跡を残さない死、すなわち完全に私的でもなく、（王朝や国家主権に嫌疑をかけることがないという意味で）真に歴史的でもない死をもって、英雄は、自らのために、高次の持続、記憶が与えるほとんど無時間的な持続を作り出す。このとき、彼は、このうえなく不連続なもの——まばゆい現われ——から発してもっとも確かな連続性に到達するとともに、歴史において彼が失ったあらゆるものを、伝説のうちにたやすく見出すのである。したがって、英雄は、のちに公共的な実存ということが語られるようになって理解されることになるもの、とはいえ、いまだにその意味がほとんど解明されずにいるものの最初の形態であるということができよう。というのも、彼は外的な現前しかもたず、ひたすら外部へと向かっているからである——また、したがって、英雄は全面的に言葉によって生み出されるものであると同時に、英雄はその言葉を翻訳しているのだが、そうした言葉に呼応してもいるのである。

文学と英雄らしさ《ヒロイズム》は共犯関係にあり、お互いに騙し合い、何世紀にもわたって贈り物を交換し合ってきた。歌が栄光を賦与し、名声において名を確固たるものにする。歌い手自身は暗くてわからない者であり、無名の者であり続ける。それから、英雄は歌い手自身の英雄になる。そして今度は、芸術家が、もはや間接的にではなく、直接的に、不死性を要求する。芸術作品は、歴史そのもののうちにあって、歴史を超えたものの可能性を表象できると思いなす準‐現前的なものを表出することによって、物事を永遠のものとし、自らを永遠不朽にする。このとき、英雄の候補者たちは、書くことと支配することのあいだで、すなわち、威光に満ちたスタイルの冗長性によって輝くことと、冗長な登場人物の威光によって輝くことのあいだで躊躇していることが見てとれる。しかし、確実なものはひとつよりも二つあったほうがよいのだから、両者は各自を互いの伝令とする。すなわち両者は、それぞれの物語《イストワール》を書くことによって伝説を提供し、また、互いの決断をすでに雄弁なふるまいとするかのように、言葉を功業としようと欲する。最終的に——非常に奇妙なのだが——、勝利をおさめるのは言葉の思い上がりであり、美的な演出への関心である。英雄は冒険家となり、冒険は、見事に抑制され、見事に言い表わされた言述の偉業となる。このようにして、円環が再び閉じる。たしかに、そうこうするあいだに、文学はついには次のことを発見したのち、慎ましくも身を引いたのである。すなわち、文学が作動しているかぎり、そこで問われるのは不死性でも、力でも、栄光でもありえないだろうということを。

（西山達也訳）

14　語りの声——「彼」、中性的なもの[1]

私は次のような文を書いてみる（口にしてみる）。「生のさまざまな力がこと足りているのは、ある地点まである」。私がこの文を口にしながら考えているのは、きわめて単純なことである。疲労の経験はたえず私たちに、生は限られているという感覚を与える、ということだ。道を何歩か進む、八歩か九歩か、するともう転んでしまう。疲労が指し示している限界は生の限界である。生の意味のほうも、この限界によって限定される。限定された生の限定された意味、というわけだ。しかし、多様な仕方で見出されることだが、ある転換が生ずる。言語《ランガージュ》が状況を変えるのである。私が口にするこの文は、生を外部からのみ限定するはずのその限界を、生の内部そのものに引きつけようとする。生は限られている、と言われている。その生の限界が消えることはないのだが、しかしその限界は、おのれが限定すると主張するところの、おそらくは限界のない意味を、言語から受け取っている。限界の意味は、限界を主張することで、意味の限定と反対のことを言い、あるいは少なくとも、意味の限定を転位させる。だがそこから、意味の限定として理解された限界についての知が失われてしまう怖れが生ずる。だとすれば、この限界について、意味がそれを無‐限定化してしまうことなしに、いかにして語る（その意味を言う）ことができようか。ここで私たちは、ある別の種類の言語に立ち入らねばならないだろう、そして待機しながら、次のことに気づかねばならないだろう。すなわち、「生のさまざまな力が……」という文は、このままでは、完全には可能ではない、ということに。

★

　とはいえ、この文を保持しておくことにしよう。この文が物語自体《レシ》の完成をしるしづけるような物語を書くことにしよう。二つの同一の文のあいだで、違いはどのようなものなのか。もちろん違いはきわめて大きい。その違いはおおよそ次のように言い表わすことができるだろう。その物語は生を中性化する円環のようなものとなるだろう。生と関係がないということではなく、中性的な関係によって生と関係するだろうということである。この円環において、存在するものと語られることの意味はなお充分に与えられているのだが、しかしその意味は、あらゆる意味とあらゆる意味の欠如が前もって中性化されているような、ある退却、ある隔たりから与えられている。つまり、すでに意味されたいかなる意味をも超えた――とはいえ、豊かさとも純然たる欠乏ともみなされることはない――留保から与えられている。それはまるで、明るく照らし出すことも暗く覆うこともない言葉《パロール》のようである。

　出来の悪い物語においては――そういうものがあるかどうかはそれほど定かではないが、あるとすれば――、しばしば、誰かが背後で語っており、登場人物や出来事に、それらが言わねばならぬことを小声で囁いているような印象を抱かされることがある。無遠慮で不器用な割り込みである。語っているのは作者なのだ、とひとは言うだろう。なおも生に根づいており、遠慮なく割り込んでくる、権威的で悦に入った「私」なのだ、と。確かにそれは無遠慮だ――そして円環は消えることになる。しかしまた、誰かが「背後で」語っているという印象が物語の特異性および円環の真理に帰するものであることも確かである。あたかもその円環の中心は円環の外に、その後ろに、限りなく後ろにあるかのように、あたかも外とはまさにあらゆる中心の不在にほかならない中心であるかのように。ところで、この外、この「後ろに」は、けっして、すべてを高みから一望の下に把握し直して（円環の）数々の出来事に指令を下すことができるような支配の空間ではない。それはむしろ、言語が言語自体の欠如からおのれの限界として受け取る隔たりそのものではないだろうか。なるほどそれはまったく外的な隔たりではあるのだが、しかし言語に棲みつき、ある意味では言語を構成している隔たりであり、その隔たりゆえに、言語のなかにとどまるということが、つねにすでに言語の外にいることを意味することになる、そうした無限の隔たりである。そしてもしその隔たりを迎え入れ、それに固有の意味で「詳しく語る」ことができるとすれば、そのさいには限界について語ることができるような、すなわち諸限界の経験、そして限界‐経験を言葉へと導くことができるような、そうした無限の隔たりである。それゆえ、この次元で考えるなら、物語《レシ》とは、「生のさまざまな力が……」という文がその真理において明確化されうるが、とはいえその代わりに、言語がその限界において受け取る同じ曖昧な立場をあらゆる文が——もっとも無垢な文でさえ——受け取ることになる怖れもあるという、そうした剣呑な空間であることになるだろう。その限界とは、おそらく中性的なものである。

★

「小説における人称代名詞の使用」の問題には立ち返らない。この問題についてはすでに数多くの注目すべき研究がある*。さらに遡らねばならないと私は思う。もし、すでに示されたように（『文学空間』において[2]）、書くとは「私」から「彼」への移行であり、しかしそこで「私」に取って代わる「彼」とは、ただ単にもう一人の私を指すのではなく、ましてや美的没関心性——読者や観客が気晴らしに悲劇に参加することを可能にするあの不純な観想的享受——を指すのでもないとすれば、さらに知るべく残されているのは、書くことがこの類型化しがたい「彼＝それ〔il〕」の要請に応えるときに作用しているのは何か、である。物語形式においては、きまってまるで付け足しのようにして何か不画定なものごとが語られ、そしてそれが物語の進行につれて輪郭を定かにし、切り離され、欺瞞的な仕方によってであれ、徐々に明確になってゆく。「それ＝彼〔il〕」とは、ひとが物語るときに起こることという定かならぬ出来事である。はるか昔の叙事詩の語り部は、かつて行われた武勲を、自分がその場にいたにせよいなかったにせよ、再現するかのようにして物語る。だが、語り部は歴史家ではない。語り部の歌とは、ある記憶を前にして、出来事が言葉へとやって来て、そこで完成するところの拡がりである。ムーサでありムーサたちの母である記憶(3)は、自らのうちに真理、すなわち、起こることの現実を保有している。オルフェウスは歌においてこそ現実に地獄に降りるのである。このことは、彼は歌う能力によって地獄に降りた、という補足によって言い表わされている。しかし、すでに楽器を伴っているこの歌は、物語の枠組みの変質を意味している。物語ることは神秘的なことである。すぐに、叙事詩の枠組みの神秘的な「それ＝彼」は分裂することになる。すなわち、「それ＝彼」はまずもって、歴史＝物語〔*histoire*〕（この語の十全な、魔法のような意味において）の非人称的な一貫性となる。歴史＝物語は、造物主の思考のなかで前もって形成され、ただそれだけで立っており、それ自身のみで存在しているがゆえに、あとはそれを物語るのみである。しかし、歴史＝物語はやがておのれの魔法を解く。ドン・キホーテが文学に導入したのは、その魔法の解けた世界が、凡庸な現実を対峙させることによって歴史＝物語を一掃する経験である――レアリスムは長いあいだ、この凡庸な現実から小説形式を摑み取ってきたのであり、そしてその形式は、勢力を伸ばしつつあったブルジョワ階級にとって有効なジャンルとなったのである。ここでの「それ＝彼」とは、武勲なき日常的なもの、何も起こらないときに起こっていること、注意を引くことのない世界の流れ、過ぎ去る時間、皮相で単調な人生、といったもののことである。と同時に――こちらのほうがより明瞭だが――、「彼＝それ」は登場人物の侵入を告げることになる。小説家は「私」と言うことを放棄し、その権能を他の者たちに委ねる者である。小説は小さな「エゴ」に満ちており、それらの「エゴ」は苦悶し、野心を抱き、不幸である――その不幸においてつねに満足しているとはいえ。個人はその主観の豊かさ、内的な自由、心理において顕現する。小説

＊　ミシェル・ビュトールの『演奏目録Ⅱ』（ミニュイ社）を参照のこと〔Michel Butor, « L'usage des pronoms personnels dans le roman » *Répertoire II*, Minuit, 1964〕。

の語りは個人性の語りであり、その語りは――内容自体は別だが――すでにあるイデオロギーを帯びている。というのも、その語りは、諸々の特性や限界をもった個人というものが充分に世界を伝えることができるという前提のうえに成り立っており、つまり、世界の流れとはあくまで個人的な個別性の流れであり続けるという前提のうえに成り立っているのである。

以上からわかるように、「それ＝彼〔il〕」は二つに分裂したのである。一方では、何か物語るべきことがある。すなわち、関心を抱く者の視線の下に無媒介的に与えられるような客観的な現実である。そして他方では、この現実は、個々人の人生、主観性によって織りなされるひとつの布置に還元される。すなわち、多様で個性的な「彼」であり、見かけの「彼」のもとに隠れてはいるが明白な「エゴ」である。物語の合間には、程度の差はあれ適切なかたちで、あるときは虚構の、あるときは仮面を取った語り手の声が聞かれる。

このような注目すべき組み立てにおいて、何が譲歩したのだろうか。ほとんどすべてが譲歩したのである。それについては長々と語るまい。

★

もうひとつ指摘しなければならないだろう。このような手法の不都合さは承知してはいるが――というのも、極端に単純化することになるからだ――、そのうえで、是非はともかくフローベールの小説の特性とされている非人称性とカフカの小説の非人称性とを比較してみよう。非人称的な小説の非人称性とは、美的距離の非人称性である。この非人称性のスローガンは絶対的なものである。曰く、小説家は介入してはならない。作者は――たとえ「ボヴァリー夫人は私」であるにせよ――自分と小説のあいだのあらゆる直接的関係を抹消する。考察、注釈、そして、スタンダールやバルザックにおいてはまだ晴れがましい権威を認められていた道徳的干渉が、ここでは大罪となる。なぜか。ほとんど混同されてはいるが異なる二つの理由による。第一の理由は以下のとおりである。物語られることは、ひとがそれに対して抱く関心が距離を隔てた関心であるかぎりにおいて、美的価値を持つ。カント以来、さらにはアリストテレス以来、趣味判断の本質的カテゴリーである無関心性が意味しているのは、美的行為は、そこから正統的な関心をひとつでも生み出そうとするならば、いかなる関心にも基づいてはならないということである(4)。無関心の関心、というわけである。それゆえ作者は、読者あるいは観客もまた距離を隔てていられるように、英雄的に距離を取り、そしてその距離を維持しなければならない。理想はあくまで古典劇の上演である。そこでは語り手は幕を上げるためだけにいるにすぎない。戯曲は、結局のところ、はるか昔からあるかのように、語り手などいないかのようにして演じられる。語り手は物語ることなく示し、読者は読むことなく眺め、その場に立ち会い、参加することなく一体となる。第二の理由は、第一の理由とまったく異なると同時にほとんど同じでもある。すなわち、なぜ作者が介入してはならないかといえば、それは、小説がひとつの芸術作品だからである。そして芸術作品というものは、ただそれだけで、非現実的なものとして世界の外の世界のうちに存在するものなのだから、その支索を取り払い舫綱を切って自由に放っておき、想像的な物体というその位置づけを維持しておかなければならないのである(しかしここにはマラルメが、ということはまったく別の要請が、すでに現われている)。

少しのあいだトーマス・マンを想起しよう。こうした非 - 介入の規則を尊重していないがゆえに、彼のケースは興味深い。トーマス・マンはたえず、自分が物語っていることに口を出す。ときには誰かを仲介に立てることもあるが、きわめて直接的な仕方で口を出すこともある。変則的なこの干渉は、いったいいかなるものなのだろうか。その干渉は、登場人物の誰かに対して道徳的次元で立場表明をするわけでもなければ、自分の意のままに人物を造形する創造主が最後の手直しをするように、外からものごとを照らし出すわけでもない。その干渉が表わしているのは、語りの可能性そのものに異議を唱える語り手の介入であり、したがって、本質的に批判的な介入なのだが、しかしそれは遊びの様態で、皮肉に満ちたいたずらのようにしてなされるのである。フローベール的な非人称性は、緊張に満ちた困難なものではあるが、いまだ語りの様態の有効性を肯定するものであった。物語ること、それは示すこと、あるがままにしておくこと、あるいは存在させることであり、そこには語りのレベルの限界や方法を問い質す余地はなかった——すでに大きな疑念を持つこともできたにもかかわらず。トーマス・マンのほうは、もはやそのような素朴さは失われたということをよく知っている。それゆえ彼はその素朴さを回復しようとするのだが、しかし〔物語ることが示すこと、あるがままにしておくこと、存在させることであるという〕幻想について口を閉ざすことによってではなく、それどころか逆に、その幻想を生み出し、明白なものにして、それと共に戯れ、同時に読者とも戯れて、読者を遊びに引き入れることによって回復しようとするのである。トーマス・マンは、語りの楽しみをよく知っているからこそ、このようにしてその楽しみを語りの幻想の楽しみとして取り戻し、私たちにひとひねりした無邪気さを、つまり、無邪気さの不在という無邪気さを返し与えてくれるのである。したがって、次のように言うことができる。美的距離がトーマス・マンにおいて告発されているとすれば、それはまた同時に、そこでテーマ化されている語りの意識によって告知され、肯定されてもいるのである、と。対して、より伝統的な非人称的小説においては、美的距離は括弧に入れられて、消え去っていた。物語ることが自明のことだったからである。

　物語ることは自明のことではない。周知のように、語りの行為は一般にしかじかの登場人物によって引き受けられるが、それはその登場人物が直接的に物語ることによって彼がすでに経験した、ないし経験しつつある物語の語り手となるからではなく、そこを基点として物語《レシ》の遠近法が組織されるような中心を彼が設定するからである。すべてはこの視点から見られるのである。それゆえ、特権的な「私」があることになる。三人称で指し示され、おのれの知の可能性と立ち位置の限界を踏み越えないようにと大いに気を遣っている登場人物の「私」であるにせよ。それが〔ヘンリー・〕ジェイムズの大使たち[5]の王国であり、また、語りの本来性を自由な主体の存在に帰する主観主義的な方式の王国でもある。そうした方式は、あるひとつの見方を固持するという決定を表わしているかぎりにおいては正当である（書くことが問題になるときには、頑迷さや強迫観念すらもが不可避の掟のひとつとなるように思われる——形式とは頑迷なものであり、それが形式の危険なのである）。正当ではあるが、しかし、いささかも決定的ではない。なぜなら第一に、そうした方式は、語りの行為と意識の透明性のあいだに等価性がありうると誤って主張しているからである（あたかも物語ることは、ただ単に意識を持ち、投影し、露わにし、露わにしながら覆いをかけることにすぎないかのように）。そして第二に、そうした方式は、ただ二番目に、さらには二次的にのみ語る意識であるような個人的な意識の優位性を維持しているからである。

★

同じ時代に、カフカも書いていた。カフカはフローベールを称賛していた。彼の小説にはある種の厳格さが刻まれているので、ぼんやりした読者ならばフローベールの系列に並べてしまうかもしれない。しかしながら、すべてが異なっている。その差異のひとつは私たちの主題にとって本質的である。すなわち、あの距離――創造者の無関心性（フローベールはこれを維持するために闘わねばならなかったのだから、彼においては実に明瞭である）――、つまり、観想的享受を可能にするために作者と読者が作品に対して取っていた距離が、いまや、ある還元不可能な疎遠さという形をとって、作品の圏域そのもののうちに入ったのである。もはや距離は、トーマス・マン（やジッド）におけるように、問いに付され、告発されることによって回復されるのではなく、それ自体が小説世界の中心となり、比類なき単純さで語りの経験――ひとが物語る経験ではなく、ひとが物語るときに作用している経験――が展開される空間となる。その距離は、自分の生きる出来事や出会う存在と距離を取る（これはまだ特異な自我の表明にすぎないだろう）のと同じようにつねに自分自身と距離を取っている主人公によって、距離そのものとして生きられるというだけではない。その距離は、主人公を彼自身から隔てさせ、中心から遠ざけるような距離なのである。なぜなら、その距離はたえず、測ることも識別することもできないような仕方で作品を中心から逸らし、そして同時に、もっとも厳格な語りのなかに、他なる言葉《パロール》による変質を、あるいは、言葉としての（書くこと《エクリチュール》として の）他なる者による変質を導き入れるからである。

このような変化の帰結は往々にして不適切な解釈にさらされることになるが、すぐに見て取れるひとつの帰結は注目すべきものである。すなわち、これまでは進行中の物語に同一化していた（観想的な無責任性という様態で物語を自ら生きていた）——遠くからではあれ——読者が、その奇妙で遠いものが賭け金となり、物語の基体のようになるやいなや、もはや物語に無関心でいることができなくなる、言いかえれば、無関心性によって物語を享受することができなくなるのである。何が起こっているのか。読者はいかなる新たな要請に囚われたのか。それが読者に関係があるということではない。それどころか、それはいかなる点においても読者に関係がなく、しかもおそらくは、誰にも関係していない。言ってみればそれは、非‐関係するものなのであるが、しかし関係しない代わりに、読者はそれに対してもはや気楽に距離をとることができないのである。位置づけえないものとしてさえ現われてこないものに対して、適切な仕方で自分を位置づけることなどできないのだから。まるで自らのうちにあらゆる隔たりを取り戻してしまったかのような絶対的な距離から、読者はいったいいかにして遠ざかることができようか。かくして支点もなく、読書の関心も奪われてしまった読者には、もはやものごとを遠くから眺め、自分とものごととのあいだに眼差しによる距離を維持することは許されていない。というのも、その遠いものが現前することなく現前しているのだが、それは近くからも遠くからも与えられないがゆえに、眼差しの対象とはなりえないからである。これ以後、問題となるのはもはや視覚ではない。語りはいまや、ある選ばれた作者‐観者の視角を介して、そしてその視角の下に、見るべく差し出されるものであることをやめる。用心深く見回す意識の支配——用心深く見回す語り（周りを眺めわたし、すべてを自分の視線のもとに捉える「私」）の支配——が、もちろん終わるわけではないにせよ、かすかに動揺させられる。

★

カフカが私たちに教えてくれるのは——この定式を直接彼のものとすることはできないにせよ——、物語ることは中性的なものを作用させるということである。中性的なものが支配する語りは「彼＝それ〔三〕」の監視下にあるのだが、「彼＝それ」は三人称ならぬ三人称であり、といって非人称性という単なる安全地帯でもない。中性的なものがそのうちで語る語りの「彼＝それ」は、通常は主語――明白あるいは暗黙の「私」であれ、非人称的な意味作用において起こる出来事であれ――が占めている位置を占めるというだけでは満足しない。* 語りの「彼＝それ」はあらゆる主語を廃し、同様に、あらゆる他動詞的行為、あらゆる客観的な可能性を無効にする。それは、次の二つの形式においてである。一　物語《レシ》の言葉《パロール》がつねに、物語られていることは誰によって物語られているのでもなく、中性的な様態で語っているのだ、という感覚を与える。二　物語の中性的な空間において、言葉の担い手、行為の主体――かつては登場人物の位置を占めていた者たち――が、自己自身と非‐同一化の関係に陥る。すなわち、何かが彼らに起こるのだが、彼らは「私」と言う権能を手放さないかぎりそれを摑み直すことができず、そして彼らに起こることはつねにすでに起こったことなのである。彼らがそれについて説明できるとすれば、それはただ間接的に、自分自身の忘却について説明するかのようにしてのみであろう。そしてこの忘却こそ、語る言葉の現在という記憶なき現在に彼らを導き入れる当のものなのである。

なるほど、だからといって、物語が必然的に、忘れ去られた出来事や忘れ去るという出来事を詳しく物語る、というわけではない。自分自身から切り離された――疎外された、ともなお言われるが――人々や社会は、そうした出来事の庇護の下で、自分を取り戻そうとして、眠りのなかでのように動き回るのだが。物語そのものが、内容と

＊　「彼＝それ〔三〕」は単に伝統的に主語が占めてきた位置を占めるだけでなく、位置という言葉で理解されているもの――唯一の、あるいは用途によって決められた、固定した場所――をその場その場で断片化しながら変容させる。ここで（漠然とながら）繰り返しておかねばならない。すなわち、「彼＝それ〔三〕」は、つねに動いており多様な仕方で空いている、一度に複数であるような場所――反復――のなかを、欠如の様態で散乱しているのであり、「自分の」場所を、つねに自分が欠けており空虚なままにとどまる場所として、また同時に、場所の過剰、つねに多すぎる場所として、すなわち超場所〔hypertopie〕として指し示しているのである。

は無関係に忘却なのであり、それゆえ、物語るとは、あらゆる記憶に先行し、記憶を根拠づけかつ破壊するこの最初の忘却の試練にさらされることなのである。この意味で、物語ることは言語活動《ランガージュ》の苦悶であり、言語活動の無限性のたえまない探求である。そして物語とは、書くこと《エクリチュール》(6)が担っている原初の迂回への暗示にほかならないことになるだろう。その迂回は書くことの方向を逸脱させ、そして私たちをして、書くこと(7)によって一種の永遠の方向転換に身を委ねるようにさせるのである。

書くこと、この生との関係、この迂回した関係を通して、関係のないものが肯定される。

語りの「彼＝それ」はかくして、それがそこにあるにせよないにせよ、顕現しているにせよ消え去りつつあるにせよ、書くことをめぐる慣習——直線性、連続性、読解可能性——を変質させるにせよさせないにせよ、その還元しえない疎遠さ、そのねじれた倒錯において、他なる者——中性的なものとして理解された他なる者——の侵入を示している。他なる者が語っているのだ。しかし、他なる者が語るときには、誰も語っていない。というのも、他なる者〔l'autre〕——この語は、大文字にして威厳ある実詞として固定されてしまうと、まるで何か実体的な、さらには唯一の現前性を有しているかのように見えてしまうので、大文字にして敬うことは控えなければならない——はまさしく、けっしてただ単に他方〔l'autre〕であるのではなく、むしろ一方でも他方〔l'autre〕でもないからである。そして他なる者を特徴づける中性的なもの〔le neutre〕は、他なる者を一方からも他方からも、そして統合体からも引き抜き、他なる者が姿を現わそうとする用語や行為や主体の外部に打ち立てるのである。語りの声（語り手の声ではない）は、だからこそ、おのれの無声を保持しているのだ。その声は作品のなかに位置を持たず、といって作品の上方に張り出しているわけでもなく、優越した〈超越性〉の庇護の下にどこかの空から降りてくるような声ともほど遠い。「彼＝それ」はヤスパースの言う包括者(8)ではなく、むしろ作品のなかの空虚である——マルグリット・デュラスが物語のひとつのなかで想起させている、あの〈不在＝語《モ・アプサンス》〉のように。「それは〈不在＝語《モ・アプサンス》〉、その真ん中に穴が、ほかのすべての語がそこに埋めこまれるにちがいないようなそんな穴があいた〈穴＝語《モ・トルー》(9)〉」。

そしてテクストはこう続く。「それを口にすることはできないが、それを響かせることはできるだろう。広大な、果てしない、空虚な銅鑼の音みたいに……」*。それが語りの声である。作品が沈黙する場所なき場所から作品を告げる、中性的な声。

★

語りの声は中性的である。一瞥して現われてくるその特徴とはどんなものか、ざっと見ることにしよう。一方では、語りの声は何も言わない。言うべきことに何も付け加えない（語りの声は何も知らないのだ）からというだけでなく、その何もないということ——「沈黙させること」と「沈黙すること」——を支えているからである。何もないということにはすでに言葉が関わり合いになっている。かくして、語りの声は、まずもって聞かれない。語りの声に明瞭な現実性を与えるものはことごとく、語りの声を裏切り始める。他方では、語りの声は、固有の存在を持たず、どこからも語ることなく、物語の全体において宙吊りになっているにもかかわらず、目に見えないままにものを見えるようにする光のごとく消えてなくなることはない。語りの声は根本的に外的であり、それは外部性そのものから、あの外から、つまり、書くこと《エクリチュール》という言語活動に固有の謎からやって来る声なのである。とはいえ、結局のところ同じことであるにせよ、そのほかの特徴についても考えてみよう。語りの声は、距離なしに隔たっており、外的であるかぎりにおいてのみ内的であるがゆえに、受肉されえない。確かに、適切に選ばれた登場人物の声を借りたり、さらには媒介者という折衷的な機能を創ったりすることもできるが（それ自体はあらゆる媒介を破壊するにもかかわらず）、しかし語りの声はつねにそれを発する者とは異なっており、個人の＝人称の声を変質さ

＊『ロル・V・シュタインの歓喜』（ガリマール社）〔Marguerite Duras. *Le Ravissement de Lol V. Stein.* « folio ». Gallimard. 1964. 1976. p. 48：『ロル・V・シュタインの歓喜』平岡篤頼訳、河出書房新社、一九九七年、四六頁〕。

せる〈無差異の差異〉なのである。語りの声を（気まぐれに）亡霊的、幽霊的と呼ぶこともできるだろう。とはいえそれは、語りの声が墓の彼方からやって来るからでもなければ、何か本質的な不在を決定的なかたちで表わすからでもなく、つねにその声を担う者のうちで消え失せようとするからであり、また同時に、中心としてのその者自身をも消し去ろうとするからである。したがって、語りの声は、次のような決定的な意味において、中性的である。すなわち、中心的ではありえず、中心を創らず、中心から発して語ることをせず、それどころか最終的には、作品がひとつの中心をもつことを妨げ、作品から関心が集中するあらゆる焦点を取り除き——無焦点の焦点であれ——、また、作品が決定的に仕上げられ完成した全体として存在することも認めない、という点において。

　語りの声は、無言のまま、言語活動《ランガージュ》を遠回しに、間接的に惹きつけ、そしてその魅力のもとに、遠回しの言葉《パロール》の魅力のもとに、中性的なものを語らせておく。このことは何を示しているのだろうか。語りの声が中性的なものを担っているということである。その理由は以下の点である。一　中性的な様態で語るとは、距離を隔てて、その距離を保持しながら、媒介も共同体もなしに語ることである。そしてさらには、距離を無限に広げてゆき、その非相互性、不公正性、非対称性を試しながら語ることである。というのも、どちらかの項が特権化されることなく非人称性が君臨するもっとも大きな距離こそ、まさしく中性的なものだからだ（中性的なものを中立化することはできないのだ）。二　中性的な言葉は露わにすることも隠すこともしない。このことは、それが何も意味しないということではない（一種の非-意味のもとに意味を放棄すると主張するわけではない）。そうではなく、中性的な言葉は〈見えるもの-見えないもの〉が意味するような仕方では意味しないということである。その代わりに、中性的な言葉は言語活動のうちに、啓蒙（ないし蒙昧）の力とも理解（ないし誤解）の力とも異質な、ある他なる力を開く。中性的な言葉は視覚的な様態では意味しない。つまり、〈光と影〉という参照体系の外部にとどまっているのである。〈光と影〉はあらゆる認識とコミュニケーションにとって究極的な参照項となっているようだが、私たちはそれが実際には非常に古くからある由緒ある隠喩、逆に言えば、根深く凝り固まった隠喩の価値しかもたないことを忘れがちである。三　中性的なものの要請は術語付与的な言語構造を宙吊りにしようとする。つまり、私たちの言語体系《ラング》においては、何かが言われるやいなや、暗示的にせよ明示的にせよ、存在との関係がすぐさま措定されるのだが、その構造を宙吊りにしようとするのである。これまでしばしば、すでに前もって措定されていないことは何も否定されえない[10]ということが――哲学者、言語学者、政治評論家によって――指摘されてきた。言いかえれば、あらゆる言語活動は発話から始まり、そして発話することによって肯定するのだということである。しかし、もしかすると、物語ること（書くこと）は、存在を告げることも否定することもなく何かを言う可能性のうちに言語活動を惹きつけることであるかもしれない。あるいはまた、明瞭すぎるほど明瞭に言うならば、言葉の重心を他所に据えることであるかもしれない。他所とはすなわち、語ることが存在の肯定ではなく、とはいえまた、語ることが、存在の営み――それは通常は、あらゆる表現形式において成し遂げられているのだが――を宙吊りにするのに否定を要さないような場所である。このような関係のもとでは、語りの声は、聞くべく促すもっとも重大な声であるが、それ自体は聞かれることはない。それゆえ私たちは、語りの声を聞きながら、それをしばしば不幸の遠回しの声や狂気の遠回しの声と混同してしまうのである。*

* 私はこの声――語りの声――を、もしかしたら軽率かもしれず、あるいはもしかしたら正しいかもしれないのだが、先述のマルグリット・デュラスの物語のうちに聞くのである。永遠に明けない夜――思い出すことも忘れることもできないが、忘却によって保たれている、ある筆舌に尽くしがたい出来事が不意に訪れた、あのダンスホール――、見えるものにも見えないものにも属さないものを見るために振り返りたいという夜の欲望、つまり、眼差しによって一瞬のあいだ、疎遠なもののもっとも近く、〈おのれを見せる‐おのれを隠す〉という運動が統率力を失ったところに身を置きたいという欲望、それから、いかなる媒介にも還元できない、魅惑された無関心な二者関係を、すなわち中性的な関係を他なる者に引き受けてもらい、他なる者のうち、第三者のうちで改めて生き直したいという欲求（永遠の人間的な願い）――それが欲望の無限の空虚を含むものであるにせよ――、そして最後に、一度起こったことは必ず再び起こるであろう、必ずまた浮上してきて拒否されることになるだろう、という切迫した確信。これこそ私には、そこに入ることによってたえず外に入ることになるような円環たる語りの空間の「座標」であるように思われる。しかし、ここで物語っているのは誰なのか。

形式的に――そのうえいささか恥ずべきやり方で――発言権を有している、というより実際のところ横取りしている、侵入者とも見えかねないような報告者ではなく、不可能な語りという苦悶を抱えているがゆえに――それが彼女の知恵であり狂気である――、物語ることのできない女である。彼女は自分が、そこに近づくとまったき外部の言葉の魅力に陥ってしまう怖れのあるあの外の尺度であることを知っている（理性‐非理性の分裂に先立つ閉じた知によって）。すなわち、純粋な法外さであることを。(11)

（郷原佳以訳）

15　木の橋——反復、中性的なもの(1)

あらゆる物語が、中性的なものの召還のもとではすでに法外な場であるとすれば、なぜ『ドン・キホーテ』が、実に明瞭な仕方で、激動の時代たる私たちの時代を開始したのかが理解できる。それは『ドン・キホーテ』が新たな種類の異様さを解放したからではなく、物語るという運動のみを素直に信用することで「法外さ」に身を委ね、と同時に、それ以後——とはいえおそらくあと少しのあいだだけ——私たちが文学と呼んでいるものを試練にかけている（告発している）からである。*(2) あの〈騎士〉の狂気とはいかなるものだろうか。それは私たちの狂気であり、誰もがもつ狂気である。〈騎士〉はたくさん読み、そして読んだことを信じている。彼はしかるべき一貫性の精神から、信念に忠実に（彼は明らかに社会参加《アンガジエ》する者なのだ）、世界が文学の魔法に一致しているかどうかを知るために書斎を捨て、厳密に書物のなかのやり方で生きることを決意する。ここにあるのは、それゆえ、おそらく初め

＊「実に明瞭な仕方で」と述べたが、それを明らかにしたのはマルト・ロベールである。彼女は、『ドン・キホーテ』、そして第二部ではカフカの『城』を論じた著作で、この二作を通して文学についての考察を進めながら、文芸の黄金時代を終わらせた、あるいは終わりに向かわせたセルバンテスの破壊的な試みを他のどの注釈者よりも的確に掬い取った。その豊かな著作『古きものと新しきもの——ドン・キホーテからフランツ・カフカへ』（グラッセ社）(3)を参照されたい。ここにその流れを「繰り返す＝二重化する［redouble］」ことにする。

て、自らを意図的に模倣として差し出す創作である。その中心にいる主人公がどんなに自分を同輩たちのように偉業を成し遂げられる行動の人物として示そうとしても、彼が行うことはつねにすでにひとつの反響であり、また同様に、彼が自分自身でありうるのは分身としてでしかない。他方、彼の勲功が語られるテクストは一冊の書物ではなく、他の数々の書物への参照にすぎない(4)。

よく考えてみれば、ドン・キホーテの狂気というものがあるとすれば、より大きなセルバンテスの狂気があることになる(5)。ドン・キホーテは理性的ではないが、書物の真理は人生にとってもよいものだと考え、一冊の書物のように生き始める――書物の真理は失望にほかならない以上、それは驚異的だが失望させる冒険となる――のだとすれば、彼は論理的ではある。セルバンテスにとっては、事情は異なっている。というのも、セルバンテスの場合は、彼が骨折るのは、ドン・キホーテが書物の人生を実行に移すために必死に降りていった街路においてではなく、なおも一冊の書物のなかにおいてであり、書斎を離れることもなく、生きることも動き回ることも死ぬこともなくただ書くことのほかには何もせず、生きることも行動することも死ぬこともないのだから。彼は何を証明したいと、また自らに証明したいと思っているのだろうか。彼は自らを彼の主人公――自分のことを一人の男ではなく一冊の書物だと思い込み、にもかかわらず、読まれるのではなく生きられるのだと言い張る主人公――とみなしているのだろうか。驚くべき狂気、滑稽で倒錯した非理性である。いかなる文化もそれを隠蔽しているのだが、しかし、それはまたあらゆる文化の隠された真理でもあり、それなしには文化は築き上げられず、その上に文化は荘厳にむなしく建立されているのである。

別の側面から物事をもっと単純に捉えてみよう。私たちは一冊の書物を読み終え、注釈をする。注釈をしながら、私たちは、その書物がそれ自体ひとつの注釈にすぎず、それが参照している他の数々の書物の書物化であることに気づく。私たちは自分の注釈を書き、それを著作の水準にまで高める。公刊され、公的なものになると、今度はその注釈がひとつの注釈を呼び寄せ、それがまた今度は……。このような状況があることを認めよう。このような状況はあまりに自然に私たちのものとなっているので[6]、こうした言葉で表現してしまうと機転が利かないように思われるだろう。あたかも、一種の悪趣味によって、家族の秘密を漏らしているかのように。そうかもしれない、不作法は認めよう。けれども私は、マルト・ロベールの著作の大いなる利点のひとつは、彼女が私たちを導いてゆく二重の問いかけ、あるいは二度にわたって言い表わすことのできる問いかけにあると思うのである。すなわち、注釈の言葉《パロール》とはどのようなものなのだろうか。なぜ私たちはひとつの言葉《パロール》について語る《パルレ》ことができるのだろうか、そしてそもそも、侮辱的にもその言葉が沈黙しているとみなすのでなければ、つまり、私たちが崇敬している作品、立派な傑作が自ら自分のことを語ることができないとみなすのでなければ、そのようなことができるだろうか。そしてまた、それ自体が自分自身の注釈であるような類の創作とはどのようなものなのだろうか。そうした創作は、文学の衰弱、遅ればせで疲弊した衰退期の文明の到来、「素朴な」ことをうんざりさせるほど繰り返す「感傷的なもの」を露わにしているのだろうか、それとも、そうした創作は、文学の謎から遠ざかっているのではなくむしろ近いのであり、思考の運動に対し反響しているというよりは内的なのであり、かくして、文学を二重化している〔redoublant〕のではなく、より原初的な二重化、すなわち、「文学」と「生」の想定された統一性に先立ち、それを問題にする二重化の名において成し遂げられるのではないだろうか。

★

注釈の言葉。問題になっているのはすべての批評――批評という語が引き受けている、不明瞭だが非常に幅広い意味において――ではない。確かに、もしかするとすべての批評を覆っている思い上がりによるものなのかもしれないが、肝心なのは、作品を反復するということである。しかし、作品を反復するとは、作品の内に、作品を唯一の作品として根拠づけている反復を摑まえる――聴き取る――ということである。ところで、この反復――二重の状態で存在するというこの原初的な可能性――は、内的ないし外的な見本の模倣に還元されるものではないだろう。

その見本が他の作家の書物であろうと、世界の生、作者の生であろうと、はたまた、作者の頭のなかでは縮小された形ですでにすべて書かれた作品になっており、拡大しながら外に移すか、あるいは、自分のなかにいる小さな者たる神の指図を聞きながら再現しさえすればよいような、一種の計画であろうと。重複〔réduplication〕が前提としているのは、それとは別の種類の二重性、次のような二重性である。すなわち、ひとつの作品は、何かを黙らせながら、何らかのことを言うのである（とはいえ、それは、秘密を装うことによってではない。作品と作者は知っていることをつねにすべて言わなければならない。それゆえ、文学は、自らに対して外的ないかなる秘教性をも認めることはできない。文学にとって唯一の秘密の教義とは、文学そのものである）。そのうえ、文学は、口を噤みながら、そのことを言うのである。文学の内には、文学に属するある空虚があって、それが文学を構成しているのだ。この欠如、この距離は、表現に覆い尽くされているがゆえに表現されないが、それゆえにこそ作品は、一度で完璧に言われ、言い直されえないにもかかわらず、しかし抑えがたく、繰り返し言おうとし、注釈のあの終わりなき言葉《パロール》を要請するのである。そして注釈の言葉において、作品は、分析の見事な残酷さによって自分自身から引き離され（実際には、恣意的に引き離されるのではなく、すでに作品の内で働いている[7]あの分離、作品のごく小さな心拍であるような非一致の力によって引き離されるのである）、自らに固有の沈黙に終止符が打たれるのを待つのだ。

当然ながら、この期待は裏切られる。注釈による書物の反復という運動によって、作品を語らせる欠如のなかに新たな言葉《パロール》、新たではあるが同じ言葉が入り込み、その欠如を満たし、埋めようとする。重要な言葉だ。その言葉によって、ようやく納得できるようになり、あの大きな〈城〉の背後に何があるのかが、『ねじの回転』[8]の幽霊たちは若い女性の落ち着かない頭のなかで生まれた幻想にすぎないのかどうかがついにわかることになるのだから。それは、啓示的な言葉だが、侵犯的な言葉でもある。というのも——あまりに明白なことではあるが——、もし注釈がすべての隙間を塞いでしまったら、あの何でも言う言葉によって、注釈は作品を補完するものの、作品の反響する空間を取り壊し、作品を無言にすることになり、その結果、注釈のほうが無言に追いやられることになるのだから。あるいはまた、注釈は作品を反復するのだが、作品の内にある作品の貯蔵庫であるあの距離から発して作品を反復するだけなのだから。それによって作品を遮るわけではなく、逆に、作品を非常に遠くから取り囲みながら作品を示したり、それゆえ作品よりもさらに曖昧な問いかけによって――というのもその問いかけは曖昧さをもたらし、曖昧さに関わり、曖昧さのうちに解消することになるのだから――作品をその曖昧さに翻訳したりすることによって、作品を空虚なままにするのである。だとすれば、注釈などして何になるのか。

確かに、注釈などして何になるのか。しかしながら、この「何になるのか」もまた不要である。というのも、私たちが虚しいとか危険だとか判断しようとも、反復することの必然性はけっして避けられないからである。なぜなら、その必然性は著作に付け加わるものではなく、社会的なコミュニケーションの慣習のみによって押しつけられるわけでもないからである。注釈者たちがまだ幅をきかせていない頃、たとえば叙事詩の時代には、二重化は作品の内部で完成しており、それゆえ、吟遊詩人による構成法――逸話から逸話へのあのたえまない反復、その場での展開、同じものの際限なき増幅――というものがある。すなわち、各々の吟遊詩人は忠実な再現者、不動の暗唱者というわけではなく、反復を前へ運び、反復を通じて、筋の新たな展開によって隙間を埋めたり拡げたりし、裂け目を開いたり塞いだりし、結局のところ、詩を一杯に満たすことによって膨張させ、ついには蒸発させてしまうのである。これもまた、注釈と同じように危うい反復の方法である。批評家は一種の吟遊詩人である。これこそ理解されなければならないことだ。作品が出来上がるや、ひとはその吟遊詩人に作品を託し、作品がその諸起源から保持している、自らを反復するあの権能が作品から差し引かれるようにする。その権能は、作品のなかに残されたままでは、作品を無際限に解体するおそれがあるだろう。あるいはまた、批評家は文学空間の果てに追いやられるスケープゴートとして、作品のあらゆる誤った解釈を担っており、それによって、作品自体は無傷で無垢なまま、文化のアーカイヴに保管された唯一本物とみなされる見本――そもそものようなものは知られておらず、おそらく存在しないのだが——として確証されることになる。すなわち、何かが欠けているのでなければ完璧ではないような比類なき唯一の作品であり、その欠如は、作品のそれ自体との終わりなき関係であり、欠落という様態での充溢である。

しかし、それでは、自己自身の注釈になっており、また、[9]自らを参照させるだけでなく、他の書物をも、さらには、あらゆる書物がそこに由来するような、たえまなくつきまとう匿名の運動をも参照させる、あの近代の著作群はどうなっているのだろうか。そのようにして内部から注釈されたあれらの作品は（『ドン・キホーテ』が叙事詩であるだけでなくあらゆる叙事詩の反復であり、したがって自己自身の反復——そして嘲弄——でもあるのと同じように）、物語りながら裏面では自らのことを物語っているがゆえに、他のあらゆる注釈を困難もしくは不可能に、あるいは虚しいものにする危険があるのではないだろうか（危険だとすれば、であって、実際にはむしろ幸運《チャンス》であるだろうが）。そう、そのような作品の増殖は、何らかの形での批評の終焉を招くことになるのではないだろうか。この問いへの答えは安心をもたらすものである。すなわち、まったく逆だ、というものである。作品は、自己を注釈すればするほど、より多くの注釈を呼ぶのである。作品が自らの中心と「考察＝反省《リフレクション》」（二重化）の諸関係を続ければ続けるほど、その二重性によって、作品は謎めいたものになる。それが『ドン・キホーテ』の場合にあてはまる。また、さらに明瞭な仕方で、『城』の場合もそうである。こうした作品においては、自分がそこに何かを付け加えたことを覚えていない者がいるだろうか、そして、そのことで罪悪感を覚えない者がいるだろうか。なんと厖大な説明、高まる解釈熱、熱烈な注釈が、神学的、哲学的、社会学的、政治的、自伝的とを問わず、また、寓意的、象徴的、構造的、さらには——何でもありうる——字義的など、形式を問わず、積み重ねられてきたことだろう。なんと多くの鍵があることだろう。それぞれの鍵はそれを作り出した者にしか使えず、ひとつの扉を開けてもそれによって他の扉が閉まってしまう。このような錯乱はどこから来たのだろうか。なぜ読書は、読まれるものだけで満足することがけっしてできず、それを何か別のテクストで置き換え、それがまた別のテクストを呼び込む、ということになるのだろうか。

それというのも、マルト・ロベールによれば、ミゲル・デ・セルバンテスの書物におけるのと同様のことが、フランツ・カフカの書物においても生じているからである。カフカの書物は無媒介的な物語から成っているのではなく、その物語と、前もって文学の領域——そこにカフカの書物も場を占めに来るのだが——を占めており、年代や由来や意味作用や文体は異なっていても類型を同じくするすべての物語との対決によって成り立っている。言いかえれば、〈測量士〉は想像上の未踏の地方を測量するのではなく、文学の広大な空間を測量するのであって、彼はその空間で自分に先立っていたすべての主人公を模倣せざるをえず——だから反映せざるをえず——、それゆえ『城』とは単に孤独な作家の独自の著作というだけでなく、きわめて古い冒険のあらゆるヴァージョンがそこに並べられ、絡み合い、ときには明瞭に区別された形で読まれるパランプセスト〔文字を消して重ね書きした羊皮紙〕のようなものであり、ゆえに、〈万国図書館〉〔Bibliothèque Universelle〕の総体にして要約となっている。[10] そこでは、Kはあるときは風俗小説の主人公（女性たちを介して前に進もうとする落伍者）であり、あるときは連載小説の主人公（特権階級の圧政に対して弱者を守る優しい英雄）であり、またあるときはおとぎ話の主人公であり、より正確に言えば、自分の真の役割を見出すのを待ち望む新たなアーサー王物語群の主人公であり、その役割とは、『オデュッセイア』の暗唱者やオデュッセウスの後継者のように、叙事詩のなかの叙事詩を試練にかけ、それとともにホメロスの見事な秩序、すなわちオリュンポスの神々の真理を試練にかけることである。このような構想を、マルト・ロベールは大胆にも、教養のある人はみな読書によって物事を歪める教養の色眼鏡でしか見られなくなってしまう、という読書の宿命に帰するのではなく、カフカその人に帰している。カフカもまた実に教養のある人物だが、マルト・ロベールによれば、彼は人生の危機的な時期にギリシアでの成功に惹かれたのだという。すなわち、シオニズムに回心し、パレスチナに出発しようとしながら、自分自身の作品をそこから取り除くことができない西洋文化の巨大な古文書《アーカイヴ》を理解し分類することを自らの課題としたのである。[11]

★

この注目すべき、そして、思うに、きわめて新しい命題（というのも、『城』の意味、その究極の秘密とは、『オデュッセイア』の模倣であり、オリュンポスの神々の官僚主義の批判である、ということになるのだから*、それはまずは奇妙に響く）について、少しのあいだ考えてみよう。この命題を受け入れたり拒絶したりするためというよりも、その原理を捉え直し、別の仕方でそれを適用することができないかを検討するためである。〈測量士〉は間接的で目に見えない仕方で、〈城〉や〈村〉が象徴する権力と闘っており、のみならず、そうした権力を通して、またそうした権力の背後で書物という至高の審級と闘っており、口頭もしくは文書の注解による取り組みから成る終わりなき様態とも闘っている、ということは認めよう。ところで、この〈書物〉という空間は、よく知られているように、カフカにとって、彼が属していた、とりわけ物語を書いていた苦悶に満ちた時期に属していた伝統のゆえに、聖なる、怪しげな、忘れられがちな空間であり、と同時に、無際限の問いかけ、研究、探求の空間でもある。というのも、それは何千年にもわたり、ユダヤ的存在の緯糸そのものだからである。人生の真理と規範を探し求める者が、世界ではなく書物に出会い、書物の神秘と掟に出会うような世界があるとすれば、それこそまさしくユダヤ教《ユダイズム》であり、そこでは、すべての始原に〈聖書の〉言葉〉〔Parole〕と〈聖書注解〉〔Exégèse〕の力があり、すべてはひとつの文書から出発し、すべてはそこに回帰する。つまり、一連の驚異的な書物群がそのなかで螺旋を描いているような唯一の書物、ただ普遍的な＝万国《ユニヴェルセル》〈図書館〉というだけでなく、宇宙《ユニヴェール》の代わりになり、宇宙よりも広大で、深遠で、謎めいた〈図書館〉であるような書物である。カフカのような状況に身を置き、彼と同じような懸念を抱えている作家であれば、そこから逃れるのであれ、そこに身を曝すのであれ、次の問いを避けて通ることはできない。すなわち、いかにして、権限なき文学者である彼が、書かれたものの閉じた——聖なる——世界に入ることができるのか、いかにして、権威〔autorité〕なき作者〔auteur〕である彼が、古い、恐ろしいほど古いものである〈他なる〔聖書の〕言葉〉〔l'Autre Parole〕に、厳密な意味で個人的なものであるひとつの言葉を付け加えることを望みうるのか。その〈他なる〔聖書の〕言葉〉は、聖櫃の底で秘匿されたままであり、そこで消失したのかもしれないとはいえ、あらゆるものを覆い隠し、内包し、包括しているというのに。その〈他なる〔聖書の〕言葉〉は終わりなき言葉であり、つねにあらかじめすべてを語っており、それが発せられて以来、無言の受託者たる〈言葉の守り手〉たちはただ、その言葉を繰り返しながら見守ることしかできず、他の人々はただ、その言葉を解釈しながら聴くことしかできないというのに。作家であるかぎりは——これは断固とした要請である——、書かれたものの源泉まで行かねばならない。なぜなら、作家が書き始めるのは、原初的な言葉《パロール》と直接的な関係を結ぶことに成功してからでしかないのだから。けれども、この高みに接近するためには、彼はすでに語っている、つまりは書いている、という以外の手段をもたないのであって、それゆえに、その伝統も正統性ももたない時期尚早の言葉《パロール》が、〈〔聖書の〕言葉〉とその〈意味〉との彼にはうかがいしれない関係をなおもさらに曇らせてしまうということになりかねないのだが。

とはいえ、すぐに付け加えておきたいのだが、このような指摘をしたからといって、私はけっして『城』の新たな解釈を提案しているわけでもなければ、Kは至極単純に作家フランツ・カフカであり、〈城〉は聖書の言葉であり、〈役人たち〉はタルムードの注釈者たちであり、〈村〉は信者たちの場である——戒律というものが、そこに内部から属している者には正統であるが、あらかじめの教えを受けずにそれについて判断したり語ったりできると思い込んで外部から近づいた者には期待はずれで、ばかげたものでさえあるのとまさに同じように、そこでは、繰り返される言葉《パロール》が生きていると同時に死んでいる〔書くことの要請という、いかなる基準も保証も認めず、いかなる

＊　マルト・ロベールはまさしく次のように述べている。「ドン・キホーテと同様、晩年に、一番ドン・キホーテ的でなく、おそらく直接役立つ規範を提供するにはもっとも適当なモデルに心惹かれて、カフカはホメロスの思想に近づこうと試み、この課題に自分の最後の小説《ロマン》をあてるのである。(12)」

相対的な満足にも甘んじない要請以外に何の正統性ももたない今日の作家にも必然的に起こることだが）――などと示唆したいわけでもない。ただ指摘しておいたほうがよいのは、次の点である。すなわち、第一に、カフカは書き、書くことの問いを自らに立てる――それがどれほど豊かで、どれほど真剣だったかは、よく知られているところだ――ことで、まずもって、ホメロスの叙事詩のアカデミックな空間に立ち向かおうとしていたわけではなく、ユダヤ教の文書《エクリチュール》＝聖書の三千年の伝統に立ち向かおうとしていたのだということ。第二に、『ドン・キホーテ』とは逆に、先行する数多の書物の世界を明示的な主題とはしておらず（Kは〈測量士〉であり、読者でも作家でもない）、それゆえ直接的には〈聖　書《エクリチュール》〉の問いを提起していないとしても、その構造そのものの内にこの問いを保持しているということ。というのも、この物語の本質、つまりKの遍歴の本質は、場所から場所へと移り行くことではなく、注解から注解、注釈者から注釈者へと移り行き、それぞれの言葉に熱心に耳を傾け、それから網羅的な検討という方法で介入し、すべての者と議論することだからである。この網羅的な検討という方法は、タルムードの弁証法[13]（単純化のためにこのように呼んでおくが、識者によれば、それはKがやむなく甘んじているようなものよりもはるかに厳しい[14]ものだという）のある種の技法に容易に関連づけることができるだろうものである。

以上が、述べることの許されるすべてであるように私には思われる。『城』は、多少ともつながりのある一連の出来事や波瀾から成り立っているのではなく、つねに引き伸ばされつつある諸々の注解的説明の連続で成り立っているのであって、それらの説明が関わっているのは結局のところ、注解の可能性そのもの――『城』を書く（そして解釈する）という可能性――にほかならないのである。そしてこの書物が未完成で、完成しえないまま中断されているのは、それがたえず果てなき解説を必要とし、それぞれの解釈が考察（ミドラシュ・ハラカー）を呼ぶだけでなく説話（ミドラシュ・ハガダー）を必要としている[15]といった仕方で、諸々の注釈のなかに埋もれ、身動きができなくなっているからである。その説話を次には聞かなければならず、つまりさまざまな水準で解釈しなければならないのだが、そこではそれぞれの登場人物が言葉のある種の高さを表わしており、それぞれの言葉は自分なりの水準で、真実を述べることなく述べているのである。Kはその半ば理に適った死でもって物語を終えることもできただろうと主張する人々もいるが、しかし彼はいかなる死をきちんと死ぬことができただろうか。それは立派な死というよりも、むしろ自身の死の注釈による注解的な死であり、しかもそれは、終焉のあらゆる解釈の可能性を自ら前もって議論し反駁してからでしかありえないだろう。その死は個人的（私的）なものではなく、ただ一般的（公的）なものであり、永遠でありながら永遠に忘却された何らかの文書のなかに登録される（彼の死への行進と言葉《パロール》への行進は同じ歩みによるものである。言葉によって死へと歩み、死によって言葉へと歩むのであり、それぞれが互いに相手を予期し、相手を抹消するのだ）。ある夜、物語の最後の夜に、突如として救済の可能性の前に立たされるとき、彼はほんとうに自らの救済を前にしているのだろうか。まったくそうではない。そうではなく、救済の注解を眼前にしているのであり、それに対して彼は自らの疲労、終わりなき言葉《パロール》に見合うだけの終わりなき疲労で応えるしかないのである。そしてそこにはいささかも滑稽なものはない。「救済」がやって来るとしても、それはある言葉の決断によってでしかなく、しかし救済の言葉が保証するのは言葉における救済でしかなく、それはただ一般的にのみ通用する（例外という名目であれ）ものであり、ゆえに、人生そのものと人生の疲労によって無言に追いやられた存在の特異性にはあてはまらないものなのである。

もちろん、再び強調しておくが、『城』を成り立たせているのはこういったことだけではなく、その唯一の真実を成しているのは、イメージの力強さや登場人物たちの決定的な魅惑でもある。唯一の真実とは、ひとが物語について述べることのできるいかなることをも超えたことをつねに述べているように思え、それゆえ読者を、しかしまずは語り手を、終わりなき注釈の苦悶へ巻き込んでゆくような真実である。* したがって、私たちは出発点の問いか

* 『城』が生み出しうる注解的解説に再び入っていくことは慎むつもりである。いずれにせよ、以下のことは指摘しなければならない。あらゆる解釈が（多かれ少なかれ）正当なものだとしても、それはあくまで、それらの解釈が、自らが則った方法によって確立された水準に維持され、一貫性を保持しているかぎりにおいてである。ということはすなわち、一

貫性を保持することはできないということを示すことでもあるのだが。同様に、ひとは、その作品に先行するあらゆる作品、その作品が繰り返しているあらゆる神話、その作品が参照しているあらゆる書物を探求することができるが、しかしその反復は、それ自体として真実であり、読んでいる私たちにとって真実であるとしても、もしひとがまた、カフカその人にとって、しかも彼の未来として現われていたであろう書物の真実をも探求しようと決意したならば、それは同じような真実ではありえないだろう。実際のところ、カフカが〈城〉の物語を思春期のころ夢中になった小説に借りていることは実によく知られていることである。チェコの作家ボジェナ・ニェムツォヴァーの書いた『おばあさん』というこの小説は、〈城〉とその城下町である村との厄介な関係を物語っている。村ではチェコ語が話され、〈城〉ではドイツ語が話されている。この点が二作の第一の隔たりである。〈城〉はひとりの〈侯爵夫人〉によって支配されていて、〈侯爵夫人〉はとても感じのよい人物だが容易に近づきがたい。というのも、彼女と農夫たちのあいだには、嘘つきの侍従たちや偏狭な役人たちや偽善的な官吏たちといった不吉な一群が介在しているからである。そして注目すべきは次の逸話である。あるイタリア人の廷臣が酒場の主人のきれいな娘クリステルにしつこくつきまとい、みだらな誘いかけをする。クリステルは自分が堕落してしまったと感じる。彼女の父はお人好しだが臆病で、〈城〉の住人たちに対しては何もできないだろう。〈侯爵夫人〉は公正な人だが、近づくことも何かを伝えることもできない。そのうえ、たいていの場合、彼女は留守で、どこに住んでいるのかまったくわからない。そのため、娘は結局自分に非があり、自分を追い回している罪にもう触れられてしまったのだと思い込む。唯一の希望は他の役人たちだが、それも彼らの興味を引くことができればの話である。彼女は言う。「それだけがわたしたちに残された唯一の希望なのです。城の役人たちがあの男の尋問を行ったわけですから、おそらく援助をしてくれるのでしょう。でも、これまでしばしばあったことですが、彼らは尋問するだけはしておいて、そのままぜんぜん援助をしてくれないこともあるのです。そういうとき、彼らはただ、『それはだめだった』と一言いうだけで、人々はそれで満足しなければならなかったんです[16]。」ところで、ニェムツォヴァーの小説において、この不道徳な廷臣の名前は何というか。これこそ私たちにとっての驚きである。彼はソルティーニという名前なのだ。となれば、ここに『城』の最初の素材にしてアマーリアの奇妙な逸話の最初の素案があるのは明らかであるし、カフカがソルティーニの名前を維持することで、そのモデルの思い出を呼び起こそうとしていたことも明らかである。当然ながら、二つの作品のあいだの違いはきわめて大きい。チェコの物語は牧歌的である。この書物の主人公であるおばあさんは呪縛を打ち破り、障害に打ち勝って〈侯爵夫人〉にたどり着き、彼女から公正な裁きと迫害されていた人々への償いをしてもらう。つまるところ、彼女はKが失敗することに成功するのであり、そのようにして（私たちがこの教示を受けているマックス・ブロートが指摘するように[17]）、Kが拒否し、そもそも引き受けることのできない正義の騎士の役割を演じるのである。二つの作品の比較は、次のことの理解を助けてくれるように思う。すなわち、カフカの作品においては、決定的にしてもっとも謎めいた着想はおそらく〈城〉ではなく村だということである。Kがおばあさんと同じように村に属していれば、彼の役割は明瞭で、彼の人物像ははっきりしており、上流階級の不正に終止符を打つべく決意した反逆者か、此岸と彼岸の無限の距離を象徴的に試練にかけるべく身を捧げる救済者であるだろう。しかし、Kは第三の世界に属する。彼は〈城〉の奇妙さ《エトランジュテ》に対してよそ者《エトランジェ》であり、村の奇妙さに対してよそ者であり、自分自身に対してよそ者であり、というように、二重にも三重にもよそ者なのである。というのも、理解しがたいことに、彼はまるで、魅力があるわけでもないこうした場所に自分では説明できない要請に引っ張られて連れてこられたとでもいうかのように、自分自身のなじみ深いものと縁を切ろうと決意しているからである。こうした観点から見ると、この書物のいっさいの意味はすでに第一段落から、国道から村に通じるあの木の橋からもたらされていたのだと言ってみたくなるほどだ。「Kは、長いあいだ、国道から村に通じる木の橋の上に立って、さだかならぬ虚空を見上げていた」(18)。

けに戻ることになる。つまり、作品は自らの内に、自らのまさしく沈黙した部分の内に、自らの見知らぬ側面——それがこの注釈の言葉を支えているのだ——の内に、言葉についての言葉、長らく覆われていておそらく忘れられている空虚——墓——の上に建てられた目の眩むようなピラミッドを抱えているのだ、と繰り返すことの必要性についての問いかけである。確かに、内的な注釈と外的な注釈のあいだには、次のような明白な違いがある。すなわち、前者は後者と同じ論理に基づいてはいるが、文学の魔法によって引かれ画定されたひとつの円環のなかにある、ということである。前者はある魔力によって推論し、語るのだが、後者はその魔力について、また、その魔力に取り憑かれてその上に築かれた論理について語り、推論するのである。しかしながら——そしてこれこそ『城』のような作品を力強くしているものなのだが——、この論理には、その中心と同じように、より「内的」でより「外的な」何ものか、ある弁証法を巻き込む芸術や、芸術を包み込もうとする弁証法のもつ、強力だが定かならぬ関係が保持されているように思われる。つまり、その論理は、あらゆる両義性の原理と、原理としての両義性（両義性とは同一のものの差異であり、同じものの非同一性である）——あらゆる言語《ラング》の原理であり、ひとつの言語活動《ランガージュ》から別の言語活動、ひとつの芸術からひとつの理性、ひとつの理性からひとつの芸術への終わりなき移行の原理——を保持しているだろうと思われるのだ。それゆえ、この書物について展開されうるいかなる仮説も、終わりがないというその性質を保持し、長引かせるかぎりにおいて、この書物の内部で展開される仮説と同じように正当で、同じように無力に見えることになる。つまるところ、ある意味で、これ以後、すべての書物はこの書物を通るのである。

しかしながら、このことの意味をもっとよく理解しようと努めてみよう。一般に、この物語を読むと、もっとも明白な神秘に囚われる。それは、まるですべての秘密——注釈が練り上げられる基礎となる空虚——がそこに置かれているかのように、伯爵の丘という近づきがたい場所から降りてくる神秘である。けれども、やがて、もっと注意深く読むと、その空虚はどこにも位置づけられておらず、物語のなかで問いかけが向かうあらゆる地点に平等に配されていることに気づく。なぜ、Kと〈城〉の関係についての応答はどれもつねに不充分で、この場所の意味をどこまでも誇張し、どこまでも過小評価しているように見えるのだろうか。この場所にはどんなに畏敬の念に満ちた評価もどんなに中傷的な評価も合うと同時に合わないのだ。奇妙なことに、何千年も昔から人類が〈唯一者〉のために考え出してきた諸々の至上の形容を求めて、「いずれにせよ〈城〉とは〈恩寵〉であり、Graf（伯爵）とは、大文字の同一性が証しているように、Gott〔神〕であり、あるいは〈存在〉の〈超越性〉ないし〈無〉の〈逆超越〉であり、あるいはオリュンポスの神々であり、あるいは世界《ユニヴェール》の官僚的管理である」*と言ってみたところで無駄である。そう、こうした一切をどんなに言ってみたところで、そしてもちろん、たえずさらに強めながら言ってみたところで、私たちが手にしうるもっとも崇高でもっとも豊かなこうした奥深い同定も、やはりなおも私たちを失望させずにはいないのである。あたかも〈城〉はどこまでもそれ以上、どこまでもより以上であり、ということはまた、どこまでもより以下でもあるかのように。それでは、〈超越〉の上には何があるのか、〈逆超越〉の下には何があるのか。何かといえば（性急に答えることにしよう、性急さだけが答えることを可能にするのだから）、もっとも高い評価であれもっとも低い評価であれ、いかなる評価も見合わず、それゆえ、評価のあらゆる可能性を無関心で打ちのめすとともに、天上のものであれ地上のものであれ悪魔的なものであれ、理性的な権威であれ非理性的な権威であれ超理性的な権威であれ、いかなる価値の番人をも拒絶するような何かである。それはきわめて神秘的なものだろうか。間違いなくそうだが、しかし同時に、神秘のないものでもあると私は思う。というのも、私たちは話すたびに、その何かを巻き込んでいるからである。その何かについて語ろうとするときに、私たちの表現そのものによってそれを退却させ、覆い隠してしまいかねないとしても。さしあたりその何かをもっとも慎ましく、もっとも控えめな、もっとも中性的な名前で呼ぶことにして、まさしく中性的なものと呼んでおくことにしよう——なぜなら、中性的なものと名づけることはおそらく、確実に、それを霧散させること、とはいえ必然的になおも中性的なものの利のために霧散させることだからだ。こうした条件のもとでなら、私たちは次のように示唆することが許されるだろうか。すなわち、〈城〉というあの伯爵の邸宅は、中性的なものの至高性にほかならず、その奇妙な至高性の場所にほかならないのだ、と。残念ながら、それほど単純にそう言うことはできない。とはいえ、マルト・ロベールの著作のもっとも深遠な箇所、少なくとも私がもっともよく応じている箇所で、彼女は、至高の力はここでは超越的でも内在的でもなく中立的**＝中性的で、それは「事実を、事実ばかりでなく、事実に前後する判断、数々の考え、夢などを記録する」だけであり、「こうした一切を、受け身で中立的な態度で記録するので、個人は奇妙にも、何か重圧と不正のようなものを感じる(19)」のだと述べている。重要で、おそらく決定的な指摘である。ただ、この指摘だけに甘んじることもできない。なぜなら、中性的なものは表象されることも象徴されること

＊　ついでに述べておけば、カフカにとって、官僚制とは単に遅れてやって来た結末（あたかも最初の力である神々が役人になって、その支配を惨めに終わらせるかのように）であるだけでなく、また単に否定的な現象というわけでもない。注釈も言葉《パロール》に対して単に否定的であるわけではないのと同様である。彼は友人オスカー・バウムに宛てて次のように書いているが、考えさせられる言葉である。「官僚制は、ぼくの経験に照らしても、いかなる社会制度にもまして人間本性の根源に近い」（一九二二年六月、『城』執筆の時期(20)）。

＊＊　確かに、マルト・ロベールは、〈城〉には超越的なところは何もなく、内在的な力となっていると述べている。けれども、それはおよその言い方でしかありえない。実際、中性的なものの本質的な特徴のひとつは、内在という用語でも超越という用語でも捉え直されることがなく、まったく別の種類の関係において私たちを惹きつけることにあるのだから。

も意味されることさえできず、そのうえ、物語全体の終わりなき無関心によってもたらされているとするならば、それは物語のあらゆるところに遍在しているからである（オルガの言うように、誰もが〈城〉に属しており[21]、だとすれば、〈城〉は存在しないと結論せざるをえないのと同じように）。まるで、中性的なものは、そこから出発して物語の言葉が、またそのうちで、いっさいの物語についてのいっさいの物語やいっさいの言葉がその遠近法を受け取りかつ失うような無限の消失点であり、諸関係の無限の距離であり、それらのたえまない反転であり、それらの消滅であるかのように。しかし、私たちもまた終わりなき運動に巻き込まれてしまわないように、ここで止めておくことにしよう。とはいえ、『城』がその内に、その中心（そしてあらゆる中心の不在）として、私たちが中性的なものと呼んでいるものを保持しているとすれば、それを名づけるということがまったく何の影響ももたらさないということはないだろう。なぜこの名前なのだろうか。

★

「なぜこの名前なのだろうか。これは本当にひとつの名前なのだろうか。

——ひとつの比喩〔figure〕だろうか。

——だとすれば、この名前しか表わす〔figure〕ことのない比喩だろう。

——それにまた、なぜ、ひとりの話者、ひとつの言葉《パロール》では、見かけに反して、けっしてそれを名づけることができないのだろうか。それを言うには、少なくとも二人でなければならない。

——わかっている。私たちは二人でなければならない。

——しかし、なぜ二人なのか。なぜ、ひとつの同じことを言うのに二つの言葉なのか。

——それは、そのことを言う者が、つねに他なる者だからだ。」

（郷原佳以訳）

16　もう一度、文学①

「おそらく、文学として理解されている事柄に固有の特徴をではなく、文学として理解される事柄にはもはや属さなくなってしまった特徴を、もう一度、あらためて把握しようとせねばなるまい。

——大雑把な話になるのを覚悟の上で。

——どうしても大雑把な話になる。少し調べてみれば充分かもしれない。たとえば、傑作という観念はなくなってしまった。私たちがある傑作を論じるにしても、それはいつも、義理や愛想や過去への敬意からだ。漠然と肯定されているかぎりでの文学は、傑作と称されるこうした作品の格上げを退けている。

——それは、文学が、ひょっとすると作品という観念をも退けているからだ。

——少なくとも、作品にまつわるある種の観念を。というわけで、私たちは、作品を探求する経験が作品ほど重要ではないことや、芸術家が、自分の著作の完成に通じる運動の真理を前にして、著作の完成をいつでも断念しうることを知っている。

——あるいは、それは著作の完成に達するのを禁じる運動だ。だとすれば、重要なのはいったい何だろうか。芸術家、作家だろうか。

——創造する人格としての芸術家、例外的存在としての文学者、天才としての詩人といったもの——英雄——は、幸運なことに、私たちの神話のなかにはもはや場所すら占めていない。なるほど、虚栄心はつねに存在している。文学上の「〈私〉」は相変わらず姿を現わしているし、大作家や大芸術家などと今でも語られるけれども、誰もその重要性を認めてはいない。それは、響き終わったいにしえの反響だ。これほどの幾世紀にわたって、不滅というテーマや後世に名を残すという希望、栄光なる言葉――つねに万人に知られたいという欲望はすでにその堕落した形にすぎなかった――がはたして何を意味してきたのか、考えてみよう。今日いったい誰が、やがて自分の亡骸がパンテオンに納められるという栄誉を受ければ自分が正当化されたことになるなどと感じるというのか。

――そう、誰だろう。ひょっとすると多くのひとがそう感じるのかもしれないが、そんなひとたちのことは放っておこう。不滅という観念は、彼方への信仰が古びたのと時を同じくして価値を失った。余生が私たちに無縁だという点は、私も認める。生成のなかで何が作用しているのかを意識しているひとは、消え去ることにも幸せを覚えるものだし、このことはすでにニーチェが私たちに教えようとしていたのだった。ということは、これまで為されてきたごとく、その埋め合わせに、今日性《アクチュアリテ》という観念を称揚する、つまり、文学や芸術の意味を現代の要請のうちに探し求める必要があるだろうか。

――絶対に近代的でなければならぬ。（2）ランボーとボードレールによるこの呼びかけは、新時代の幕を開け、諸芸術の変化に対応すべく、諸芸術を「近代的なもの《ル・モデルヌ》」であるような何ものかに秘められた本質と関連づけていたわけだが、確かに、大きな意味をもってはいた。しかし、たとえ新奇なものに威光があり、先端のものを喧しく探求することがまだなお批評の役割を演じうるのだとしても、そのような探求は、私たちを結び合わせているものを何ひとつ表わしてはいない。近代的《モデルヌ》であるというこの考えは、古典的《クラシック》たれという考えや揺るぎない伝統に名を連ねよという考えと同じくらい、私たちには無縁だと言っていいように思われる。なぜか。その理由は考究しなければならないだろう。もしそうするに値するならば、だけれど。

――自分の指し示すものをもはや担いきれない語というものが存在する。「近代《エポック・モデルヌ》」は、現在、過去、未来のあいだに、対立であろうと対比であろうと、何かしら維持される関係というものを想定している。ところで、そうした関係がもう指針とはならないような変化を想像してみよう。そうすると、私たちはもはや、現代《タン・モデルヌ》に属しているという意識も、過ぎ去った時代に対峙しているという意識ももたなくなる。というのも、今度は、過ぎ去ったものが生成の様態として現代的なものとなるだろうから。歴史がめぐるとき、（ユートピア的真理としての）[3]歴史の停止をも伴うこの転回運動は、それと同時に「新たなものの伝統」をも無効にするのだ。

——記憶の連続体に記入できる出来事が途絶によって構成されるわけではないというかぎりにおいて、断絶というものが意味しているのは、ある新たな記憶の誕生でないとするならば、記憶可能なものの途絶なのかもしれない。だとすれば、文学はこの途絶と固く結ばれているわけだが、その途絶は、私たちがあいかわらず手にしているカテゴリーをもってしてはどうしてもほとんど把握できないままなのだ、と考えねばならないだろう。この点で文学は、ボードレールやランボーの言う意味においても、現代芸術《アール・モデルヌ》と呼ばれるものに由来する私たちのあの好意をもってしても、もはや単に現代的《モデルヌ》であることに甘んじることはできないのだろう。

——だから、「文学は現代的《モデルヌ》であるか、さもなければ存在しないだろう」といった二者択一の要請も断念しなければならない。

——でも、そう断念することによって、何がしかの伝統という源泉や、かつて存在したものと今後存在するものとのあいだの幸福な総合をはたすという希望——この希望はもっとも革新的な人々によってさえ暗黙裡にいつも抱かれているが——に依拠するのも断念することになる。現代的であるかぎりで古典的であるということなど、もう芽を出すことのない胚だ。

——より正確には、文学は秘密によって成り立っているという点で、文化とは区別され続ける、と述べてもいいかもしれない。詩作品をつくることは文化事業を行うことではないし、作家は、文化財を豊かにするために書いているわけではない。文化のほうは、きっと、文学的事象を我がものと主張することもあるだろうし、そうした文学的事象を吸収して、つねにいっそう統一感のある文化の世界に引き込んでしまうのだが。そこでは作品は、精神的で伝承可能で持続的で比較可能な事物、文化の他の諸々の産物と関連づけられる事物として存在する。そうなると、作品は、おのれの確実さや堅牢さを見出したと錯覚し、書物は、他の書物に積み重ねられて、どのような炎でも焼き尽くせぬあの美しいアレクサンドリアの図書館や、文学の世界であると同時に世界としての文学であり、つねに完成していながらいつも未完成の、あのバベルの塔を構築することになる。文学を一個の全体に仕立て、さらに巨大な一個の全体の要素に仕立ててしまう文化の巨大なはたらきによって、自分たちに間断なくアリバイがもたらされてしまう点は認識しておきたい。文化のこうした慰みによって、あらゆる作家や芸術家は、自分たちが問いに付すことによって維持してもいる諸価値に紛れて、日々の生活のなかで、おのれのことをなおも有用だと感じることができるわけである。とはいえ、カフカが執筆したのは文化事業を行うためではないし（文化を頓挫させるためでもないが）、それはホメロスも同じであって、最後の作家――私たちはみな、束の間とはいえ最後の作家だと目されるが――であっても同断だという点は押さえておこう。

――……のために書くだとか、……のためには書かないだとかいったことでは、充分な要因にはなりえない。いっそのこと、こう言ってみよう。文学は一方では文化に属している（というのも、文学はひとつの文化的事象として研究されうるのだから）けれども、他方では、もし文学が文化に伝えるものが文化の実質的内実と比べて空虚な生成にすぎないとするならば、あるいは、文化が文学から引き出して研究しうるものがたちまち実質化されて文学の外へと転落してしまうとするならば、文学の名において肯定されるものは、文化の諸価値のなかで文化に異議を唱えるだけではなく、文化から逃れ、文化を欺きもするのだ、と。

――もっと正確に言ってみよう。文学はひとつの言語活動《ランガージュ》だ。あらゆる言語活動は（今日では定式化されているように）、シニフィアン、シニフィエ、およびこの二項の関係から構成されている。ポール・ヴァレリーが久しく主張してきたように、文学的言語活動《ランガージュ・リテレール》においては通常の言語活動の場合よりも形式が重要である、と述べるだけでは充分ではない。とくに言わねばならないのは、文学的言語活動においては、シニフィアンとシニフィエの関係、ないし形式と呼ばれるものと、不当にも内容と呼ばれているものとのあいだの関係が無限になるのだ、ということだ。

――どういうことだろうか。

――それが言わんとしているのはきわめて多くの事柄なので、私たちにはとても画定しきれない。本質的なところでそれが意味しているのは、その関係が統合関係ではない、ということだ。つまり、形式と内容が関係づけられると、その結果、形式と内容を同定して相互に関連づけたり、あるいは正式に通用している秩序や自然の合法性に沿った共通の尺度に関連づけたりしようとするあらゆる努力やあらゆる理解によって、形式と内容が必然的に変質して頓挫してしまうのだ。このことからはあまりに困難な数々の帰結が生じるがゆえに、私たちにはそのすべてを見出すことはかなわない。ただ、そのひとつは、シニフィエが与えられうるのが、シニフィアンの対応物や終着点としてではけっしてなく、むしろ、意味を与え問いを立てる力という姿で無限にシニフィアンを復元するものとしてなのだ、ということだ〔現実としての「内容」が存在しているのは、形式を再装塡し、形式を形式として再構築するためでしかなく、形式はと言えば、形式を満たすことができず姿を隠してしまう「意味」のうちで凌駕されてしまう〕。もうひとつの帰結は、この〔シニフィアンとシニフィエ、形式と内容との〕無限の関係――ある無限の捻じれの要請を担っている――は、この関係を生じさせる諸辞項が互いにいっそう隔たったものとして与えられ、それぞれが相互にもっとも強力な分断要因を孕んでいる場合にこそ、なおのこと成就されることになるという点であり、諸辞項の関係の効果はそれゆえ、これらの辞項を統合することにではなく、反対にいっさいの総合を禁じることにあって、この関係の疎遠性《エトランジュテ》を通じて、意味作用の無限の複数性《プリュラリテ》、すなわち無限に空虚な複数性のなかで、ありそうもない意味作用の生成のみを肯定するのだ、ということである。このことを踏まえて理解しうるのは、どうしてこの疎遠性の関係があらゆる意味作用に先行し、あらゆる意味作用を裏切るように見えるのか、また同時に、どうしてこの疎遠性の関係が無限に意味作用を行い、無限としておのれを意味するように見えるのかということであり、さらに、あらゆる文学作品のもっとも内奥の意味とはつねに、自分でおのれを意味するであろう「文学」なのはなぜなのだろうか、ということである。

——まるで、文学的言語活動においては、シニフィアンの空虚が必ず肯定的なものとして機能し、内容の「現実性」が否定的なものとして機能しなければならないかのようだが、だからこそ、これら二つの操作項間の潜在力の差異が強められ、抵抗が強くなって無限へと近づくほどになれば、それだけ作品は、おのれを文学として意味することに近づくのだろう。まだ多くの点で異論が噴出するにしても、この点は認めておこう。とはいえ、私たちはそもそも、文学的経験がつまるところは文化の領域や文化の管轄の外に零れ落ちるというのに、どうして文化は文学を我がものと主張しうるのかという点を明らかにしようとしていたわけだが、話をここでとどめておくならば、その出発点を忘れてしまうことにならないだろうか。

——たぶん忘れたわけではない。私たちは今になって、その難しい問題について何か言えるかもしれないのだ。つまり、文学の名において、無限のもの、すなわちどの統合過程に対しても還元不可能なものとして与えられる諸関係を、文化は、統一関係として着想し確立してしまいがちだ、ということである。文化は全体を目指してはたらく。それこそが文化の務めなのであって、立派な務めではある。文化の地平とは総体的なものであり、文化は、総体の運動を促進するものならすべて手元に引き留める。累積過程というわけだ。だから、文化は成果を重んじる。文化にとって、ある作品の意義《シニフィカシオン》とはその内容であり、諸作品のうちに措定され委ねられているもの、諸作品の肯定的な面とは、外的か内的かを問わずある現実の表象か、もしくはその再生産なのだ。文学は、独自のやり方で、社会や人々、諸対象のことを私たちに伝えてくれる。文学は百科全書の一巻というわけだ。文化の理想とは、総体の一覧表をうまく仕上げることであり、シェーンベルク、アインシュタイン、ピカソ、ジョイスを——そしてもしできることなら、おまけにマルクスを、さらに言えばマルクスとハイデガーを——一望のもとに収められるようなパノラマの再構成をうまく仕上げることにある。そうすれば、文化人は満足するのだ。何ひとつ見過ごさず、饗宴のすべての細片を集めたことになるのだから。

——やはり、私たちの話は、先述のように大雑把なものになった。私としては、次のような指摘を付け加えたい。先ほど、私たちは傑作というものを話題にした。傑作を愛しているのは文化であり、もしかすると傑作を創出するのも文化なのかもしれない、ということだった。文化は、幾世紀にもわたってもたらされたものを単純化して簡易なものにすべく、傑作を必要としている。そして傑作とは、一種の概念であり、多くの著作の実体《レアリテ》を寄せ集め、要約し、それらの代わりとなるものだ。文化の眼差しを通じて、いくつかの書物は他の書物より高く位置づけられ、そうして高く位置づけられることで、あるひとつの総体の際立った特徴となる。しかしながら、文化はまた同時に、作品という概念の破壊を目論んでもいる。文化の関心を惹くものは、文化が手中に収めていないものだからだ。

——それは、その二つの傾向が手を携えているということだ。傑作を欲するひとが、作品という観念のなかで賭けに投じられているもの、すなわちその密やかな差異を知ったためしはないし、いったい何が、いつも気づかれることなく、生産されることもなければ作動することもないものとして作品を構成するのかを知ったためしはない。それは、作品の無為＝脱作品化の疎遠性のことなのだけれど。

——それならば、こう結論づけてみよう。文学は単に文化のひとつの表出ではないのだが、文化のほうは、文学から数々の成果を、それもまずは既存の世界状況に応じた成果——他のひとならもっとも疎外された部分と言うかもしれないが——だけを手元に引き留めておくのだ、と。とはいうものの、私たちは、文学作品の固有性が創造的であるということなのに対して、文化の固有性はすでに創造されたものを受け入れる点にあるのだと指摘するにとどめて、ここまでの長い回り道を避けられたかもしれない。文学は贈与する。文化はすでに与えられたものにしか関わりをもたず、その仕事は、事態を変化させることを目指して、芸術からもたらされる端緒や発意を、新しくも自然な一種の現実性として構成することなのだ。

――だから、文化という言葉が口にされる場合には、自然と言ったほうがふさわしいのかもしれない。創造という観念は根強いけれど、堅固なものではない。創造するとは、何を言わんとしているのだろうか。芸術家や詩人は、なぜ比類なき創造者とされるのか。創造するということは古来の神学に属していて、私たちは、通俗的な神的属性を特権的な人物に移し替えることで事足れりとしている。無から何かを創造すること、これこそ潜勢力《ピュイサンス》のしるしというわけだ。一個の作品を創造すること。その作品を創ることで、神性による世界創造を模倣するだけでなく、いつの日か世界を創った創造力を存続させて復元すること。そうすることで神を引き継ぐこと。創造という語が正当なものとして芸術家の仕事に用いられるときには、これらすべての神話が、創造というこの語のなかに雑然と含まれている。自然のものと思しき成長や湧出といったあの力《プヴオワール》、つまり自然な成長という観念が、この語に混じり込み付け加わる。創造すること、成長すること、増大すること、自然を創造した神の秘密や変態作用によって自己創造する自然の秘密に参与すること――私としては、自分たちがなぜ、こうして重きをなしている諸観念の遺産をほとんど無批判に受け入れているのか、疑問に思っている。

――それらの観念は、重きをなしているとはいえ、幅を利かせすぎているのかもしれない。仔細に眺めれば、創造者や創造といった用語は、常套句としてのみ用いられていた、ということだってありうる。芸術家が社会的にさまざまな地位の頂点に位置し、まるでその外に存在するかのようになったのは、ロマン主義の時代だ。この時点では、芸術作品において重要なのは、作品でも芸術でもなく、芸術家なのであって、芸術家のなかのその天才性なのだ。創造者は何ひとつ創造しないでいることすらできる。創造者は、おのれのうちにもっとも高次の至高性を担った絶対的で神的な自我であり、その至高性は、社会的に認知される必要も、人間にとって生産的である必要もない。けれども、天才の主体性のものとされたこの威光が消し去られたのと同じように、創造者という観念、およびそれに伴って、芸術に固有の特徴としての創造という観念もたぶん、ぼんやりしたものになってしまったのだ。

――あるいは、それらの観念は修正されたのだ。創造するとは、何を言わんとしているのだろうか。私たちにはもうわからない。創造するというこの用語が、どのように文学に当てはまるのかがわからないのだ。畢竟するに、その用語は、私たちには強すぎて、あまりに多くのおぼつかないありきたりな諸観念に加えて高慢さをも負わされており、一言で言うなら、あまりに肯定的なものに映る、というわけだ。私たちはたいへん慎み深くなったものだ。

——言いかえれば、とても猜疑心が強くなったということだ[4]。この世界の諸価値が、もっともらしい外見や肯定的な雰囲気をまとって重要なものとなればなるほど、私たちはそれらの諸価値に不信感を抱くのだから、私たちは、自分の満足していないある現実に何かが新たに付け加わるさいの、措定する能力そのもの、さらに言えば、創造する能力そのものに不信感を抱くのだ。創造する者は、存在しているものを飾り立てて保存する以上のことは何ひとつしていない怖れがあるし、だからこそ、創造する者は、たとえ称賛されていようと、すでにして私たちの疑いを招いてしまう。それゆえ、私たちが文学に向けている関心は、今日ではむしろ、文学が批判力、もっと言えば、不思議なことに、否定的である力を有しているという点に向かうのだ。ニーチェにとって、創造者という語はその魅力を十全に保っていたが、その彼ははたして、真の創造者は破壊者の面貌と犯罪者の悪意をもつと述べていた[5]。

——だとすると、次のようなことは示唆されないだろうか。すなわち、文化に無縁の文学が、同時代のいくつかの大きな文学運動が示してきているように、既存の諸価値を嫌悪し、伝統の基準を、ひいては現代的なものの基準をも無効にし、創造するということが受容可能な意義をもたないような世界では創造的であることを控えつつ、危険にもニヒリズムの展望におのれを開いてしまうのだ、と。

——ニヒリズムのことを話しながら、自分たちが何について話しているのかわかっていると感じられるなら、そう述べてもいいだろう。けれども、ニヒリズムという語はまさに、自分の指し示すものをもはや担いきれない語のひとつなのだ。おそらく、その語の下に姿を隠していて、あらゆる直接的理解を免れるものの本質は、姿を隠すということの運動のうちにある[6]。

——それは、ニヒリズムが、数々の仮象と区別できず、その見せかけの見せかけでしかなく、私たちがニヒリズムに安穏とする場では私たちを脅かし、私たちがこのうえなくあからさまにニヒリズムに怯える場ではひどく危険な仕方で脅かすことはけっしてないだろう、との予感に繋がっている。たとえば、ニヒリズムがナチズムやファシズムと呼ばれたものに関係していたにせよ、それはきっと、ナチズムなどの運動があからさまに否定的な意義をもっていたという点においてではなく（そうした運動は、いまだかつて自ら破壊者たらんと望んだことはない。破壊者たちとは、他の人々であり、頽廃者であり、ユダヤ人であり、無神論的マルクス主義者たちというわけだ）、その運動によって前面に置かれ、対立しながらも隣接する他の諸価値を呼び起こす肯定的価値（人種やナショナリズムや潜勢力といった価値、人文主義《ユマニスム》の価値、ならびに西洋の価値）を通じてだったのだ。と同時に、そうした運動はニーチェを後ろ盾にしたが、それは、ニヒリズムを深く意識していたニーチェではなく、ニヒリズムを超克しようと欲したニーチェなのであり、そのさいには、まさにそうした超克のしかじかの可能性（超人、力《ピュイサンス》への意志）を戯画化したのだった。

――すると課題は、私たちに間接的にしか影響を及ぼさないものに対して、つねによりいっそう直接的に探求を進めることで、それを直視し続けるようにすることだろう。あたかも、オルフェウスが、地獄の迂回の掟を受け入れ、かくも長いあいだ後ろを振り返らなかったかぎりで、ニヒリズムの幻想に魅惑され続けるよりほかなかったかのように。その幻想は、彼の芸術のうちにしかるべく具現されていて、おのれの芸術は虚無《ネアン》に打ち克つのだと、つまり、地獄のもつ霧消力をすべて自分の芸術に従えることで勝利が保証されるのだという、彼の芸術の思い上がりのうちに具現されていた。とはいえ、オルフェウスは、魅惑的であると同時に魅了されてもいるものを正面から見据える勇気をもっていたし、それが何ものでもないこと、無《リヤン》は何ものでもないことを見て取った。その刹那、地獄は実際に打ち負かされた。このような神話の解釈は、とても心休まる魅力的なものだから、私としては、オルフェウスが屈した誘惑そのものをそこに見て取りたくもなる。ともあれ、ニヒリズムは、私たちを無媒介の脅威に引きずり込もうとしてきたし、メドゥーサの頭を思い切って直視して、それがすでに石化した虚ろな瞳の美しい顔にすぎないことに気づくならば、私たちははるかに直截にニヒリズムの果てに立ち至るだろうということを、想起させようともしてきたわけである。

——だとすれば、あなたは、ニヒリズムそのものが今、私たちを媒介として語っているのだとの判断に傾いているのだろう。

——まったく論争しない二つの言葉が、二重化と交替の戯れを通じて、未知なるもののなかにまで反響をもたらそうとするとき、その言葉のどちらかが、おそらくは必然的にニヒリズムの役割を引き受けることになるのだろう。ただ、二つの言葉のどちらがこの戯れに加わるのか。自らを明らかにする言葉だろうか。自らを明かさぬ言葉だろうか。二人の人間がついに話すに至って、自分たちが直接的には述べることのできない事柄に応じて話すとき、他の者はいったいどこに存在しているのだろうか。二人のうちの一方が他の者なのだが、それはどちらなのでもない〔一者でも他なる者でもない : ni l'un ni l'autre〕。ニヒリズムという、とりわけラテン語的で簡潔な語について言えば、この語は、自身が到達しえないものに向かって鳴り響くことをやめてしまったのだと私は思う。だから、文学から私たちに到来するかもしれないものを位置づけるのに、ニヒリズムという語を用いるのをやめよう、もし文学から到来するものが、ある意味ではつねに文学のうちには収まらず、文学を、退いたものとして引き留めないとするならば。とどのつまり、文学に関して、文学は創造的なものだと率直に述べることが不躾な思い上がりだと思われるならば、文学はニヒリズム的なものだと述べたり、文学は虚無のもつ何らかの力と結託していると述べたりすることもまた、同じように不遜で不躾なことだ。実際にそう述べてみればわかる。

——虚無にはまだ肯定的な面がありすぎる。存在という広大な語と同じく、虚無というこの広大な語によって、存在も虚無も崩壊させられ、廃墟と化してきた（それでもまだあまりに有益な廃墟なのだが）。それゆえ、この二つの用語からは距離をとったほうがよい。私たちの見立てでは、文学は、あまりに確たる画定からはすべて離れている。だから、文学は傑作というものを毛嫌いするのだし、さらには、作品という観念から退いて、ついに作品を無為＝脱作品化の形にするのだ。文学は創造的なのかもしれないが、文学が創造するものは、存在しているものに比べていつも空ろなのであって、その凹みによって、存在しているものはいっそう捉えどころがなくなり、存在していることがより不確かになるにすぎないのだが、だからこそ、ある別の尺度、つまり文学の非現実性の尺度に引き寄せられるかのようであり、その非現実性にあっては、存在するものは、無限の差異の戯れのなかで、肯定されはするけれども、否のヴェールの下に姿を隠してしまうのだ。かといって文学は、有無を言わせぬ否定の暴力をもった破壊的なものではない。というのも、文学が生み出す不在は、「現実的なるもの」に照らし合わせれば充溢しているかのようだからだ。そして、文学に由来するこの消去、文学を消し去ろうと望むような運動として、すなわち文学それ自体のはてしなき問い質しとして文学のうちに存在してもいるこの消去は、文学を本当には消滅させることなどできず、むしろその消滅を通じて文学を肯定し、起源を与えるものの疎遠性へと文学を導き直すのだが、それでも、その消去はときには、あるいはひょっとするといつも、文学のほうが事物、自己充足した事物へと、つまり、幅を利かせ、諸価値の支配を強固なものとしつつおのれの価値を主張する現実性へと変化してしまうのをそのままにしておくのである。

——時代の慣習から、私たちに向けて起源というこの語が発せられるのを耳にすると、私は訝しく思うのだが、自分たちが芸術や言葉や思想に触れて何かしらの謎に迫るとき、あまりに易々と起源というこの語を拠り所にしてしまうのはいったいなぜなのだろう。それは、起源という語それ自体が謎めいているからだろうか。はたしてこの語が謎という語を内包しているせいなのか。

——仮にそうだとしても、起源という語が謎という語を漏らすことはない。留意しておきたいが、この文学という可能性を把握し直すべく、ここまで諸々の概念を検討するたびに、私たちは、文学の可能性が今にも背景に芽生えてくるのではないかと予感してきた。伝統が問題ならば、私たちは、しかじかの哲学者といっしょに、伝統とは起源の忘却だ、と言えただろう。あるいは、近代的なものが問題ならば、私たちは、また別の哲学者とともに、現実的なものをその起源から切り離すことこそ近代世界に生きるということなのだ、と述べただろう。あるいは、創造という観念が問題ならば、私たちは、あらゆる神学的追憶を超えて、この観念の威光を正当なものとみなしつつ、その背後に起源との関係を再び見出したことだろう。だがその関係は、不分明な起源をおのれのものとは主張しえないような文学の言葉《パロール・リテレール》のなかで作用している、あの破壊や消去の力に比肩するものではない。というのも、すでに確立されているあらゆる事柄に対して、原初の衝撃がいっさいの糧《シュブジスタンス》を損ない禁じるからというだけではなく、自分から生じるすべてのものをその把握不可能な先行性のうちで排除する起源それ自体が、存在というよりはむしろ、存在から逸れてゆくものであり、すべてが出現しかつ消えゆく空虚の荒々しい凹みであって、〈出現すること〉〔Surgir〕と〈消えゆくこと〉〔Sombrer〕のあいだの無関係な＝無差異の差異〔différence indifférente〕の戯れそのものだからなのだ。

――したがって、起源という語を発するさいに私たちが行っているのは、この探求を通じて謎になっているあらゆる特徴を、ひとつの特権的な語に集約することにすぎない。

――なるほど、それらの特徴はおそらく、おしなべて起源というその語に収斂するだろうが、この語はと言えば、あらゆる拡散の中心なのであり、もっと言うならば、あらゆる関係の中心としての拡散それ自体なのだ。

――この場合には、いっさいの中心の不在としての中心だ。なぜなら、そこでこそ、あらゆる統一の切先が到来しては砕けるのだから。それはいわば、統一されざるものの中心ならざるものなのだ。つまり、起源の不在をめぐる荒々しい問い質しに起源そのものをさらし続ける、ということだ。その起源の不在は、起源が謎という語や謎の原因や理由として措定されるやただちに起源を手放して、よりいっそう深い謎のように話すのであり、あるがままの姿で崩れ落ち、消えゆき、そして呑みこまれていく〈出現すること〉として話すのである。

――ということはつまり、こうした起源への参照――私たちはそれを頼りにしようと期待を寄せてしまったわけだが――を拒否することだ。私が指摘せずにいられないのは、文学に賭けられているものをしっかり把握し直そうとしてこれまで順番に検討してきたすべての特徴を、自分たちが、ひどく期待外れの動きによって次々に反転させては消去してきてしまった、ということだ。

――それはたぶん、文学が本質的に失望させるべくつくられるものであって、つねに文学それ自体に対して欠如しているかのようなものだからだ。それに、傑作という語、作品という語、後世の名声や栄光といった表現、および文化という語、創造や存在という語、破壊や虚無といった語、そして最後に起源という語、これらは、次々と示されては退けられたわけだが、おそらくはそのたびに完全に消え去ったわけではなく、この退く動きのなかに、痕跡と、ほとんど消し去ることのできぬ特徴とを残していたのである。こうして、傑作は、傑作そのものの高揚として理解された作品に場を譲りながら消滅し、今度は作品が、生産されることもなければ作品化されることもないものとして作品を肯定すること、すなわち無為＝脱作品化の経験に場を譲った。そして、近現代《モデルヌ》という観念は、記憶されうるあらゆるものの停止を意味する、より深層の断絶という観念に場を譲った。文化については、私たちは文化を検討することで、形式と内容との関係が無限のもの（すなわち、もっとも厳密でありながら偶然的でもある、厳密性と恣意性との肯定）になる言語活動として、文学を思い描くことができた。最後に、創造と破壊という観念から、私たちは起源という観念に導かれてきたが、起源という観念は、差異という観念や核心としての拡散という観念をそのしるしとして残しつつ、自ずと消え去ったかのようだった。正直に告白すれば、これらはたいしたことではない。[7]けれども、ひとつの手がかりは残っているようだ。そのおかげで、私たちがこの迷宮の曲がり角のたびに致命的に迷うことのなかった一本のアリアドネの糸。幾度も提起されては必ずずらされるその観念とは、[8]文学においては、いかなる統合プロセスにも還元しえず、統合されることもなければ自ら統合することもなく、統一を唆すこともない、そうした何らかの肯定がはたらいているのだ、ということである。だから、私たちがその観念を把握しうるのは、一連の否定という側面からでしかない。というのも、ある水準における思考がおのれの肯定的な参照項を構成するのは、つねに統一という観点からなのだから。それゆえにまた、もし文学があらゆる同一性を失墜させ、同定能力としての理解を欺くためにつくられているとするならば、文学は、本当には同定しうるものではないのである。全体が構築され語られるあらゆる形態の言語活動の傍らに、すなわち、世界の言葉、知や労働や挨拶の言葉の傍らに、つねに統一という視点からのみ思考されることから思考を解き放つ、まったく別の言葉を感じ取らねばならないのだろう[9]。これこそ、おそらくは、坩堝の奥底で私たちに残されるものなのである。

──少なくとも一時的には。」

（安原伸一朗訳）

±±この一時的な最後の言葉のあとに、もちろん根拠もなくただの思い上がりによる決定ではあるが、文学は私たちを追い払うということを認めておこう。このことが意味するのはまた、文学（ここでは強調しない）は幻想と帰属から成るこの運動のなかに私たちを引き留めておくということでもある。それがシュルレアリスムの理性であり、狂気であった。私たちは、終わろうとするものに関してではなく、この無限の終わりにおいて指し示される未来の問いに関してシュルレアリスムを問い直すことで、シュルレアリスムを不画定にすることで定義する数々の名前——すなわち、あらゆる概念化から逃れようとする諸々の概念（すでに知が、それらの概念を再び発見し、回収し、文化に取り戻しさえするまさにその瞬間に、逃れようとする——確かに、長い沈黙という慎み深さのあとでだが）——が再び書き込まれる空間の入口に、時代の閉域を超えて、かつてなく閉じ込められることになるだろう。

私はここに、それらの概念を書物の不在の「庇護」のもとに置く。書物の不在はそれらの廃墟であると同時に到来である。

（郷原佳以訳）

17　賭ける明日(1)

体系でもなく、流派でもなく、芸術や文学の運動でもなく、実存の純然たる実践（固有の知を担う総体的実践、ひとつの実践的理論）だったものについては、ある特定の時制で語ることなど、できない相談だろう。* 過去形で語れば、ひとつの歴史にしてしまうことになる。美しい歴史に（とりわけ、歴史の概念がこのテーマそれ自体によって修正を加えられないならば、シュルレアリスムの歴史というものには学識上の関心しか残らない。そしてこれまでのところ、そうした修正の可能性を裏づけるような気配はまったくなかった）。現在形や未来形に関しても、シュルレアリスムは実現されたなどと主張することはできない（もしそうしてしまうならば、シュルレアリスムを名づけているもの、つまりシュルレアリスムのうちにあってシュルレアリスムを凌駕しているすべてのものの過半は失われることになる）のと同様に、シュルレアリスムが半ば現実で、実現の途上にあり、生成過程にあると述べることもできない。それゆえ、シュルレアリスムは絶対的な督促として構成されているわけだが、それはきわめて切迫した督促なので、シュルレアリスムへの期待は、どれほど偶発的な仕方にせよ、それによって意想外のものへと開かれるのであって、シュルレアリスムが成就し具体化すべくただ単に未来へと延期されることを禁じているのだ。

　シュルレアリスムについて語ること――この点はしっかり理解していただきたいが――、それは、誰にも話しかけないけれども、境界を踏み越え最後の孤独を断ち切ったひとにはおそらく話しかけながら、権威を振りかざすことなく、むしろひそひそとシュルレアリスムについて語ることである。それは、共有財産（誰に共有されているのか？）について論じたり、固有財産について論じたりすることとはわけが違う――シュルレアリスムは財産ではないし、誰にも属していないのだから。私はただ、無謀にもシュルレアリスムを表象する権限を与えられた人々が知っているのは、シュルレアリスムが、現在も未来も過去ももたないにしろ、どの瞬間にも自分たちの眼前に姿を現わすことがあり、自分たちがシュルレアリスムに与えたことになる意味に沿った成就を要請し、正当な評価を求めうるということなのだろうと推測しているにすぎない。この要請以外にはいかなる最後の審判も存在しないのだが、その要請の結果、不可視のもの、実在しない何ものかが、シュルレアリスムにひとつの明証性を与えようとしたす

＊　このテクストは、アンドレ・ブルトンの死がもたらした影のなかで書かれたものであり、我が身を顧みるならば、その思い出を消すことはできない。当時、私たちに心痛をもたらしたこの死の「絶対的な不適切さ」に直面して、どうして「シュルレアリスムの未来」に言及するのか。ここに私は、答えとしてではなく釈明として、削除するつもりだった以下の文章を復元しておく。「ブルトンがシュルレアリスムに日の目を見させ、情熱を込めてひとつの実存の真実を貸し与えた以上、そして、彼が、生気あふれる仕方で、起源なしにシュルレアリスムを開始した以上――ひとつの人生が、ひとつの時代に結びつき、時代をして持続するものよりは持続を逸脱させる間隔に仕立てる宙吊りと途絶の力に結びついて始まるかのように（だが生とはいつ始まるのだろうか）――、シュルレアリスムは、ブルトンにおいて唯一のものだった。この意味においてのみ、シュルレアリスムは時代の現象である。シュルレアリスムによって、何かが途絶えた。歴史の区切り、断絶が存在したのだ。つまり、全方位の攪乱であり惑乱のことなのだが、それは、否定によっては定義されず（それゆえ、ぞんざいにそう望まれてしまうかもしれないが、ダダイスムに優位性を認めることはできない）、かといって、掟や制度あるいは声高に唱えられるほど堅固なものになりかねないいかなる主張とも一致しないものである。とはいえ、ブルトンの死によってすべてにけりがつけられたとして、死の時をもってシュルレアリスムを停止させることで、アンドレ・ブルトンを正当に評価しようなどと考える人々は、哀惜の情にほだされている。もっと気の急いた人々は、ブルトンが脆弱ゆえに、とうに終末を迎えていた運動を延命させていたとして、すでに彼を非難していた。そこで、ブルトンと切り離せないシュルレアリスムが、彼がその名を担っているか否かを問わず、彼がシュルレアリスムに与えた力そのものによって、つねに来るべきものとして、あるいは一度も到達されない限界として、とはいえ未来も現在も過去もないものとして肯定される運命にあるのは、はたしてなぜなのか、探ってみることにしたい。(2)」

べての人々の作品や行為、沈黙、実践的意志を通じて、すなわち、絡み合って作用する生と死によって、測定されることになるのだ。明らかにならないものの表出である。

★

シュルレアリスムは――その行き着く先についてはそう予感されるよりほかないわけだが――、つねに集団的《コレクティヴ》な経験だったし、今も集団的経験である。これが第一の特徴だ。ここで私たちは、ブルトンの役割が、称賛や友情、あるいは個人的な恨みから彼のものとされている役割とは異なっていたのではないかと考える。彼は、師でも導き手でも党首でも教祖でもなかった。ましてや、おのれの無邪気な優越性によって他の全員に代わって置かれ、そのひとなくしては夢想の騒乱や意向の衝突しかなかったであろう場に首尾一貫性を確立してひとつの実存を与えるような、一介の審判や守護神ではなかった。ブルトンが重きをなしていたとしても、それは、集団の外で、自身の書物や名声、輝かしい権威を通じてであり、至るところで真理とともにあるというそのあり方を通じてのことだった。しかしながら、彼はシュルレアリスムのなかで独自の力をもっていたのであり、それはおそらく、他の全員以上に一者として存在するというものではなく、シュルレアリスムを各人にとっての〈他なるもの〉〔Autre〕とする力であり、一個の生ける現前‐不在（彼方というものをもたぬ未知の空間の地平にある、日々の彼方）として捉えられたこの〈他なるもの〉の魅力に包まれて、友愛という面妖な語のもっとも厳密な意味における友愛をもってシュルレアリスムを生きる力、つまり、シュルレアリスムの肯定《アフィルマシオン》＝主張を友愛の現前ないし友愛の営み《ウーヴル》と化す力なのである。

だとすれば、シュルレアリストたちは、友人同士の集まりにすぎなかったことになるだろうか。そして、彼らの協調や別離は、まずもって個人的な事柄による人間関係の転変としてのみ考えられねばならないだろうか。いささかもそんなことはない。だからよりいっそうの理解を試みよう。シュルレアリスムは、友愛のなかではつねに第三者、不在の第三者なのであって、諸々の性格を消し去り、数々の主導権や牽引力を駆り立てて動機づける緊張と情熱の関係は、そこに由来し、そこを経由するのだ。シュルレアリスムに（そのもっとも激烈な主張にも、もっとも冷酷な規則にも）背くひとは友愛に背くのであり、たとえ仲間や兄弟だったとしても、あらゆる出会いの可能性から排除されるのである。なにも、蚊帳の外に置かれたひとがこうした要請に打ちのめされるのは、裏切られた友愛を理由としてのことではない。この要請こそ、和睦や邂逅や交流を通じて日常の水準で決まる諸関係を可能にしたり不可能にしたりし、そうした関係を友愛の厳密さにまで導くのだが、その友愛は、いつでも取り消し可能で、つねに、シュルレアリスムの要求から見て友愛に必要とされうるものの手前にある。

事態を別の角度から考えてみよう。シュルレアリスムとは集団的な肯定＝主張であり、ある奇妙な複数性《プリユラリテ》だが、いったいどのような類《たぐい》のものだろうか。複数で存在することは難しい。言葉がときに堕すこともあるただのお喋り（メランコリックなアリバイ）に甘んじないとすれば、言葉では充分ではないからだ。そしてそのような場合、ひとが話すのは、話さないようにするためだ――あるいは、せいぜいのところ、情報がやり取りされ、諸々の出来事が解説され、デモが準備されるといった、あらゆる形の凡庸な社交である。シュルレアリスムの数々の発意――睡眠、遊び、さまざまな形態の実験――のなかに、まったく新たな交流手段、そのおかげで通常の言葉を用いたり執筆行為《エクリチュール》に引きこもったりせずに交流しうる手段を認めよう。もちろん、問題は単に、皆で一緒にいながら時間を潰すことではない。交流《コミユニカシオン》――この疑念の余地のある語を用いるならば――とは、未知なるものとの交流なのだ。しかるに、未知のものとの交流は、複数性を要請するのである。

★

仮説を続けよう。未知なるもの――ただの認識不可能なものでも、いまだ知られざるものでもない――から生じるのは、ある間接的な関係であり、諸関係の網だが、それが一義的に表明されることはけっしてない。驚異と呼ばれようと、超現実と呼ばれようと、あるいは別様に呼ばれようと（いずれにせよ、超越性と内在性のどちらをもおのれのものとは認めないものだ）、未知なるものが惹起するのは（惹起される——しかしどのようなやり方で？——とすればだが）、同時的ではない諸勢力の総体、差異の空間であって、シュルレアリスムの最初の著作を借りて言えば、それが呼び寄せ、掌握しながらも留保する数々の行程からつねに自由な、一つの磁場である。[3] それゆえ、シュルレアリスムの肯定＝主張は、統合されるがままにはならぬこの多数《ミュルティプル》的空間を肯定＝主張するのだが、それが、ひとつの信念や理想や作業のもとに集まった諸個人が揃って支持しうる協調と一致したためしはない。シュルレアリスムの将来はたぶん、統一化を逃れ、（全体の完成を想定し要求すると同時に）全体を逸脱し、〈唯一のもの〉に直面して飽くことなく矛盾や断絶を維持し続ける複数性への、こうした要請に結びついているのだ。

したがって、この集団と他の集団——末端組織、宗教的セクト、勉強会、文学会や哲学会、ひとつの名や傾向を中心に集まった団体、あるいはさらに、一時的に集団神経症を引き起こしたり研究したりするためにのみ結成される集団——を区別できるとすれば、それはまさに以下のような特徴である。すなわち、何かを実現するためにではなく、複数性を実在させ、それに新たな意味を与える以外の（そのうえ隠された）いかなる理由もなく、複数で存在することだ。新たな意味とは、「集まり」を筆頭に、「集団」や「協会」、「宗教的集合〔re-ligion〕」[4]といった、集める、まとめるという動きを指示するあらゆる語に裏切られているひとつの意味である。言ってみれば、シュルレアリスムとは、集団的な肯定＝主張なのではなく、複数的ないし多数的な肯定＝主張なのだ。[*]

★

抑制と分派を繰り返したこの肯定＝主張は、第一に言語活動《ランガージュ》に関係しているが（「したがって、シュルレアリスムがまずもって、ほとんどもっぱら言語活動の面に位置するのを見ても、驚いてはならない」）[**][5]、それは、シュルレアリストが骨の髄まで文学者にほかならないからではなく、話すこと、つまり書くことが、この〔シュルレアリスムの」空間を想定しているからなのであって、それは、生きること——欲すること——が、何よりも社会によって人間に設けられた生存条件に従って、その空間をいつも解放したり隷属させたりしているのと同断である。シュルレアリスムはそれゆえ——「驚いてはならない」——エクリチュールに出会い、その邂逅を通じておのれを定義するのだが、そのエクリチュールとは、ある別種のエクリチュールのことなのだ。最初の「純粋にシュルレアリスム的な」証明が〔『シュルレアリスム宣言』における『磁場』の説明〕、いわゆる自動筆記によって肯定＝主張される空

＊ シュルレアリスムの要請がいわば反転され、それ自体に反する形で肯定＝主張されたのは、アルトーにおいてである。アルトーが〔シュルレアリスムから〕除名されたのは、彼が、〈革命〉という語の共産主義的な意味あいを退けるばかりか、彼からすれば、共産主義への参加によって行動の欲望や直接的効力の切望をめぐって偽られてしまったことになるすべての事柄を、さらに猛々しく退けたからだった。ところがアルトーにしてみれば、こうした異議提起の出発点だったおのれの「無力」や、それなくしては彼にとって交流など存在しえなかった自分の孤独を唯々諾々と撤回するのには、必ず欺瞞が伴うのだった。彼はどのようにして自分自身を超えて社会参加しえたのだろうか。彼は社会参加をなしえたが、それは無力からだった。だから、この無力は、その埋め合わせをしようと、それ自身の「力」——絶頂——からそのまま逸らされてはならなかったのだ。「私がそこに交じっているのは場違いだとこれらの殿方が判断したのは、私が、自分自身を超えて社会参加するのを拒んだからであり、自分の周りに沈黙を要求したからであり、おのれの深奥、いかんともしがたく無力だと感じていたものに対して、思考面でも行動面でも忠実であることを要求したからなのだ。とはいえ、彼らに何よりも冒瀆的で断罪すべきものと映ったのは、私が、自分の限界を見定める配慮を自分にしか認めなかったという点なのだ……。」[6] したがって、無力とは純然たる否定なのではなく、諸限界を定める限界として肯定＝主張されるのが無力なのである。アルトーがシュルレアリスムから除名されるのは必定だったが、彼は、不在そのもの——アンドレ・ブルトンが抽象的と形容し、アルトー自身が、病身で虚弱で無益で異常で汚れていると形容した不在——なのだ。その不在は、つねにシュルレアリスムの複数性に起伏を与えており、その複数性が純粋に現前するのを許さないものの、それを「深淵のはずれで」必然のものにしているのだ。

＊＊ 周知であるにもかかわらず忘れられていることだが、シュルレアリスムは、マラルメと同じくらい、言語活動に力を取り戻させてきた。「言語《ランガージュ》はその隷属状態から引き離せるし、引き離されねばならない。」「私たちの世界の凡庸さは、本質的に、自分たちの発話能力に依拠しているのではないか。」「社会活動の問題は、シュルレアリスムによって提起されたより一般的なひとつの問題、すなわち、あらゆる形での人間的表現という問題の一形態にほかならない。」

間——磁場——の抽出自体を唯一の目的とする、書くこと《エクリール》の二重の運動を通じて、まるで無名であるかのように生み出されたということ、これこそ、アンドレ・ブルトンが、数々の失意にもかかわらず、こうして惹起された根源的な変化に満腔の同意を寄せ、正当にも、本質的な発意、端緒を開く決定だとつねにみなしてきたことなのだ。「言語《ランガージュ》は、シュルレアリスム的に用いられるべく人間に与えられている。(7)」自動筆記は、ロゴスの論理から解き放たれていて、その論理を作動させ自由に扱ってひとつの作品へと仕向けるものをすべて拒絶するが、思考の近接性そのものなのであって、つねにすでに転記なく記入され、痕跡なく線描された、思考を肯定＝主張する肯定＝主張、すなわちテクスト的なものなのである。

　このことからは、必然的に矛盾をはらんだ一群の定式が生じることになる。そのいくつかは以下のようなものだ。思考は口述する。自動口述筆記が意味するのは、述べることは思考されたことを再現する、ということではない。そうではなく、（一）思考することはつねにすでに述べることであり、あらかじめエクリチュールに向けられているものを指し示すものだということ。（二）重要なのは思考であって（「思考の現実のはたらき(8)」）、思考する自我ではないということ。それゆえ、禁忌もないまま、述べるということの唯一の力も参照せずに述べるということは、主体の発意に源を有しているわけではなく、偉大な作品（傑作）という概念と同じく、そして作品や文化、さらには読解という概念と同様に、才能という概念をも退けるということ。なぜなら、書くこととは、読むことでもなければ、読み物を与えることでも、読解可能にすることでもないからだ。自動筆記が、はたして純粋に読解不可能性の水準に位置づけられないのかどうかは、誰にも前もってわからないのだ。（三）思考の現実のはたらき。「現実の《レエル》」という語は、まさに超現実《シュルレエル》の命題が問題となっている地点では、まったく場違いなものに属している。「現実の」は、この命題を明確化している表現と関係づけられねばならない。それは、少し先で示唆されている「思考の無私無欲の戯れ(9)」のことである。この無私無欲が意味しているのは、数々の外的懸念——美的（よく述べる）、道徳的（よく為す、よく望む）——が消し去られ、次いで、検閲に保護され抑圧に守られた自我を構成するすべての事柄が消し去られる、ということだ。無私無欲の戯れとは、純粋な受苦＝情熱《パッション》であり、透けて見えることなどありえないもののもつ強度として、欲望の魅力の下に保持される思考である。それにしても、現実のとはどういうことか。真正なる思考のことだろうか。歪曲されておらず、閉塞しておらず、疎外されていない思考だろうか。野生の思考だろうか。現実の。ここに、シュルレアリスムが、無媒介的なものの探求に身を乗り出さんとするさいに屈しかねない誘惑がある。アンドレ・ブルトンは、見事なほど謙虚に次のように述べている。「私は自分自身に対する自分の思考の無謬性をいっそう信じるわけだが、それは正当きわまりないことだ。それにしても、目につきやすい外部に気を逸らされがちなこの思考のエクリチュールには、「泡沫」が生じることもある。それを隠そうとしても許されまい。定義からして、思考は強いものであり、自分の過ちの現場を押さえることはできないのだ……[10]。」定義からして――とはいうものの、思考はいったいいつ、その定義の高みに存在するのだろうか。思考はいったいいつ、本質的に強いもの、過《あやま》たぬ力として存在し、エクリチュールを経由するにとどまらず、エクリチュールのうちに霧散し、その無限性のなかで書く運動となるエネルギーそのものとして存在するのだろうか。そもそも、思考をめぐっては、それが「存在する」だとか、「現実の」だとか断言できるのだろうか。こうした語は、けっして過たぬ強い思考を指し示すには弱すぎる。というのも、これらの語は、シュルレアリスムにおいていつも争点となるような事柄、つまり、卑俗なレアリスムに加えて、経験主義、および経験主義を通じたあらゆる形態での経験の使用（シュルレアリスムの偉大な発意のひとつは、まさに、経験主義と経験、現実と認識とを分けた点にある）を私たちに参照させるだけだからだ。

　いずれにせよ、現実のという語のもつ曖昧さと、一見無媒介的なもののもつ安易さという誘惑のせいで、自動筆記と連続性の要請が関係づけられてしまうことになる。「汲み尽くせぬ呟き[11]」であり、平坦で途切れることのない生成にある自身への現前としての思考が、あたかも、つねに語りかけ耳を傾けるべき声として、覚醒から眠りへと途絶えることなく交流し、そのように交流することで、すべてと交流する状態になって、全体と連続するかのようである。それに、現実的なるものを論じる場合、存在するものにはいくつもの穴がありうるということ、この世界のなかには欠落がありうるということ、自然の反発を招かないような空虚もありうるということを、どうしたら思い描けるだろうか。こうして、連続したものにかかわるイデオロギーが生じるのだが、私たちはそれからやっと離れようとし始めたにすぎず、シュルレアリスム（ある人々によってベルクソン主義とまで貶められたが）は、フロイトがそうであったように、そして科学的、政治的、社会学的な多くの見解がそうであったように、そのイデオロギーに責任があるというよりはむしろ、その被害を受けてきたのだった——そしてこのイデオロギーは、二つの命題に還元して簡単に要約できる。すなわち、世界——現実的なるもの——は連続している。そして非連続のものとは、その認識をもつこともそれを表現することも人間の不完全さに帰せられる類の連続したものだ、と。連続したものは、存在の充溢に参照を向ける。非連続のものは、私たちの悲惨の刻印としての認識に由来する、というわけだ（ただし、より厳密に理解するならば、連続、非連続は、それぞれ相異なる問題系のしるしである。一方は、現実を密かにあるモデル——連続したもの——と同一視しているが、それをモデルとして提示するのではなく、現実的に唯一の現実のものとして提示する。他方は、認識することが、変質し縮減された存在や何かを引いた存在なのではなく、最低限の事柄——言語活動と思考の一定の条件下で明らかにされ、その新たな様態、根源的な変化を生み出し、言葉の効果といまだかつて知られたことのない知である瞠目すべき剰余を生み出す——なのだと断言する）。

アンドレ・ブルトンが、「シュルレアリスムの声はたぶん黙るだろう。私はもはや、自分の消滅を考慮するには至らない[12]」と述べたところで無駄だろう。いくつもの語からなる流れや線的連続性、途絶えることのない詩は、シュルレアリスムの切望に数え入れられることになり、そうなると、未知なるもの、つまり単位では測れず、たとえ全体の内部にあるにせよつねに全体を逸脱し混乱させ遠ざけるものと、隔たりつつ関係しているある肯定＝主張の探求を、頓挫させかねないことになる。

★

自動筆記。書くひともなく、受動的で、つまり純然たる受苦＝情熱の、無頓着な〔indifférente〕――おのれのうちにいっさいの差異〔différence〕を担っているがゆえに(13)――エクリチュール。思考のエクリチュール（書かれた思考ではない）*。それが支配を排除するものならば、そこに支配すべきものはない。同様に、それは、戯れることを可能にし自ら戯れる偶然の現前という、何も表象しない思考の無私無欲な戯《ジュ》れとしてのみ、賭《ジュ》けに投じられることを諾う。

戯れ。この語によって、それに値する唯一の真摯さが指し示されている。戯れとは挑発なのだが、それを通じて、未知なるものが夢中になって関わりをもち始めることがある。ひとは、未知なるものと、つまり賭金としての未知なるものと戯れる。偶然がそのしるしだ。偶然は邂逅のなかに与えられる。見出されぬもの、邂逅のなかでしか出会われぬものが、運によって、思考にも世界にも、思考の現実的な面にも外的現実にも、導き入れられる。その場合、自動筆記は、ありそうもないものの無謬性なのであって、定義からして、たえず発生しながらも、あらゆる予定を外れた不確実性のなかで例外的にしか――すなわち、いかなるときにもありながら、驚きの時間という画定しえない時間においてしか――発生しないものなのである。

こうして、運を通じて、もはや連続性に立脚しない関係が生み出される。アンドレ・ブルトンとポール・エリュアールは、詩についての覚書でこのことを次のように述べている。「創造されるのは、欠如と空隙である**。」それによって、言語《ランガージュ》のなかにいわば現実的に移し替えられ、無媒介的に読むべく言語から与えられるような、均質的な

* もうひとつの同様の定式。「〈シュルレアリスム〉とは、否定されたエクリチュールである(14)。」

** たとえこの一人がそう述べたのが遊び心からだったにせよ。「創造するのは、欠如と空隙である」と言ったのはヴァレリーである(15)。

充溢という概念が通用しなくなる。断絶、欠如、空隙、これらこそ、テクスト的なもの（内側のテクスト的なもの、外側のテクスト的なもの、「毛細組織」[16]）の横糸なのであって、私たちは、詩《ポエジー》への接近不可能性を通じてそれに接近する。無媒介的なものの探求とは、全面的に語義矛盾なのだが、間接的なものを経由している。*「私が言っているのは、主観的情動は、その強烈さがどれほどであろうと、直接的に芸術を創造するものではないということであり、それが価値をもつのは、芸術家が汲み取るよう要請されている情動の基盤に復元され組み入れられるかぎりでしかない、ということだ」――さらにその少し先では、「情動のプロセスを直接伝達するという誘惑を避けるかぎりで……」と記されている（「今日の芸術の政治的位置[17]」）。

★

『ナジャ』や『通底器』、『狂気の愛』は、確かにアンドレ・ブルトンによって、彼自身を起点として書かれているが、そこにはいつも、まるで一人では担いきれない危険のようにシュルレアリスムが介在し、告げられているのであり、そのことを思い起こすならばすぐに、それらがいったいどのような変化の場となっているかが見出される。アンドレ・ブルトンは、創意なきままに創出してしまうという罪のある小説といったジャンルを退ける一方で、真実を述べずには創出できないという罪をもつ他のあらゆるジャンルも退けているが、それはなにも、ある美学上の配慮に応えようとしてのことではない。彼が念頭に置いているのは、はるかに決定的な変質である。この意味で、『ナジャ』は偉大な冒険なのだ。その冒険が私たちに求めるすべての事柄、約束するすべての事柄を、私たちが考え尽くしたとはとても言いがたい。

まず、次のような困難がある。このテクスト（物語《レシ》と呼ぶことにしよう）は、事実確認の次元に属している。そこで起こっていることは、実際に起こったのだ。（カレンダーを一枚めくるかのようにして）日付から特定されることもある時間に、写真が（言葉の揺らぎを免れさせつつ）現前させる場所で起こった何かが、起こるのである。

この物語は虚構を排除しており、「扉のように開いたままで、鍵を探さないですむ[18]」あれらの書物の一部をなしている。だとすれば話は早い。作者は、自分の人生のとりわけ重要な瞬間を私たちに知ってもらおうと示すわけだが、それはつまり、重要なことは現実の出来事であって、書物はそれを「詩的に」喚起するものだということだ。アンドレ・ブルトンはひょっとすると、素朴にも、そしてある時期には彼の特権だったあの感嘆すべき慧眼から、こうした物の見方を受け入れたのかもしれない。しかし、たとえその見方を受け入れるにしても、彼がそれに同意したことにはならないし、その書物はなおのことである。私たちは現実の出来事と言うが、それはいったいどんな類のものだろうか。過去に生きられ、今も生きられながら、書くことの運動によって開かれる空間にのみおのれの場を見出すことのできるようなものである（一冊の書物、単なる書物にすぎないと言われるかもしれない。然り。だがそれは、虚構にも情報にも属していない。それゆえ、この観点からしてもすでに、ある別の、不在の書物なのだ）。その出来事とは、邂逅のことである。ナジャとの邂逅は、邂逅との邂逅、二重化された邂逅である。当然のことながら、ナジャは実在《ヴレ》する。さらに言えば、彼女は真実味《ヴレ》にあふれているわけではなく、解釈可能なあらゆる真実《ヴェリテ》から隔たっていて、ただ自分の現前の無意味な特殊性だけを意味する――そしてその現前は、邂逅に属している。つまり、偶然によってもたらされ、偶然によって繰り返され、偶然と同じように危険かつ魅力的で、最後にはおのれのうちに霧消し、運によって理性《レゾン》と錯乱《デレゾン》のあいだに開かれた恐るべき二つのもの－の－あいだに霧消するのだ。だが、必ずこの世界の連続性のなかで起こる邂逅が与えられるのはまさに、それがこの連続性を断ち切り、途絶や間隙、停止ないし開けとして肯定される点においてなのである。ここに名もない、みすぼらしい身なりのその若い女性が、現実にいる。彼女は頭を高く上げているが、あまりに華奢なので、歩きながらかろうじて身を支えている。

＊　アンドレ・ブルトンはまた、「驚きを探求すること」についても論じている。「驚きは、それ自体として、無条件に探求されねばならない[19]。」

そして、ここで描写が現在形なのは、彼女を表象するためではなく、現前の、つまり正当性も証拠もなく単にそこに存在しつつも、それ以降は現前する現実の物事の条件が決定的ないし一時的に変化してしまうであろうものの「登場」を、鮮烈に浮き彫りにするためなのだ。あたかも、邂逅――現実のいくつもの水準のあいだやいくつもの原因の体系のあいだ、外と内のあいだ、種々の認識領域のあいだにある裂け目であれ、統一への不可能な回帰や、(ひとつの瞬間に、ひとつの場で、一度に与えられる)差異の逆説的にも唯一の出現であれ、偶然、ニーチェの偶然、マラルメの偶然といったもの[20]――が、到来の世界のなかにはてしない距離を開くかのようであり、そこで唐突に、雷撃のように(とマラルメなら言うかもしれない)起こるのは、非到来〔inarrivée〕そのものなのである。ところが、邂逅のこの非到来、中心が空虚であるだけになおさら解《ほど》くことのできないこの空間の結び目、それを埋めようとするものをすべて夾雑物にしてしまうこの間隙とは、シュルレアリスムによっていわば意識的にエクリチュールに委ねられた差異――本質的複数性――を、エクリチュールが維持し、展開し、そして折り畳む空間なのだ。その結果(あるいは悪しき結果)として、ナジャとの邂逅、狂気と名づけられるもののもつ非現実性へと実際に捧げられた実在の少女との実際の邂逅は、前もって決まっていたかのように、破滅的運命の光輝に包まれて、書くことの要請へと運命づけられる。そして、人生のこの素晴らしき瞬間――二度とは成功しないであろう骰子の一擲――は、ひとつの〈事前の物語〉のなかで演じられ、宿命的に失われるのだが、その戯れの主は、アンドレ・ブルトンではいささかもない――彼はこの点を熟知している――のである。彼は、罠に仕掛けられた餌のようにそこにいて、自分がその罠に危うく掛かるところなのだが。

★

邂逅。来ることなく来るもの。正面から、とはいえ不意を衝いて近づいてくるもの。待機を要請し、待機が待機しているにもかかわらず、到達しないもの。たとえ内部性のもっとも内奥の只中であろうと、それはいつも外の闖入であり、すべてを揺り動かす外部性なのだ。邂逅は世界を穿ち、自我を穿つ。そしてその貫通路では、到来せぬまま到来（到来せざるものの立場で到来）するすべてのものが、表側には書かれえない事柄の、経験不可能な裏面になっている。生きていて書きつつある「現実」に適応させるには、補足的行為——瞞着や一種の嘘、さらには狂気——で変容させねばならない、二重の不可能性だ。まるで、戯れのなかに死をもたらそうというときのようだ——というのも、当然のことながら、邂逅のもっとも確実かつもっとも未決定な形のひとつは、死にゆくことの隠遁だからだ。

邂逅は私たちに出会う。「客観的偶然」、ヘーゲル的な意味あいでの偶然的必然性は、この文に賭けられているものを考慮するには明らかに不充分だ(21)。ヘーゲル的全体性においては、分離されたもの——対立項——が以前の同一性を立証し、最終的な同一化を予告していて、時間は、最初の単一性から第二の単一性への移行にほかならない。それと同様に、明確な因果律の連鎖は、相互に関連のないシークエンスのようなものを構成し、それを画定しうる全体的認識が欠けているがゆえに偶然のものに見える一点でたまさか切断されることもあるが、それでも、観念上は一者なのであって、それら因果律の巡り合わせを、還元不可能な疎遠性にするのではなく、整合性への約束や合致への要求にしてしまう統一的原則に、けっして無縁ではないのである。

邂逅は私たちに出会う。驚くべきことは——学校で誰もが知る定義のなかでクールノー(22)が述べているように——もっともありそうもないものの最果てから出現した別個の二つの系列——瓦と通行人——が、それぞれ独立した条件を通じて結び合わされるということではないし、想定される帰結——〔通行人の〕死——が、厳密に画定されていながらも、それ自体として固有には画定されておらず、その意味を説明しうるような画定を欠いたままだ、ということですらない。おそらく別様に言い表わさねばならない（とはいえ同じことを述べるためなのだが）。邂逅は、ある新たな関係を指し示しているのだ。結合点——唯一の点——では、関係へと来るものは関係をもたぬままにとどまり、そうして明らかにされる統一は、統一されざるもの、つまり共存しえないものが同時に存在することの、不意を衝く（驚きによる）顕現にほかならない。それゆえ、論理を破綻させる覚悟をもって、こう結論づけなければならない。すなわち、結合が起こる地点では、まさに分離が統一構造を統御しかつ粉砕するのだ、と。偶然――運――はしたがって、異なる次元にある二つの画定作用（因果律、合目的性）や、あるいは局地的に自律していて質的にも区別される二つの系列（自然、歴史）を問いに付すだけではない。これら二つの系列は、同質的なものであろうとなかろうと（ナジャ、その同伴者という、二つの出会う自由のことでもありうる）、交点では同質的でなくなってしまう。諸現象のこうした異質性《エテロジエネイテ》、諸現象の交わるまさにその地点における根源的な隔たりこそが、差異の閃光によって裏づけられるのである。このことを別の言い方で定式化したほうがよければ、次のようになるだろう。すなわち、はてしない外部性にこそ、現前の統一性のなかに与えられているものがもつ非同時性にこそ、偶然の神秘があり、偶然の啓示的要素があるのだ、と。

　そういうわけで、邂逅はある新たな関係を指し示しているのだが、それは、一致点――点とはいえ隔たり――に、まさに不一致が介入する（あいだに‐到来することのうちで肯定＝主張される）からである。

　錯覚を招く例――瓦と通行人――をもう一度取り上げるなら、落下の運動と通行の運動という二つの運動は、たまたま断ち切られることになる二つの行程にすぎない、といった水準での現実性が存在している。ところが、その水準では、落下するものはけっして誰をも殺すわけではない。というのも、死の観念がそこには見当たらないからだ。言いかえれば、あるがままの物体は、あるがままの通行人にはけっしてぶつからないのであり、何がしかの動く物体にぶつかるのである。通行人が歩いていて死ぬ、文字どおり偶然によって、つまりまるで自分に不利な目（死ぬことがその人の望みでなかったとすれば）が出た骰子の一勝負の結果であるかのように偶然に死ぬのは、まさしく他の場所、他の時間においてなのだ。奇妙な定式である。一時的にこれを受け入れることにしよう。その利点は、二つの領域が合致するときでさえ、それらの領域を隔てる裂け目を見せてくれることにある。そして、偶然の思考を導入するものとはこの裂け目であり、そこには、その裂け目を埋めるべく、運命の一撃と呼ばれる死の可能性が繰り返し宿りに来る。したがってこの場合、殺害に必要なのは、（一）画定された原因、（二）画定を行う原因の不在、となる。つねに死に至らしめるのはこの原因の不在のほうなのであって、それは、意味作用をもたらす欠如、つまり連続性の断絶なのだ。

このように見れば、偶然とはすなわち、不画定にする不画定要因である。

この欠如のなかで、欲望としては実現されえない欲望、不分明な欲望が、おのれの場所を探し求め、見つける。だとすれば、明白な意図が姿を隠す場で、まさに欲望の密やかな不当介入が暴かれ、それがあたかも自ら前もって必然性を確立して仕込んでいたかのように、事後になってから必然性を要求しているのだと、誰しも考えたくなるのではなかろうか。偶然とは欲望のことである。このことが意味しているのは、欲望が、自分にも運まかせの部分があるという点で偶然を欲望するか、あるいは、偶然を引き寄せて、欲望されているものに無意識のまま似せる――これは、一時期のシュルレアリスムの魅力だった魔術的形態である――ということだ。しかし、ナジャこそは、恋愛の痛手から姿を消すのと同じく、魔術による和解を免れるのだ。したがって、彼女の冒険はもっとも決定的なものである。謎の魅惑点。彼女の同伴者、彼女の傍らを歩く彼は、自分にもたらされる彼女の現前の魅力のなかでは、彼女と通じ合うことができない。

★

邂逅においては、向かい合う「項」のあいだに本質的な非対称性、本質的な不一致がある。正面から近づくものはまた、絶対的に逸らされてもいる。それは出し抜けに、恣意的かつ必然的に到来する。必然性の恣意性。待機ゆえの不意。「実際、自分でも、どうして私の足はそこへ向かうのか、決まった目的もなく、あの謎めいた与件、すなわちそれ（？）が起こるのはそこだというあの謎めいた与件よりほかには何も決定因がないのに、どうしてそこへ行ってしまうのか、わからない。[23]」それ（？）。まさしく邂逅のなかに存在するものが、正確に示されている。すなわち、未知なるものの中性的なものということだ。邂逅のなかでつねに作用している未知なるものの中性的なものは邂逅を成就させるのだが、それは、ただちにその成就を再び賭けに投じるためにほかならない。それは、息も絶え絶えの、困憊させる追跡だ。ナジャはつねに出会われるが、彼女との邂逅はつねに再開されねばならず、彼女は現われるやつねに身を隠し、姿を消すべく定められていて、登場と同じく不確実で登場よりも謎めいている消滅へと至る。その消滅は、出来事を消し去るわけではなく、邂逅と同じ空間――場ならざるもの――で起こるのだ。

このことから、次のように問うあの思考、希望が生まれる。つまり、ナジャ、一人の名の半分にすぎないこの名は、未知なるものそのものであり、未知なるものにひとつの顔や声、一個の現前を与えているのではなかろうか。世界のなかで世界を逸脱させながらも、シュルレアリスムの肯定＝主張を白日の下で感知可能な現実にすべくそのまま確証されるような、ぼんやりとしたそれ（？）なのではなかろうか、と。もしそうなのであれば、なんとも単純なことだろうし、なぜアンドレ・ブルトン自身がそう信じようと望み、彼女にもまたそう信じさせようとしたかもわかるだろう――だが、無駄である。未知なるものは、必ず第三者、つまり欠如態としてのみ存在するのであって、それが浮かび上がってくるように思われる地平に対してはいつも外在的で、それが謎めいたものとして認識されるような謎とはつねに異なっているのだ。このように与えられる関係においては、どちらも、自分の出会うものには出会っていない。ナジャにとって、アンドレ・ブルトンは、一人の神であり、太陽であって、スフィンクスの傍で雷に撃たれて黒くなったひとである。彼にとって、彼女は、大気の精であり、霊感を受け霊感を与えるひと、つねに出発するひとである。[24] 未知なるものはこうして、美と高みという特徴を得て、ある水準――安心と高揚をもたらす――の非現実性に定着される。しかし、ナジャがD嬢〔『ナジャ』で言及される名〕でもあり、下らぬ話をして、場違いな媚態をさらし、低俗で嘆かわしい情事に耽り続け、自分の品位を無傷には保たぬ女性、一言で言うなら「身を持ち崩す」女性でもあるにせよ、未知なるものはおそらく、まさに経験されそうになるというとき、その乱れた《デランジエ》日常以外のいかなる痕跡も残すことなく姿を隠して、撤回されてしまうのだ（そしてここに、もっとも印象的で卑俗な意味あいでの「邪魔《デランジュマン》」という語が、出来事を名づけにやって来て、出来事を変質し果《おお》せる）[25]。

これらのことはすべて、いったい何を意味しているのだろうか。不協和音――主人公たちの人格に起因する出来事への対応能力の欠如は言うに及ばず、性格の相違といったものでこれを説明しようとする姿勢を、ただちにすべて退けておこう――は、そもそもが素晴らしい邂逅の偶発的で嘆かわしい効果なのではない。不協和音は、邂逅の本質であって、邂逅の原則のようなものだ。可能な了解が存在しない場、そして到来するものがすべて、関係の不在というあの親密さ以外のいかなる関係もたぬまま了解の外に到来し、それゆえ魅惑的――恐ろしいか素晴らしい――になっている場でこそ、邂逅の経験は、その危険な空間、行程もなく統合も合法化[26]もされないこの領域を展開するのだ。そこでは生は、現実的なるものの水準に与えられているわけではないし、同様に、エクリチュールという生の共犯者は、現実的なるものが明確に述べられる言語《ランガージュ》のなかに現前しているわけでもない。経験。つまり危険そのもの。生きる者が良き作家としておのれの作品を成すべく、生がそのひとつのうちで途絶するどころか、生それ自体がいわば二重のものとなってこの途絶にさらされるさいのあの隔たり。そのとき生は、生の安定や安穏の条件、すなわち生の秩序や未来の条件――また同じく生の現在や過去の条件――から束の間解放されて、生きられるようになるのだが、燃え盛る非現前と猛々しい欠如が問題である以上、その生を生きたと主張することはけっしてできないのだ。それはつまり、書く者が受け入れ、引き留めておく途絶なのだが、書く者のほうは、自分がそこに見出す沈黙――だがそれは沈黙だろうか――がはたして、生が宙吊りにされ引き上げられた瞬間に当初から自分に与えられていたのか、それとも反対に、自分が書くのは、それなくしては邂逅――邂逅は起こったのだろうか、邂逅は起こるのだろうか――が伝達可能ないっさいの現実性を奪われてしまうであろうこの沈黙が到来するよう仕向けるためにすぎないのか、自分では知る由もない。

それゆえ、単に実験（生に関するエクリチュールの活動）にはとどまらない経験。とはいえ、経験を統べる秩序には従わず、かといってある新たな形の秩序に従うこともなく、二つ――二つの秩序、二つの時間、意味作用と言語活動という二つの体系――のあいだに位置するものの経験でもある経験。したがって、この世界の配列のなかにも、作品という形態のなかにも与えられず、現実的なるものに基づいて攪乱として告知され、作品に基づいて無為＝脱作品化として告知されるものの試練であり、生とエクリチュールとの実践である。私たちはそこに、シュルレアリスムの企図の際立った特徴のひとつを認識できるだろうと考えてきたわけである。

★

攪乱（あるいは間歇エネルギーとしての生成）は、作用すれども、営み《ウーヴル》を成さない。攪乱は、確認可能なものから外れているわけではないが、その確認はつねに乏しさの確認なのであって、それゆえ、攪乱を確認することは、あたかも攪乱が客体側の眼差しや主体側の内観に示されるような現実としてこの世界の知覚可能な状態に書き込まれているかのように、攪乱を観察することに存しているのではない。攪乱は不可視である。このことが言わんとしているのは、光によって認可され、視覚や見るべきもののモデルに沿っていっさいの言葉を還元するような認識を不当にも組成してしまう直接的な関係を、攪乱が頓挫させるのだ、ということである。このことはまた、攪乱が、自ら残す痕跡や攪乱をもたらす現象――つねにしかじかの時間、しかじかの体系に属している痕跡、現象――とはけっして混同されない、ということを意味している。攪乱は、確認されるさいにはいつも、確認から外れている。攪乱に語らせると、攪乱は「言葉のない状態」に参照を向けるが、それはしかし、言語活動が言語活動それ自体に先んじたり言語活動自体から身を引き離したりすることでのみ語るかぎりにおいて、言語活動である。「それは途絶する」、「それは逸れる」というのも、まだなお偽造的命題である。なぜなら、それらは、途絶を現象からの神秘的で副次的な引き算として示しているからであり、その引き算ないし迂回を、つねにすでに整序され秩序立てられる現前と同じ次元――そこに不在とはいえ――の現象に仕立ててしまうからだ。

無為＝脱作品化は、作用すれども、作品《ウーヴル》を成さない。だから私たちは、作品を分析し注釈するとき、この運動を、新たな秩序、他の調和から断絶したひとつの調和のもつ独創性として規定してしまうか、あるいは、作品誕生の自律的原則、制作における作品の一体性として把握してしまいがちである。だが他方で、無為＝脱作品化は、つねに作品の外にあって、利用されるままにはならなかったものであり、いつも統一性を解《ほど》く不規則性（構造ならざるもの）なのである。それによって、作品は、自分とは異なるものに結びつくように仕向けられるが、それは、作品がこの異なるもの――「現実的なるもの」――を述べて言い表わす（物語り再生産する）からではなく、作品がこの他なる事柄を述べつつおのれ自身のことを述べるのが、物と物とのあいだ、ある言語活動と別の言語活動とのあいだ、そして言葉と物とのあいだの、この距離、この差異、この戯れを通してでしかないからなのだ。差異というこの外によって、現実的なるものは、現実的なるもののなかにはけっして存在しているように思われず、現実的なるものを錬成し変容させる知のなかに存在しているように思われ、そうして、生のなかよりもつねに作品の言述のなかに立ち現われるように思われるのである。けれども、私たちが作品を手にするとすぐ、作品が表現し、いわゆるそのモデルとして著作に対置される外在的な事柄によって、生のほうが、作品との関係のなかで生じたこととは無関係に、無為＝脱作品化の契機を掌握してしまうように思われるのだ。

　シュルレアリスムの超現実的なるものは、たぶんこのようにして、無限に複数である領域、不規則性が決め手となる湾曲点にある差異のこの二つのもの－の－あいだとして、未来に供されている。超現実的なるものは、現実的なるもののなかに、現実的なるものの上に、錯乱における理性の上に、あるいは無意識における意識の下に位置するひとつの地帯ではないし、両立しえないこれら諸々の可能性をめぐる、つねになお来るべき和合でもない。超現実的なるものが、数々の想像上のオブジェから構成され、余白に指し示され、壊乱的なものや魅惑的なものを通じて奇異なものの傍らで発見されようとも、事態に変わりはない。これらの指標はまだ、不適切さを喚起する、隔たりとしての価値しかもっていない。不適切さは、しかるべきものを逸脱させるという規則をもつだけでなく、自身に相応しいものになることや自身にかかわっていくこと、あるいは形を成して自身に順応することができない。一致せざるもの、関係せざるもの、むしろこれらこそ、私たちが経験と呼んできた事柄のなかで作動する超現実的なるものによって、根本的に経験の意味さえ変えられるよう仕向けるものなのであり、超現実的なるものをして、あらゆる経験論から経験を引き離すばかりか、経験を生や知、思考、言葉、愛、時間、社会、そして全体それ自体へといっぺんに接触せしめるものなのだ。すべてがあらためて問いに付される（全体のもつ秩序の全体が退けられる）わけだが、それは、猛り狂う喧騒や単なる気まぐれからの否定によってではなく、共謀に基づくこともあれば基づかないこともあったあの探求によってである。その探求は、保証も確約も欠いたままだが、それというのも、つねに他のものである他なるもの、統一性も行程もない「領域」に照準を合わせているからだ。その領域は、そこに存在するにもかかわらずけっして与えられることはなく、開かれるべきものでありながら、ひとたび開かれれば、危険と驚異に対して通じるのである――ある新たな秩序、新たな伝統、新たな文化に基づいて、再び閉じられる前に。だがおそらくは、つねにすでに再び閉じられている。すなわちそれは、個別の運命に話を限るなら、ナジャにとっては精神病院、アンドレ・ブルトンにとっては、一冊の書物に偽装されたこの書物の不在をめぐってのことであり、通りすがりの女が自ら所望し、彼女の欲望に沿えば、「気をつけて。すべてが弱まり、すべてが消え去る」以上、作者名ではなくむしろ火の名をもつべきだったこの「物語《レシ》」をめぐってのことである[27]。そして今や、男の名のほうも消え去り始め、思い出には無関心で、称賛には無縁のままに、私たちの了解から遠く離れて独りきりで漂っていて、名指された墓のあの輝かしい名、そしてシュルレアリスムの無名の力によってすらそのまま担われるにはすでにあまりに未知のあの名たらんことを拒絶している。すなわち、いまだかつて一度も通ったことのない歩みの痕跡、というわけである。

★

『ナジャ』、この書物から離れてはならない。「つねに将来の」書物。というのも、その書物が、単に文学に新たなひとつの道を切り開いたからだけではなく（未来の未来が賭けられている場で、いったいどうしたらこのような革新に甘んじることなどできよう）、おそらく、その書物の中心として指し示される、作品＝営みの不在というものを把握し直す配慮が今後は私たち各人に委ねられることによって、いっさいのエクリチュールが書き記されるものを担うのがはたしていかなる欠如に基づき、またいかなる欠落を目指してなのかを思い知るよう、その書物から私たちが強いられるからでもある。この不在――すでに思考のエクリチュールによって見据えられていて、偶然によって必然性（および現前）にされてしまうのだが――とは、思考や言述や生の諸関係を変える一方で、作品をつねに無為＝脱作品化されねばならないようなものとし、あらゆる書物の可能性を一変させるようなものなのだ。

「生はひとが書くものとは異なる。(28)」とは異なるということは、『ナジャ』ではどのように姿を現わしているだろうか。この文によってというよりはむしろ、数々の欠落や沈黙によってであり、危険を惹起するものがどこに現われるかを述べることの不可能性によってである。不協和音――攪乱の別名――はそのひとつのしるしだ。それに、次のような謎めいた示唆もある。「私は、どれほど羨望を抱いたにしろ、またおそらくどれほど幻想を抱いたにせよ、彼女が私に提示していたものの高みには、ひょっとすると存在していなかったのだろう。だが、彼女は私に何を提示していたのだろうか。何であろうと構わない。(29)」作品はここで転回していて、突然終わっているとも言えようが、それは、作品が成就する前に、そして作品が解体される前に作品を引き留めているものを、この停止のうちに聴き取るかぎりにおいてである。次いでやって来るのは、狂気だ（「数カ月前、ひとがやって来た……(30)」）。狂気は、社会が狂気を追跡する権利をもつのかという点では異議を唱えられているが、狂気のもつ啓示力においては退けられておらず、狂気がおそらくは意味しているであろう精神荒廃という点でも退けられてはいない。それから結末の、「誰か？　あなたなのか、ナジャ？……私一人なのか？　これは私自身なのだろうか」という問いかけ(31)。かくも奇妙でかくも変質的なこの問いかけは、冒頭の「私とは誰か(32)」にこだまのように呼応していて、その結果、この物語全体は、亡霊的差異のうちに保持されたある同一の問いの二重化にほかならないわけである。最後に、もっとも驚嘆すべき点がある。この書物は、結末を迎えるにあたって再開し、自分自身を破壊してしまい、ナジャだった女（了解から排除された女、謎めいた通行人）を、愛されながらも謎をまったくもたないがゆえにただ一人生きている女として称えられる別の形象でもって、覆い隠してしまうのだ。このうえなく狼狽させる否認である。たえず時間を隔てて生きることから逸脱させるもの、あらゆる思い出からも、かつて一度生きられたあらゆる可能性からも確かに排除されるもの、すなわち邂逅、つまり出現‐消滅、まさにもっとも大いなる危険の空間を、時間の生と生の生とから消滅させようとする、不安に満ちた試みだ。ナジャは、こうした出現‐消滅によって、そしてこうした危険への呼びかけによって、シュルレアリスムの未来の合図であり続けている。一冊の書物の題名ではもはやなく、賭ける明日なのであり(33)、時間といえばあいだの時間しか存在しないときに、つねに書物を引き裂こうとし、知を断ち切ろうとし、そして、書物や知や欲望を未知なるものへの応答としながら、欲望に至るまで錯乱させようとする運なのだ。

★

いくつかの名詞と、あらゆる概念化を免れる概念とをまとめて抜き出しておこう。

無為＝脱作品化、作品＝営みの不在。営み《ウーヴル》の不在は、ミシェル・フーコーがもっとも力強い言葉遣いで私たちに思い起こさせてくれたように(34)、流布しているイデオロギーが、自ら排斥するものを「狂気」として指し示すのに役立っている。しかし営みの不在は、精神病院に幽閉されていると同時に、つねに作品《ウーヴル》のなかに閉じ込められてもいる。作品は、作品＝営みの不在を出発点にしてつくり上げられるにしても、作品＝営みの不在を無意味に還元し、なお悪い場合には、作品＝営みの不在をある新たな秩序の了解、新たな一致の調和に適したものにしようと執拗に食い下がる。これに対して、作品＝営みの不在は、つねに作品を作品それ自体から引き出すのであり、作品が、おのれを排除しようと努める代わりに、必ず内包している「外」に照準を合わせているのだと思い込む場合でさえ、つねに作品に無為＝脱作品化するよう空しく呼びかけ、作品が自らを再び引き出す〔物語る：re-cite〕ように仕向けるのだ。作品＝営みの不在、理性と錯乱とのあいだの運は、「狂気」ではない。狂気は、作品と同じ役割を演じる。というのも、作品が文学に対して行うのと同じく、狂気は社会に対して、囲まれた空間の堅牢な限界のあいだに作品＝営みの不在を――無害で、無垢で、無私無欲なものとして――引き留めておくことを可能にするからだ。攪乱、惑乱。シュルレアリスムはつねに、壊乱的運動を自称してきた（アンドレ・ブルトン曰く、「シュルレアリスムが死ぬことがあるとすれば、それは、「より解放的な運動」が生まれる時に限られるだろう[35]」――その運動とは、言いかえれば、シュルレアリスムそのものである）。ごもっとも。だが、これだけでは、私たちにシュルレアリスムの真理を理解させるのに充分とは言いがたいだろうし、全体と関係を有しながらも、シュルレアリスムがその全体――全体の成就、全体としての人間――を甘受することなどありえない、という点を理解させるのにも、充分とは言いがたいだろう。とはいえ、シュルレアリスムはこの全体を、痛点での精力的な闘争や、つねに断固たる数々の決定を通じて、社会的にも政治的にも要求するのだが。シュルレアリスムは、哲学の言述でも、政治活動でも、裏返しの道徳でも、文学を刷新する企てでもない。ましてや、一度にこれらのすべてであるわけでもない。シュルレアリスムは、全体に関係しているとしても、全体のなかで画定される対象をもっているわけではなく、対象としてこの全体をもっているわけですらない。シュルレアリスムの経験が見据えている（と私に思われる）のは、あらゆる認識が、生にまつわるあらゆる限定的な肯定と同じく、おのれ自身からも逸れて、攪乱の中性的な力に露呈されてしまう不一致点なのである。シュルレアリスムの経験とは、経験が理論的形態ないし実践的形態の下におのれを探し求めるという、経験の経験である。すなわち展開され、また展開されることで途絶するのに伴って、攪乱し、攪乱される経験である。まさにこの点で、シュルレアリスム、ポエジーそのものは、思考そのものの経験なのであって、一種の盲目さをもたずしては、『ナジャ』や『狂気の愛』のうちに、教育的配慮ごときの介入で詩的行為や物語の「純粋な美」が損なわれかねない作品を認めることなどできやしないのである。何たる無理解だろうか。このような作品においては、書かれたものが、書く運動を通じて思考に到来するのと同様に、思考が経験になっているのだ。知は、エクリチュールに先立って存在しているわけではない。そしてエクリチュールは、数々の迂回路や決定、途絶を経て、自分が、ある潜在的な知に対してつねに責任を負っているのを知り、また同時に、ある他なる可能性に応じているのを知るが、それは、あらゆる知にとっての他なるものであり、その魅力が書く行為を担うばかりか、危険にまで至らせるものである。危難。つまり作品に代わって、作品＝営みの不在の戯れが導入される危難のことである。

　戯れ、運、邂逅。これらの語が、定義するわけでなく指し示しているのは、新たな空間――距たった相違〔dis-tance〕、散逸する位置づけ〔dis-location〕、断絶しつつ流れる言葉〔dis-cours〕という、空間化の眩暈としての空間――である。そこを起点として、たとえ生においては欲望を通じてであるにしても、知においては知の不在という統御されていないわけではない表現を通じてであるにせよ、時間においては間歇性の肯定を通じてであるにしろ、〈宇宙〉の全体においては〈唯一者〉に対する拒絶と統一性をもたない関係の了解とを通じてであれ、とどのつまり、作品のなかでは作品＝営みの不在の解放によってであろうと、未知なるものが、予告され、埒外にありつつ戯れのなかに入るのである。まさにある別の空間の接近にほかならない空間、遠きものの隣接、内在性も超越性も欠いている彼方。「芸術と生の境界に」位置する領域、あらゆる関係が非相互性を帯びている緊張と差異の場、あらゆる肯定から離れて、ただ複数の言葉のみが肯定＝主張するであろう多数的空間。つまりは、複数性に新たな意味を与え、その見返りに、沈黙せる可能性、すなわち、ついに経験された死を複数性から受け取るような言葉である。

（安原伸一朗訳）

18　書物の不在[1]

自らに問いかけを試みてみよう、つまり、問いかけにまで達しえないものを問いの形に迎え入れようとしてみよう。

一――「書くという、あの常軌を逸した戯れ＝賭け《ジュ》。[2]」このもっとも単純な言葉によって、マラルメは書くこと＝書かれたもの《エクリチュール》をエクリチュールへと開いている。きわめて単純な言葉だが、しかしまた、多くの時間を費やさなければ――きわめて多岐にわたる経験、世界の働き、無数の誤解、失われ散逸した諸作品、知の運動、そしてまた終わりなき危機の曲がり角を経なければ――、エクリチュールの到来によって指し示される書くこと＝書かれたもの《エクリチュール》のあの終焉に基づいていかなる決断が準備されているのかを理解し始めることはできないであろう、そのような言葉でもある。

二――一見したところ、私たちが読むのは、書かれたものがすでにそこにあり、私たちの眼前に置かれているからでしかない。一見したところでは。しかし、いにしえの空のもとで石や木に刻み込んで初めてものを書いた人間は、何らかの目印を必要とし、その目印に何らかの意味を与えようとする視覚上の要請に応えるためにそうしたのではなく、それどころか、その人間は、見ることと見えるものとのあらゆる関係を変えてしまったのである。その人間が後の者に残したのは、ものごとに付け加わる、より以上の何かではなかった。それはまた、より以下の何か——何らかの物質の除去とか、盛り上がりに対するある凹みとか——でさえなかった。では、それは何だったのか。宇宙におけるある空虚である。それは目に見える何ものかでも、目に見えない何ものかでもなかった。私の思うに、この不在であることなき不在のうちに、最初の読者は何も知ることなく落ち込んでゆき、そして二番目の読者は、存在しなかった。なぜなら、それ以後、読むことは、無媒介的に可視的な現前、つまり、知解可能な現前を見ることとして理解されるようになり、それゆえ、書物の不在のうちへのそのような消滅を不可能なものとするためにこそ肯定されるようになったからである。

三——文化は書物に結びついている。知の保管所にして集積所としての書物は、知に同一化する。書物はただ単に図書館にある書物——種々の形態、言葉、文字のありとあらゆる組み合わせが万巻の書となって巻かれているあの迷宮——というだけではない。書物とは〈書物〉である。読まれるべき、書かれるべき書物、つねにすでに書かれており、つねにすでに読むことによって侵され凍えている書物が、読むことと書くことのあらゆる可能性のための条件を形作っている。

書物は、はっきりと区別される三つの問いかけを認めている。まず、経験的な書物があり、そうした書物は知を運ぶ。特定の書物が知の特定の形態を迎え入れ、まとめる。しかし、書物としての書物はけっしてただ単に経験的であることはない。書物とは知の先験的《ア・プリオリ》原理である。書物の非人称的記憶がつねにあらかじめ存在していなければ、そして、より本質的なことだが、いかなる書物にも含まれており、書物においてしか確証されることのない、書くことおよび読むことへのあらかじめ備わった適性が存在していなければ、ひとは何ひとつ知ることはできないだろう。書物の絶対性とは、それゆえ、他のいかなる先行性にも起源をもたないと称するひとつの可能性の孤立である。

この絶対性は、さらに、ドイツ・ロマン派（ノヴァーリス）において、次いで、より厳密にヘーゲルにおいて、次いで、さらに根本的に、しかし別の仕方でマラルメにおいて、諸関係の全体性として主張されることになる（絶対知ないし〈作品〉として）。そこでは、弁証法的に連関するあらゆる自己の形象のうちに自己を外在化した後に自己自身を知り、自己に回帰する意識や、自己自身の確証の上に閉じており、すでに散逸している言語活動が、自己を成就することになるだろう。

まとめよう。経験的な書物、いっさいの読むことといっさいの書くことの条件としての書物、全体性ないし〈作品〉としての書物。しかし、これらの形式は、徐々に洗練され真実性を増してはいるものの、いずれも、書物は何らかの潜在的に現前しているものの現前性としての知を含み込んでいるということを前提としている。そして、その現前しているものは、媒介物や仲介を通してであれ、つねに無媒介的に接近可能なのである。何ものかがそこにあり、書物は自己を提示＝現前化しながらそれを提示＝現前化し、そして読むことはその何ものかに生気を吹き込み、その生気づけによって、その何ものかを現前性の生のうちに復元する、というわけだ。その何ものかは、もっとも低い水準では、内容ないし所記《シニフィエ》の現前性であり、次に、より高い水準では、形態、能記《シニフィアン》ないし作動《オペラシオン》の現前性であり、さらに高い水準では、たとえ来るべきひとつの可能性としてであろうと、つねにすでにあった諸関係のひとつの体系の生成である。書物は時間を巻き取り、繰り広げ、そしてその繰り広げを、現在、過去、未来がそこにおいて現働化するひとつの現在性[3]の連続として保持しているのである。

四――書物の不在はいかなる現前性の連続をも無効にし、また、書物によって担われる問いかけからも逃れ去る。書物の不在は書物の内面性ではなく、つねに回避されてきたその〈意味〉でもない。書物の不在はむしろ書物の外部にあり、とはいえ書物に閉じ込められており、書物の外側というよりは、書物に関係しないある外部への指示参照なのである。〈作品〉が意味と野心を帯び、自らのうちにあらゆる作品を保持するのみならず、言述のあらゆる形態とあらゆる権能を保持するようになればなるほど、けっしてそれと名指されることはないものの、作品の不在がいまにも提示されるかに思われる。こうした状況は、マラルメとともに起こる。マラルメとともに、〈作品〉は自己自身を意識するようになり、その結果、自らを作品の不在と一致するようなものとみなすようになる。それゆえ、作品の不在は作品がけっして自己自身と一致することのないように作品を逸らし、作品を不可能性へと向かわせる。この迂回の動きにおいて、作品は作品の不在のうちに消えてゆくのだが、しかし、作品の不在はつねにそれ以上に逃れ去ってゆき、つねにすでに消え去った〈作品〉でしかないものへと自らを帰するのである。

五――書くことは作品の不在に関わっているが、しかしながら、書物という形のもとで、〈作品〉のうちに備給されている。書くという狂気――常軌を逸した戯れ＝賭け――とは、エクリチュールにおける関係であるが、それは、書かれたもの《エクリチュール》と書物の産出のあいだに結ばれる関係ではなく、書物の産出によって、書く行為《エクリール》と作品の不在のあいだに結ばれる関係である。

書くこと、それは作品＝営み《ウーヴル》の不在を産出すること（無為＝脱作品化《デズーヴルマン》）である。あるいはまた、書くこと、それは作品を通して、そして作品を横切りながら産出されるものとしての作品の不在である。無為（この語の能動的な意味〔作品＝営みの消去という意味〕において）として書くこと、それは、常軌を逸した戯れ＝賭けであり、理性と非理性のあわいでの偶発事＝賽子賭博《アレア》である。書くという営《オペラシオン》みにおいて無為＝脱作品化が解放されるこの「戯れ＝賭け」において、書物はどうなっているのだろうか。書物とは、営《オペラシオン》みとしての書くこと《エクリチュール》から無為としての書くこと《エクリチュール》への、終わりなき運動による移行である。しかし、この移行はすぐさま道を妨げる。書くこと《エクリチュール》は書物を通過するのだが、しかし、書物は書くことが目指している対象（書くことの運命）ではない。書くことは書物を通過し、そこで消え失せながら自己を成就する。しかしながら、ひとは書物のために書くのではない。書物とは、書くこと《エクリチュール》が書物の不在へと向かうときの経路となる狡知である。

六――書物と書物の不在との関係をよりよく理解しようと試みてみよう。

(a) 書物は弁証法的な役割を果たす。書物が存在するのは、いわば、言述の弁証法のみならず、弁証法としての言述が自己を成就するためである。書物とは、言語活動《ランガージュ》のそれ自身への働きかけである。まるで、言語活動が言語活動を意識し、自らの未完成によって自らを把握し、自らを完成させるためには、書物というものが必要であるかのようである。

(b) しかしながら、作品となった書物は――文学的過程というものの全体が、数々の書物の長い連鎖において確立されるのであれ、唯一無二の書物やその代わりとなる空間のなかに顕現するのであれ――、他の書物より以上に書物であると同時に、すでに書物の外部にあり、書物のカテゴリーとその弁証法の外部にある。より以上に書物であるとは、次のようなことだ。知のための書物は、書物としては、つまり、繰り広げられた巻物《ヴォリューム》(4)としてはほとんど実在していない。反対に、作品は、特異性、つまり、唯一で、かけがえがない、ということを切望しており、ほとんど人物のようである。それゆえに、作品《ウーヴル》には、傑作《シェドゥーヴル》に上りつめようとする、また、自己を本質化しようとする、つまり、何らかの署名で指し示されようとする(ただ単に作者によって署名されるだけではなく、さらに深刻なことに、いわば作品自体によって署名されようとするという)危険な傾向が生まれる。とはいえ、作品はすでに書物の成立過程の外部にある。まるで、作品は、書くということの中性性が経由してゆく裂け目――中断――を指し示しているだけであり、自己自身(言語活動の全体)と、いまだ到来していない自己確立のあいだで宙吊りになって漂っているかのようである。

そのうえ、作品においては、すでに言語活動は方向――もしくは場、つまり、方向の場――を変えており、弁証法を遂行し自己を知っているロゴスではもはやなく、別の関係のなかに入り込んでいる。したがって、次のように言うことができるだろう。作品は、知の手段にして言語活動の消えゆく瞬間=契機である書物と、〈大文字〉にまで高められた書物の〈理念《イデー》〉にして〈絶対〉である〈書物〉とのあいだでためらい、次いで、現前性としての作品[5]と、つねに逃れ去り、時間としての時間がかき乱される作品＝営みの不在、そのふたつのあいだでためらうのだ、と。

七――書くことの目的＝終末は、書物のうちにあるのでも作品のうちにあるのでもない。作品を書きながら、私たちは作品＝営みの不在の誘引力のもとにある。必然的に作品＝営みを取りこぼしながら、私たちはそれでも、その欠陥のゆえに、作品＝営みの不在の必然性のもとにいるわけではない。

八――書物とは、書くことのエネルギーが言述《ディスクール》に寄りかかって言述の大いなる連続性に支えられながら、最終的には言述から身を引き離すときに用いる狡知であるが、それはまた、この言述が突然変異――文化にとって脅威であり、文化を書物の不在へと開くものである突然変異――を文化に取り戻させてやるときに用いる狡知でもある。あるいはさらに、書物とは、書くこと《エクリチュール》が、文化や「経験」や知、すなわち言述の既知事項を変化させつつ、何か別の産物を手に入れようとする働きでもある。その産物は、総体として言述の新しい様相を構成することになり、言述を分解しようとしながらも言述に統合されることになるだろう。

書物の不在。読者よ、きみはその作者になれるものならばなりたいと思っているのだろう、そのときには〈作品〉の複数の読者でしかないというのに。

書物が支えるこの欠如、そして書物を書物としてのそれ自身から排除するこの欠如は、どのくらい持続するのだろうか。だから、書物が自らを切り離し、その散逸において自らを取り除くようにするために、書物を産み出しなさい。だからといって、きみは書物の不在を産み出したことにはならないだろう。

九──書物（書物の文明）は次のように主張する。伝承を続ける記憶というものがあり、秩序づける諸関係の体系というものがある。時間は書物のなかで結ばれ、書物においては、空虚さえもが、なおひとつの構造に属している。しかし、書物の不在は、痕跡を残し、方向をもった運動──その運動が、ある起源から終末に向けてまっすぐに展開されるのであれ、球体の中心から表面へ向けて展開されるのであれ──を規定するような書く行為《エクリチュール》に基づいているのではない。書物の不在が訴えるのは、約束することも、堆積することもなく、否認することにも、痕跡に立ち戻って痕跡を消そうとすることにも甘んじることのない書く行為《エクリチュール》である。

始まり‐終わりという関係に規定された書物の時間、ひとつの中心からの展開によって規定された書物の空間が幅をきかせるのをやめたとき、書くことを呼び求めてくるのは何だろうか。それは、（純粋な）外在性の誘引力である。

ひとつの現前性から出発して、始まり‐終わり（過去‐未来）という関係に規定された時間。それ自体がひとつの起源の探求とみなされるひとつの中心からの展開によって規定された書物の空間。

秩序づける諸関係の体系があるところにはどこでも、伝承を続ける記憶があるところにはどこでも、書くこと《エクリチュール》がひとつの痕跡の実体のうちに取り集められ、読むこと《レクチュール》がその痕跡を意味の光に照らして（痕跡がその記号となっているひとつの起源に痕跡を関連づけながら）眺めるところにはどこでも、空虚それ自体がひとつの構造に属しており、そこに嵌め込まれるがままであるときには、書物、すなわち、書物の法がある。

書いているとき、私たちはつねに法の外在性に抗して書くこと《エクリチュール》の外在性から書いており、そしてつねに法は書かれるものを頼みの綱としている。

（純粋な）外在性の誘引力──そこでは、外があらゆる内部に「先行している」がゆえに、エクリチュールは、何らかの精神的あるいは理念的な現前性のように、自らを委託《デポゼ》し、ついで自らを書き込み、痕跡を生じさせる、といったことはない。そうした痕跡ないし沈殿した堆積物《デポ》は、エクリチュールの痕跡をたどることを、つまり、欠如としてのこの徴から出発して、その理念的現前性ないし理念性、十全性、完全な現前性において、エクリチュールを復元することを可能にするのだろうが。

エクリチュールは線を引く《トラス》が、しかし、痕跡《トラス》を残しはしない。何らかの残存物や記号から出発して、（純粋な）外在性としてのエクリチュールそれ自体以外のものへと遡ることをけっして許しはしない。そして、エクリチュールは、それ自体としてはけっして所与のものではなく、何らかの（見たり聞いたりできるような）現前性や、現前性の全体、ないし、現前する－不在の〈唯一者〉との統一的関係において形成され、あるいはとりまとめられることはけっしてない。

私たちが書き始めるとき、私たちは始めているのではなく、あるいは、書いているのではない。書くことは始まりと両立しないのだ。

十――書物を通して、書くことの不安――エネルギー――は作品（エルゴン）[6]の恵みのなかに休らうことを求めるのだが、作品＝営みの不在はつねに最初からその不安を呼び出して、外の迂回に応えさせようとする。外の迂回においては、確言されるものはもはや自らの尺度を何らかの統一的関係のうちに見出すことができない。

私たちは作品＝営みの不在というものの「理念」を抱くことはいっさいない。現前性としての作品＝営みの不在という理念ももちろん抱くことはないが、作品＝営みの不在を妨げるようなものの破壊――不在という資格においてであれ――としての作品＝営みの不在という理念も抱くことはない。それ自体存在しない作品を破壊するということ、少なくとも、作品の確言と夢を破壊すること、破壊しえないものを破壊すること、破壊しさえすればよいような、ここにはそぐわない理念が幅をきかせないように、何も破壊しないこと。作品を肯定する肯定＝確言が起こったところでは、否定的なものにはもはやなすべき仕事はありえない。いかなる場合においても、否定的なものが作品＝営みの不在をもたらすことはできないだろう。

読むとは、書物のうちに書物の不在を読むことであり、したがって、書物が不在であるか現前しているかは問題でない（書物が不在によっても現前性によっても定義されていない）ところで、書物の不在を産み出すことであるだろう。

　書物の不在は書物と同時的であることはけっしてないが、それは、書物の不在がある別の時間から指し示されるだろうからではなく、書物の不在から非‐同時性が到来するからなのだが、しかしながらまた、その非‐同時性から、書物の不在は到来する。書物の不在はつねに分岐しており、つねにそれ自体との現在的な関係を欠いており、それゆえ、その断片的な複数性において、読書の現在におけるただ一人の読者によって受け止められるということはけっしてない。ただ、その現在が、極限において、引き裂かれ、抑えつけられた現在でないかぎりは……。（純粋な）外在性の誘引力、あるいは、距離としての空間の眩暈、断片的なものにしか送り返さない断片化作用。

　書物の不在。書物のあらかじめの破損、自らが書き込まれる空間に対する書物の離反の戯れ。書物のあらかじめの死にゆき。書くこと、あらゆる書物の他なるものへの関係、書物における脱‐書くこと《デスクリプシオン》(7)＝描写、言述を超えた、言語を超えた書くこと《スクリプチュレール》との要請への関係。書物の縁で、書物の外で書くこと。

　言語を超えた書くこと《エクリチュール》、根源的に、言語のいっさいの対象（現前していても不在であっても）を不可能にする言語であるようなエクリチュール。そのとき、エクリチュールは断じて人間のエクリチュールではなく、ということは、断じて、神のエクリチュールでもなく、せいぜいのところ、他なるもののエクリチュール、死ぬことそのもののエクリチュールである。

　十一――書物は、ロゴスが法として書き込まれている聖書から始まる。ここで書物は、至るところで書物を逸脱する乗り越えられないような何ものかをも含み込み、書物の乗り越えられない意味に達する。聖書は言語を起源に結びつける。書かれていようと話されていようと、つねにこの言語から発して神学的な時代が開かれるのであり、そして神学的な時代は、聖書の空間と時間が持続するかぎり持続する。聖書は私たちに書物のもっとも高度なモデル、断じて代替不可能な範例を提供するだけではない。聖書は書物の精神を保持しているがゆえに、あらゆる書物を——聖書の啓示にも知にも、詩にも預言にも、格言にもまったく無縁な書物であろうと——保持しているのである。それゆえ、聖書に続く数々の書物はつねに聖書と同時代にある。おそらく聖書は終わりなき成長によってそれ自体が増大し、成長するのだろう。その終わりなき成長によっても聖書は同一的なままであり、つねに〈単一性〉の関係によって聖別されている。それは、〈十戒〉が、単一《モノ》ロゴスの独白、〈唯一無二の法〉、侵犯しえず、単なる否定によってはけっして否定されないような〈単一性〉の法を語ると同時に包み隠しているのと同様である。

　聖書とは、神との契約が宣言される遺言的な書物であり、神との契約とはつまり、言語を与える者と結ばれた語る言葉《パロール》の運命であり、言語を与える者はその語る言葉のうちに、自らの名の贈与というその贈与によって滞在することを受け入れる。ということはすなわち、神との契約とはまた、語る言葉《パロール》と言語《ランガージュ》との関係、つまり、弁証法の運命でもある。聖書から派生する数々の書物——文学的過程の全体——が神学的なしるしを帯びており、私たちを神学的なもののもとに置くのは、聖書が聖なる書物だからではない。そうではなく、反対に、遺言——語る言葉《パロール》による契約——が書物のうちに巻き取られ、書物の形態と構造をとったからこそ、「聖なるもの《サクレ》」（書くこと《エクリチュール》から引き離されたもの《セパレ》(8)）はその場を神学のうちに見出したのである。書物は本質的に神学的なものである。それゆえに、神学的なものの最初の示現（たえず繰り広げられる唯一の示現でもある）は書物の形態においてでしかありえなかった。神はいわば、書物によって語ることによってのみ神であり続ける（神的なものとなる）のである。

　マラルメは、神が神として存在している聖書に直面し、書くというこの常軌を逸した戯れ＝賭けが作品となり＝作動し、すでに前言を撤回している作品を築き、必然性と偶然性というその二重の戯れ＝賭けにおいて偶発事＝賽子賭博《アレア》に出会う。声とエクリチュールの絶対である〈作品〉は、自己を成就する前にさえ、つまり、自己を成就することで成就の可能性を損なう前に、自己を脱作品化する＝自己を無為にする。〈作品〉はなおも書物の一部であり、それゆえ、いかなる〈作品〉にも聖書的な特徴が維持されることになるが、しかし、〈作品〉はある他なる（中性態の）時間と空間の離接を指し示しており、その離接はまさしくもはや単一性の関係においては確言されないものである。書物としての〈作品〉はマラルメを彼の名を超えたところへ導く。作品＝営みの不在が君臨する〈作品〉は、もはやマラルメという名ではない者を狂気にまで導く(9)。できることならば、この「にまで」を、そこを越えると決断された狂気となるような限界だと理解されたい。そこから次のように結論せねばならないだろう。すなわち、限界――「狂気の縁」――とは、決断できない優柔不断、あるいは非‐狂気と理解するならば、より本質的に狂気なのである。そのときそれは、深淵、いや、深淵そのものではなく、深淵の縁となるだろう。

自殺。書物のなかに必然性として書かれたものは、書物の不在において偶然性として告発される。一方が言うことを、他方は繰り返して言い、そしてこの二重にして言うことは、その二重化によって、死を、自己の死を保持している(10)。

十二――書物はきわめて無名のものなので、自らを維持するために、何らかの名前の威厳を呼び求める。その名前は、理性を支えると同時に、理性によって認められ理性自体の高さまで持ち上げられる、一時的な個別性の名前である。〈書物〉と名前の関係は、つねに、体系の絶対知をヘーゲルの名と結びつけてきた歴史的関係のなかに含まれている。〈書物〉とヘーゲルのこの関係は、ヘーゲルを書物と同一視し、書物の発展のうちに引きずり込み、ヘーゲルをポスト‐ヘーゲルたらしめ、ヘーゲル‐マルクスたらしめ、次いで、ヘーゲルと根本的に異質なマルクスたらしめたのだが、かくして、そのヘーゲルは、書かれた言述の絶対的な法を書き、修正し、知り、肯定し続けているのである。

〈書物〉がヘーゲルの名を受け取るように、作品は、より本質的な（より不確かな）その無名性において、マラルメの名を受け取る。ただ、マラルメの場合は、〈作品〉の無名性が〈作品〉の特徴であり、〈作品〉の場の指示であると知っているのみならず、また、こうした無名でのあり方のうちに引きこもっているのみならず、自らを〈作品〉の作者と称することなく、せいぜい、誇張法＝彼方に投ぜられたもの《イペルボル》によって、[11]現前しない〈作品〉を読む権能――けっして唯一であることはなく、けっしてひとつに統合されえない権能――をもった者と提起するだけだという差異がある。その権能は、つねにいまだ不在の作品（不在の作品は作品＝営みの不在ではなく、作品＝営みの不在からは根本的な断絶によって切り離されてさえいる）に対して、自らの不在でもって応える権能である。

　この意味で、ヘーゲルの書物とマラルメの作品のあいだにはすでに決定的な距離があり、その差異は、著作の命名もしくは署名において無名であるそのあり方の違いに表われている。ヘーゲルは、〈体系〉の転位もしくは転換において自らを裏切ることになるとしても、死ぬことはない。あらゆる体系がなおもヘーゲルを名指しており、ヘーゲルはけっして完全に名前を失うことはないからである。マラルメは、作品とのあいだに関係を結んでおらず、この関係の欠如が〈作品〉において作用することによって、作品を、このマラルメにも、名前をもった他のいかなる者にも、ひいては、それ自身が自分で自己を成就するという権能において尊重されている作品にも禁じられているようなものとして、確立しているのである。〈作品〉が名前から解放されているのは、それを産み出す何者かがいなくても〈作品〉が産み出されうるからではなく、[12]〈作品〉を名づけうるものの外部で、無名のものがつねにすでに〈作品〉を確言しているからである。書物とは全体である。そのことは、その全体性がいかなる形態をしていようと、その全体性の構造が、時代遅れの読解がヘーゲルに帰している全体性からかけ離れているものであろうとなかろうと、変わらない。〈作品〉は全体ではなく、すでに全体の外部にあるのだが、その忍従において、自らをなおも絶対のものとして指し示している。〈作品〉は書物のように成功（成就）に結びついてはおらず、災禍に結びついている。災禍は、しかしながら、なおも、絶対のひとつの肯定である。

　簡潔に言えば、次のようなことである。すなわち、書物はつねに署名されうるが、署名する者には無関心＝無関係であり続ける。対して、作品――災禍としての〈祝祭〉――は忍従、つまり、作品を書こうとする者が自己を放棄し、自らを指し示すのをやめることを要請する。

それでは、なぜ私たちは自分たちの書物に署名するのだろうか。謙遜して、次のように言うためである。それらはまだ書物にすぎず、署名には無関係だと。

十三――「書物の不在」、書かれたものが書くこと《エクリチュール》のけっして起こりえない未来として生じさせるこの不在は、「外」「断片」「中性的なもの」といった言葉と同様、概念を形成することはないが、しかし、「書物」という言葉の概念化を助けるものである。ヘーゲル哲学に一貫性を与え、それを書物として構想し、かくして書物を〈絶対知〉の合目的性として構想しているのは、これこれの現代の注釈者ではない。十九世紀末においてすでに、マラルメがそれを行っていた。しかし、マラルメはただちに、彼の経験に固有の力によって、書物を貫いて（危険なことに）〈作品〉を指し示そうとする。〈作品〉の誘引力の中心――つねに脱中心化された中心――にあるのは、エクリチュールであろう。書くこと、その常軌を逸した戯れ＝賭け。けれども、書くことは、〈作品〉の不在とのあいだに他者性の関係を結んでおり、マラルメは、〈作品〉の不在とともにエクリチュールによってエクリチュールに到来するその根本的な変成を予感しているからこそ、〈書物〉という名を挙げることができるのである。[13] 〈書物〉はマラルメによって、生成に場所と時間を提起しながら生成に意味を与えるものとして名指される。すなわち、第一にして究極の概念である。ただし、マラルメはまだ書物の不在を名指してはおらず、あるいは、書物の不在のうちに、〈作品〉を思考するひとつの仕方、つまり、〈作品〉を挫折もしくは不可能性として思考する仕方を認めているだけである。

十四――書物の不在は――たとえ自らを解体することがある意味では書物の起源にして反‐法であるとしても――、自らを解体する書物のことではない。書物がつねに自らを解体する（自らの調子を狂わせる）ということは、また別の書物、もしくは書物とは別の可能性へと繋がるだけであって、書物の不在へ繋がるわけではない。書物に取り憑いている（書物につきまとっている）のがこの書物の不在であり、書物はつねにその不在を捉え損なっており、それを含み込む（それを内容へと変える）ことなく含み込む（距離を隔てて保持している）ことに甘んじているということは認めよう。また、逆のことを言うことになるが、次のことも認めよう。書物は書物を排除する書物の不在を囲い込んでいるのだが、しかし、書物の不在は断じて書物からのみ出発して、その唯一の否定として構想されることはできないのだと。また次のことも認めよう。書物に意味があるとすれば、書物の不在は意味にまったく無縁であるために、非‐意味さえも書物の不在には関わらないのだと。

　書物のある種の伝統（たとえそれが、書き言葉の存在の神秘的な意味作用を高めることを目的としたものであれ、カバラ主義者たちの表現が私たちに与えるところの伝統）においては、「成文律法《トーラー》」が「口伝律法《トーラー》」に先行しており、そのうえで、文書として作成された版が次に続き、それが唯一〈書物〉を成している、というのははっとさせられることである。そこには思考に投げかけられた謎めいた提案がある。何ものも書かれたもの《エクリチュール》に先行しないのである。しかしながら、最初の律法板に書かれた文字《エクリチュール》は、律法板の破砕のあとで、その破砕によって初めて――口頭での決定によるやり直しのあとで、それによって初めて――読めるものとなる。そして、その口頭による決定のやり直しは、私たちの知っている、意味に満ち、掟として有効で、それが伝える法とつねに同等の、第二の書かれた文字《エクリチュール》へと送り返すのである。[14]

　この驚くべき提案を、なおも来るべきエクリチュールの経験の可能性になりうるものと関係づけて検討してみよう。二つの書かれた文字《エクリチュール》があり、一方は白く、他方は黒い。一方は、色のない焔の不可視性によって不可視となっており、他方は、黒い火の力強さによって、文字や書体、分節といった形において接近可能となっている。二つの書かれた文字《エクリチュール》のあいだに口伝性があるのだが、この口伝性は独立しているわけではなく、第二の書かれた文字《エクリチュール》とつねに混ざり合っている。なぜなら、その口伝性は黒い火そのものであり、いっさいの明るさを制限し、境界画定し、可視化する、節度のある暗さだからである。かくして、口伝の、と呼ばれるものは、現在時および現在の空間における名称ではあるが、同時に、また、まずもって、原初の未分節の中性性を説明し、迎え入れ、明確化する言述《ディスクール》によって保証されているような展開もしくは媒介なのである。したがって、「口伝律法《トーラー》」は書かれてもいるのだが、にもかかわらずそれが「口伝」と呼ばれるのは、それが言述であり、それだけが、伝達《コミュニケーション》を、言いかえれば、注釈を、つまり、教えると同時に宣言し、権威づけると同時に正当化する話し言葉《パロール》を可能にするからである。まるで、書かれた文字《エクリチュール》が共通の読解可能性を生じさせ、防護と制限としての〈法〉をもおそらく生じさせるためには、言語活動（言述）が必要であるかのようである。また同時に、まるで、第一の書かれた文字《エクリチュール》はその不可視性の布置において話し言葉の外部とみなされ、ただ外へと向けられるべきであり、それはきわめて根源的な不在ないし分断であるがゆえに、ヘルダーリンが非組織体的なもの《アオルギッシュ》と名づけたもの(15)の野蛮さから逃れるためには、それと手を切るしかないというかのようである。

十五――書くこと《エクリチュール》は〈書物〉において不在であり、不在ならざる不在なのだが、その不在に基づいて、〈書物〉（その二つの水準、すなわち、口伝によるものと書かれたもの、〈法〉とその注解、禁止と禁止の思考、において）は、書くこと《エクリチュール》を離れる＝不在とすることで読みうるものとなり、歴史を閉じ込めることによって自らを注釈する――かくして、書物の閉鎖性、文字の厳格さ、認識の権威が生まれる。書物において不在であり、しかしながら書物と他者性の関係を結んでいるこの書くこと《エクリチュール》は、読解可能性と無縁にとどまっていると言うことができるだろう。それが読解不可能なのは、読むということが、必然的に、視線によって、何らかの現前性と意味もしくは非－意味の関係に入ることだからである。それゆえ、読むことによって得られる知の外部にあり、〈法〉の形態や要請に対しても外的な書くこと《エクリチュール》があるということになるだろう。書くこと《エクリチュール》、いかなる現前性の関係にも、いかなる合法性にも無縁な、（純粋な）外在性。

書くこと《エクリチュール》の外在性が緩められるやいなや、つまり、口伝の力に呼びかけられて、書物——書かれた言述《ディスクール》——を産み出すことで言語として形をなすことを受け入れるやいなや、この外在性は、もっとも高い水準では〈法〉の外在性として、もっとも低い水準では意味の内在性として現われようとする。〈法〉とは、禁止《アンテルディ》の場所を指し示すために、言うことの-あいだ《アントゥルディール》の外在性を放棄した書くこと《エクリチュール》そのものである。つねに〈法〉に対して不服従の姿勢を見せている書くこと《エクリチュール》の非正統性は、書くこと《エクリチュール》に対する〈法〉の——対称的というわけではない——非正統性を包み隠している。

書くこと《エクリチュール》、すなわち、外在性。おそらく、書くこと《エクリチュール》の「純粋な」外在性というものがあるのだろう。しかしそれは、書くことの中性性にとってすでに忠実ではない公準にすぎない。あらゆる〈書物〉との私たちの契約に署名する書物において、外在性が自らに権威を与えることはできず、自らを書き込むことによって自らを〈法〉の空間に書き込むだけである。書くこと《エクリチュール》の外在性は、書物のなかに広がって重層化しながら、法としての外在性になる。〈書物〉は〈法〉のように語るのだ。その〈書物〉を読みながら、私たちがそこに読むのは、存在するものはすべて、禁止されているか許可されているかなのだ、ということである。しかしこの認可と禁止の構造は、私たちの読書の水準からもたらされているのではないだろうか。〈書物〉には、書物の他なるものが戒律となって指し示されることをやめるような別の読書があるのではないだろうか。そして、そのように読むとしたら、そのとき私たちが読んでいるのはなおも一冊の書物なのだろうか。そのとき私たちは、書物の不在を読んでいるというのに近いのではないだろうか。

原初の外在性。おそらく私たちは、〈法〉の認可の下でなければ耐えられないようなものとして、それを想定すべきなのだろう。それが禁止と規制の体系によって保護されることをやめたとき、何が起こるのだろう。あるいはそれは、可能性の限界のところにただいるだけで、まさしく限界を可能ならしめようとするのだろうか。それは限界の要請にすぎないのだろうか。限界それ自体は、無際限性に接近するために必要な境界画定——万一乗り越えられてしまえば消滅し、まさにそれゆえに乗り越えられず、乗り越えられないからこそつねに乗り越えられている――によって考え出されたものにすぎないのだろうか。

十六――書くこと《エクリチュール》は外在性を保持している。外在性が〈法〉と化すと、それは以後、〈法〉の監視下に入る。その〈法〉が次には書かれる、すなわち、再び書くこと《エクリチュール》の監視下に置かれる。書くこと《エクリチュール》のこの二重化によって、書くことはまずもって差異として指し示されるのだが、この二重化はその二重性において、まさに外在性そのものの特徴――つねに生成しつつあり、つねに自分自身に対し外的で、不連続性の関係にある――を確言し続けているのだと想定すべきである。確かに「最初の」書かれたもの《エクリチュール》が存在するのだが、しかしこの書かれたもの《エクリチュール》は、最初のものとして、すでに自分自身から区別されており、自らを徴づけるものにおいて分離しており、この徴そのものにほかならないと同時に、しかしながら、その徴が自らに刻まれる以上は、その徴とは異なっている。その徴は、それが姿を現わす分離した外において、あまりにも断ち切られ、隔てられ、告発されているので、新たな切断、暴力的ではあるが人間的な（そして、その意味では限定され境界を定められた）破砕があって初めて、粉々の文書となった法は、しかも、原初の断片化が特定の切断行為に場を譲ってしまったあとで、禁止のヴェールの下から、単一性の約束を引き出すことができるようになるのだ。

換言すれば、最初の律法板の切断は、単一的な調和という最初の状態[16]との切断というわけではない。最初の律法板の切断によって開始されるのは、反対に、限界なき外在性に限定された外在性（そこに限界の可能性が指し示される）が取って代わること、不在に欠陥が取って代わること、裂孔に破砕が取って代わること、断片的なものの純粋にして不純な分割、すなわち、聖なる分離の手前で中性的なものの分裂（それが中性的なものだ）のうちにひしめいているものに、侵害が取って代わることである。さらに換言すれば、第一の外在性と手を切って初めて、いまや規則正しく分割され、自己統御と相関関係にあり、文法的に構築された言語は、第二の外在性――そこではロゴスが法であり、法がロゴスである――によって、私たちを媒介と無媒介化の関係へと巻き込むことになる。その関係は言述《ディスクール》を保証し、次いで弁証法を保証し、そこでは今度は法が解消することになるだろう。「最初の」書かれたもの《エクリチュール》は、第二の書かれたもの《エクリチュール》よりも無媒介的であるどころか、そうしたいっさいの範疇に無縁である。それは、〈一なるもの〉を保護する法が〈一なるもの〉のうちに渾然一体となり、〈一なるもの〉との混ざり合いを保証するような脱自的な融即によって無償で行うものではない。「最初の」書かれたもの《エクリチュール》とは他者性そのものであり、断じて認可することのない厳しさにして厳格さであり、干上がらせる息吹の焦熱であり、それはいかなる法よりも無限に厳格である。法こそが、書かれたもの《エクリチュール》を口頭の言葉《パロール》による切断――他動詞性――によって媒介することで、私たちを書かれたもの《エクリチュール》から救ってくれる。その救済は私たちを知へと導き入れ、知への欲望を通して〈書物〉にまで、知が欲望を欲望自体に隠しながら保持している〈書物〉にまで導いてゆく。

十七――〈法〉の固有性とは、〈法〉は、まだ発せられてさえいないのに、違反される、ということだ。たしかに、そのときからすでに、高みにおいて、遠方で、そして遠方の名において発布されてはいるが、しかし、それが向けられている人々といかなる直接的な交友関係ももっていない。それゆえ、伝達され、伝達を担うような法は、伝達の法となりながらも、伝達の法に背くという決意によってしか法として成り立たないのだと結論することができるだろう。つまり、限界というものは、それが乗り越えられ、その乗り越えによって、それが乗り越えられないものであることが明らかにされるのでなければ、存在しないだろう。

しかしながら、法は、あらかじめ「ねばならない」によって認識に諸条件を準備することで――法自体が自ら打ち立てながらその上に張り出しているところの秩序――構造――によって確証される〈書物〉から出発してにすぎないとしても――、法によってのみ開かれるいっさいの認識（法の認識も含めて）に先立つのではなかろうか。

つねに法に先立っており、自らの根拠も規定も、自らが認識にもたらされる必要性のうちに見出すことはなく、自らを誤解する者によって危険にさらされることもまったくなく、自らへの準拠を前提とした侵害によってつねに本質的に肯定されており、おのれから逃れ去る権威を自らの試練のうちに招き寄せ、容易に侵犯されるように身をさらしているがゆえにいっそう堅固であるもの、すなわち、法。

法の「ねばならない〔il faut〕」は、まずもって、「汝すべし〔tu dois〕」ではない。「ねばならない」は何者にも適用されない、あるいは、よりはっきりと言えば、誰でもない者にしか適用されない。法の非‐適用性は、法の抽象的な力、法の汲み尽くしえない権威、法が身を持している留保のしるしであるだけではない。いかなる仕方でも「汝」と呼ぶことのできない法は、誰か特定の者を対象とすることは断じてない。それは法が普遍的だからではなく、法が単一性の名において分離を行うからであり、単一のものを目指して厳命する分離そのものだからである。それがおそらく、法の厳かな嘘である。外を可能に（あるいは現実に）するために自ら外を「合法化」してしまった法は、いかなる規定からもいかなる内容からも解放されて、適用不可能な純粋な形態として、いかなる現前性も対応できないような純粋な要請として自己を守ろうとし――しかしながら、この純粋な要請はただちに個別化して多様な規範というかたちを取り、また契約の法規により、儀式的な諸形式というかたちを取るのだが――、また、「〈汝すべし〉」の崩しえない内密性がそこで確言されることになる、自己への回帰の控えめな内在性を可能ならしめようとするのである。

十八――十戒が法であるのは〈単一性〉への準拠によってのみである。〈神〉――いかなる言語もこの名を含み込むことはできないのだから、この名を口にすることが無駄であることはありえないだろう――が〈神〉であるのは、〈単一性〉を担い、その至高の究極性を指し示すためにほかならない。何者も〈一なるもの〉を侵害することはないだろう。そしてそのとき〈他なるもの〉が証言するのだが、それはただ〈唯一者〉のためにのみであり[17]、〈唯一者〉というこの参照基準は、あらゆる思考を思考されざるものとひとつに結びつけ、かくしてその思考されざるものを、まるで思考が背きえないようなもののほうへと向けるように、〈一なるもの〉のほうへと向けるのである。それゆえ、次のように言うことは当然の帰結である。すなわち、〈唯一神〉ではなく、〈単一性〉こそが、あえて言えば、〈神〉であり、超越性そのものなのだ、と。

法の外在性は、〈一なるもの〉への責任、〈一なるもの〉と多なるものの契約――それは差異の本源性を不信心者のように遠ざける――のうちに自らの尺度を見出す。しかしながら、法それ自体のうちに、書くこと《エクリチュール》の外在性の思い出を保った条項が残っており、次のように語られているのだ。汝、似姿を作るなかれ、汝、再現するなかれ、類似、記号、痕跡としての現前性を斥けよ、と。こうしたことは何を意味するのだろうか。まずもって、ほとんどあまりにも明らかなことだが、現前性の様態としての記号の禁止である。書くことは、もしそれが似姿と関係し、偶像を呼び求めることだとするならば、おのれに固有な外在性の外部に書き込まれることになる。そのとき書くこと《エクリチュール》は、おのれに固有な外在性を、諸々の言葉の空虚さによってと同様に、記号の純粋な意味作用によっても充塡しようと努めることで、追い払ってしまうことになる。「汝、偶像を作るなかれ」は、かくして、法のかたちを取ってはいるが、法についての指示なのではなく、あらゆる法に先んじる書くこと《エクリチュール》＝書かれたものの要請についての指示なのである。

十九――外在性が法の強迫観念であるということ、法につきまとい、また法が遠ざけるもの――法を形式として制度化する遠ざかりそのものによって、そして、法が外在性を法として定式化する動きにおいて[18]――であることは認めよう。エクリチュールとしての外在性、つねに関係なき関係である外在性は、まさしくより緊張したときにこそ、取りまとめるひとつの形式の緊張であるときにこそ、緩められて法というかたちを取る外在性なのだと言われうることも認めよう。ぜひとも知っておかねばならないのは、法が生起する（自らの場を見出した）やいなや、すべてが変化するのであり、いわゆる原初の外在性こそが、いまや告発できない法の名において、怯懦さそのもの、何も要請しない中性性として受け取られるようになるのと同様、法を超えた、書物を超えたエクリチュールは、そのときもはや、規則のない自発性、無知による自動記述、無責任の衝動、不道徳的な戯れへの回帰にすぎないように見えるということである。換言すれば、法としての外在性からエクリチュールとしての外在性に遡ることはできないということである。遡るとは、この場合、下降することであるだろう。すなわち、「遡る」ことができるのは、同意はできないながらも、落下、非本質的な偶然性への本質的に偶発的《アレ》＝賽子賭博的《アトワール》な落下（法が横柄にも戯れ＝賭けと呼ぶもの――そのたびごとにすべてが危険にさらされ、すべてが失われる賭け――であり、法の必然性、エクリチュールの偶然性、というわけである）を受け入れることによってのみである。法とは頂上であり、それ以外に頂上はない。エクリチュールは、高所と低所のあいだで行われる判定の外部にとどまるのである。＊

（郷原佳以訳）

＊　私はこれらのおぼつかないページを捧げる《デディ》（そして取り消す《デディ》）、書物の不在がそこではすでに約束されつつ産み出されているあれらの書物に、そうした書物を書いたのは――だ、けれども、ここでの名の欠如のみが、友愛のうちに、それらの書物を指し示さんことを。(19)

私の言いたいことは次の点である。この本は、その大部分が一九五三年から一九六五年にかけて書かれたテクストを集めているのだが、分節化されており、かつまた分節化されていない、流動的にかたちを変える関係――それこそまさにこれらのテクストの作動関係なのだが、そんな関係――のなかで、そうしている。こうした日付の指示は、あるひとつの長い時代へと参照を求めるのであり、そのおかげで、なにゆえ私はそれらのテクストをもうすでに死後出版されたものと、すなわち、ほとんど匿名のものとみなすことができるのか、その理由が明かされることになる。

したがって、みなに属しつつ、けっしてひとりの者によって書かれたのではなく、多数の者によって書かれさえしたのであり、これらのテクストは、私の考えによれば、今日では、私も驚かされるほどの執拗さとともに、やむことなく、あの要請に応えようとしてきた――つまり、これらが指し示している、ただし、指し示しても空しいままにそうしている書物の不在に至るまであの要請に応えようとしてきた――のであるが、そんな要請を維持し、また延長するのが当然の任務になる人々全員によって書かれ、つねに書かれてきたのだ。

（湯浅博雄訳）

1　最後の作品

1　この論考は、NRFに発表された次の論考（以下「NRF版」と記す）をもとにして、若干の修正がほどこされたものである。« Rimbaud et l'œuvre finale », *Nouvelle Revue Française*, no 104, août 1961, p. 293-303. この初出（NRF版）と本書のテクストとのあいだに、異同はほとんど見られない。

2　『地獄の一季節』の最後の章である「別れ《アデイウ》」において、語り手の〈私＝ぼく〉は次のように語っている。「ぼくはあらゆる祝祭を、あらゆる勝利を、あらゆる劇を創造した。新しい花々、新しい星々、新しい肉体、新しい言語を創出しようと試みた。超自然的な力を獲得したとも信じた。が、なんたることか！　そのぼくが自分の想像力と数々の思い出を葬らねばならない！」（« Adieu », *Une Saison en enfer*, *Œuvres de Rimbaud*, éd. de S. Bernard et A. Guyaux, nouvelle édition revue et mise à jour, Classiques Garnier, Bordas, 2000, p. 235;「別れ」、『地獄の一季節』、『ランボー全集』平井啓之・湯浅博雄・中地義和他訳、青土社、二〇〇六年、二三八頁）なお、これまで長くランボーの最後の作品であるとみなされてきた『地獄の一季節』は、手書き原稿は残されていないが、自費出版した初版本の末尾に「一八七三年、四月－八月」と印刷されている。

3　「悪い血」（『地獄の一季節』）のなかの一つの断章で、語り手の〈私＝ぼく〉は次のように言う。「ぼくはまだ自然を知っているのか？　自分を知っているのか？――もはや言葉はない。ぼくは死者たちを腹のなかに埋葬する。叫び、太鼓、ダンス、ダンス、ダンス、ダンス！」（« Mauvais sang », *Une Saison en enfer, ibid.*, p. 217：「悪い血」、『地獄の一季節』同書、二〇五頁）

4　« Jadis, si je me souviens bien... », *Une Saison en enfer, ibid.*, p. 207：「かつては、もしぼくの記憶がたしかなら……」、『地獄の一季節』同書、一九七頁。

5　こうした言い回しは、次の言葉を踏まえている。「そうだ、新しい時は少なくともきわめて厳しい時だ」（« Adieu », *Une Saison en enfer, ibid.*, p. 241：「別れ」、『地獄の一季節』同書、二四五頁）。

6　「暗殺者《アササン》の時」というのは、散文詩である「陶酔の朝」（『イリュミナシオン』）を締め括る、最後の一行「さあ、いまや暗殺者《アササン》の時だ」を踏まえている。「暗殺者《アササン》〔assassin〕」という語は、音韻上の類似に基づいて、「ハシッシュ吸飲者《アシッシャン》〔hassishin〕」を暗示する隠語である（むろん、その基盤には、十字軍が恐れたとされる、「山の老人」にあやつられた「暗殺教団」という伝説がある）。この散文詩は、ハシッシュの効力に助けられつつ、語り手がある強烈な昂揚感に満たされる経験を示唆している。「ぼくたちがきわめて純粋な愛をもたらすために、善悪の樹を闇に埋め、有無を言わせず支配するあの実直さを運び去る、という約束がなされた。」

イヴ・ボヌフォワは、その『ランボー』のなかで、このようにエネルギーの充溢と昂揚感に満ち、「新しい諧調」であるかのように感受される「暗殺者《アササン》の時」は、『地獄の一季節』の時代やそれ以前のランボーの履歴（「初期詩篇」の時代、「後期韻文詩」の時代）にはふさわしくないのであり、ランボーが「新しい諧調《ハーモニー》」（「ある理性に」）を気づかい、「再構成された混声——合唱的で、交響楽的な、あらゆるエネルギーの友愛に満ちた目覚め」（「売り出し」）を構想した時期にこそふわしいのであって、そういう時期はおそらく『一季節』のあとに——たとえば、友人ヌーヴォーといっしょに、ロンドンにおいて——到来したのではないかと推測している（Yves Bonnefoy, *Rimbaud par lui-même*, « Écrivains de toujours », Seuil, 1961; rééd. 1979; イヴ・ボヌフォワ『ランボー』阿部良雄訳、人文書院、一九六七年）。

7　Yves Bonnefoy, *ibid.*, p. 146: イヴ・ボヌフォワ『ランボー』同書、一八八頁。

8　*Ibid.*, p. 145-146: 同書、一八七頁。

9　「計算《カルキュル》」という言葉は、『イリュミナシオン』のいくつかの散文詩のなかに読まれる。たとえば「売り出し」には、「計算の、さまざまな適用と、諧調《ハーモニー》の、未聞の跳躍」という言い回しが見られる（« Solde », *Illuminations, op. cit.*, p. 288:「売り出し」、『イリュミナシオン』前掲書、二八九頁）。さらにまた、「青春II　ソネット」には、こう読める。「しかし、現在は、この労苦が満たされて、——ほら、おまえの計算、——ほら、おまえの焦慮、——それらはもはや、おまえたちの舞踏《ダンス》と声にほかならない……」（« Jeunesse », *Illuminations, op. cit.*, p. 292:「青春II　ソネット」、『イリュミナシオン』前掲書、二八七頁）

10　「放浪する者たち」は、次のような文章で始まっている。「あわれな兄貴！　あいつのせいで、眠れなかった、ひどい夜がどれほどあったことか！　「私がこの企てを、十分熱心には捉えようとしない、とか。彼の弱さを、私がもてあそんだ、とか。私の過ちのせいで、自分たちはまた亡命の境遇に、奴隷のような状態に逆戻りするだろう、とか。」」（« Vagabonds », *Illuminations, ibid.*, p. 273:「放浪する者たち」、『イリュミナシオン』同書、二六八頁）

11　この文章は、「放浪する者たち」の第二段落に見られる（*Ibid.*, p. 273: 同書、二六八頁）。

12　「別れ」には、次のような言葉が読める。「それでも、いまは前夜だ。溢れる生気とほんとうの愛情の流入はすべて受けよう。そして夜明けになったらぼくたちは、燃えるような忍耐で武装して、光輝く街々に入るだろう」（« Adieu », *Une Saison en enfer, ibid.*, p. 241:「別れ」、『地獄の一季節』同書、二三八頁）

13　「別れ」の最終行は、次のとおりである。「——そして、ぼくには、一つの魂と身体のうちに真実を所有することが許されるだろう」（*Ibid.*, p. 241: 同書、二三九頁）

14　「放浪する者たち」の最終節には、「方式〔formule〕」という言い方および「場所〔lieu〕」という言葉が見られる。

「実際、私はこの兄を、太陽の息子という原初の状態へ戻してやることを、心の底から真摯に、約束していたのだ、――私たちは、洞窟の湧水と街道の乾パンを糧にしながら、彷徨った、私のほうは、早く場所と方式を見つけ出そうと気が急いていた」(« Vagabonds », *Illuminations*, *ibid.*, p. 273:「放浪する者たち」、『イリュミナシオン』同書、二六九頁)

15 「黄金時代〔Age d'or〕」(後期韻文詩のうちの一篇として数えられる、規模の大きな詩篇「忍耐の祭〔Fêtes de la patience〕」のうちの第四篇)の第八ストロフに見られる。「この世は悪に満ちている。/いまさら驚くまでもない!/生きよ、そして火にくべよ、/暗くてわからぬ不幸など」(« Age d'or », *Derniers vers*, *ibid.*, p. 165:「黄金時代」、後期韻文詩、同書、一七三頁)

16 Yves Bonnefoy, ***Rimbaud par lui-même***, *op. cit.*, p. 79: イヴ・ボヌフォワ『ランボー』前掲書、一〇二頁。

17 ***Ibid.***, p. 78: 同書、一〇一頁。

18 「幸福〔bonheur および Bonheur〕」というのはまず後期韻文詩のうちの一篇「おお 季節よ、おお 城館《しろ》よ」のテーマになっている。そこでは、こう言われている。「誰が逃れることができよう/ぼくが極めた〈幸福〉の、あの魔術めいた探究を。」さらに『地獄の一季節』の「錯乱II 言葉の錬金術」では、詩人の探究の頂点をなす箇所において、こう記されている。「ついに、おお 幸福だ、理性だ、ぼくは天空から青空を、真っ暗な闇である青空を引き剝がした、そしてぼくは、自然のままの光の黄金の火花となって生きたのだ。喜びのあまりぼくは、このうえなくおどけた、錯乱した表現を取った。〔次に、「永遠」と題された韻文詩が引用される〕」ただし、「錯乱II 言葉の錬金術」の最後の箇所では、「〈幸福〉こそ、ぼくの宿命であり、ぼくの悔恨、ぼくの身中の虫であった」とも言われている。

19 「盗まれた心〔Le cœur volé〕」というのは、まず直接的には、一八七一年五月(すなわち、パリ・コミューンが挫折し、壊滅させられた月)に書かれたトリオレ形式の韻文詩のことである。その詩は、「処刑された心」という題名のもとに、いわゆる「見者の手紙」（一八七一年五月十三日、イザンバール宛）のなかに同封された。この詩においては、主人公である語り手＝詩人の「心」が、たとえば兵士たちとか水夫たちなどの集団のなかで、なんらかの侮辱や辱めを受けて、穢され、失墜した場面や、そこで感受した嫌悪感・悲哀が独特なリズムと音韻によって喚起されている。この詩の中心部分と最終部分では、「いかに行動すればよいのか、おお、盗まれた心よ」という詩行が反復句として二度繰り返して言われている。だが、それだけではなく、イヴ・ボヌフォワは、その『ランボー』（前掲書）のなかで、こうした「心」の盗みを、もっと子供のころにおいて詩人が経験した愛の欠如＝不足と結んでいる。つまり、母親ランボー夫人との関係のなかで、少年ランボーが深く味わった愛の欠如や剝奪、一種の「愛の盗み」（『最初の聖体拝領』）につながれているのではないかと推定している。こういう観点も踏まえつつ、ブランショはここで、〔愛の力の〕無限の喪失＝剝奪、窮乏、欠如などを語っていると思われる。

20　『地獄の一季節』のなかの「錯乱Ⅰ　狂える処女《おとめ》——地獄の夫」において、「夫」が「処女《おとめ》」に向かって語る言葉のなかで、次のように言われている。「ぼくは女たちを愛しはしない。愛というのは創り直すべきものなのだ、知ってのとおりね」（« Délires I, Vierge folle – L'époux infernal », *Une Saison en enfer*, *op. cit.*, p. 219:「錯乱Ⅰ　狂える処女《おとめ》——地獄の夫」、『地獄の一季節』前掲書、二一四頁）。

21　前掲の訳註13において引用したように、「別れ」の最終行には、「——そして、ぼくには、一つの魂と身体のうちに真実を所有することが許されるだろう」と記されている。（« Adieu », *Une Saison en enfer*, *ibid.*, p. 241:「別れ」、『地獄の一季節』同書、二三九頁）。

22　前掲の訳註12において指摘したとおり、「別れ」には次の言葉が読める。「そして夜明けになったらぼくたちは、燃えるような忍耐で武装して、光輝く街々に入るだろう」（« Adieu », *Une Saison en enfer*, *ibid.*, p. 241:「別れ」、『地獄の一季節』同書、二三八頁）

23　ヘルダーリンは、ピンダロスの断片から九篇を選んで翻訳し、そこに独自の注解を加えているが、その作品はふつう『ピンダロス断片〔Pindar-Fragmente〕』（一八〇三〜〇五年ごろ成立）と呼ばれている。その第五番目のテクスト、「このうえなく高いもの」のなかで、ヘルダーリンは次のように書いている。「直接性＝無媒介性は、厳密に言うと、死すべきものたちにとっても不死のものたちにとっても不可能なものである。」なお、本訳書の第I巻に収録されている「大いなる拒否」およびその訳註24を参照されたい。

24　このヘルダーリンの詩は、後期の讃歌「イスター〔Der Ister〕」の冒頭の三行である。この詩篇はおそらく一八〇三年の夏に書かれたものであり、全体は四つのストロフから成るが、最終詩節は未完のままとなっている。手稿には表題がなく、二十一行目に読まれる言い回し「だが、この河はイスターと呼ばれる」に基づいて、編者がそう名づけたものである〔23・24の訳註は、ドイツ文学者、東京大学名誉教授青木誠之氏のご教示によるところが大きい。録して、深く感謝する〕。

2　残酷な詩的理性――飛翔への貪欲な欲求

1　この論考は、*Cahiers Renaud-Barrault* に発表された次の論考（以下「カイエ版」）をもとにして、加筆と修正がほどこされたものである。« La Cruelle Raison poétique », *Cahiers Renaud-Barrault*, no 22-23, mai 1958, p. 66-73.

2　ロマン主義者たちは、神、自然、人間に人格を見出し、感情を通して直接的に把握しようとした。

3　カイエ版では「文化と現代世界の既成事実」となっている。

4　バリ島の演劇に衝撃をうけて、アルトーは一九三〇年代前半に一連のマニフェストや手紙で「残酷演劇」の構想を発表する。残酷演劇とは、舞台の上で流血のような残虐なシーンを見せたりすることではない。宇宙の必然や生の欲望に過酷なまでに忠実であるような演劇である。だから、理性も明晰さを失うのではなく、徹底的に明断であることが要請される。従来の西欧の演劇が論理的な言語を重視していたのを批判し、アルトーは過酷なまでに純粋に身体表現による観客との一体化を追求している。

5 カイエ版では、この段落の後、＊が続き、次の段落との差が示されている。

6 カイエ版では強調はされていない。

7 Antonin Artaud, *Œuvres complètes*, t. Ⅻ, Gallimard, 1974, p. 230-231.

8 カイエ版では、「欠如と苦痛としての詩的経験は、私たちの心を打ち、法外であり、独自なものである」となっている。

9 カイエ版では、「一九四六年にアルトーはさらにこの闘いについて本質的なことを語っている」となっている。

10 Artaud, *op. cit.*, p. 236.

11 Antonin Artaud, *Le théâtre et son double*, *Œuvres complètes*, t. Ⅳ, Gallimard, 1978, p. 106; アルトー『アントナン・アルトー著作集1　演劇とその分身』安堂信也訳、白水社、一九九六年、一八二頁。

12 *Ibid.*, p. 107; 同書、一八三頁。

13 *Ibid.*, p. 61; 同書、一〇〇頁。

14 *Ibid.*, p. 106; 同書、一八二頁。

15 *Ibid.*, p. 105; 同書、一八〇頁。

16 *Ibid.*, p. 14; 同書、一七頁。

17 カイエ版では「　」はない。

18 Maurice Blanchot, « Artaud », *Le livre à venir*, Gallimard, 1959, p. 45-52; ブランショ「アルトー」、『来るべき書物』粟津則雄訳、ちくま学芸文庫、二〇一三年、七七‐九〇頁。

19 *Le théâtre et son double*, *Œuvres complètes*, t. Ⅳ, *op. cit.*, p. 27; 『アントナン・アルトー著作集1　演劇と

その分身』前掲書、四二頁。

20 Antonin Artaud, « Notes sur les cultures orientales, grecque, indienne », *Œuvres complètes*, t. Ⅷ, Gallimard, 1980, p. 104.

21 *Le théâtre et son double*, *op. cit.*, p. 111；同書、一九〇頁。

22 *Ibid.*；同書、一九一頁。

23 *Ibid.*, p. 100；同書、一七一頁。

24 Antonin Artaud, *Le Pèse-nerfs*, *Œuvres complètes*, t. I, Gallimard, 1970, p. 120；アルトー「神経の秤」、『神経の秤・冥府の臍』粟津則雄・清水徹編訳、現代思潮社、一九七一年、一三一頁。

25 カイエ版には以下の一節はない。「これは細分化する暴力である」からここまでは単行本版での追加。

26 Antonin Artaud, *Héliogabale ou l'Anarchiste couronné*, *Œuvres complètes*, t. Ⅶ, Gallimard, 1982, p. 48；アルトー『アントナン・アルトー著作集2　ヘリオガバルスまたは戴冠せるアナーキスト』多田智満子訳、白水社、一九九六年、六一頁。

27 *Ibid.*, p. 84-85；同書、一二〇頁。

28 Artaud, « Le Mexique et la civilisation », *op. cit.*, p. 130.

29 *Ibid.*

30 晩年のニーチェには「ディオニュソス」と「十字架にかけられたもの」（イエス・キリスト）のテーマが存在した。最後の著作『この人を見よ』の最後の言葉が、「十字架にかけられた者対ディオニュソス」〔Friedrich Nietzsche, *Ecce homo*, *Nietzsche Werke. Kritische Gesamtausgabe*, hrsg. von Giorgio Colli und Mazzino Montinari, Bd. 3, Berlin, de Gruyter, 1969, p. 372；ニーチェ『この人を見よ』、『ニーチェ全集第Ⅱ期第四巻』西尾幹二・生野幸吉訳、白水社、一九八七年、四三五頁〕であった。ニーチェは一八八九年一月に発狂するのだが、一月に書かれた書簡には「ディオニュソス」と署名されたり、「十字架にかけられた者」と署名されたりしている〔Friedrich Nietzsche, *Briefwechsel. Kritische Gesamtausgabe*, hrsg. von Giorgio Colli und Mazzino Montinari, Abt. 3, Bd. 5, Berlin/New York, de Gruyter, 1984, p. 571-577 :『ニーチェ書簡集Ⅱ・詩集』、『ニーチェ全集別巻2』塚越敏・中島義生訳、ちくま学芸文庫、一九九四年、二八四－二八五頁〕。特にコジマ・ヴァーグナーに宛てられた書簡では、自分はかつて仏陀、アレクサンドロス、カエサル、シェイクスピア、ヴォルテール、ナポレオン、ヴァーグナーのような偉人であったと語られるのだが、そこでも自分がディオニュソスであり「十字架にかけられた」と述べられている〔*Ibid.*, p. 572-573: 同書、二八二－二八三頁〕。なお、この書簡はのちにクロソウスキーやドゥルーズに大きな影響を与えることになる。

31　古代ギリシアを讃美しその神々の聖なるものについて探求したヘルダーリンは、キリストについて「唯一者」という詩も書いている。一八〇一年から一八〇三年夏にかけて第三稿まで推敲したこの詩のなかで、古代ギリシアの神々とキリストとを結びつけようとして、キリストはディオニュソスやヘラクレスの兄弟であるとも書いているのと同時に、「天上の神々の妬みは、私が一者〔イエス〕に仕えれば、他者への親しみを私に許そうとしないかのように」〔Friedrich Hölderlin, *Sämtliche Werke*, Bd. II-1, W. Kohlhammer Verlag, 1951, p. 162:『ヘルダーリン全集第二巻　詩Ⅱ（一八〇〇－一八四三）』手塚富雄・浅井真男訳、河出書房、一九六七年、二一五頁〕とも歌っている。ヘルダーリンはギリシアの神々とキリストとの関係に悩んでいたのだ。彼は一八〇二年頃から精神の異常の兆候を示し始め、一八〇六年にチュービンゲン大学の病院に入院するが回復の見込みなしということで退院し、熱心な読者の家具職人に引き取られて一八四三年に没するまで生涯その家で過ごした。

32　カイエ版では、次の文が続いている。「神々は孤独であり、独自のものであり、自分が輝く光とは相容れない。彼らはかつて到来した到来する者たちである。」

33　カイエ版には、この一文はない。

34　Artaud, « Vie et mort de Satan le feu », *Œuvres complètes*, t. Ⅷ, *op. cit.*, p. 97.

35 Artaud, « Le Mexique et la civilisation », *op. cit.*, p. 130.
36 *Ibid.*, p. 129.
37 この註はカイエ版にはない。

3　ルネ・シャールと中性的なものの思考

1 この章は*L'Arc*誌に発表された以下の論考（以下「ラルク版」）をもとにして、加筆と修正がほどこされたものである。« René Char et la pensée du neutre », *L'Arc*, no 22, 1963, p. 9-14.
2 René Char, « Partage formel », *Fureur et mystère*, *Œuvres complètes*, « Bibliothèque de la Pléiade », Gallimard, 1983, p. 157 :「形式上の分割」、『激情と神秘』、『ルネ・シャール全詩集　新装版』吉本素子訳、青土社、二〇〇二年、一一八頁。以下、本章でのシャールからの引用はすべて、この*Œuvres complètes*の頁数、および右記日本語訳の頁数を示す。なお、本章中、シャールからの引用箇所は、原則としてブランショの行文に沿って訳し下ろした。
3 *Ibid.*, p. 158 : 同書、一一九頁。
4 « Feuillets d'Hypnos », *Fureur et mystère*, p. 231 :「イプノスの綴り」、『激情と神秘』、一六八頁。なお、シャールの原文では「不可能なもの〔impossible〕」がイタリックで記されている。
5 *Ibid.*, p. 187 : 同書、一二八頁。なお、シャールの原文では「快楽の呻き〔le gémir du plaisir〕」がイタリックで記されている。
6 « Transir », *La Parole en archipel*, p. 352 :「凍えること」、『群島をなす言葉』、二四二頁。
7 « Attenants », *ibid.*, p. 397 :「隣り合って」、同書、二七二頁。
8 « Feuillets d'Hypnos », *op. cit.*, p. 217 :「イプノスの綴り」、前掲書、一五八頁。

9 «L'essentiel intelligible», *Dehors la nuit est gouvernée*, p. 109:「知性によってのみ認識できる本質」、『外で夜は支配されている』、八二頁。
10 «Dans la marche», *La Parole en archipel*, p. 411:「歩みの中で」、『群島をなす言葉』、二八一頁。
11 «Poèmes des deux années», *ibid.*, p. 361:「二年間の詩」、同書、二四七頁。
12 «Rougeur des matinaux», *Les Matinaux*, p. 330:「早起きの人たちの赤さ」、『早起きの人たち』、二二八頁。
13 «Quitter», *La Parole en archipel*, p. 407:「離れること」、『群島をなす言葉』、二八〇頁。
14 Cf. «Rougeur des matinaux», *op. cit.*, p. 334:「早起きの人たちの赤さ」、前掲書、二三一頁。
15 «L'allégresse», *La Parole en archipel*, p. 415:「歓喜」、『群島をなす言葉』、二八五頁。
16 «Violences», *Fureur et mystère*, p. 130:「暴力」、『激情と神秘』、九七頁。
17 «Commune présence», *Le Marteau sans maître*, p. 80:「共同の存在」、『主のない槌』、六三頁。
18 «Argument», *Le Poème pulvérisé*, *Fureur et mystère*, p. 247:「粉砕される詩」の「梗概」、『激情と神秘』、一七六頁。
19 «En trente-trois morceaux», *En trente-trois morceaux*, p. 780:「三十三の断章に」、『三十三の断章に』、四二七頁。
20 «Feuillets d'Hypnos», *op. cit.*, p. 225:「イプノスの綴り」、前掲書、一六四頁。
21 クレマンス・ラムヌー（一九〇五‐九七）は、古典ギリシア哲学の専門家。刊行された彼の博士論文『ヘラクレイトス、あるいは物と語のあいだの人間』(Clémence Ramnoux, *Héraclite ou l'homme entre les choses et les mots*, Les Belles-Lettres, 1959) に関して、ブランショは、本書第Ⅱ巻所収の「ヘラクレイトス」と題された文章を寄せている。
22 Cf. DK22 B32. ヘラクレイトス、『ソクラテス以前哲学者断片集』第一分冊、内山勝利訳、岩波書店、一九九六年、三一八頁。「知を備えた唯一の存在は、ゼウスの名で呼ばれることを非とし、かつ是とする。」
23　Cf. DK22 B18. 同書、三一四頁。「期待しなければ、期待しがたいものは見いだされないであろう。それは、見いだしえないもの、到達しえないものだから。」
24　Cf. DK22 B19. 同書。「信じようとしないと言ってある人たちを非難して、ヘラクレイトスはこう言っている。「聞くすべも語るすべも知らぬ輩」。」
25　Cf. DK22 B2. 同書、三〇九頁。「それゆえ、遍《あまね》きもの（すなわち共通的なもの）に従わなければならない。しかるに、この理《ことわり》こそ遍きものであるというのに、多くの人びとは、自分独自の思慮を備えているつもりになって生きている。」
26　Cf. DK22 B40-41. 同書、三二〇頁。「博識は覚知を得ることを授けない。さもなければ、ヘシオドスやピュタゴラスにも、さらにはまたクセノパネスやヘカタイオスにもそれを授けたはずではないか。」「なぜならば、知とはただ一つ、万物を通して万物を操る叡慮に精通していることにある。」
27　「実践的惰性態」とは、サルトルが、マルクス主義と実存主義を接合しようと試みた『弁証法的理性批判』において分析したもので、人間の主体としての行為が生み出した道具や制度に対して、人間が逆に客体であるかのように疎外されてしまう状態を指す。サルトルは、この状態が乗り越え可能であり、かつ乗り越えるべき事態であるとした。
28　この註は単行本版にて追加。
29　ラルク版では、「ひとつの発見とはならないような現前の関係を通して」。
30　ラルク版では、「詩《ポエジー》、思考の言葉《パロール》は」。
31　ラルク版では、「明るみのなかで実現してしまう関係とは別の、現前の関係のうちに未知なるものが指し示されるような」。

32 ラルク版では、ここから次のような文章が続いていたが、単行本版では削られた。「次のように想定してみよう（私はここで単にメタファーを展開している）。有限かつ無限定なひとつの圏域に擬せられるものからなる全体を考えよう。絶対的に物質を欠いたこの世界、つまり引力を欠いた世界が、四次元の双曲線として開かれ、空虚でありながらも、私たちのものである半ば空虚な世界とはほとんど異なるところのない世界になるのだ、とする。そのような空虚な世界は、何らかの虚無《ネアン》とぴったり重なりあい、つねに数学化可能で、つねに空虚それ自体の計算に属していることだろう。こうした、虚構めいたモデルによって示されるのは、認識というものは、論理的公準に基づいてその一貫性を維持するかぎり、何もないという事象によって退けられることがまったくないということだ。こうして私たちは難なく、空虚な世界の空虚を計算すること——たとえ、この計算の効果（その効果とは、空虚を構造化し歪曲するというものだ）を正確に計算する目的にすぎないとしても——ができてしまう。だから、未知なるものを、そこから世界が溢れて流れ出すような、世界のなかの穴や傷口のように安易に考えてはならないのだ。」

33 « L'Avenir non prédit », *La Parole en archipel*, p. 403:「予想されない未来」、『群島をなす言葉』、二七七頁。

34 « Partage formel », *op. cit.*, p. 163:「形式上の分割」、前掲書、一二三頁。

35 « Dans la marche », *op. cit.*, p. 411:「歩みのなかで」、前掲書、二八二頁。

36 « Outrages », *Recherche de la base et du sommet*, p. 651. この引用は、単行本版にて追加。

4 断片の言葉

1 この章は当初、以下のタイトルでイタリアの雑誌に発表された。« La parola in arcipelago », traduit en italien par Guido Neri, *Il Menabò*, no 7, Turin, 1964, p. 156-159. その後、« Parole de fragment » のタイトルで、以下の単行本にフランス語で収録。*L'Endurance de la pensée: pour saluer Jean Beaufret*, Plon, 1968,

p. 103–108. 本章は、このイタリア語版（以下、「伊語初出版」）およびフランス語版（「仏語初出版」）をもとにして、加筆と修正がほどこされたものである。なお、伊語初出版との異同は著しい点のみ記す。

仏語初出版には、冒頭に次のような献辞が付されていた。

「エマニュエル・レヴィナスに。
私はこの四十年、
自分自身よりも近しい友愛によって
彼と結ばれてきた。
ユダヤ教との不可視性の
関係のなかで。」

2 René Char, « Même si... », *Le Nu perdu*, *Œuvres complètes*, « Bibliothèque de la Pléiade », Gallimard, 1983, p. 468:「まるで……」、『失われた裸』、『ルネ・シャール全詩集 新装版』吉本素子訳、青土社、二〇〇二年、三一八頁。以下、本章でのシャールからの引用はすべて、この *Œuvres complètes* の頁数、および、右記日本語訳の頁数を示す。なお、本章中、シャールからの引用箇所は、原則としてブランショの行文に沿って訳し下ろした。

3 « Les apparitions dédaignées », *Le Nu perdu*, p. 467:「軽蔑される出現」、『失われた裸』、三一八頁。

4 本章冒頭からこの箇所までは、伊語初出版と仏語初出版では以下のようになっていた。「「詩の分解エネルギーをもたぬ現実など、いったい何だろうか。」ルネ・シャールのこの問いかけは、彼の作品の多くと同じように、詩が思考にもたらそうとしている贈与を、そして、思考から詩に到来する魅力——すなわち、断片の言葉の魅力——の下に詩が思考を惹きつけるという要請を、私たちが理解するのに役立ってくれる。」

5 « Pour un Prométhée saxifrage », *La Parole en archipel*, p. 399:「プロメテウス、ユキノシタのために」、

『群島をなす言葉』、二七五頁。この引用は単行本版にて追加。
6 「欠如的……ようなのだ」は、仏語初出版で追加。
7 « Les compagnons dans le jardin », *La Parole en archipel*, p. 383 :「庭の仲間たち」、『群島をなす言葉』、二六四頁。強調はブランショ。
8 « Partage formel », *Fureur et mystère*, p. 157 :「形式上の分割」、『激情と神秘』、一一八頁。
9 伊語初出版では、「ルネ・シャールの最新の詩集——『群島をなす言葉』——は」。
10 この段落全体は、仏語初出版で追加。
11 « A une sérénité crispée », *Recherche de la base et du sommet*, p. 759. なお、次の段落以降、本章末尾まで、仏語初出版で追加。
12 « Neuf merci pour Vieira da Silva », *La Parole en archipel*, p. 386 :「ヴィエラ・ダ・シルヴァへの九つの感謝」、『群島をなす言葉』、二六六頁。
13 « L'âge cassant », *Recherche de la base et du sommet*, p. 767. なお、ブランショの引用は不正確。シャールの文言は、「神々は、私たちの間に存在することによってのみ死ぬ。」
14 « L'ouest derrière soi perdu », *Le Nu perdu*, p. 439 :「背後の失われた西方」、『失われた裸』、三〇一頁。
15 仏語初出版では、「(ルネ・シャールは他のところ、一人しか知らないある他のところで口にしているが)」。ここで示唆されているのは、「政治的には、モーリス・ブランショは失望に失望を重ねて、言いかえれば勇気に勇気を重ねて進むことしかできない」というシャールの文言と思われる（« Note à propos d'une deuxième lecture de « La perversion essentielle » in « Le 14 juillet » 1959 », *Recherche de la base et du sommet*, p. 744)。

1　この章はＮＲＦに発表された以下の論考（以下「ＮＲＦ版」と記す）をもとにして、加筆と修正がほどこされたものである。« Oublieuse mémoire », *Nouvelle Revue Française*, no 94, octobre 1960, p. 746-752. 以下の文がＮＲＦ版の冒頭部分から削除されている。「『忘れがちの記憶』。私は、日常的な簡素さをもつこの語が、どうしてもっとも緊密な詩的核心のひとつを指し示すのかと考えている。」

2　亡者は、レーテーの名をもつ川の水を飲んでこの世の記憶を忘れる。また、レーテーの名をもつ泉がボイオーティアのトロポーニオスの神託所の傍らにあり、神託を受ける者は、これと、ムネーモシュネーの泉とを飲まなければならなかったとされる。ちなみに、ヘシオドスの『神統記』によれば、ムネーモシュネーがゼウスとの間に九柱のムーサを産んだのは「災厄を忘れさせ悲しみを鎮めるものとして」だという（『神統記』55-56、廣川洋一訳、岩波文庫、一九八四年、一四頁）。

3　これ以降、六五頁まで引用される詩句は、詩集『忘れがちの記憶』の冒頭に置かれた一篇。Jules Supervielle, « [Pâle soleil d'oubli...] », *Oublieuse mémoire*, *Œuvres Complètes*, « Bibliothèque de la Pléiade », Gallimard, p. 485-487 ;「〔忘却の蒼白い太陽……〕」安藤元雄訳、『シュペルヴィエル詩集』ほるぷ出版、一九八三年、一八〇－一八五頁。以下、本章でのシュペルヴィエルからの引用はすべて、この *Œuvres complètes* の頁数、および右記日本語訳の頁数を示す。なお、本章中、シュペルヴィエルからの引用箇所は、原則としてブランショの行文に沿って訳し下ろした。

4　ＮＲＦ版では「連続したただひとつの空間」。

5　ＮＲＦ版では「しるしづけるのが難しい危険」。

6　« Madame », *Oublieuse mémoire*, p. 490-492 ;「わが婦人」、『忘れがちの記憶』、一八八－一九三頁。

7　« L'oiseau », *Les Amis inconnus*, p. 300-301 ;「鳥」、『未知の友だち』、九三－九五頁。

8　« Arbres dans la nuit et le jour », *1939-1945*, p. 432-433.

9　NRF版では次のような文で締めくくられている。「――そのとき、思い出が事柄にまつわる記憶をもたないだけでなく、記憶としてのあらゆる事柄になってもいる、そうした非人称の思い出、人称をもたぬ思い出が目覚めるのだ。」

6　夜のように広々とした

1　この章はNRFに発表された以下の論考（以下「NRF版」と記す）をもとにして、加筆と修正がほどこされたものである。« Vaste comme la nuit », *Nouvelle Revue Française*, no 76, avril 1959, p. 684-695.

2　NRF版では、冒頭からこの文までは次のようになっていた。「G・バシュラールは『空間の詩学』において、彼の他の著作よりもさらに生き生きとした仕方で、私たちが読者としての想像力を解放するのを助けてくれる〔Gaston Bachelard, *La Poétique de l'espace*, PUF, 1957; ガストン・バシュラール『空間の詩学』岩村行雄訳、ちくま学芸文庫、二〇〇二年〕。これはきわめて重要なことだ。私はカフカがブロートに宛てた次のような手紙の一節を引いたことがある。」

3　一九二二年七月五日付のマックス・ブロート宛書簡。Franz Kafka, *Briefe 1902-1924*, *Gesammelte Werke*, hrsg. von Max Brod, Frankfurt am Main, S. Fischer, 1966, p. 386;『カフカ全集　第九巻』吉田仙太郎訳、新潮社、一九九二年、四二五頁。

4　グレアム・グリーン「『ブライトン・ロック』序文」（丸谷才一訳、『世界批評大系　第五巻』筑摩書房、一九七四年、四〇七頁）に類似の記述がある。

5　丸括弧内は単行本版での追加。

6　この一文は単行本版での追加。

7　プラトン『イオン』森進一訳、530cd、『プラトン全集　第十巻』岩波書店、一九七五年、一一七頁。以下、本章での引用は、後出のジャン・ペパン『神話とアレゴリー』等からの孫引きと思われるものが多いので、直接の参照先と思われる書誌情報も記す。Cité in Jean Pépin, *Mythe et allégorie. Les origines grecques et les contes-tations judéo-chrétiennes*, Aubier, 1958, nouvelle édition revue et augmentée, Études augustiniennes, 1976, p. 100.

8　NRF版では、「こうして、アレゴリー、象徴、神話解釈などと呼ばれる読解法が認められてきて、最後に精神分析によって引き継がれた」となっていた。

9　プルタルコス「どのようにして若者は詩を学ぶべきか」瀬口昌久訳、19e、『モラリア 第一巻』京都大学学術出版会、二〇〇八年、六五頁。Cité in *Mythe et allégorie, op. cit.*, p. 87-88.

10　タティアノス『ギリシア人に対する講和』21。Cité in *Mythe et allégorie, op. cit.*, p. 88.

11　「「精神分析」は、つまるところ無意識を指し示すのだが」は、NRF版では、「精神分析は、つまるところ無意識を描き出すのだが」。

12　NRF版では「言語そのもの」の後に次のように続いていた。「（語によってだけでなく身体的トラブルによっても語る言語）。」

13　丸括弧内は単行本版での追加。

14　「イメージ、すなわち詩人の独創的な表現を抹消してしまうからである」は、NRF版では、「イメージ、すなわち詩人の独創的な言葉《パロール》を、まるでそれが偶発的もしくは無意味であるかのように、抹消してしまうからである」。

15　comprendre は「理解する、了解する」を意味するが、元来は「包含する」という意味である。

16　Gaston Bachelard, *La Poétique de l'espace*, PUF, 1957, « Quadrige », 2004, p. 1：バシュラール『空間の詩学』岩村行雄訳、ちくま学芸文庫、二〇〇二年、八頁。

17 *Ibid.*, p. 7; 同書、一八頁。

18 *Ibid.*, p. 4; 同書、一三頁。

19 「解釈者」は、初出では「精神分析家」。

20 アリストテレス『形而上学（上）』982b18-19、出隆訳、岩波文庫、一九五九年、二八頁。Cité in *Mythe et allégorie, op. cit.*, p. 121.

21 プラトン『書簡集（第二書簡）』312d、長坂公一訳、『プラトン全集 第十四巻』岩波書店、一九七五年、七八頁。Cité in *Mythe et allégorie, op. cit.*, p. 120.

22 Maximi Tyrii, *Philosophumena*, ed. H. Hobein, Lipsiae, Teubner, 1910, p. 44. Cité in *Mythe et allégorie, op. cit.*, p. 189.

23 *Ibid.*, p. 46.

24 「書かれたもの《エクリチュール》」は、NRF版では「言葉《パロール》」。

25 *La Poétique de l'espace, op. cit.*, p. 13;『空間の詩学』前掲書、二九頁。

26 Boris Pasternak, « Haute maladie », trad. André du Bouchet, *Cahiers G. L. M.*, automne 1954, p. 7. Cité in *La Poétique de l'espace, op. cit.*, p. 104;『空間の詩学』前掲書、一九三頁。

27 「別の言葉」は、NRF版では「別の対話」。

28 「書くこと《エクリチュール》の空間（ときに想像的と形容される空間）」は、NRF版では「想像的なもの」。

29 丸括弧内は単行本版での追加。

30 「不平等な」は、NRF版では「隠された」。

31 *La Poétique de l'espace, op. cit.*, p. 8;『空間の詩学』前掲書、二一頁。

32 Johann Peter Eckermann, *Gespräche mit Goethe in den letzten Jahren seines Lebens*, hrsg. von Heinz

Schlaffer, München, Carl Hanser Verlag, 1986, p. 684: エッカーマン『ゲーテとの対話』下巻、山下肇訳、岩波文庫、一九六九年、三〇三頁。

33 *La Poétique de l'espace, op. cit.*, p. 8:『空間の詩学』前掲書、二二頁。

34 この一文は、NRF版では「これは、おわかりのように、枢要な問いである」であり、以降は単行本版での追加。

35 バシュラールは『水と夢』（一九四二年）において、想像力を、新奇なものを求める「形式的想像力」と原初的なものを求める「物質的想像力」に分け、後者を、水、空気、大地、火の四元素に分けて考察した。続く『空気と夢』（一九四三年）、『大地と意志の夢想』（一九四八年）、『大地と休息の夢想』（一九四八年）は、『水と夢』の問題提起を受け継いでいる。

36 『空間の詩学』に引用されているミショーの散文詩「影の空間」の一節（Henri Michaux, *Nouvelles de l'étranger*, Mercure de France, 1952, p. 91）。*La Poétique de l'espace, op. cit.*, p. 194:『空間の詩学』前掲書、三六三頁。

37 ボードレールのソネット「照応」の一節。冒頭二節は以下のとおり。「〈自然〉はひとつの神殿、その生命ある柱は、／時おり、曖昧な言葉を洩らす。／その中を歩む人間は、象徴の森を過り、／森は、親しい眼差しで人間を見まもる。／／夜のように、光のように広々とした、／深く、また、暗黒な、ひとつの統一の中で、／遠くから混り合う長い木霊さながら、／もろもろの香り、色、音はたがいに応え合う。」（Charles Baudelaire, *Œuvres complètes*, t. I, éd. Claude Pichois, « Bibliothèque de la Pléiade », Gallimard, 1975, p. 11:「照応《コレスポンダンス》」阿部良雄訳、『ボードレール全集 第一巻』筑摩書房、一九八三年、二一–二二頁）

38 初出では、ここに次のような註が付いていた。「最近刊行された試論（*Baudelaire et la circonférence changeante*. Courrier du centre international d'études poétiques）のなかで、ジョルジュ・プーレは、深い理

解に基づいて、ボードレールにおける空間との悲痛な関係、詩的肯定=断言が果てなき展開と散逸となるような中心の探求を検討している。」

39 「書くこと《エクリチュール》のうちへの（書くこと《エクリチュール》による）」は単行本版での追加。

40 「こうした全体」は、NRF版では「こうした牢獄」。

41 「非‐肯定」は、NRF版では「肯定」。

42 「そこから中性的なものが姿を現わすのだが」は単行本版での追加。

7　言葉は長々と歩まねばならない

1 この章はNRFに発表された以下の論考（以下「NRF版」と記す）をもとにして、加筆と修正がほどこされたものである。« Notre Épopée »〔私たちの叙事詩〕, *Nouvelle Revue Française*, no 100, avril 1961, p. 690-698.

2 「伝統的な批評さえ」は単行本版での追加。

3 「控え目な、謙虚な、地味な」を意味する形容詞 modeste は、「尺度」を意味するラテン語 modus に由来する。

4 「あらゆる批評的錯覚を破壊しなければならないと述べている」は単行本版での追加。

5 「どんなに短いノートでもそうだ」は、NRF版では「もちろん」。

6 NRF版では、「議論好きの人だけが喜びそうな利点だ」。

7 NRF版では、このあとに次のような文章が続いていた。「思い違いをして何になるだろう。私たちはお喋りをしているだけだ、私たちは書物の上を流れる批評と呼ばれるお喋りを批判しながら不器用にお喋りをしているのだ。」

8 この文は、NRF版では次のような文章だった。「自己批判という口実のもとで、あなたは単にいわゆる懐疑的なお喋りに陥っているだけだ。そうしたことは安易すぎる。確かに、私たちは庇護のもとに進んでおり、この庇護はある種の文学的慣習によって私たちに与えられている。私たちは文学に固有の深刻さをもっており、それがもっとも不吉な発言をも軽々しさで和らげてくれる。当然ながら、この慣習を告発するだけでは充分ではないだろう。というのも、その告発もまた慣習の一部を成しており、慣習的にしかなりえないだろうから。同様に、二重になったこの匿名の声の背後には、その責任を負うべき遠くの誰かがいて、沈黙を装っている。」

9 「この運動」はNRF版では「この手法」。

10 NRF版では、このあとに次のような文が続いていた。「すぐに判断したり決定したりしようとする若者の性急さはよいものだ。それは、もったいぶった老人の怨恨や成熟した精神の自信に相当する。」

11 この文は、NRF版では次のような文章だった。「ときに、一方の詩人が他方の批評家のなかに入り込み、密かな友愛、困難な共犯性が生じる。レオナルド、ゲーテ、ヴァレリーといった名のもとに称えられている友愛だ。こうした例は、互いにあまりに異なり、私たちが言おうとしていることともあまりに異なるので、何ら印象深いことはない。私たちが言おうとしていることは次のようなことだ。」

12 丸括弧内は単行本版での追加。

13 「何も語らない」は単行本版での追加。

14 NRF版では、このあと、「そして、いずれにせよ、それが価値判断に属しているという確信」と続く。続く「すなわち」以下の文は単行本版での追加。

15 Samuel Beckett, *Comment c'est*, Minuit, 1961:『事の次第』片山昇訳、白水社、一九七二年、新装復刊版、二〇一六年。

16 NRF版では、この文の前に次のような一文があった。「あなたの冗談は理にかなっている。」

17 この文は、NRF版では以下のような文だった。「それでもやはり、私は先ほどの冗談を取り消したい。そもそも、先ほどの冗談は数多くの作家たち、とりわけサドを傷つけるものかもしれない。サドは読まれることを望んでいたのだから。」

18 「平等で不平等な」は、NRF版では「平等な」。

19 「すでに声――聞かれることも語ることもない声――が書き込まれている」は、NRF版では「すでに聞くべき声がある」。

20 この一文は単行本版での追加。

21 NRF版では、この文のあとに次のような一文があった。「不明瞭なものは何もなく、理解しがたい語の連関もひとつもない。」

22 「書かれていない言葉《パロール》の話し口調」は、NRF版では、「日常生活の話し口調」。

23 「不平等な平等」は、NRF版では「平等」。

24 *Comment c'est*, *op. cit.*, p. 206;『事の次第』前掲書、二四四頁。

25 *Ibid.*, p. 206;同書、二四四頁。

26 *Ibid.*, p. 207–208;同書、二四六頁。

27 *Ibid.*, p. 12;同書、一一頁。

28 *Ibid.*, p. 186;同書、二二〇頁。

29 *Ibid.*, p. 215–216;同書、二五五 - 二五六頁。

30 *Ibid.*, p. 223–224;同書、二六五頁。

31 *Ibid.*, p. 54–55;同書、六四 - 六五頁。

32 *Ibid.*, p. 178;同書、二一〇頁。

33 Samuel Beckett, *Les Textes pour rien* (1950), *Nouvelles et Textes pour rien*, Minuit, 1958;「反古草子」片山昇訳、『サミュエル・ベケット短編集』白水社、一九七二年、『サミュエル・ベケット短編小説集』(新装復刊

版）、二〇一五年。

34 *Ibid.*, p. 121-122；同書、九七頁。

35 *Ibid.*, p. 205-206；同書、一六七頁。

36 この文は、ＮＲＦ版では、「そうだね、待ちながら、あなたはそれを聞いている、そして今度はあなたも同意するだろう、私たちはお喋りをしているんだ。」

37 「聞くべき何かではなく」から末尾までは、単行本版での追加。

8 ヴィトゲンシュタインの問題

1 この章はＮＲＦに発表された以下の論考（以下「ＮＲＦ版」と記す）をもとにして、加筆と修正がほどこされたものである。« Le problème de Wittgenstein », *Nouvelle Revue Française*, no 131, novembre 1963, p. 866-875. 本章で言及されているフローベールの書簡は、『フローベール全集第九巻・第十巻』（山田𣝣・中村光夫他訳、筑摩書房、一九六八年、一九七〇年）、および『往復書簡サンド＝フロベール』（持田明子編訳、藤原書店、一九九八年）を参照しつつ、ブランショの行文に合わせた。

2 フローベールは、一八七六年三月十日のジョルジュ・サンド宛書簡でこのビュフォンの言葉を引用している。

3 Geneviève Bollème, *Préface à la vie d'écrivain*, Seuil, 1963.

4 丸括弧内の文言は単行本版にて追加。

5 Claude Lévi-Strauss, *La Pensée sauvage*, *Œuvres complètes*, « Bibliothèque de la Pléiade », Gallimard, p. 585；クロード・レヴィ＝ストロース『野生の思考』大橋保夫訳、みすず書房、一九七六年、三〇頁。

6 Michel Foucault, *Raymond Roussel*, « Le Chemin », Gallimard, 1963；« Folio/Essais », Gallimard, 1992, p. 207-208, p. 209；ミシェル・フーコー『レーモン・ルーセル』豊崎光一訳、法政大学出版局、一九七五年、二

三〇頁、二三二頁。

7　ヴィトゲンシュタインの『論理哲学論考』に寄せた序文で、ラッセルは以下のように述べている。「言語はいずれも、ウィトゲンシュタイン氏の語る通り、当の言語では構造については何ひとつ語ることができないという構造をもつが、しかし当の最初の言語の構造を扱う別の言語があって、これ自身が新たな構造をもっているとしてよいし、しかも言語のこのような階層性には限界がないとしてよい。」（Bertrand Russell, "Introduction", Ludwig Wittgenstein, *Tractatus Logico-Philosophicus*, Kegan Paul, Trench, Trubner & Co., London, 1922, p. 23：ルートウィヒ・ウィトゲンシュタイン『論理哲学論考』中平浩司訳、ちくま学芸文庫、二〇〇五年、一七四頁）

8　NRF版では、「ひとつの表現様態は、その無限運動を通じて、他の何らかの表現様態で、自らに異議を唱え、高揚し、自らを拒絶し、あるいは消え去るのである。」

9　NRF版では以下のとおり。「そのような言語活動においては、あの〈他なるもの〉の肯定が一瞬姿を見せてはたえず霧消してしまう。その〈他なるもの〉は、もはや表現できぬ深みとして捉えられ、作品の内部で〈注釈〉によってたちまち支配されてしまう。〈注釈〉は、新たな〈注釈〉――それは、先の〈注釈〉を招来した空虚の凹みや貯蔵庫に必ず宿る――が介入する危険を冒しながら、〈他なるもの〉を十全に表現することで〈他なるもの〉を実在させる。」

10　ルーセルが二十三歳の頃に書いた短編『シックノード』（*Chiquenaude*, 1900）は、«Les lettres du blanc sur les bandes du vieux billard»（「古びた撞球台のクッションに書かれた白墨の文字」）という一行で始まり、このbillardのbをpに替えただけの«Les lettres du blanc sur les bandes du vieux pillard»（「年老いた盗賊についての白人の手紙」）という一行で終わる。その意味で、「括弧で括られたような」作品であり、物語はもっぱら、音がほぼ同じながら意味のまったく異なるこの二つの文を繋ぐために紡ぎ出されている。ルーセルはこのような地口や語呂合わせを出発点とした、語の多様性を駆使するきわめて独特な「手法《プロセデ》」を用いて、後年の『ロクス・ソルス』や『アフリカの印象』を著している。

11　NRF版では、この原註はなく、本章の末尾は以下のとおりだった。「〔……〕今度は自分たちが盲目的に、どのような寄港やどのような沈没をもってしても終わらないこの航海に乗り出すよりほか仕方あるまい。この点については、ミシェル・フーコーの決定的なテクストを参照されたい。さしあたり締め括るにあたっては、たぶん、文学的言語活動《ランガージュ》――エクリチュール――とはあの常軌を逸した言語活動なのであり、それは、画定されたいかなる言語《ラング》の完成にも位置づけられないし、全的言語活動ないし無的言語活動というユートピアにさえ位置づけられるものでもなく、ひとつの言述様態から別の様態への終わりなき移行――それゆえ、狂気の可能性のなかにおのれの源泉を見出そうという、狂気じみていながらも敬意に値する務め――のうちに位置づけられるのだ、と指摘しておくことができるだろう。」

9　バラはバラであり……

1　この章はNRFに発表された以下の論考（以下「NRF版」と記す）をもとにして、加筆と修正がほどこされたものである。« A Rose is a Rose... », *Nouvelle Revue Française*, no 127, juillet 1963, p. 86-93.

2　出典は不明。

3　古代ローマの諷刺詩人ユウェナリス（六〇年頃－一三〇年頃）の『諷刺詩』六章二二三節「私はかく欲し、かく命ず〔*sic volo, sic jubeo*〕」（『サトゥラエ――諷刺詩』藤井昇訳、日中出版、一九九五年、一〇八頁：「こうしたいんだからこうしろと言ってるのさ」）のもじりであると思われる。

4　一九六〇年に刊行され、一九六二年に仏訳された、ドイツの作家エルンスト・ユンガーのエッセイ『世界国家』（*Der Weltstaat : L'État universel*, trad. Henri Plard, Gallimard, 1962）が参照されていると思われる。

5 「警戒するよう促している」は、NRF版では「抗議している」。

6 「力強い声の豊かさによってではなく」は単行本版での追加。「連続性」はNRF版ではイタリック。

7 「慎ましい」を意味する形容詞discret（ète）のラテン語源discretusは「分離された」を表わす。

8 NRF版では、「断片の言葉」と「非連続的な言葉」のあいだに「分析の言葉」が置かれていた。

9 récitはラテン語recitareに由来する動詞réciter「（詩などを）朗唱する、暗唱する」の名詞形で、「話、報告、物語」を表わす。

10 NRF版では「死の本能」に括弧はなかった。

11 フロイトは「快原理の彼岸」（一九二〇年）において、孫のエルンストが、母親が留守のときに、糸巻きを遠くに投げて「Fort〔いない〕」、近くに引き寄せて「Da〔いる〕」と言うという遊戯を繰り返し行い、母親がいなくなるという苦痛の経験を自ら反復していることについて分析し、有機体には快原理よりも根源的な、死へ向かう「死の欲動〔Todestrieb〕」があるという結論を引き出した（「快原理の彼岸」須藤訓任訳、『フロイト全集 第十七巻』、岩波書店、二〇〇六年）。なお、ラカンによって「死の欲動〔pulsion de mort〕」の訳語が定着するまで、Todestriebは「死の本能〔instinct de mort〕」と訳されることが多かった。

12 NRF版ではここに「有名な」が入っていた。

13 「ヘーゲルはどこかで、すべての偉大な世界史的事実と世界史的人物はいわば二度現れる、と述べている。彼はこう付け加えるのを忘れた。一度は偉大な悲劇として、もう一度はみじめな笑劇として、と。」（マルクス『ルイ・ボナパルトのブリュメール18日』植村邦彦訳、平凡社ライブラリー、二〇〇八年、一五頁）

14 ガートルード・スタインの詩「神聖なるエミリー」（一九一三年、『地理と戯曲』所収、一九二二年）の一節。原文には冒頭の〃A〃はない。スタイン自身がこの一節にこだわり、以後、さまざまな詩や発言などで変形させながら用い、また、他の作家にも頻繁に引用、応用されるようになった。ここでは、続いて提示されるブランシヨの解釈に合わせ、「バラはバラは〔であり〕バラは〔であり〕バラである」としたが、金関寿夫『アメリカ現代詩を読む』（思潮社、一九九七年）では、「バラはバラでありバラでありバラである」、ピーター・B・ハイ著、岩元巌・竹村和子訳『概説アメリカの文学』（桐原書店、一九九五年）では、「バラはバラはバラはバラである」、ウィルソン夏子『ガートルード・スタイン』（未來社、二〇〇一年）では、「バラは　バラで　バラは　バラだ」と訳されている。スタイン自身はこの一節について次のように述べている。「今私たちは、英語が年をとった時代に生きています。その時代に詩を書こうとしています。私たちは、名詞の生命力を取り戻すために、文の中に、何か予期できないような珍しいものを挿入しなければならないということを、みんな知っています。〔……〕今まで、あなたはバラについて数百の詩を読んできたでしょう。そして『バラは本当にそこにない』ということを骨の髄まで知っています。『その庭は、なんというすばらしい庭でしょう』というような歌を、ソプラノはアンコールに歌います。でも私はそのことをとやかく言うつもりはありません。なぜならそれは、長い詩の一行でしかないからです。〔……〕ここ百年の英詩の中で、私のこの一行で、はじめて『バラは赤い』ということが言えたと思います」（ウィルソン夏子『ガートルード・スタイン』前掲書、一六九－一七〇頁）

15　NRF版では、「最新作」。

16　Nathalie Sarraute, *Les Fruits d'or*, Gallimard, 1963:『黄金の果実』平岡篤頼訳、新潮社、一九六九年。

17　Nathalie Sarraute, *Tropismes*, Denoël, 1939, Minuit, 1957:「トロピスム」菅野昭正訳、『現代フランス文学13人集2』所収、新潮社、一九六五年。

18　「ところで」は、NRF版では「しかし」。

19　「言語が卒倒するあの多すぎることばに至るまで」は単行本版での追加。「多すぎることば」については本書第8章「ヴィトゲンシュタインの問題」を参照。

10　アルス・ノーヴァ

1　この章はNRFに発表された以下の論考（以下「NRF版」と記す）をもとにして、修正がほどこされたものである。« Ars Nova », *Nouvelle Revue Française*, no 125, mai 1963, p. 879-887.

2　Thomas Mann, *Doktor Faustus*, Berlin und Frankfurt am Main, Suhrkamp, 1947；トーマス・マン「ファウストゥス博士」円子修平訳、『トーマス・マン全集第六巻』新潮社、一九七一年。『ファウスト博士』全三巻、関泰祐・関楠生訳、岩波文庫、一九七四年。

3　NRF版ではここに以下の註が付いていた。「Th・W・アドルノ『新音楽の哲学』（ガリマール社〔Adorno, *Philosophie de la nouvelle musique*, trad. Hans Hildenbrand et Alex Lindenberg, Gallimard, 1962〕）。以下も参照。クロード・サミュエル『現代音楽芸術のパノラマ』（ガリマール社〔Claude Samuel, *Panorama de l'art musical contemporain*, Gallimard, 1962〕）。また、ボリス・ド・シュレゼール／マリア・スクリャービン『近代音楽の諸問題』の「アルギュマン」叢書での再版（ミニュイ社〔Boris de Schlœzer et Maria Scriabine, *Problèmes de la musique moderne*, Minuit, 1962〕）。」

4　ブランショが参照しているのは、トーマス・マンの『ファウストゥス博士』への自己注釈である『「ファウストゥス博士」の成立――ある小説の小説』（一九四九年）の仏訳『「ファウストゥス博士」の日記』（訳註7参照）だと思われる（トーマス・マン自身の日記の刊行は一九七五年で、本稿執筆時にはまだ刊行されていない）。『「ファウストゥス博士」の成立』には以下のようにある。「レーヴェルキューンの音楽的類型を確定するために種々記載。彼の名をなんとするか、アンゼルムか、アンドレアスか、アドリアンか。ファシスト的な時代気分の注釈」（*Die Entstehung des Doktor Faustus: Roman eines Romans*, Stockholm, S. Fischer, 1949, 1966, p. 27；「『ファウストゥス博士』の成立」佐藤晃一訳、『トーマス・マン全集第六巻』前掲書、五四二頁）

5 「アルス・ノーヴァ」とは「新しい技法」という意味で、本来は、十四世紀にフランスで栄えた音楽の技巧的な新傾向を指すが、本章では、アドルノの『新音楽の哲学』での用法を受けて、「新音楽（die neue Musik）」、すなわち、シェーンベルク、ヴェーベルン、ベルクらの新ウィーン楽派の音楽傾向を指して用いられている。

6 以下を参照。「音楽は、もちろん、眼を離すべからざるものであった。ベルリオーズの回想録も、アドルノのシェーンベルク論の原稿も、手許に携えてきていたのである。アドルノの辛辣な尊敬の仕方、彼の状況批評の悲劇的に怜悧な峻厳さこそは、そのまま私の必要とするものであった、というのも、私がこの状況批評から引き出せると思って、文化の全般的な危機や、とくに音楽を描くために、この状況批評から取ってわが物にしたものは、私の作品の根本主題だったからである。すなわち、創作不能の状態の接近、悪魔と契約を結ぶ素地になる生まれながらの絶望、というものだったからである」（*Die Entstehung des Doktor Faustus, op. cit.*, p. 50-51:『ファウストゥス博士』の成立」、『トーマス・マン全集第六巻』前掲書、五六三頁）

7 NRF版ではここに以下の註が付いていた。「ルイーズ・セルヴィサン訳『「ファウストゥス博士」の日記』〔*Le Journal du Docteur Faustus*, trad. Louise Servicen, Plon, 1962〕が最近プロン社から刊行された。プロン社からはまた、ミシェル・ドゥギーの研究『トーマス・マンの世界』〔Michel Deguy, *Le Monde de Thomas Mann*, Plon, 1962〕も刊行されたばかりである。マルグリット・ユルスナールの著作『検証を条件に』（ガリマール社〔Marguerite Yourcenar, *Sous bénéfice d'inventaire*, Gallimard, 1962〕）には『トーマス・マンの人文主義と錬金術について』というエッセイが収められている。」

8 ブランショの引用は正確ではなく、途中の文を省略して繋げたものである。Theodor W. Adorno, *Philosophie der neuen Musik*, Frankfurt am Main, Suhrkamp, 1975, p. 46: Adorno, *Philosophie de la nouvelle musique, op. cit.*, p. 51-52: アドルノ『新音楽の哲学』龍村あや子訳、平凡社、二〇〇七年、六五－六六頁。

9 Walter Benjamin, « Einbahnstraße », *Gesammelte Schriften*, Bd. IV-1, Frankfurt am Main, Suhrkamp,

1972, p. 88：W・ベンヤミン「一方通行路」、『ベンヤミン・コレクション3』浅井健二郎編訳、ちくま学芸文庫、一九九七年、二四－二五頁。Adorno, *Philosophie der neuen Musik*, *op. cit*., p. 115：*Philosophie de la nouvelle musique*, *op. cit*., p. 130：『新音楽の哲学』前掲書、一七五頁に引用。ただし、ブランショの引用は正確ではなく、途中の文を省略して繋げたものであり、かつ、第二文の「彼ら」は原文では「彼」であり、あいだにある「創造的精神」を受けている。

10　NRF版では、「ある曖昧さ」の後に次のような一節が続いていた。「（アドルノや他の多くの人々も免れているわけではない）」。

11　以下を参照。「十二音技法の作曲家は賭博師と同様に、どの数が出てくるかを待ち、その数が音楽的な意味を与えるようなものであればそれを喜ぶ、ということにならざるをえない。ベルクは、音列によって偶然に調的関連性が生じたときの喜びをはっきりと口に出していた」（*Philosophie der neuen Musik*, *op. cit*., p. 67：*Philosophie de la nouvelle musique*, *op. cit*., p. 75：『新音楽の哲学』前掲書、一〇〇－一〇一頁）

12　*Philosophie der neuen Musik*, *op. cit*., p. 61：*Philosophie de la nouvelle musique*, *op. cit*., p. 69：『新音楽の哲学』前掲書、八九頁。

13　「宇宙」を表わすunivers（この箇所ではUnivers）は、「一方向に向けられた」を意味するラテン語universusに由来するため。

14　Georges Poulet, *Les Métamorphoses du cercle*, Plon, 1961：ジョルジュ・プーレ『円環の変貌（上・下）』岡三郎訳、国文社、一九九〇年。

11　アテネーウム

1　この章はNRFに発表された以下の論考（以下「NRF版」と記す）をもとにして、修正がほどこされたものである。«L'Athenaeum», *Nouvelle Revue Française*, no 140, août 1964, p. 301-313. 単行本版では、NRF版から以下のような冒頭の一段落が削除された。「ドイツ・ロマン派の作家たち。今日、私たちはこの大いなる記憶にどう応じるべきだろうか。おそらくは、無邪気さに陥らぬようにし、私たちの応答が素朴なものでどこでも同じものにならざるをえないなどとは想像しないようにしてであろう。」なお本章中、引用箇所は、原則としてブランショの行文に沿って訳し下ろした。

2　フリードリヒ・ヴィルヘルム四世（一七九五‐一八六一）は、プロイセン国王。中世の身分制国家に国家の理想を見たロマン主義者であり、一八四八年の三月革命時には反動勢力の中心となり、欽定憲法を制定した。なお、本文においてロマン主義を政治的に利用したとされる「ナチスの文学理論家たち」はおそらく、後述のルカーチの論文で批判されているアルフレート・ボイムラーたちを指していると思われる。

3　リカルダ・フーフ（一八六四‐一九四七）は、ドイツの小説家、歴史家、フェミニスト。新ロマン主義者であり、自然主義を拒絶した。

4　ヴィルヘルム・ディルタイ（一八三三‐一九一一）は、ドイツの哲学者。ヘーゲルの影響を受け、知識は、歴史的に条件づけられた文化に生きる者の生を含むものとしてのみ理解しうると論じた。

5　ルカーチは、一九四七年の著作『ドイツ文学小史』所収の「ドイツ文学の転回点としてのロマン主義」において、ロマン主義に見られる反知性主義や非合理主義を厳しく断じているが、E・T・A・ホフマンを「リアリスト」だとしたうえで、「その芸術表現の仕方では、ホフマンもまたロマン主義者である。しかし――いうまでもなくドイツの土壌の上で、ドイツ的手段をもってではあるが――彼はヨーロッパ的ロマン主義者である。彼はその人間性の尺度によって――しかし彼以前ではゲーテ、彼以後ではバルザックと同様の洞察力をもって――時代の本質的な発展傾向を把握し、それをこれまでなかった暗示的リアリズムで表現したのである。だからこそホフマンはゲーテとハイネとのあいだにあって、国際的影響力をもつただひとりのドイツ作家なのである」と記している（Georg Lukács, *Skizze einer Geschichte der neueren deutschen Literatur*, Luchterhand, Neuwied am Rhein, 1963, p. 87；「ドイツ文学の転回点としてのロマン主義」栗原良子訳、『ドイツ・ロマン派全集第十巻』国書刊行会、一九八四年、二二三－二二四頁）。

6　アルベール・ベガン（一九〇一－五七）は、スイスの作家、文芸批評家。『ロマン的魂と夢』（一九三七年）などの著作があり、ホフマンの仏訳も手がける。

7　一九二五年にジャン・バラールによって創刊され、六六年まで発刊された雑誌。主な寄稿者には、ロジェ・カイヨワやシモーヌ・ヴェイユらがいる。

8　Clemens Brentano, *Sämtliche Werke und Briefe. Historisch-Kritische Ausgabe*, Bd. 33, hrsg. von Sabine Oehring, Stuttgart, Kohlhammer, 2000, p. 233.

9　アウグスト・ヴィルヘルム・シュレーゲルの妻カロリーネ（のち離婚しシェリングと結婚）が、フリードリヒ・シュレーゲルに宛てた一七九八年十月十四日付の書簡を参照。「高慢な熾天使」（die übermütigen Götterbuben、フランス語では les orgueilleux séraphins）はリカルダ・フーフによる表現。

10　Novalis, *Das Allgemeine Brouillon 1798/1799*, Fragment 723, *Werke, Tagebücher und Briefe Friedrich von Hardenbergs*, Bd. 2, *Das Philosophisch-theoretische Werk*, hrsg. von Hans-Joachim Mähl, München/Wien, Carl Hanser, 1978, p. 645；ノヴァーリス「一般草稿集　一七九八－九九年」、『ノヴァーリス全集第二巻』青木誠之・池田信雄・大友進・藤田総平訳、沖積舎、二〇〇一年、二三六頁。

11　Novalis, *Vorarbeiten zu verschiedenen Fragmentsammlungen*, Fragment 466, *Werke, Tagebücher und Briefe Friedrich von Hardenbergs*, *ibid.*, p. 419.

12　*Ibid.*, Fragment 280, p. 380；ノヴァーリス「断章と研究　一七九八年」、『ノヴァーリス全集第二巻』前掲書、一〇九頁。

13 *Das Allgemenine Brouillon 1798/1799*, Fragment 758, *Werke, Tagebücher und Briefe Friedrich von Hardenbergs*, *ibid.*, p. 355; ノヴァーリス「一般草稿集 一七九八－九九年」、『ノヴァーリス全集第二巻』同書、二三九頁。なお、ノヴァーリスの原文では「絶対的な創造ができる」はフランス語。

14 Friedrich Schlegel, *Kritische Fragmente*, Fragment 115, *Kritische Friedrich-Schlegel-Ausgabe*, Bd. 2, *Charakteristiken und Kritiken I*, hrsg. von Hans Eichner, München/Paderborn/Wien, Ferdinand Schöningh, 1967, p. 161; フリードリヒ・シュレーゲル「リュツェーウム断章」一一五、『ロマン派文学論』山本定祐訳、冨山房百科文庫、一九七八年、三二頁。

15 『アテネーウム』のこの断章は、フリードリヒではなく、アウグスト・ヴィルヘルム・シュレーゲルのものとされている。*Athenäums-Fragmente*, Fragment 131, *Kritische Friedrich-Schlegel-Ausgabe*, Bd. 2, *Charakteristiken und Kritiken I*, *ibid.*, p. 186.

16 ラーエル・ユスト宛一七九八年十二月五日付の書簡。Novalis, *Werke, Tagebücher und Briefe Friedrich von Hardenbergs*, Bd. 1, *Das dichterische Werk, Tagebücher und Briefe*, hrsg. von Richard Samuel, München/Wien, Carl Hanser, 1978, p. 676.

17 August Wilhelm von Schlegel, «Die Gemälde», *Sämmtliche Werke*, Bd. 9, hrsg. von Eduard Böcking, Leipzig, Weidmann, 1846, p. 62, 64-65.

18 NRF版では、「(私はこれを表現形式の総体として理解している)」。

19 NRF版では、「処刑ゆえに恐怖を催すというのではまったくなく」。

20 Friedrich Schlegel, *Ideen*, Fragmente 106, 135, *Kritische Friedrich-Schlegel-Ausgabe*, Bd. 2, *Charakteristiken und Kritiken I*, *op. cit.*, p. 266, 269.

21 フリードリヒ・シュレーゲルは、たとえば次のように記している。「フランス革命、フィヒテの知識学、それにゲーテの『マイスター』、これが時代の最大の傾向である。この組み合せに賛成できない者、はっきりと物質的にあらわれた革命しか重要なものに思えない者、彼らは人類の歴史のはるかな高みにまでまだ自己を高めることのできていない者である」（*Athenäums-Fragmente*, Fragment 216, ***Kritische Friedrich-Schlegel-Ausgabe***, Bd. 2, *Charakteristiken und Kritiken I*, *ibid.*, p. 198: フリードリヒ・シュレーゲル「アテネーウム断章」二一六、『シュレーゲル兄弟』山本定祐他訳、国書刊行会、一九九〇年、一七〇頁）

22　NRF版では「――これではまるで足りないのだろう――」と挿入されていた。

23　Novalis, *Philosophische Studien 1795/1796*（*Fichte-Studien*）, Fragment 462, ***Werke, Tagebücher und Briefe Friedrich von Hardenbergs***, Bd. 2, *op. cit.*, p. 159; ノヴァーリス「断章と研究　一七九七年まで」、『ノヴァーリス全集第二巻』前掲書、三八頁。

24　Novalis, *Vorarbeiten zu verschiedenen Fragmentsammlungen 1798*, Fragment 105, ***Werke, Tagebücher und Briefe Friedrich von Hardenbergs***, Bd. 2, *ibid.*, p. 334; ノヴァーリス「断章と研究　一七九八年」、『ノヴァーリス全集第二巻』同書、八二頁。

25　『アテネーウム』のこの断章は、フリードリヒではなく、アウグスト・ヴィルヘルム・シュレーゲルのものとされている。*Athenäums-Fragmente*, Fragment 271, ***Kritische Friedrich-Schlegel-Ausgabe***, Bd. 2, *Charakteristiken und Kritiken I*, *op. cit.*, p. 211.

26　*Ibid.*, Fragment 116, p. 182; フリードリヒ・シュレーゲル「アテネーウム断章」一一六、『シュレーゲル兄弟』前掲書、一五八頁。

27　Novalis, « Dialogen und Monolog », ***Werke, Tagebücher und Briefe Friedrich von Hardenbergs***, Bd. 2, *op. cit.*, p. 438-439; ノヴァーリス「対話と独白」、『ノヴァーリス全集第一巻』青木誠之・池田信雄・大友進・藤田総平訳、沖積舎、二〇〇一年、三一九‐三二一頁。

28 Cf. Claude Estève, « Vers Novalis », *Revue d'Histoire de la Philosophie*, no 4, 1930, p. 81.

29 Georg Wilhelm Friedrich Hegel, *Gesammelte Werke*, Bd. 8, *Jenaer Systementwürfe III*, hrsg. von Rolf-Peter Horstmann, Hamburg, Felix Meiner, 1976, p. 187; G・W・F・ヘーゲル『イェーナ体系構想』加藤尚武監訳、法政大学出版局、一九九九年、一一八－一一九頁。

30 *Vorarbeiten zu verschiedenen Fragmentsammlungen 1798*, Fragment 296, *Werke, Tagebücher und Briefe Friedrich von Hardenbergs*, Bd. 2, *op. cit.*, p. 381; ノヴァーリス「断章と研究　一七九八年」、『ノヴァーリス全集第二巻』前掲書、一〇九頁。

31 アルメル・ゲルヌ（一九一一－八〇）は、スイスの詩人、翻訳家。ここで言及されているゲルヌの言葉は、Armel Guerne, *Les Romantiques allemands*, Desclée de Brouwer, 1956; rééd. Phébus, 2004, p. 246. また、この原註に引用されているハーマンの言葉は、ヘルダー宛一七八四年八月八日付の書簡〔Johann Georg Hamann, *Briefwechsel*, hrsg. von Walther Ziesemer und Arthur Henkel, Bd. 5, Frankfurt am Main, Insel, 1965, p. 177〕。

32 Wilhelm Heinrich Wackenroder, « Herzensergießungen eines kunsliebenden Klosterbruders », *Sämtliche Werke uns Briefe. Historish-kritisch Ausgabe*, Bd. 1, hrsg. von Silvio Vietta, Heidelberg, 1991, p. 142; ヴァッケンローダー『芸術を愛する一修道僧の真情の披瀝』江川英一訳、岩波文庫、一九三九年、一九三頁。

33 *Kritische Friedrich-Schlegel-Ausgabe*, Bd. 2, *Charakteristiken und Kritiken I*, *op. cit.*, p. 335; フリードリヒ・シュレーゲル「小説についての書簡」、『ロマン派文学論』前掲書、二〇七－二〇八頁。

34 Novalis, *Fichte-Studien*, Fragment 587, *Werke, Tagebücher und Briefe Friedrich von Hardenberg*, Bd. 2, *op. cit.*, p. 188.

35 Ferdinand Solger, « Über die Wahlverwandtschaften », *Nachgelassene Schriften und Briefwechsel*, Bd. 1, hrsg. von Ludwig Tieck und Friedrich von Raumer, Leipzig, F. A. Brockhaus, 1826, p. 178. ドイツ語原

文はAlle heutige Kunst beruht auf dem Roman, selbst das Drama であり、「小説に立脚しているのである、劇でさえも」と訳すことができる。

36　Novalis, *Vermischte Bemerkungen/Blüthenstaub 1797/98*, Fragment 114, *Werke, Tagebücher und Briefe Friedrich von Hardenbergs*, Bd. 2, *op. cit.*, p. 285; ノヴァーリス「さまざまな覚書」、『ノヴァーリス全集第一巻』前掲書、二五四頁。

37　*Athenäums-Fragmente*, Fragment 77, *Kritische Friedrich-Schlegel-Ausgabe*, Bd. 2, *Charakteristiken und Kritiken I*, *op. cit.*, p. 176; フリードリヒ・シュレーゲル「アテネーウム断章」七七、『シュレーゲル兄弟』前掲書、一五〇頁。

38　*Vorarbeiten zu verschiedenen Fragmentsammlungen 1798*, Fragment 463, *Werke, Tagebücher und Briefe Friedrich von Hardenbergs*, Bd. 2, *op. cit.*, p. 418.

39　*Das Allgemeine Brouillon 1798/99*, Fragment 63, *Werke, Tagebücher und Briefe Friedrich von Hardenbergs*, Bd. 2, *ibid.*, p. 483; ノヴァーリス「一般草稿集　一七九八-九九年」六三、『ノヴァーリス全集第二巻』前掲書、一六七頁。

40　*Athenäums-Fragmente*, Fragment 119, *Kritische Friedrich-Schlegel-Ausgabe*, Bd. 2, *Charakteristiken und Kritiken I*, *op. cit.*, p. 184; フリードリヒ・シュレーゲル「アテネーウム断章」一一九、『シュレーゲル兄弟』前掲書、一五九頁。

41　*Ibid.*, Fragment 121, p. 184; シュレーゲル「アテネーウム断章」一二一、『シュレーゲル兄弟』同書、一六〇頁。

42　*Ibid.*, Fragment 53, p. 173; シュレーゲル「アテネーウム断章」五三、『シュレーゲル兄弟』同書、一四六頁。ただし、フリードリヒ・シュレーゲルの文では、「この二つの傾向を合一させる決心」となっている。

43　アウグスト・ヴィルヘルム・シュレーゲル宛一七九七年十二月十八日付の書簡。Friedrich Schlegel, *Kritische Friedrich-Schlegel-Ausgabe*, Bd. 24, hrsg. von Raymond Immerwahr, F. Schöningh, 1985, p. 67.

44　*Athenäums-Fragmente*, Fragment 206, *Kritische Friedrich-Schlegel-Ausgabe*, Bd. 2, *Charakteristiken und Kritiken I*, *op. cit.*, p. 197；フリードリヒ・シュレーゲル「アテネーウム断章」二〇六、『シュレーゲル兄弟』前掲書、一六九頁。

45　NRF版では、ここに次のような註が付されていた。

「マキシム・アレクサンドルの編集によるプレイヤード版のドイツ・ロマン派の第一巻が、ちょうど刊行された。寿ぐべき動きではある。だが、私たちはすぐに、奇妙な欠落に衝撃を受けたのだった。つまり、初期ロマン派の作家たちを扱っているこの第一巻には、彼らの理論的な文章も詩的作品もなければ、証言とてひとつも収められておらず、要するに、この運動の枢要な本質が無視されているからだ。その本質からして、ドイツ・ロマン派は、文学や詩、哲学、人生が、たえず緊密な関係に置かれるという唯一無二の経験になったのだが。それゆえ、続刊――続刊されることになっているようだが――では、理解しがたいこの欠落が埋め合わせられるか、この誤りが修正されることを切に願わざるをえない。アルメル・ゲルヌによって一九五六年に編集された書物のほう〔前掲の *Les Romantiques allemands*〕が、その試みの限界はあるにせよ、はるかにタイトルに相応しいように思われる。というのも、本書には、部分的であれ、ロマン主義のあらゆる形態の姿（ノヴァーリスやシュレーゲルの詩や断片、散文の物語、ヘンドリック・シュテフェンスによる回想、カロリーネ・フォン・ギュンダーローデの死をめぐるベッティーナ・フォン・アルニムの書簡など）が収められているからだ。これに対して、プレイヤード叢書の編集委員たちは、ヘルダーリンの作品については、必要なページを充分に割くべく、別個にプレイヤード版の出版を準備するという嬉しい決定を下した。今こそ、彼の全作品の刊行が検討されるべきである。アンドレ・デュ・ブーシェが、もっとも優れた詩の翻訳も可能だということを、慎み深くも心揺さぶるやり方で私たちに示してくれたところでもある（『ヘルダーリン詩集』、メルキュール・ド・フランス社）。

　ここで、二冊の伝記と評論を挙げておきたい。ドイツ・ロマン派の作家たちを扱ったマルセル・ブリヨンによる近著（アルバン・ミシェル社）と、P・ジャラベールによるジャン＝パウルの重要な小説『ジーベンケース』の対訳（オービエ社）である。それにしても、アルベール・ベガンによる『ヘスペルス』の翻訳はあるものの、ジャン＝パウルの他の主要作品、とりわけ『見えないロッジ』やあの見事な『巨人』――かつて、ほぼ一世紀前に、〔仏訳者の〕フィラレート・シャールが読者の便を思って切り刻んでしまったが――を刊行しようという編者はいないものだろうか。私たちはまだ何も知らないのだ。」

12　異化効果

1　この章はＮＲＦに発表された以下の論考（以下「ＮＲＦ版」と記す）をもとにして、加筆と修正がほどこされたものである。« Brecht et le Dégoût du Théâtre »〔「ブレヒトと演劇への嫌悪」〕, *Nouvelle Revue Française*, no 50, février 1957, p. 283–292. 冒頭の二つの断章はＮＲＦ版にはなかったものであり、第三の「±±」以下がＮＲＦ版をもとにしたものである。冒頭の第一の断章は単行本版での追加であり、第二の断章は、以下の論文の末尾の一段落だったものである。« Reprises »〔「再開」〕, *Nouvelle Revue Française*, no 93, septembre 1960, p. 482.

2　アンドレ・デュ・ブーシェ（一九〇四－二〇〇一）はパリ生まれの詩人、美術批評家、翻訳家。イヴ・ボヌフォワ、ジャック・デュパン、ルイ＝ルネ・デ・フォレ、ガエタン・ピコンとともに詩と美術の雑誌『エフェメール』を創始した。ヘルダーリン、ツェラン、ジョイス、マンデリシュタームらの翻訳者でもある。日本語訳に、『デュブーシェ詩集』吉田加南子訳、思潮社、一九八八年など。

3　ジャック・デュパン（一九二七－二〇一二）は南仏アルデッシュ生まれの詩人、美術批評家。イヴ・ボヌフォワ、アンドレ・デュ・ブーシェらとともに『エフェメール』を創始した。ホアン・ミロ、アルベルト・ジャコメッティらの美術作品の評論でも知られる。日本語訳に、『ジャコメッティ——あるアプローチのために』吉田加南子訳、現代思潮社、一九九九年。「即興の色——ミロ」他、丸川誠司訳、『詩と絵画——ボードレール以降の系譜』未知谷、二〇一一年。

4　ジャック・デュパンの詩「地衣」より。Jacques Dupin, « Lichens », *Gravir* (1963), ***L'Embrasure précédé de Gravir***, « Poésie », Gallimard, 1971, p. 55.

5　ジャック・デュパンの詩「この燠火　隔たり」より。Dupin, « Ce tison la distance », *ibid.*, p. 67.

6　NRF版では、この文の前に次のような文章があった。「彼の理論的見解は遅ればせのもの、つまり、自らの経験を表現したものである。彼は古くからある諸真理を発見し、他の真理は無視したうえで、単純化しているのだ、その探求は窮屈で頑固だ、と言うことは確かにできるだろう。彼が述べることは非常に面白く、本質的なものに直行するように思われる。」また、この文の「嫌悪感」はNRF版では「ある種の嫌悪」。

7　NRF版では、「これこそとても好ましい〔sympathique〕人物だ。」

8　ポーの「構成の原理」（一九四六）に次のようにある。「ぼくなら手始めに効果を考える。独創的であることをたえず念頭に置きながら——この明らかに容易に得られる興味の源泉をあえて無視するのは自己欺瞞である——まず最初にぼくは、『感情や知性、（さらに一般的には）魂が感受する無数の効果や印象のなかから、いまの場合どれを選んだものだろうか』と自問する。第一に斬新な、第二に生き生きとした効果を選びとったら、それがもっともうまく生かされるのは事件によってか、調子《トーン》でか、つまり平凡な事件と異常な調子を用いてか、その逆か、それとも事件も調子もともに異常にすることによってかを考え、それから、その効果の案出にもっとも有利な事件や調子の配合を、ぼくの周囲に（あるいはむしろぼくの内部に）捜し求めるのである。」（Edgar Allan Poe, “The Philosophy of Composition”, *Poems and Prose*, Everyman's Library, 1995, p. 162:「構成の原理」篠田

一土訳、『ポオ 詩と詩論』創元推理文庫、一九七九年、二二二頁）

9 NRF版では、この文の後に次のような文が置かれており、文末に脚註がついていた。「ブレヒトは間違えていたのではないだろうか、彼は映画館に入ったのではないだろうか。脚註：Cf. エドガール・モラン『映画あるいは想像上の人間』（ミニュイ社）。」この書籍の書誌情報は以下のとおり。Edgar Morin, *Le Cinéma ou l'homme imaginaire*, Minuit, 1956; エドガール・モラン『映画——あるいは想像上の人間』渡辺淳訳、法政大学出版局、一九八三年。

10 NRF版では、「催眠にかかった者が催眠術師にくっついているように、」のあとに、「雌鳥が白線にくっついているように」〔催眠術にかけられた雌鳥の状態のこと〕と続き、「このおぞましい隣接関係」は「この魅力」となっていた。また、「現実の」に括弧は付いていなかった。

11 ブレヒトの戯曲『ガリレイの生涯』（*Leben des Galilei*, 1938;『ガリレイの生涯』岩淵達治訳、岩波文庫、一九七九年;『ガリレオの生涯』谷川道子訳、光文社古典新訳文庫、二〇一三年）を踏まえている。

12 Bertolt Brecht, « Kleines Organon für das Theater », *Schriften zum Theater*, *Gesammelte Werke*, Bd. 7, Frankfurt am Main, Suhrkamp, 1963; *Petit organon pour le théâtre*, trad. Jean Tailleur, L'Arche, 1963.

13 NRF版では、「見事な小戯曲『例外と原則』」となっていた。

14 NRF版では、「権能」は「眼差し」であり、「指し示す」は「見る」だった。

15 Bertolt Brecht, « Die Ausnahme und die Regel » (1930), *Stücke*, Bd. 3, Frankfurt am Main, Suhrkamp, 1988, p. 237; *L'Exception et la Règle*, trad. Geneviève Serreau et Benno Besson, L'Arche, 1955, *Théâtre complet*, t. 1, L'Arche, 1962, p. 189;「例外と原則」、『ブレヒト戯曲全集第八巻』岩淵達治訳、未來社、一九九九年、二七三－二七四頁。

16 NRF版では、「創造的な警戒心」。

17　NRF版では、「中性的な空間」。

18　ジャン・ヴィラール（一九一二–七一）はフランスの舞台・映画俳優、演出家。アヴィニヨン演劇祭を一九四七年に創始した。

19　Jean Vilar, *De la tradition théâtrale*, L'Arche, 1955.

20　「……を銘記しておこう」は、NRF版では、「……に私は驚いた」。

21　この文の「正劇《ドラマ》」は、NRF版では、「演劇」。また、「私たちが先ほど指摘したことは」は単行本版での挿入（本章の第一・第二断章はNRF版にはなかったため）。

22　「舞台上の」は、NRF版では、「演劇の」。

23　NRF版では、この一文は丸括弧に入っていた。

24　NRF版では、この一文の代わりに次の文章が置かれていた。「しかし、この問題は措いておこう。そして、ここにおいて、ブレヒト、ヴィラール、そしてアルトーが、共通して、私たちに次のように告げているように思われることを確認しておこう。すなわち、演劇においては、言語活動《ランガージュ》は本質的にひとつの空間であり、そして演劇においては、空間もまた私たちに語らなければならず、そしてできることなら、私たちを語らせなければならない、私たちを語るがままにしなければならない、と。」

13　英雄の終焉

1　この論考は、NRFに発表された次の論考（以下「NRF版」と記す）をもとにして、若干の修正がほどこされたものである。«Le Héros», *Nouvelle Revue Française*, no 145, janvier 1965, p. 90–104.

2　NRF版ではこの箇所に次の文章が続き、その後、段落が改められている。「これはまた、英雄が過去に属していると慎重に述べているに等しい。英雄の時代とは、つねに、昔の時代なのである。始まりは弱々しく、結果は慎ましく、企ては輝かしいものであるとともに不器用でもある。最初の一歩を踏み出すとき、子供は英雄になる。だが、歩くこと自体は偉業ではない。」

3 NRF版では、「それは根源の時代〔le temps originel〕ではない」。

4 Ernst Jünger, *An der Zeitmauer*, *Sämtliche Werke*, Bd. 8, Stuttgart, Klett-Cotta, 1981, p. 511；エルンスト・ユンガー『時代の壁ぎわ 現代の神話的考察』今村孝訳、人文書院、一九八六年、一四九頁。

5 NRF版では、「おとぎ話の時代には――『生のものと火を通したもの』の時代には――」。

6 アポロドーロス『ビブリオテーケー』（第三巻第十三章第八節〔『ギリシア神話』高津春繁訳、岩波文庫、一九七八年、一六四頁〕）によれば、アキレウスの母テティスは、息子がトロイア戦争で死ぬと予知したため、アキレウスを女装させてリュコメデスの娘たちとともに生活させていた。

7 ソフォクレス『オイディプス王』一〇八〇－一〇八二行。ブランショが引用しているのは、以下のフランス語訳である。« Œdipe roi », trad. Jean Grosjean, *Eschyle, Sophocle*, « Bibliothèque de la Pléiade », Gallimard, 1967.

8 ピンダロス『ネメア祝勝歌集』第七歌三二－三三行（『祝勝歌集／断片選』内田次信訳、京都大学学術出版会、二〇〇一年、二七六頁）。ブランショが引用している翻訳はクレマンス・ラムヌーによるものである（Clémence Ramnoux, *Héraclite ou l'Homme entre les choses et les mots*, Belles Lettres, 1968, p. 298）。「名と共に栄光を語り伝えること」については、同じくラムヌーの以下の頁を参照。*Ibid.*, p. 113-116.

9 ピエール・コルネイユ『ル・シッド』第一幕第五場二七七行。コルネイユからの引用は日本語訳がある場合は（この論考では『ル・シッド』『ポリュークト』『シンナ』）既訳を参考にしつつブランショの論旨に合わせて訳した。コルネイユからの引用に関しては、ブランショは *Théâtre complet*, préfacé et annoté par Pierre Lièvre, complété par Roger Caillois, « Bibliothèque de la Pléiade », Gallimard, 1950 およびドゥブロフスキー、スタロバンスキー等の著作から引用していると推測されるが、本訳書においては Pierre Corneille, *Œuvres complètes*, textes établis, présentés et annotés par Georges Couton, « Bibliothèque de la Pléiade », Gallimard, 1980–1987を参照し、その行数を記した。

10 Serge Doubrovsky, *Corneille et la dialectique du héros*, Gallimard, 1963.

11 *Ibid.*, p. 500.

12 *Ibid.*, p. 551.

13 Jean Starobinski, ***L'Œil vivant, Essai***, Gallimard, 1961：ジャン・スタロバンスキー『活きた眼』大浜甫訳、理想社、一九七一年。

14 Bernard Dort, *Pierre Corneille dramaturge*, L'Arche, 1957.

15 コルネイユ『ロドギュンヌ』第四幕第七場一四九一行。

16 コルネイユ『ティットとベレニス』第三幕第四場八九三行。

17 *Corneille et la dialectique du héros*, *op. cit.*, p. 296.

18 コルネイユ『ティットとベレニス』第二幕第一場四〇七－四〇八行。

19 コルネイユ『シンナ』第五幕第二場一六〇九－一六一二行。

20 NRF版では「――私は〔意味と言うのであって〕役割とは言わない――」という挿入句がある。

21 コルネイユ『ソフォニスブ』第二幕第五場七二二行。

22 コルネイユ『ポリュークト、殉教者』第五幕第三場一六七九行。

23 コルネイユ『ソフォニスブ』第五幕第七場一八〇〇－一八〇二行。

24 *Corneille et la dialectique du héros*, *op. cit.*, p. 282-286.

25 コルネイユ『テオドール、処女にして殉教者』第五幕第六場一六九三－一六九八行。

26　同書、第五幕第八場一八二一－一八二四行。

27　コルネイユ『メデ』第五幕第五場一四九二行。

28　コルネイユ『シュレナ、パルティアの将軍』第一幕第三場二六五－二六八行。

29　同書、第五幕第五場一七一三－一七一七行。

30　Franz Kafka, *Der Proceß*, hrsg. von Malcolm Pasley, *Schriften, Tagebücher, Briefe. Kritische Ausgabe*, Bd. 1, Frankfurt am Main, Fischer, 1990, p. 312; カフカ「審判」中野孝次訳、『決定版カフカ全集第五巻』新潮社、一九八一年、一九四頁。

31　*Corneille et la dialectique du héros, op. cit.*, p. 467.

32　コルネイユ『シュレナ』第五幕第三場一六〇七－一六一〇行。

33　同書、第五幕第五場一七三一－一七三二行。

34　同書、第五幕第五場一七三六－一七三八行。

35　ＮＲＦ版では「生き延びる〔survivre〕」。

14　語りの声――「彼」、中性的なもの

1　この章はＮＲＦに発表された以下の論考（以下「ＮＲＦ版」と記す）をもとにして、加筆と修正がほどこされたものである。« La voix narrative (le « il », le neutre) », *Nouvelle Revue Française*, no 142, octobre 1964, p. 674-685.

2　『文学空間』（*L'Espace littéraire*, Gallimard, 1955：粟津則雄・出口裕弘訳、現代思潮新社、一九六二年）の「本質的孤独」や「カフカと作品の要請」を参照。

3　ムーサとはギリシア神話において詩芸術の女神であり、ここでの「記憶」はゼウスとのあいだに九柱のムーサ

を生んだ記憶の女神ムネーモシュネーを指している。

4　イマヌエル・カント『判断力批判』、とりわけ第二一‐五節、アリストテレス『ニコマコス倫理学』第九巻などを参照。

5　ヘンリー・ジェイムズ『大使たち』〔*The Ambassadors*, 1903〕青木次生訳、岩波文庫、二〇〇七年。主人公ストレザー一人に語りの視点が設定されている。

6　「書くこと《エクリチュール》」は、ＮＲＦ版では「言葉《パロール》」。

7　「書くこと」は、ＮＲＦ版では「語ること」。

8　ヤスパースは『理性と実存』（一九三五）以降、現実のすべてを「包括者（das Umgreifende）」の諸様式として捉え、その包括者のすべての諸様式の根源に実存を置く思索を展開した。

9　ブランショの引用は正確ではなく、デュラスの原文は、「〔……〕ほかのすべての語がそこに埋めこまれてしまうような〔……〕」である。

10　ＮＲＦ版では、このあとに「（これは疎外、すなわち存在の予期、つねに自己自身について予期できるという存在の権能の由来のひとつである）」という文言が挿入されていた。

11　この註は、ＮＲＦ版では本文の最後に括弧付きで置かれていた。また、最後に次の文言があった。「それでは、物語とはいったい何なのか――さらに問う余地を残すだけになるにせよ、このことはきちんと問わなければならない――、物語るとはいったい何なのか、この純粋な法外さは。物語とは外への入口、中性的なものの召喚である。」

15　木の橋――反復、中性的なもの

1　この章はＮＲＦに発表された以下の論考（以下「ＮＲＦ版」と記す）をもとにして、修正がほどこされたもの

である。«Le pont de bois»〔「木の橋」〕, *Nouvelle Revue Française*, no 133, janvier 1964, p. 90-103.

2　この段落のこの箇所までは、NRF版では以下のようになっていた。「『ドン・キホーテ』、そして第二部ではカフカの『城』を論じた偉大な著作で、マルト・ロベールはこれらの二作を通して文学についての考察を進めている（脚註）。（脚註：マルト・ロベール『古きものと新しきもの――ドン・キホーテからフランツ・カフカへ』グラッセ社。）それによれば、この著名な二作はいずれも（とはいえ、とりわけ、明らかに――彼女以前にはそれほど深くは認識されていなかったとはいえ――セルバンテスの作品のほうが）あらゆる文学の試練となっている。」この部分は単行本版では原註に移動している。マルト・ロベール（一九一四-九六）は文芸批評家かつドイツ語文学・思想の翻訳者であり、とりわけカフカの翻訳および読解や精神分析的文芸批評で知られる。著書に、『カフカ』（一九六〇年、宮川淳訳、晶文社、一九六九年）、『カフカのように孤独に』（一九六九年、東宏治訳、人文書院、一九八五年、平凡社ライブラリー、一九九八年）、『起源の小説と小説の起源』（一九七二年、岩崎力・西永良成訳、河出書房新社、一九七五年）などがある。

3　Marthe Robert, *L'Ancien et le nouveau: de Don Quichotte à Franz Kafka*, Grasset, 1963; マルト・ロベール『古きものと新しきもの――ドン・キホーテからカフカへ』城山良彦他訳、法政大学出版局、一九七三年。

4　NRF版では、このあとに次の一文があった。「実に奇妙な試みだが、マルト・ロベールによれば、この試みが文芸の黄金時代を終わらせ、苦悩に満ちた私たちの時代を開いたのである。」マルト・ロベールは前掲書の序文で以下のように述べている。「しかしもちろんドン・キホーテの冒険は完結することがない。なぜなら最初に「門出」して、書物に人生のなかへ降り立つことを命じたとき、彼は背後に文学全体を引き連れていったのだから。文芸の黄金時代に決定的な終止符を打った彼の過激な行動は、苦悩と不安に満ち、闘いと争いに貫かれた、「近代」と呼ばれる新しい時代、端的に言って文学の時代を開いたのである。」（*L'Ancien et le nouveau: de Don Quichotte à Franz Kafka*, *op. cit.*, p. 9-10; 『古きものと新しきもの――ドン・キホーテからカフカへ』前掲書、

三－四頁）

5　NRF版では、この文の前に次の一文が置かれていた。「いわゆる近代文学について書かれたもののうちでもっとも有益なもののひとつであるこの見事な著作を参照されたい。」

6　NRF版では、「このような状況はばかげているが、あまりに自然に私たちのものとなっているので」。

7　「働いている」は、NRF版では、「動き回っている」。また、この一節を囲む丸括弧はNRF版には付いていなかった。

8　ヘンリー・ジェイムズ『ねじの回転』（*The Turn of the Screw*, 1898：蕗沢忠枝訳、新潮文庫、一九六二年。土屋政雄訳、光文社古典新訳文庫、二〇一二年）。ブランショは『来るべき書物』で一章を割いてこの小説を論じている。

9　NRF版では、ここに、「マルト・ロベールが述べているように」という文言が入っていた。マルト・ロベールは、『ドン・キホーテ』を「新しいオデュッセイア」と捉えながら、たとえば次のように述べている。「この成立史（『ドン・キホーテ』の自称された成立史）は、小説の筋と緊密に化合しつつ、新しいオデュッセイアの叙事詩的企図を支え、かつ同時に、近代のあらゆる作品が当面しなければならない不快な状況をも示している。この物語によれば、セルバンテスは彼の書物の作者ではない。彼はこの書物の彫琢に貢献した、そしてもちろん彼はそのことを否定しようなどとは考えもしない。しかし彼は、本質的には、ホメロスと同じように、昔からよく知られ利用しつくされてきたテーマを整理して大衆に提供する人物にすぎない。作品は彼よりも前からある。彼は完成された、いや印刷されてすらいる作品を見出す。彼には、可能なかぎり優雅な表現を与えながら、それを忠実に書き写すことしか残されていない。このようにテクストがすでにあることは、一見、利益よりは不利をもたらすように見える。なぜならそれは作者の創造の権利をはなはだしく制約し、彼の功績を削減するばかりだからである。しかし実はこれこそ作者を一挙に叙事詩の高みに引き上げる唯一の手段なのであり、彼はできるかぎりその高みにとどまろうと努力するであろう。」（*L'Ancien et le nouveau: de Don Quichotte à Franz Kafka, op. cit.*, p. 113：『古きものと新しきもの――ドン・キホーテからカフカへ』前掲書、一〇七頁）

10　マルト・ロベールは次のように述べている。「古きものと新しきもの――ドン・キホーテが書物の遍歴騎士であるように、Kは書物の測量士である。」「『城』は（小説自体は未完成であっても）、この模倣の一番完全な例であって、カフカは諸世紀の伝言の宝庫ともいうべき一種の万国図書館の再建に努めている。そこには文体も起源も年代もきわめて千差万別な数層の物語が見られ、あるときは重なり合い、あるときは縺れ合い、またあるときは平行して追いかけ合いながら、全体としてこの小説作品の進展に寄与している。Kはそれぞれの物語の主人公であって、いずれの物語も先例の価値を持つので、そこからひとつの教訓を引き出すためにできるかぎり物語を展開させる。」（*L'Ancien et le nouveau: de Don Quichotte à Franz Kafka, op. cit.*, p. 199, 203–204：『古きものと新しきもの――ドン・キホーテからカフカへ』前掲書、一九二、一九五頁）

11　マルト・ロベールの以下の記述が踏まえられている。「オリュンポスの神殿は、人間たちが遠くから眺めて、その秩序の細部をことごとく認めるのに適当な距離にあるし、模倣するのに適当な近さにあるので、人間たちはこの神殿からひとつの教えを引き出すばかりでなく、ホメロスのような詩人が誇示するように、自分たちの力の異常な増大を、同時に自分たちの生活条件の源泉に対する道理にかなった信仰を引き出す。あまりに見事な成功のために、数世紀の人々が越えがたいと判断したのは当然であるが、ここでの理想は、見事に生活を意味づけることができ、生活を恥じ入らせたり、その掟で踏みつぶすこともない。カフカはその生涯の危機の時期に、シオニズムに回心し、パレスチナへ出発しようとしながら、なおもウェスト＝ウェスト伯爵所蔵の厖大な古文書を理解し、分類しようと努めたが、その頃、彼がこの見事な成功に心を惹かれたことは、ちょうどこの問題を扱ったブロートの著書について一九二〇年、著者に宛てた手紙のなかに、その証拠を見ることができる。」（*Ibid.*, p. 304–305：前掲書、二八四頁）

12 *Ibid.*, p. 305：前掲書、一八五頁。

13 タルムードとは、神がモーセに与えた口伝律法（口伝トーラー）を律法学士たちが体系的に記述するとともにイスラエルの新しい生活様式に適応させるべく解説した聖書解釈学の書物である。タルムードの弁証法とは、タルムードの聖書解釈における論法であり、一般から特殊および特殊から一般へと推論する論法、類比による論法、文献学的解釈などがある。以下の解説を参照されたい。アンドレ・シュラキ『ユダヤ思想』一九六五年、渡辺義愛訳、文庫クセジュ、白水社、一九六六年、四〇‐四四頁。

14 「厳しい」は、NRF版では、「繊細な」。

15 ミドラシュ（「研究」を表わすヘブライ語に由来）とはユダヤ教における聖書解釈の方法およびそれを著した著作であり、ミドラシュ・ハラカー（「歩き方、法規」）とミドラシュ・ハガダー（「教え、叙述」）に分かれる。前者は聖書（創世記以外のモーセ五書）の逐語的な研究により法律解釈を引き出そうとするものであり、後者は道徳的な観点から聖書原文を説教として展開する説話的なものである。

16 ニェムツォヴァーの小説との関係はマックス・ブロート『フランツ・カフカ』所収「カフカの『城』に関する所見」に指摘されているもので、この引用も同書から取られたものと思われる。翻訳も以下から引いた。マックス・ブロート『フランツ・カフカ』（一九五四年）辻瑆・林部圭一・坂本明美訳、みすず書房、一九七二年、三一一‐三一二頁。

17 マックス・ブロートは前掲書で次のように述べている。「この本の主人公であるおばあさんだけが、この呪縛の輪を破り、侯爵夫人の前に進み出て、ついに迫害されていた人々に、彼らの権利――カフカの『城』の主人公がたえず試みてはいたが一度も得られなかったもの――を取り戻してやる。このかぎりにおいて、ニェムツォヴァーの小説は、「善なる人間」への信仰をはぐくんだ時代、善なる人間が最後には勝つと自信をもって信じることの許された時代に属しているといえる。われわれ危機の時代にはそれだけの自信は与えられていない。」（前掲

書、三一〇頁）

18 Franz Kafka, *Das Schloß*, *Gesammelte Werke*, hrsg. von Max Brod, Frakfurt am Main, S. Fischer, 1967, p. 5; カフカ『城』前田敬作訳、新潮文庫、一九七一年、九頁。

19 *L'Ancien et le nouveau: de Don Quichotte à Franz Kafka*, *op. cit.*, p. 294;『古きものと新しきもの――ドン・キホーテからカフカへ』前掲書、二七四頁。

20 一九二二年六月末オスカー・バウム宛書簡 Kafka, *Briefe 1902–1924*, *op. cit.*, p. 377; 吉田仙太郎訳、『決定版カフカ全集9』新潮社、一九八一年、四一五頁。

21 オルガの台詞に文字どおり同じものは見当たらないが、「すべては、お城から出ていることなんですから」（『城』前掲書、四〇六頁）、「こうしたすべてのことも、すでにお城からの影響だったのです」（同書、四一三頁）といった台詞がある。また、小説冒頭で小役人シュワルツァーはKに「この村は、城の所領です」と言う（同書、一〇頁）。

16 もう一度、文学

1 この章はNRFに発表された以下の二本の論考（以下「NRF版」と記す）をもとにして、加筆と修正がほどこされたものである。« La littérature encore une fois I », *Nouvelle Revue Française*, no 120, décembre 1962, p. 1055–1061/« La littérature encore une fois II », *Nouvelle Revue Française*, no 121, janvier 1963, p. 102–107.

2 アルチュール・ランボーの『地獄の一季節』に収められた詩編「別れ」の一節。Arthur Rimbaud, « Adieu », *Une Saison en enfer*, *Œuvres complètes*, « Bibliothèque de la Pléiade », Gallimard, 2009, p. 280;『ランボー全集』平井啓之・湯浅博雄・中地義和他訳、青土社、二〇〇六年、二三九頁。

3　NRF版では、「(誇張した言い方になるが)」。

4　NRF版では、ここまでが前半部分として前述の ***NRF***, no 120 に掲載され、以下が後半部分として no 121 に掲載されている。

5　たとえばニーチェの『ツァラトゥストラはこう語った』では、次のように述べられている。「見るがいい、善くて義しい人びとを！　彼らが一番憎むのは誰？　それは、もろもろの価値を標した彼らの石板を砕く者、すなわち破壊者、犯罪者だ。——だが、これこそが創造者なのである。」(Friedrich Nietzsche, ***Also sprach Zarathustra, Ein Buch für alle und keinen*** *(1883-1885)*, ***Kritische Gesamtausgabe***, Abt. 1, Bd. 6, hrsg. von Giorgio Colli und Mazzino Montinari, Berlin/New York, de Gruyter, 1968, p. 20: ニーチェ「ツァラトゥストラはこう語った」、『ニーチェ全集第Ⅱ期第一巻』薗田宗人訳、白水社、一九二八年、三五頁)

6　NRF版ではここに以下の文が続いていたが、単行本版では削られている。「よく言われることだが、自分たちがニヒリズムに浸りきっていると述べるのは、とても安穏な自己表現だ。むしろ、自分たちはまだニヒリズムに浸りきるような段階には至っておらず、自分たちにできることと言えばただニヒリズムに接近することであり、それとて上辺の接近にすぎない、と考えるべきだろう。だからこそ、私たちはニヒリズムと縁を切れないのだ。ニヒリズムは、私たちをニヒリズムから一見逸らすすべてのもののなかで作用していて、それゆえに、私たちがニヒリズムの根源的試練から離れようと努めるほど、私たちをその依存関係に引き留める、ということなのだろう。」

7　NRF版ではここに以下の文が続いていたが、単行本版では削られている。「そして今日、人々が喜んでそうしているように、自分たちも、これらの特徴から、文学を同定して文学の現場を押さえられるような、いわゆるモンタージュ写真のひとつをはたして構成できるものかどうか、私は決めかねている。」

8　「幾度も提起されては必ずずらされる」は単行本版で加筆。

9　NRF版ではここに以下の文が続いていたが、単行本版では削られている。「そのはたらきによって、私たちが可視的なもの（すなわち、光の要請――『観念』の要請でもあるが――のこと。私たちは思考するときにはいつも、原則的にはその要請に従っている）の一貫性と構成から解放される言葉であり、つまるところ、未知なるものに向かって語りかけ、人間と人間とのあいだに、主体から主体への関係でも主体から客体への関係でもないようなある関係を打ち立てるような言葉である。」

17　賭ける明日

1　この章はNRFに発表された以下の論考（以下「NRF版」と記す）をもとにして、修正がほどこされたものである。« Le demain joueur: Sur l'avenir du surréalisme », *Nouvelle Revue Française*, no 172, avril 1967, p. 863-888. なお、本章中の引用は、原則としてブランショの行文に沿って訳し下ろした。

2　単行本版では、NRF版から以下のような冒頭の四段落の大半が削除され、その一部が、順序を入れ替えてこの原註に採録されている。

アンドレ・ブルトン。彼にとって、死は遠くにあって、馴染みがなく、敵だった。そして死は突如、絶対的に不適切な形で現われたのだ。彼の死は私たちを悲しませる。彼は死すべき運命にはなかったからだ。

★

ブルトンの死によってすべてにけりがつけられたとして、死の時をもってシュルレアリスムを停止させることで、アンドレ・ブルトンを正当に評価しようなどと考える人々は、哀惜の情にほだされている。もっと気の急いた人々は、ブルトンが脆弱ゆえに、とうに終末を迎えていた運動を延命させていたとして、すでに彼を非難していた。そこで、ブルトンと切り離せないシュルレアリスムが、彼がその名を担っているか否かを問わず、彼がシュルレアリスムに与えた力そのものによって、つねに来るべきものとして、あるいは一度も到達されない限界として、とはいえ未来も現在も過去もないものとして肯定される運命にあるのは、はたしてなぜなのか、探ってみることにしたい。

★

私たちがみなアンドレ・ブルトンに負っているのはいったい何か。とりわけこの運動の外にとどまりつつ別の道を通ってそれを見つけようという幻想を抱いていた人々が、おそらくは彼に負っているであろうはずのものとはいったい何か。それを探ることは、今回の不幸のさなかにおける、幸せなと言ってもいい、より容易な作業なのかもしれない。なぜなら、かつて存在したものを認め、謝意を表することは、記憶そのもののなかでやがて思い出をもたぬものとなるような過去を、現在まで引き延ばすことだからだ。それはまた、いつも喧騒に満ちていた数々の出会いをあらためて可能にし、腹蔵ないやり取りを喚起することでもあり、さらに、事の成り行きから、手近な歴史に話をかぎっても一九五八年以降はっきりと政治的な協調——とはいえ協調という語のもっとも広い意味は保たれていた——として姿を現わした協調に、再び光を当てることでもあるだろう(ド・ゴールその人やド・ゴール体制、そしてその体制が体現していたものすべて、多少なりともその体制に執着していた人すべてに対して、アンドレ・ブルトンが示していた反抗が、無媒介的で無条件であり、弛まぬものだった——それも最期まで——点には、きちんと注意を促しておかねばならない)。

ブルトンがシュルレアリスムに日の目を見させ、情熱を込めてひとつの実存の真実を貸し与えた以上、そして、彼が、生気あふれる仕方で、起源なしにシュルレアリスムを開始した以上——ひとつの人生が、ひとつの時代に結びつき、時代をして持続するものよりは持続を逸脱させる間隔に仕立てる宙吊りと途絶の力に結びついて始まるかのように（だが生とはいつ始まるのだろうか）——、シュルレアリスムは、ブルトンにおいて唯一のものだった。この意味においてのみ、シュルレアリスムは時代の現象である。シュルレアリスムによって、何かが途絶えた。歴史の区切り、断絶が存在したのだ。つまり、全方位の攪乱であり惑乱のことなのだが、それは、否定によっては定義されず（それゆえ、ぞんざいにそう望まれてしまうかもしれないが、ダダイスムに優位性を認めることはできない）、かといって、掟や制度あるいは声高に唱えられるほど堅固なものになりかねないいかなる主張とも一致しないものである。

3　一九二〇年に発表された『磁場』は、ブルトンとフィリップ・スーポーが自動筆記を試みた最初の作品（André Breton et Philippe Soupault, *Les Champs magnétiques*, Au sans pareil, 1920）。

4　「宗教」を意味する religion という語は、re という接頭辞に、「集める」の意のラテン語 legere が結びついた relegere、あるいは「結ぶ」の意の ligare が結びついた語 religare に由来している。

5　André Breton, *Second manifeste du surréalisme*, *Œuvres complètes*（以下 *O. C.*）, t. I, « Bibliothèque de la Pléiade », Gallimard, 1988, p. 802:「シュルレアリスム第二宣言」生田耕作訳、『アンドレ・ブルトン集成（以下『集成』）第五巻』人文書院、一九七〇年、八五頁。この箇所に付された原註中の引用のうち、先の二つは、André Breton, « Introduction au discours sur le peu de réalité », *O. C.*, t. II, 1992, p. 276:「現実僅少論序説」生田耕作・田村俶訳、『集成第六巻』、一九七四年、二一五頁。最後の引用は、*Second manifeste du surréalisme*, *op. cit.*, p. 802:「シュルレアリスム第二宣言」前掲書、八五頁。ただし、ブランショの引用は不正確で、ブルトンの文言は以下のとおり。「社会活動の問題は——この点は立ち戻って強調しておくが——シュルレアリスムが提起するのを務めとしてきた、あらゆる形での人間的表現という、より一般的な問題の一形態にほかならない。」

6　当初シュルレアリスム運動に加わっていたアルトーは、ブルトンやルイ・アラゴンらがフランス共産党に加入し、その参加を正当化したパンフレット『真昼に』(Louis Aragon et al., *Au grand jour*, 1927) を発表した一九二七年、ブルトンと袂を分かつ。そのさい、ブルトンらの文書を皮肉ったタイトルの『真夜中に』(*A la grande nuit*) という文書を発表し、「シュルレアリスムは、信者たちの愚かなセクト主義によって死んだ」などと筆鋒鋭く批判している。ここに引用されているのは、Antonin Artaud, ***A la grande nuit***, ***Œuvres complètes***, t. 1 vol. 2, Gallimard, 1976, p. 60. また、「深淵のはずれで」は、p. 66.

7 André Breton, ***Manifeste du surréalisme***, ***O. C.***, t. 1, p. 334;『シュルレアリスム宣言』巖谷國士訳、岩波文庫、一九九二年、五九頁。

8 *Ibid.*, p. 328; 同書、四六頁。

9 *Ibid.*, p. 328; 同書、四六頁。

10 *Ibid.*, p. 327 note; 同書、四三頁の註。

11 *Ibid.*, p. 332; 同書、五四頁。

12 *Ibid.*, p. 345; 同書、八〇頁。

13 in (im) -という接頭辞には、否定や欠如を表わす場合と「中に」の意を表わす場合がある。

14 Un papillon de 1924; 一九二四年のビラ。

15 この註は単行本版にて追加。Paul Valéry, « Littérature », ***Œuvres complètes***, t. 2, « Bibliothèque de la Pléiade », Gallimard, 1960, p. 547;「文学」佐藤正彰訳、『ヴァレリー全集第八巻』筑摩書房、一九七八年、三七一頁。一九二九年に発表されたブルトンとエリュアールの「詩についての覚書」は、「書物は人間と同じ敵をもつ」とヴァレリーが記せば、ブルトンとエリュアールは「書物は人間と同じ友をもつ」といった具合に、ヴァレリーが同年に発表した「詩についての覚書」(同年の初出時には一部が「文学」と題されて発表) の表現をことごとく反転ないし逸脱させている。

16　ブルトンが、一九五二年のインタヴューにて自著『通底器』をめぐって語ったさいに用いている表現。「私にとってこの本の救いとなっているもの、そしてこの本の存在を決定したもの、それは、私がそうなしえたと信じたある毛細組織の発見と、その組織について試みた叙述なのです。」（André Breton, *Entretiens 1913-1952*, *O. C.*, t. 3, 1999, p. 539:『ブルトン　シュルレアリスムを語る』稲田三吉・佐山一訳、思潮社、一九九四年、一八九頁）

17　André Breton, « Position politique de l'art d'aujourd'hui », *O. C.*, t. 2, p. 427:「今日の芸術の政治的位置」田淵晋也訳、『集成第五巻』前掲書、一七四頁。

18　André Breton, *Nadja*, *O. C.*, t. 1, p. 651:『ナジャ』巖谷國士訳、岩波文庫、二〇〇三年、二〇頁。

19　André Breton, *L'Amour fou*, *O. C.*, t. 2, p. 751:『狂気の愛』海老坂武訳、光文社古典新訳文庫、二〇〇八年、一七五頁。

20　ニーチェは、理性や合理性も偶然の重なった結果であるとし、たとえば、永遠回帰を説いた『ツァラトゥストラ』において「詩人、謎を解く者、そして偶然からの解放者として、わたしは彼らに、未来に創造に邁進し、創造することによって一切の過去を救い出すことを教えた」と記している（Friedrich Nietzsche, *Also sprach Zarathustra, Ein Buch für alle und keinen* (*1883-1885*), *Kritische Gesamtausgabe*, Abt. 1, Bd. 6, hrsg. von Giorgio Colli und Mazzino Montinari, Berlin/New York: de Gruyter, 1968, p. 244-245: ニーチェ「ツァラトゥストラはこう語った」、『ニーチェ全集第Ⅱ期第一巻』薗田宗人訳、白水社、一九八二年、二九二頁）。マラルメは、たとえば詩篇『賽の一振り　断じてそれが　廃滅せしめぬ　偶然』のなかで、「雷撃となって炸裂する理性」と記している（Stéphane Mallarmé, *Un Coup de dés jamais n'abolira le hasard*, *Œuvres complètes*, t. 1, « Bibliothèque de la Pléiade », Gallimard, 1998, p. 379: 清水徹訳『マラルメ全集第一巻』筑摩書房、二〇一〇年、vii頁）。

21　ブルトンは、たとえば『通底器』でエンゲルスを引きながら、次のように記している。「『因果律は、必然性の顕現形式である客観的偶然のカテゴリーとの関係においてしか理解されえない。』私は付け加えて言いたい。因果関係は、それがこの場合いかに人を困惑させるものであろうとも、現実のものであって、それが普遍的な相互作用に依拠しているからだけでなく、それが確認されたということからして現実のものなのだ、と。」（André Breton, *Les Vases communicants*, *O. C.*, t.2, p.168:『通底器』豊崎光一訳、『集成第一巻』人文書院、一九七〇年、二七六頁）

22　アントワーヌ・オギュスタン・クールノー（一八〇一－七七）は、フランスの数学者、経済学者。確率論を専門とし、『富の理論の数学的原理に関する研究』（一八三八年）などの著作を発表して、数理経済学を創始した。また、偶然をそれぞれ別個の因果関係の系列による相互作用として定義し、蓋然性論によって知識の分類を試みた。

23　*Nadja, op. cit.*, p. 661-663:『ナジャ』前掲書、三八頁。

24　*Ibid.*, p. 714-716: 同書、一二九－一三〇頁。

25　NRF版ではここに次のような註が付されていた。「ナジャは未知なるものではない。しかし彼女の現前によって、根源的な隔たりが姿を現わし、束の間、明白になる。それは、彼との関係のなかで、未知なるものをつねに永遠に維持し、この関係を、均衡も不均衡もないある絶対的に非対称な関係にするものなのだ。」

26　「合法化」は、NRF版では「平準化」。

27　*Nadja, op. cit.*, p. 708:『ナジャ』前掲書、一一八頁。

28　*Ibid.*, p. 689: 同書、八三頁。

29　*Ibid.*, p. 736: 同書、一五九頁。強調はブランショ。

30　*Ibid.*, p. 736: 同書、一五九頁。

31　*Ibid.*, p. 743；同書、一七一頁。
32　*Ibid.*, p. 647；同書、一一頁。
33　「賭ける明日」という表現は、『シュルレアリスム第二宣言』に見られ、ブルトンの文章でもイタリック体で強調されている（*Second manifeste du surréalisme*, *op. cit.*, p. 801；「シュルレアリスム第二宣言」前掲書、八五頁）。
34　Cf. Michel Foucault, « La folie, l'absence d'œuvre », *La Table ronde*, no 196, mai 1964；ミシェル・フーコー「狂気、作品《ウーヴル》の不在」石田英敬訳、『ミシェル・フーコー思考集成第二巻』筑摩書房、一九九九年。
35　André Breton, « Situation du surréalisme entre deux guerres », *O. C.*, t. 3, p. 712；「両大戦間期のシュルレアリスムの状況」粟津則雄訳、『集成第七巻』人文書院、一九七一年、九三頁。ただし、ブランショの引用は不正確で、ブルトンの文章は以下のとおり。「……何人かの気の急いた墓掘人たちには気の毒だが、私は、シュルレアリスムに対して何がその最後のときを意味しうるのか、彼らよりも詳しく知っていると主張したい。それはつまり、より解放的な運動が生まれるときだろう。」

18　書物の不在

1　この章は*L'Éphémère* 誌に発表された以下の論考（以下「エフェメール版」と記す）をもとにして、修正がほどこされたものである。« L'absence de livre », *L'Éphémère*, no 10, avril 1969, p. 201-218.
2　Stéphane Mallarmé, « Villiers de l'Isle-Adam », *Œuvres complètes*, t. 2, éd. Bertrand Marchal, « Bibliothèque de la Pléiade », Gallimard, 2003, p. 23；マラルメ「ヴィリエ・ド・リラダン」、『マラルメ全集Ⅱ　ディヴァガシオン他』菅野昭正他訳、筑摩書房、一九八九年、三九三頁。本書（本訳書第Ⅰ巻）のエピグラフにも引用されている。

3　「現在性」は、エフェメール版ではイタリックで強調されていた。

4　volumeは書物の一冊一冊（「巻」）を表わすが、語源的にはラテン語で「巻かれたもの、巻物」を意味し、古代のパピルス製の巻物を指しても用いられる。書物の実在性、物質性を表わすためにマラルメが用いた語でもある。たとえば、「非人称化されて、その一巻の書物は〔le volume〕、ひとが著者としてそこから離れるのと同じに、読者の接近も求めはしない。知りたまえ、人間的な付属物のあいだにあって、一巻の書物が、そのようなものとして、ただひとり生起する。つまりそれは作られて、そして在るのだ」（Mallarmé, « L'action restreinte », *Œuvres complètes*, t. II, *op. cit.*, p. 217 : マラルメ「限定された行動」、『マラルメ全集Ⅱ』前掲書、二五一頁）

5　「作品」は、エフェメール版では冒頭大文字〈作品〉となっていた。

6　「エルゴン〔ergon〕」はギリシア語で「営み、活動、作品」を表わし、「エネルギー〔énergie〕」の語源「エネルゲイア〔energeia：現実態〕」の語根でもある。

7　「脱－書くこと《デスクリプシオン》＝描写」は単行本版での追加。

8　「聖なる」を意味するsacréは語源的に「分離された」という意味である。

9　マラルメが詩篇『エロディアード』創作を契機として陥った精神的危機を脱したときに友人アンリ・カザリスに書き送った書簡の次の一節などが踏まえられていると考えられる。「いまや僕は非個人的〔impersonnel〕である。したがって、もはや君の識っていたステファヌではない、――そうではなくて、かつて僕であったものを通して、自己を見、自己を展開させてゆく、〈精神の宇宙〉が所有するひとつの能力である」（一八六七年、五月十四日）（Mallarmé, *Œuvres complètes*, t. I, éd. Bertrand Marchal, « Bibliothèque de la Pléiade », Gallimard, 1998, p. 714 : 『マラルメ全集Ⅳ』阿部良雄他訳、筑摩書房、一九九一年、三二七頁）。

10　この段落はすべて単行本版での追加。

11　清水徹は、この「誇張法＝彼方に投ぜられたものによって〔hyperboliquement〕」は、マラルメの詩「プローズ

（デ・ゼッサントのために）」の冒頭の「イペルボールよ！　わが記憶から〔Heperbole! de ma mémoire〕」を踏まえて使用されており、「ちょうど鉄の被いをまとった書物から虚のかたちで噴出＝投出されるように」といった意味だろうと指摘している（モーリス・ブランショ『マラルメ論』粟津則雄・清水徹訳、筑摩書房、一九七七年、二〇六頁）。マラルメにおける「イペルボール」については、清水徹が参照を促しているように、松室三郎「プローズ（デ・ゼッサントのために）」（『無限』第三九号、マラルメ特集、一九七六年七月）が参考になる。

12　エフェメール版では、このあとに、「（ヘーゲルの〈書物〉のように、ただし、そのように言うには、概念のいくらかの調整が必要だが）」という括弧書きが挿入されていた。

13　マラルメが、自分が実際に発表してきた作品とは異なる究極的、絶対的な「〈書物〉〔Livre〕」の構想を抱き、書簡やインタビュー等で言及していたことを踏まえている。〈書物〉への言及で知られるヴェルレーヌ宛て書簡の一節を引いておく。「それから二十年以上も経た今日、こんなにも多くの時間を空費したにもかかわらず、私は悲しみを覚えながらも、われながらよくぞやった、と思っています。それは、私の青年期の散文作品や詩とか、またそれに続いて、あれこれの〈文芸雑誌〉の創刊号が出るたびごとに、ほとんど至るところで掲載されて反響をよんだ作品とかとは別に、私がつねに、あの錬金術師――かつて〈大いなる仕事〉（化金石《グラントウヴル》）の溶炉に糧を与えるためには自分の家具も自分の家の大梁をも燃したように、どんな虚栄もどんな満足もそのためとあれば犠牲にする覚悟のできているあの錬金術師のような忍耐強さをもって、他のあることを望み、試みてきたからです。これをなんと言えばよろしいのか、難しいのですが、単刀直入に言えば、数巻より成るひとつの書物なのです。ひとつの書物であるような書物、つまり建築的な、あらかじめ熟考された書物であって、いかに霊感が驚嘆すべきものであったとしても偶然によるしかじかの霊感をひとまとめにしたものでは断じてない……。さらに突込んで言うならば、それを書いた誰彼によって、いや諸々の〈天才〉たちによってとさえ言ってよい、彼自身の知らぬ間に試みられた、真実ただひとつしか存在せぬと確信される〈書物〉そのものなのです。〈地上世界〉のオルフェウス的解明。これこそが詩人の唯一の義務なのであり、真の意味での文学的営為なのです。なぜならば、書物の律動そのものが、この場合作者個人を超越し、しかも生き生きとして、そのページ付けにおいてまでも、この夢、すなわち〈究極のうた《オード》〉を指示する幾個かの方程式に並置されるからです」（一八八五年十一月十六日ヴェルレーヌ宛書簡）（Mallarmé, *Œuvres complètes*. t. I, *op. cit.*, p. 788：松室三郎訳、『マラルメ全集Ⅲ』筑摩書房、一九九八年、三八五－三八六頁。『マラルメ全集Ⅳ』前掲書、七二一頁）。マラルメの〈書物〉については、清水徹『マラルメの〈書物〉』（水声社、二〇一一年）などを参照されたい。

14　ここでは、「出エジプト記」第三二章から三三章にかけての律法板破壊の逸話、および、それを基にしたカバラ主義の解釈が踏まえられている。まず、「出エジプト記」に描かれた逸話は次のとおりである。神はシナイ山でヘブライの民のためにモーセに律法板を与えるが、アロンに導かれた民が偶像崇拝に専心しているのを目にしたモーセは、激怒のあまり律法板を割ってしまう。しかし神の激怒はモーセのそれを上回っており、もはや民に同行しないと告げる。そこで、モーセは民を代表し、再び神に約束を想起させ、厚意を請う。すると神は思い直し、「私が自ら同行し、あなたに安息を与えよう」と答える。その後二度目の律法板が書かれる。次に、この逸話を「成文律法《トーラー》」と「口伝律法《トーラー》」の関係に敷衍したカバラ主義の解釈についてだが、その前提として、まず、「成文律法《トーラー》」と「口伝律法《トーラー》」とは次のようなものである。紀元前五世紀半ばに、バビロニアからエルサレムにやって来た学者たちが民衆の前で「モーセの律法」、すなわち「成文律法」を朗読し、同時に解説した。このときから、律法を解説、解釈して聞かせるという慣習が生まれた。律法は共同体の生活を律する掟であったため、現実の状況に適合するよう解釈する必要があったからである。この解釈された教えが「口伝律法《トーラー》」である。その性質上、「口伝律法」は時代とともにたえず変化を蒙る。「律法《トーラー》」とは、「成文律法」と、その口頭による注釈である「口伝律法」とを合わせたものである。さて、これをカバラ主義は次のように解釈する。神は、シナイ山上でモーセに、「成文律法」と「口伝律法」を共に与えた。このとき神の前で、「白い火」――「成文律法」――の上で「黒い火」——「口伝律法」——が燃えており、「律法《トーラー》」とはこの火の有機体であるとされる。「成文律法」とはまだ何も書かれていない「白いページ」であり、「口伝律法」である黒い火によって初めて子音や母音の文字形式が現われると解される。したがって、「成文律法」は「口伝律法」の力を借りなければ具体的な形をとって現われることができない。カバラ主義はこれをさらに推し進め、厳密に言えば「成文律法」は存在しないとする。「律法」として現われているものはすでに「口伝律法」の媒介を経たもの、解釈されたものであり、存在するのは「口伝律法」だけだということになる。ここから、原初の神のエクリチュールは限られた預言者にしか読みえないという神秘的な教義が導き出される。前述の「白い火」「黒い火」の逸話は本文の次の段落で踏まえられている。以上については、ゲルショム・ショーレム『カバラとその象徴的表現』（小岸昭・岡部仁訳、法政大学出版局、一九八五年）所収「ユダヤ教神秘主義における『トーラー』の意味」を参照した。ブランショはしばしばショーレムを参照しており、同書は原書一九六〇年刊、仏訳一九六六年刊である。

15　「非組織体的なもの《アオルギッシュ》」はヘルダーリンが論文『エンペドクレスの底にあるもの』において「組織体的なもの」との対立概念として用いた語。Friedrich Hölderlin, « Grund zum Empedokles », *Sämtliche Werke*, Bd. 4-1, hrsg. von Friedrich Beißner, *Der Tod des Empedokles, Aufsätze*, Stuttgart, Kohlhammer, 1961, p. 152-159:「エンペドクレスの底にあるもの」、『ヘルダーリン全集第四巻　論文・書簡』手塚富雄・浅井真男訳、河出書房新社、一九六九年、六‐一一頁。

16　エフェメール版では、「いわゆる最初の状態」。

17　エフェメール版では、「そして〈他なるもの〉がなおもあらかじめ〈唯一者〉のために証言するのであり」。

18　エフェメール版では、「法が自らを法として定式化する動きにおいて」。

19　この註は単行本版での追加。

訳者あとがき

本書は、*L'Entretien infini*, Gallimard, 1969 の第三部《L'absence de livre (le neutre le fragmentaire)》の翻訳であり、日本語訳としては第三分冊である。本書で『終わりなき対話』は完結となる。各部（日本語訳では各巻）の表題を振り返っておくなら、第一部は「複数性の言葉（エクリチュールの言葉）」、第二部は「限界－経験」、第三部（本書）は「書物の不在（中性的なもの、断片的なもの）」である。本書には、三部のうち最大の一八篇の論考、あるいは、対話体という形式上、論考とは呼びがたいテクストが収められており、さらに、ところどころ、テクストとテクストのあいだに、目次には反映されていないけれども、「括弧〔Parenthèses〕」と冠された断章的なテクストが配されている。本書で論じられている対象は、順に、ランボー、アルトー、シャール（続けて二篇）、ジュール・シュペルヴィエル、バシュラール、ベケット、フローベール、ルーセル、サロート、ガートルード・シュタイン、ドイツ・ロマン主義、ブレヒト、コルネイユ、小説における語りの声（カフカ、トーマス・マン、デュラス等）、カフカ、文学の現況、ブルトン、〈書物〉とエクリチュール（とりわけマラルメ）、というように、『文学空間』（一九五五年）よりは『火の部分』（一九四九年）や『来るべき書物』（一九五九年）を思わせる仕方で次々と文学者の作品や文学をめぐる諸問題が取り上げられており、第一部・第二部の議論の対象が主に哲学者や思想家の著述であったのに対し、第三部が全体として文学論になっていることは明らかである。それでも、鍵語を三つも含む第三部の表題「書物の不在（中性的なもの、断片的なもの）」は実に示唆的であって、第三部は単に文学論であることを超えて、第一部・第二部での考察を経てようやく前景化してきたエクリチュールをめぐる概念の展開となっている。「書物の不在」「中性的なもの」「断片的なもの」はいずれも第三部で追求される概念であり、「書物の不在」は巻末テクストの表題でもあるが、これらに付け加えておくとすれば、とりわけ第17章「賭ける明日」から最終章「書物の不在」にかけて論じられる「無為＝脱作品化〔désœuvrement〕」（本書二四六－二四七頁をまずは参照されたい）、また、これは『終わりなき対話』のみならず『火の部分』以来の一貫した主題だが、「非人称的なもの」であろう。そしてこれらの鍵概念はすべて同じ方向を向いている。以下では、こうした第三部を改めて位置づけたうえで、とりわけ第一部・第二部との関係において、その特徴をさらに具体的に検証することにしたい。

『終わりなき対話』の構成は、NRF誌等の雑誌に発表された初出テクストを単行本にまとめるにあたって著者自身が熟慮して練り上げられたと考えられ、単なる初出版の発表時期順ではなく、また、前述のように新たな断章的テクストの追加によってテクスト間の繋がりが作られている。さらに、各部に表題が付されることで、各部に主題的なまとまりが生まれている。第三部は、主題的にも形式的にも、第一部と第二部のそれぞれから引き継いだ要素を展開させながら、逆説的にも「書物の不在」と題された書物の結末へ向かうと同時に、その後に発表されることになる断章的テクスト（『彼方への一歩』一九七三年と『災禍のエクリチュール』一九八〇年にまとめられる）へと橋渡しをする、要するに、『終わりなき対話』という書物を閉じると同時に開く役割を果たしているように思われる。というのも、『終わりなき対話』は確かに、ブランショの著作においてもっとも浩瀚な主著であるが、ここで展開されている考察は、『火の部分』『文学空間』『来るべき書物』等において一九四〇年代から続けられてきた言語や文学をめぐる考察を引き継いだものであり、そしてまた、ここで提示された概念や見解は、その後に行われるある種の言語実践（前掲の断章集）に対しても、おそらくブランショにとっては思いがけず開始されることになる共同体をめぐるナンシーとのポレミック（『明かしえぬ共同体』一九八三年）においても、その強力な論拠となっているからである。とりわけ第三部は、「書物の不在（中性的なもの、断片的なもの）」という表題に凝縮されたその主題においても、それに相応しい実践としてのその形式においても、書物を締め括ると同時に、その過去と未来への送り返しを行っているように思われる。そのことは、別の言い方をすれば、第三部が、『終わりなき対話』（一九六九年）の完成に近い時点、すなわち、一九六〇年代後半におけるブランショの思想を反映しているということである。実際、第三部所収のテクストは、第一部・第二部に比べると執筆時期が遅く、一八篇中、三篇を除けば一九六〇年代、そのうち四篇は一九六〇年代後半の執筆であり、とりわけ巻末論文「書物の不在」は、いわゆる書き下ろしではないにせよ、『終わりなき対話』完成の年に発表されており、おそらく単行本の準備と並行して執筆されたものと思われる。ちょうど二〇年前の一九四九年に、一九四七‐四八年発表の「文学と死への権利」が巻末を飾る形で『火の部分』が刊行されたのが、ブランショの念頭にもあったのではないだろうか。その意味で、「書物の不在」は、やはり『終わりなき対話』完成時に書かれたと思われる第一部（日本語版第Ⅰ巻）冒頭の「はしがき」とともに読まれるべきテクストである。過去の自著を振り返りつつ、また、時局を批判的に参照しながら、マラルメを念頭に置いて「書物の終末」における「書くことの要請」を語る「はしがき」は、「書くこと」が統一された言述《ディスクール》としての書物の不在へと向かう複雑な様を描く巻末の「書物の不在」と見事に呼応している。そして、「単行本の準備」と述べたのは、こうした書物化のためのテクスト執筆や構成だけでなく、以前に発表したテクストをすべて読み直して修正・加筆・削除といった手直しをすることでもある。本翻訳では各章の初出版との重要な異同を訳註に記しているが、少なくとも第三部において目立つのは、初出版での「言葉〔parole〕」や「語ること〔parler〕」を「エクリチュール〔écriture〕」や「書くこと〔écrire〕」へ、「現前」を「非‐現前」へ、「肯定」を「非‐肯定」へ、といった、対概念と見える単語への置き換えが行われていることであり、また、「死の本能」を「〈死の本能〉」へ、「〈作品〉」を「作品」へ（大文字から小文字へ）、といった、元の表現への些細とも見える操作が行われていることである。後者については、括弧入れは既成概念への留保、小文字化は概念の権威性の否定と解せるだろう。とりわけ括弧入れについては、後の『災禍のエクリチュール』の一節でも、初出時の表題「ひとつの原光景」が「（ひとつの原光景）」と括弧入れされ、かつ、本文中の「原初的」という単語が削除されたことが想起され*

る。そこには精神分析の概念を援用すること、および、問題の光景を「原初的」と呼ぶことへの留保が読み取れる。しかし、驚かされるのはやはり、文全体を変えずに単語レベルで対概念的な語への置き換えがなされていることである。「言葉〔parole〕」と「エクリチュール〔écriture〕」の入れ替え、「現前」と「非‐現前」の入れ替えが可能だというのは、裏返せば、ブランショの論理にとって、もともとそれらは対概念ではなく、「言葉〔parole〕」は発話者の発話に現前する言葉という意味ではなく、つねに二次的に反復される言葉である「エクリチュール〔écrit-ure〕」という意味で、それゆえまた、「現前」は「非‐現前」の意味で用いられていたということになるが、しかしそれでも無意識のうちに用いられていた用語がより文意に添った表現に書き換えられたということになるだろう。

では、それを促したのは何か。「言葉〔parole〕」から「エクリチュール〔écriture〕」、「現前」から「非‐現前」への書き換えが、一九六三年、一九六四年初出の論文では行われ、対して、一九六七年初出の論文では始めから「非‐現前」が用いられていること、また、前述の「はしがき」の内容を併せて考えるならば、一九六七年に刊行されたジャック・デリダの三冊のエクリチュール論にして言語論（『声と現象』『グラマトロジーについて』『エクリチュールと差異』）がその背景にあることは想像に難くない。このことは、すでにロジェ・ラポルトやレスリー・ヒルが指摘してきたことである。[**]『グラマトロジーについて』の第一部第一章は「書物の終末とエクリチュールの開始」と題されているが、[***]この表題は、それが時代の趨勢を指すものではないということも含めて、『終わりなき対話』の「はしがき」にも相応しいものである。そして、先述のとおり「はしがき」は巻末の「書物の不在」と呼応し、『終わりなき対話』という書物を取り囲むと同時に開く形になっているのだが、その「書物の不在」はやはりデリダのエクリチュール論と響き合っている。とりわけ、エクリチュールを論じるにあたって、ショーレムやソレルスを通してではあるが、ユダヤ教カバラ主義の「白い火」と「黒い火」をめぐる教義を援用することにおいて（本書二六二‐二六三頁）、「書物の不在」と、同じ一九六九年に発表されたデリダのソレルス論「散種」との共鳴は[****]明らかである。「書物の不在」末尾の脚註（本書二六九頁傍註）で空白のまま残された献辞の宛先にデリダの名が入る可能性も充分に考えられるだろう。以上のように、『終わりなき対話』、とりわけ第三部（本書）は一九六七年から一九六九年当時のブランショの思想の跡を色濃く残している。それでは、第一部・第二部との関係はどうなっているのだろうか。第三部は第一部・第二部からどのような主題を引き継ぎ、独自に展開させているのだろうか。第一部・第二部を振り返りながら、第三部でより掘り下げられる主題を取り出してみることにしよう。

第一部・第二部の特徴については前二巻の「訳者あとがき」を参照していただくに如くはないが、おおよそのところを述べれば、第一部は、レヴィナスの『全体性と無限』（一九六一年）を契機とした考察を中核に置いた他者論、および、他なるもの――未知なるもの、晦渋なるもの――に関わるものとしての、また、視覚的な要請とは位相を異にするものとしての言語活動をめぐる考察である。その一部は、対話体の物語「終わりなき対話〔entretien infini〕」から引き継がれる形で、二つの命題の止揚を求めるのではなくどちらでもないその「あいだ〔entre〕」を浮上させるかのような対話体で展開される。そうした関係性の実践とともにそこで探求されるのは、媒介によって統一性を求める弁証法的な問題設定からも存在論的な問題設定からも逃れる「第三類の関係」である。なお、収録テクストの執筆時期は、最後の第9章「複数性の言葉」を除けば一九六〇年前後である。一九六〇年前後とは、ブランショが他方で、アルジェリア戦争における不服従の兵士を擁護する〈一二一人宣言〉の起草に携わり、その延

＊　Maurice Blanchot, *L'Écriture du désastre*, Gallimard, 1980, p. 117.

＊＊　Roger Laporte, *À l'extrême pointe. Bataille et Blanchot*, Montpellier, Fata morgana, 1994, p. 40-42. Leslie Hill, *Blanchot Extreme contemporary*, London, Routledge, 1997, p. 251.

＊＊＊　Jacques Derrida, « Première partie Chapitre 1. La fin du livre et le commencement de l'écriture », *De la Grammatologie*, Minuit, 1967：ジャック・デリダ「第一章　書物の終焉とエクリチュールの開始」、『根源の彼方に――グラマトロジーについて』足立和浩訳、現代思潮社、一九七六年。

＊＊＊＊　Derrida, « La dissémination » (1969), *La Dissémination*, Seuil, 1972, p. 381-382：デリダ「散種」郷原佳以訳、『散種』法政大学出版局、二〇一三年、五五二－五五三頁。

長線上で国際的な批評雑誌の創刊を目指すなど、匿名の形での政治的な文章の執筆に関わり、断片的エクリチュールの要請を唱え始めていた時期でもある。* この活動は、第1章「思考と不連続性の要請」で「断片の言葉」の要請が語られる背景となっており、この主題は、第三部の副題のなかの「断片的なもの」や第三部第4章の表題「断片の言葉」が示すとおり、第三部でさらに展開されることになる。次に、第二部は、ヘラクレイトス、ニーチェ、バタイユ、等々、より幅広い哲学的主題や哲学者を扱っているが、そこで大きな主題として浮かび上がってくるのは、書くこと《エクリチュール》、そして、第Ⅱ巻「訳者あとがき」で指摘されたとおり、「経験」と不可分の関係にあり、言葉によって担われるものとしての「忘却」の問題、また、第一部第1章でも垣間見えていた、歴史の総体をめぐる問いかけである。なお、収録テクストの執筆時期は一九六〇年代全般にわたっている。形式としては論文体のものが多いが、そのあいだに二度にわたって断章によるテクストが挿入されている。では、第三部は以上の各部とどのように関わっているのか。

まず、形式的なことから先に述べておけば、第一部で導入された対話体は第三部でも引き継がれており、すべてが対話体の章に加え、論文体で書き始められた章が途中で「★」印のあとに対話体になるといった形も見られる。また、「±±」という記号を冠した断章によるテクストが第3章と第4章、第4章と第5章、第16章と第17章のあいだに挿入されており、やや長めの前二者については、現象学におけるエポケーへ送り返す形で「括弧」という表題が付されている。さらに、巻末の「書物の不在」は唯一、一から十九の番号を付した断章によるテクストとなっており、巻末にこうした形式のテクストを配することは、「書物の不在」という主題への目配せであろう。このようにして、個々に発表された初出時のテクストが、言述の流れを中断するかのような断章的テクストの熟慮された配置を通して逆説的に繋げられ、書物を外に開く形で書物を構成しているというのがこの第三部である。では、次に主題について見ていこう。

第三部が第一部から引き継ぎ展開させたのは、「中性的なもの」という概念である。「中性的なもの〔le neutre〕」

という概念は、すでに第一部の「終わりなき対話」や「第三類の関係――地平のない人間」などにおいて、「他なる人」との関係から到来する「他なるもの」の開示たる「言葉《ランガージュ》の経験」として登場していたが、第三部ではそれが他者論というよりは文学的言語の問題として展開されることになる。「中性的なもの」とは語源的にはまさしく「どちらでもない〔ne uter〕」ということであり、概念としてはきわめて捉えがたい印象を与える。しかし、この概念が初めて本格的に展開される第3章「ルネ・シャールと中性的なものの思考」を繙いてみれば、それが思いのほか捉えやすい形で導入されているのに気づくはずである。というのも、そこでは「中性的なもの」がルネ・シャールの詩のごく具体的な言葉のうちに見出されているからである。この論考を開くのは次のような指摘である。

私は、細かいこととも思われかねないが、ある指摘から出発してみたい。ルネ・シャールの言葉遣い《ランガージュ》のなかで重要ないくつかの語《モ》は、文法的には中性だったり、中性的なものに近かったりするのだ。「予想しうるがまだ表明されていないもの」、「消しえぬ絶対」、「生き生きとした不可能なもの」、「快楽の呻き」、「凍えること」、「そばに」、「表明されない大いなる遠さ（望外の生けるもの）」、「叡智の本質的なもの」、「半ば開いたもの」、「非人称の無限」、「暗さ」、「離れる」。（本書三五頁）

そして、著者は言う。「こうした表現を挙げたからといって、私は何も証明するつもりはなく、ただ単に注意を向けたいだけである」。しかし、いったい、これらの表現が「文法的には中性だったり、中性的なものに近かったりする」とはどういうことか。ブランショは続ける。「ルネ・シャールが「通行人〔passant〕」と書き――彼がそ

＊ Maurice Blanchot, *Écrits politiques*, Léo Scheer, 2003, Première partie：ブランショ『ブランショ政治論集』第一部、安原伸一朗訳、月曜社、二〇〇五年。

う書いていないときでも、私たちはこの語が彼に棲みついているようにしばしば感じる――、「穿たれた通行人」、自動詞的に通り行く者〔passant〕と書いているのに、もし私たちがそれを「通りすぎる〔passe〕男」ないし「通りすぎる〔passe〕人」と言いかえて安心してしまうならば、私たちは、この語が言語《ランガージュ》にもたらそうとしているであろう中性的な指示を変質させてしまうことになるように思われる」（本書三五頁）。この例に至って、「中性的な」表現ということの意味が少し見えてくるだろう。「passant〔通行人、通り行く者〕」とは、動詞「passer〔通る、行く、移る〕」の現在分詞形――すなわち進行しつつある状態を示唆する――から作られた名詞である。そこには、何かを通過するというその動作の目的物も、動作主体の性別等の属性も示されていない。ただ、「通り行く」という動作が進行しつつあり、そうしつつある何ものかの存在が、まるで顔のない幽霊のように、控えめに暗示されるだけである。「passant」という簡素な語は、ほぼすべての名詞が男性名詞か女性名詞に分かれ、話題となる名詞の性を明示せずにはひとつの文を作ることもままならないフランス語の語彙のなかにあって、いかなる負荷も担うことなく存在している、奇蹟のように軽い語である。ブランショがやはり「ひとつの中性名詞的なもの〔un neutre〕」としている「inconnu〔未知なるもの〕」という語も、何も背負っていないという意味で、きわめて軽い。これらの表現にブランショは「中性的なもの」を見出す。そこに、性差別主義的なフランス語への批判を見て取ることもできようが、ブランショはやや皮肉にも、むしろフランス語にドイツ語のような「中性名詞」がなくてよかったのだ、なぜなら「中性的なもの」とは男性名詞と女性名詞のあいだに排他的に存在する第三のカテゴリーではないのだから、さらには、客観のカテゴリーにも主観のカテゴリーにも入らないのだから、と言う（本書三六頁）。シャールを語るときのつねとして、ブランショはこの同時代の詩人に、この詩人自身が傾倒していた古代の哲学者ヘラクレイトスを重ね見ているのだが*（本書五三頁）、このようにシャールの詩に「中性的なもの」を見出すときにも、彼はそこに、クレランス・ラムヌーの著書を通して第二部で論じたヘラクレイトスの言葉を重ね合わせている。「ヘラクレイトスの言葉遣いに見られるひとつの主要な特徴とは、特異な中性でもって語る点にあるのだった」（本書三六頁）と彼は言い、具体的にそうした言葉遣いを挙げてゆく。かくしてヘラクレイトスとシャールを「中性的な」言葉遣いによって繋ぎながら、ブランショは同時に、それが「哲学全史にわたって」退けられてきたのではないかと問う。「中性的なもの」を何らかの仕方で退けた者として、そこで挙がっているのは、フロイト、ユング、ハイデガー、サルトルの名である（本書三七‐三八頁）。対して、「探求——詩、思考——は、未知なるものとしての未知なるものに関係している。この関係は未知なるものを発見するのだが、それは、未知なるものを覆っておく発見によってである」（本書三九頁）とされる。このようにして「中性的なもの」が言語の問題として捉えられつつ、ある壮大な系譜が思い描かれるとき、ブランショの思索は第二部の「ヘラクレイトス」を引き継ぐのみならず、「思考の形式」についての歴史的な探索である第一部第1章「思考と不連続性の要請」の展開ともなっている。そしてそこで指摘されるのは、やはり第一部の第3章「言葉を語ることは見ることではない」等で大いに強調された西洋哲学における視覚中心的な、あるいは隠蔽／非隠蔽による認識モデルを「中性的なもの」の言葉遣いが繊細な仕方で逃れるということである。「未知なるものとは、開示されるのではなく、指し示されることになるのだ」（本書三九頁）。「それは、可視的でも不可視でもなく、より正確には、あらゆる可視的なものや不可視のものから逸れているのだ」（本書四〇頁）。そして、続く対話体のテクスト「断片の言葉」において、「語るということは、関係をもたぬまま未知なるものとの関係を結ぶことなのだ」という一方の声に他方の声が「〈語ること〉、〈書くこと〉」（本書四三頁）と応じるとき、この対話は、「関係のないそれを（とともに）生きること」（第Ⅰ巻三一頁）という文が「彼」

＊　一九四六年のシャール論からヘラクレイトスの文体との接近は見られるが（Blanchot, «René Char» (1946), *La Part du feu*, Gallimard, 1949, p. 111：ブランショ「ルネ・シャール」、『完本　焔の文学』重信常喜・橋口守人訳、紀伊國屋書店、一九九七年、一三五頁）、重ね合わせがとりわけ顕著なのは、一九五三年に発表され、後に単行本化されたシャール論「ラスコーの獣」においてである。Blanchot, *La Bête de Lascaux*, 1953, 1958, fata morgana, 1982：ブランショ「ラスコーの獣」、『他処からやって来た声』守中高明訳、以文社、二〇一三年。

に最後に残ることになる第一部冒頭の虚構的なテクスト「終わりなき対話」に遠く谺している。シャールの言葉の配列は「関係を築くことになる諸辞項を互いに外へと放置し、その外在性と距離をあらゆる意味作用の原則――つねにすでに失効している原則――として遵守し保護する」(本書五二頁)ものだとも言われる。ブレヒト論「異化効果」(第12章)では、ブレヒトの方法にやや疑問を呈しながら、ブランショは、演劇の観客が舞台上の表象から作用を及ぼされるのは、「それが同時に私たちから絶対的に遠く、私たちと関係がないからであって、この関係の不在、この揺れ動く生き生きとした空虚こそ、私たちという一方の者たちがそこで飛躍によって他方の者たちを出迎えに行き、危険な変貌が実現する、そうした場なのである」(本書一五〇頁)と主張する。この「関係の不在」は、物語における非人称的な声をめぐる第14章「語りの声」でカフカやデュラスの作品に見出されることになる。彼らの物語においては「何が起こっているのか」、という問いにブランショはこう答える。「それはいかなる点において も読者に関係がなく、しかもおそらくは、誰にも関係していない。言ってみればそれは、非‐関係するものなのであるが、しかし関係しない代わりに、読者はそれに対してもはや気楽に距離をとることができないのである」(本書一八四頁)。

「中性的なもの」の言語が退けるのは、視覚中心的な認識モデルに基づいたすべての関係性だけではない。第三部で強調されるのは、「中性的なもの」が肯定にも否定にも帰されえないということである。「中性的なのは、肯定にも否定にも属さない文学的行為だろう」(本書四六頁)。「中性的なものの特徴のひとつは〔……〕、肯定からも否定からも逃れ、ひとつの問いないし問いかけの切っ先をなおも隠しもっておく――提示することなく――ことである」(本書四八頁)。シャールの詩の言葉に対して、「否定の価値ではない価値を認めるようにしなければならない」(本書五一頁)。とりわけ否定性への帰属が退けられているのは、「中性的なもの」を弁証法的な媒介の関係において理解しないためであろう。弁証法に対するこのような距離の取り方は、第一部から引き継がれたものだが、続く章で記憶と忘却の問題において、また、ドイツ・ロマン主義論「アテネーウム」においても見られ、そして巻末の

「書物の不在」で前景化することになる。この記憶と忘却の問題、またそこから現われる、叙事詩の歴史の問題こそ、第二部から受け継がれた主題である。そして重要なのは、そこに「非人称性」というブランショの根本問題が関わってくることである。

シュペルヴィエルを論じる第5章「忘れがちの記憶」で強調されるのは、表題どおり、「記憶の本質」とは忘却であり、「ムーサ〔詩神〕とは、〈記憶〉なのではなく、〈忘れがちの記憶〉なのだ」ということである（本書六二頁）。そのことの根拠となるのは、古代における叙事詩の伝承のありようである。「詩《ポエジー》とは記憶だ」（本書六一頁）、「歌とは記憶だ」（本書六二頁）とブランショは繰り返す。

> そもそも、作品や歌が一から十まで創造されうるなどとは誰も思っていない。〔……〕いったい誰が、伝承されたわけでもない新たな言葉に関心を抱くというのだろう。重要なのは、述べることではなく、述べ直すことであり、そうして述べ直しながら、毎回、なおも初めて述べるということだ。耳を傾けるとは、厳粛な意味においては、つねにすでに耳にしたということである。（本書六一―六二頁）

かくして回帰してくるのは何か。

> 詩によって思い出されるのは、人間や民衆、神々が、まだそれに関する固有の記憶をもってはいないが、その庇護のもとに自分たちがとどまっているものであり、人間や民衆や神々の庇護に委ねられているものでもある。この大いなる非人称的記憶とは、起源の思い出をもたぬ思い出であって、最初の神々が語りの力に依拠して物語そのものへと生まれてくるような恐ろしい伝説のなかで、数々の系譜詩が接近する記憶なのだが、詩人であれ聴衆であれ、特定の人物は誰一人、個別的存在のままでは近づくことのできない貯蔵庫なのだ。（本書六二

頁）

際限のない忘却とともにある記憶としての歌＝詩、忘却を通じて思い出されるような語り（本書六八頁）としての歌＝詩、「人間が一度も自分の知ることのなかったものを想起するように思われる」（本書六八頁）、そうした記憶としての歌＝詩。物語論「語りの声」でも、「物語るとは、あらゆる記憶に先行し、記憶を根拠づけかつ破壊するこの最初の忘却の試練にさらされること」（本書一八六頁）だと言われる。そこにあるのは「もはや弁証法的とは呼べない関係」である。「というのも、その関係は、媒介の場でありながら媒介なき空間でもある忘却というこの両義性に属している」（本書六五頁）からだとブランショは言う。

この叙事詩、あるいは、伝承される語りの主題は、批評や読書、ひいては書物の問題をめぐる対話体のテクストである第7章「言葉は長々と歩まねばならない」に引き継がれる。「最後の言葉」を言うことなく、この対話（「終わりなき対話」）そのもののように、文学の言葉は「長々と歩まねばなら」ず、かくして、ある意味では現代文学にも叙事詩は受け継がれているのだとこの対話は示唆する。なにしろ二人はベケットについて語り出し、ついにこう言うのである。「『事の次第』は私たちの叙事詩だ」（本書八九頁）。

――［……］ある意味では、私たちは小説の源泉《レシ》に戻ってきているのだ。『事の次第』は私たちの叙事詩だ。詩節や歌節による三楽章から成る原初の引用の物語であり、ほぼ規則的な中断により、中断されぬ声の必然性を感じさせる往き来である。

――確かに、すべては、いってみれば『イーリアス』と同じように、詩神《ムーサ》への祈り、声への呼びかけ、そして四方八方から語るあの外の言葉《パロール》に身を委ねたいという欲望から始まる。（本書八九頁）

さらに二人は、「これはおそらく万人の声なのだ。非人称的で、彷徨いつつ続いてゆく、同時的で継続的な言葉《パロール》」（本書九〇頁）、「この叙事詩のオデュッセイアであるどこまでもゆっくりとした移住のなかで、ピムと出会うまでの旅」（本書九二頁）とさえ語り、そう語りながら、『事の次第』という叙事詩の吟遊詩人となってゆく。この叙事詩の主題は英雄物語をめぐる第13章（「叙事詩には始まりも終わりもない」〔本書一七四頁〕）を経て、マルト・ロベールのカフカ論を承けて「注釈の言葉」、そしてそこから書物の問題を論じる第15章「木の橋――反復、中性的なもの」に引き継がれる。「言葉は長々と歩まねばならない」ではベケットの作品が叙事詩だと言われたが、今度はなんと、なるほどマルト・ロベールの指摘を承けたものではあるが、批評の言葉が、そして、『ドン・キホーテ』およびカフカの『城』が叙事詩だと言われるのである。すなわち、注釈の言葉が何重にも内包された作品ということである。そして、そうした作品は、自己注釈を内包すればするほど、さらなる注釈＝批評を呼ぶのだという（本書一九六頁）。

注釈者たちがまだ幅をきかせていない頃、たとえば叙事詩の時代には、二重化は作品の内部で完成しており、それゆえ、吟遊詩人による構成法――逸話から逸話へのあのたえまない反復、その場での展開、同じものの際限なき増幅――というものがある。〔……〕批評家は一種の吟遊詩人である。これこそ理解されなければならないことだ。作品が出来上がるや、ひとはその吟遊詩人に作品を託し、作品がその諸起源から保持している、自らを反復するあの権能が作品から差し引かれるようにする。（本書一九五頁）

『城』は、多少ともつながりのある一連の出来事や波瀾から成り立っているのではなく、つねに引き伸ばされつつある諸々の注解的説明の連続で成り立っているのであって、それらの説明が関わっているのは結局のところ、注解の可能性そのもの――『城』を書く（そして解釈する）という可能性――にほかならないのである。

（本書二〇〇頁）

かくして、文学の言葉には文字どおり終わりがない。「終わりなき言葉《パロール》」（本書二〇一頁）、「終わりなき対話《アントルテイアン》」としてのエクリチュールである。以上のような流れにおいて見れば、ついに「書物」そのものが論じられる最終章「書物の不在」において、ユダヤ教のカバラ主義の神話を通して、注釈の無限性とエクリチュールの根源的な二次性が導かれるのも理解されることだろう。「カフカと文学」（『火の部分』）から「語りの声」や「木の橋」に至るまで、ブランショにとってなぜカフカの作品が特権的であるのかも理解されるだろう。ブランショの文学論は、たとえ現代文学を論じていても、以上に見たような、忘却を核とした叙事詩としてのエクリチュールという考え方に支えられているのである。このことをここまで明らかにしたのは、『終わりなき対話』、とりわけその第三部である本書が初めてであろう。このような壮大な文学観に対しては、「小説」という散文の近代性や諸ジャンルの特性を捉ええていないとして、ある種の非歴史性や文学理論としての粗さを論難することも確かに可能であろう。けれども、私たちが現代において、読むという行為を続けるとき、そこに何を読もうとしているのか、そして、読むという行為、また、注釈し、批評するという行為において、何を思い出し、いかなる言葉《パロール》を続けようとしているのか、と考えるとき、読むこと、そして、自己注釈としての書くことは、現代における吟遊詩人になることなのだ、というブランショの命題は、文学をめぐる無為の営みの全般にわたって、大きな示唆を与えてくれるように思われるのである。

＊

本書の翻訳にあたったのは、岩野卓司（一篇）、郷原佳以、西山達也（一篇）、安原伸一朗、湯浅博雄（一篇）の五名である。これに、第Ⅰ巻・第Ⅱ巻の翻訳者である上田和彦、大森晋輔、西山雄二が加わって、訳語統一等も含め、相互に訳稿を検討した。以下のテクストに関しては優れた既訳が存在するが、本書では、既訳を大いに参考にさせていただきながら、新たに訳出した。既訳の翻訳者の方々に深く感謝する次第である。

・「最後の作品」中地義和訳、『ユリイカ　特集ランボー』一九九一年七月号。（第1章）
・「残酷な詩的理性——飛翔への貪欲な欲求」中山元訳、『ポリロゴス2』二〇〇〇年。（第2章）
・「ヴィットゲンシュタインの問題」清水徹抄訳、『フローベール全集別巻』筑摩書房、一九六八年。（第8章）
・「語りの声（「彼」、中性的なもの）」山邑久仁子訳、『カフカからカフカへ』書肆心水、二〇一三年。（第14章）
・「木の橋」粟津則雄訳、『カフカ論』筑摩書房、一九六八年。山邑久仁子訳、『カフカからカフカへ』書肆心水、二〇一三年。（第15章）
・「賭ける明日」田中淳一訳、『ユリイカ　総特集シュルレアリスム』一九七六年六月臨時増刊号。（第17章）
・「書物の不在」清水徹訳、『マラルメ論』筑摩書房、一九七七年。『書物の不在』中山元訳、月曜社、二〇〇七年。（第18章）

なお、以下の二つのテクストは本書の訳者たちの訳で『現代詩手帖　総特集ブランショ』（思潮社、二〇〇八年）に発表されているが、今回、大幅に修正を加えて改訳した。

・「ルネ・シャールと中性的なものの思考」（第3章）
・「語りの声（「彼」、中性的なもの）」（第15章）

ようやく『終わりなき対話』全三巻の翻訳の完結となるが、第Ⅲ巻も当初の予定を超えて翻訳や見直しの作業に追われた。『終わりなき対話』の翻訳が最初に計画されてからあまりにも長い月日が流れてしまったが、その分、訳文の精度や的確さが増しているかといえば、最後まで、心もとないと言わざるをえない。対話体の文体にしても、たとえば「エクリチュール」という言葉ひとつをとっても、ブランショがそこに込めているすべてのニュアンスを推し量ることはつねに困難であった。いまだ捉えきれていない意味や、訳語の不統一等の不備も残ることであろう。読者諸氏のご批判、ご教示を待つばかりである。ただ、ブランショが参照したと思われる書物を調査し、初出版との異同を確認する、といった地道な作業の結果は訳註に反映されている。読者のテクストの理解に少しでも資すれば幸いである。本巻の翻訳に際しても、担当者だけでは能力の及ばない領域などについては、専門家の方々にご助力をいただいた。一々お名前を挙げることは控えるが、ここに深く感謝申し上げる。末筆ながら、すべてのテクストについて、第一稿から複数回のチェックを経て校正の段階に至るまで、訳者たちに寄り添い、為すべき仕事を的確に整理して、ときに混乱に陥る訳者たちを忍耐強く導いてくださった筑摩書房の田中尚史氏に、深くお礼申し上げたい。

二〇一七年十月

訳者を代表して　郷原佳以

【翻訳者略歴】

湯浅博雄（ゆあさ・ひろお）
1947年香川県生まれ。東京大学大学院人文科学研究科仏文学専攻博士課程単位取得。パリ第3大学大学院に留学。東京大学大学院総合文化研究科・教養学部教授を経て、現在は同名誉教授。著書に『ランボー論――〈新しい韻文詩〉から〈地獄の一季節〉へ』、『バタイユ――消尽』、『応答する呼びかけ――言葉の文学的次元から他者関係の次元へ』、訳書にバタイユ『宗教の理論』、ドゥルーズ『ニーチェ』、デリダ『パッション』等。

郷原佳以（ごうはら・かい）
1975年生まれ。東京大学大学院総合文化研究科地域文化研究専攻博士課程単位取得満期退学。パリ第7大学大学院博士課程修了。現在、東京大学大学院総合文化研究科言語情報科学専攻准教授。著書に『文学のミニマル・イメージ――モーリス・ブランショ論』、訳書にクレマン『垂直の声――プロソポペイア試論』等。

安原伸一朗（やすはら・しんいちろう）
1972年石川県生まれ。学習院大学卒業。東京大学大学院総合文化研究科言語情報科学専攻博士課程単位取得満期退学。パリ第8大学大学院博士課程修了。現在、日本大学商学部准教授。共著に『文学・芸術は何のためにあるのか？』、『公の中の私、私の中の公』、訳書にブランショ『問われる知識人』、ポーラン『百フランのための殺人犯』等。

岩野卓司（いわの・たくじ）
1959年埼玉県生まれ。東京大学大学院人文科学研究科博士課程単位取得退学。パリ第4大学大学院博士課程修了。現在、明治大学法学部・教養デザイン研究科教授。著書に『ジョルジュ・バタイユ――神秘経験をめぐる思想の限界と新たな可能性』、『贈与の哲学――ジャン＝リュック・マリオンの思想』、編著に『語りのポリティクス』、『他者のトポロジー』、『共にあることの哲学』、訳書にデリダ『そのたびごとにただ一つ、世界の終焉』（共訳）、オリエ『ジョルジュ・バタイユの反建築』（共訳）等。

西山達也（にしやま・たつや）
1976年生まれ。東京大学大学院総合文化研究科地域文化研究専攻博士課程単位取得満期退学。ストラスブール大学大学院博士課程修了。現在、早稲田大学文学学術院准教授。論文に「「すべてはリズムである」：思弁的翻訳論への序説」、訳書にハイデガー／ラクー＝ラバルト『貧しさ』、サリス『翻訳について』等。

モーリス・ブランショ

Maurice Blanchot　1907年－2003年

両大戦間期、非順応的な右派の若手の論客として知られる。その傍ら小説を書き始め、戦中には思想的立場を転換し、レヴィナス、バタイユらと親交を深めながら、文学のみならず哲学・思想にも関わる評論を書くようになる。戦後は創作とともに、マラルメ、カフカなどを読み、ヘーゲル、ハイデガーと対決しながら、書くとはどういうことかを問い、文学・芸術の根本的、本質的諸問題に関わる評論を数多く発表した。また、アルジェリア独立戦争および68年5月「革命」に際しては、鋭く体制を批判する発言と活動を行い、その後も拒否の精神を示し続けた。小説作品に『謎の男トマ』『死の宣告』『望みのときに』『私の死の瞬間』、評論に『踏みはずし』『文学空間』『来るべき書物』『終わりなき対話』『友愛』『明かしえぬ共同体』など、いずれも現代文学・現代思想を語るさいに欠かせない著作を遺した。

終《お》わりなき対話《たいわ》　Ⅲ　書物《しょもつ》の不在《ふざい》（中性的《ちゅうせいてき》なもの、断片的《だんぺんてき》なもの）

2017年11月25日　初版第1刷発行

著　者　モーリス・ブランショ

訳　者　湯浅博雄、岩野卓司、郷原佳以、西山達也、安原伸一朗

発行者　山野浩一

発行所　株式会社　筑摩書房

東京都台東区蔵前2-5-3　郵便番号111-8755

振替　00160-8-4123

装幀者　菊地信義

印　刷　大日本法令印刷株式会社

製　本　牧製本印刷株式会社

筑摩書房サービスセンター

さいたま市北区櫛引町2-604　〒331-8507

電話　048-651-0053

ISBN978-4-480-77553-5　C0098